갈색 옷을 입은 사나이

The Man in the Brown Suit

AGATHA CHRISTIE MYSTERY AGATHA CHRISTIE MYSTERY AGATHA CHRISTIE MYSTERY

애거서 크리스티 추리 문학 32

갈색 옷을 입은 사나이

김석환 옮김

해문

■ 옮긴이 김석환

전 한국항공대학 학장
《죽음의 키스》, 《구름 속의 죽음》, 《끝없는 밤》 외 다수 번역

갈색 옷을 입은 사나이

초판 발행일	1987년 03월 20일
중판 발행일	2009년 05월 20일
지은이	애거서 크리스티
옮긴이	김 석 환
펴낸이	이 경 선
펴낸곳	해문출판사
주 소	서울시 마포구 합정동 392-2 써니힐 202호
TEL/FAX	325-4721~2 / 325-4725
출판등록	1978년 1월 28일 (제3-82호)
가격	6,000원
ISBN	978-89-382-0232-1 04840
	978-89-382-0200-0(세트)

※ 잘못된 책은 바꾸어 드립니다.

E. A. B.에게

여행하면서 나눈 사자 이야기와
내게 '밀 하우스 저택의 수수께끼'를 쓰도록
부탁한 것을 상기하면서.

차 례

차   례

《아프리카 지도》

●등 장 인 물●

마담 나디나— 파리의 유명한 무희.

내스비 경— 데일리 버젯 신문사를 소유한 커다란 체구의 부호.

앤 베딩펠드— 모험과 사랑과 로맨스를 갈망하는 아가씨. 사라진 갈색 옷을 입은 사나이를 찾아 나선다.

유스터스 페들러 경— 의회 하원의원으로 밀 하우스 저택의 소유주.

베딩펠드 교수— 영국이 낳은 위대한 원시인 학자, 앤 베딩펠드의 아버지.

드 카스티나 부인— 밀 하우스 저택에서 교살된 채 발견된 여자.

거이 파제트— 유스터스 페들러 경의 성실한 비서.

해리 레이번— 유스터스 페들러 경의 남아프리카 여행에 동행한 그의 두 번째 비서.

클레어런스 블레어 백작부인(쉬잔)— 킬모든 캐슬호의 여자 승객.

레이스 대령— 블레어 백작부인과 친분이 있어 보이며 로디지아인처럼 강인해 보이는 남자.

에드워드 치케스터— 킬모든 캐슬호의 승객. 목사.

로렌스 어슬라— 남아프리카의 광산왕.

제1장

파리를 열광의 도가니로 몰아넣은 무희(舞姬) 나디나는 관중의 박수갈채에 구석구석 답례인사를 보냈다. 그녀는 가늘고 긴 눈을 살포시 내리뜨며 진홍빛 입가에는 은은한 미소를 머금었다. 정열적인 프랑스인들은 오색찬란한 무대장치를 뒤로 하면서 막이 스스로 내려갈 때까지도 도취된 채 장내가 떠나가도록 찬사의 박수를 보냈다. 무희는 푸른색과 오렌지색이 어우러진 휘장 속으로 몸을 감추며 무대에서 사라졌다. 턱수염을 기른 신사가 그녀를 열렬히 감싸 안았다. 그녀의 매니저였다.

"멋졌소, 마돈나, 정말 멋있었소" 그가 외쳤다.

"오늘 밤 당신은 그야말로 극치였소"

그는 다소 격식을 차리며 그녀의 양볼에 키스했다.

마담 나디나는 익숙한 매너로 환대에 응하며 유유히 탈의실 쪽으로 걸어갔다. 거기에는 꽃다발이 여기저기 널려 있었고, 최첨단의 디자인을 자랑하는 휘황찬란한 의상들이 벽에 걸려 있었다. 방 안 공기는 꽃다발과 은은한 향수, 방향제가 어우러져 내는 냄새로 달콤하고도 열기에 가득 차 있었다. 시중꾼 잔이 쉴 새 없이 역겨운 찬사를 지껍도록 늘어놓으며 옷시중을 들고 있었다.

노크소리에 잔의 한없는 수다가 중단되었다.

밖으로 나갔던 잔이 명함을 받아 쥐고 들어왔다.

"만나시겠어요, 마담?"

"보고 나서."

그녀는 맥없이 손길을 뻗쳤다가, 서지우스 파울로비치 백작이라는 이름을 명함에서 본 순간 일순 흥미를 나타내는 번개 같은 섬광이 두 눈에 스쳐 지나갔다.

"만나겠어. 금색 가운 좀 갖고 와, 잔, 빨리. 백작이 들어오면 나가도 좋아."

"고마워요, 마담."

잔은 쉬폰 바탕에 산족제비 모피로 테두리를 댄 우아한 실내복을 가져왔다. 미끄러져 내리듯 몸에 가운을 걸치고 나서, 나디나는 화장대에 앉아 희고 긴 손으로 거울을 느릿느릿 톡톡 치며 혼자만의 미소를 지었다.

백작은 자신에게 부여된 특권을 빈틈없이 이용했다. 그는 중키에다 깡마른 체구에, 태도는 지극히 우아했고, 아주 창백한 모습에 한없이 지쳐 보이는 남자였다. 그는 외모상으로는 이렇다 할 만한 특징이 없어, 만일 사람들이 그의 일거수일투족을 유심히 관찰하지 않는다면 두 번 다시 알아보기가 힘든 사람이다. 그는 과장된 몸짓으로 그녀의 손등에 입을 맞추었다.

"마담, 더없는 영광입니다."

잔이 밖으로 나가면서 들은 말이다.

방문객과 둘만 남게 되자 나디나의 미소에는 미묘한 변화가 일어났다.

"아무리 우리가 동료이긴 하지만, 러시아어를 써서는 안 되겠어요."

그녀가 주의를 주었다.

"우리 둘 다 단 한 마디도 모르니 의당 그래야 하는 것 아닙니까?"

방문객이 맞장구를 쳤다. 의견의 일치를 본 그들은 자연스럽게 영어로 대화를 나누게 되자 백작이 보였던 행동의 부자연스러움도 어느덧 사라져서, 어느 누구도 그 말이 그의 모국어가 아니라고 생각할 사람이 없었다. 아닌 게 아니라, 그는 런던의 연극 무대에서 금방금방 변신하는 연예인으로서 세상살이의 첫 출발을 시작했었다.

그가 한 마디를 잊지 않았다.

"오늘 밤엔 대성공을 거두었습니다. 축하합니다."

"여태까지도 그랬지만, 저는 언제나 불안해요. 제 입장은 예전과는 달라요. 전쟁 중에 받기 시작한 의혹들이 결코 사그라지지 않고 있어요. 저는 계속 의심의 눈길 속에서 감시당하고 있어요."

"그렇지만, 첩보활동 죄로 고발당한 적은 없지 않습니까?"

"그 점에 대해서 우리 대장이 얼마나 용의주도하게 머리를 썼는데요."

"대령으로 봐서는 생명이 꽤 길었던 셈이오."

백작이 미소를 지으며 말했다.

"아무튼 그건 놀랄 만한 뉴스거리입니다, 그렇잖습니까, 그가 일선에서 물러난다니. 일에서 손을 뗀다! 마치 의사나 정육점 주인, 배관공이나 되듯이."

"아니면, 여느 사업가들처럼 말이죠." 나디나가 말끝을 받아넘겼다.

"우리는 조금도 놀랄 이유가 없어요. 대령은 항상 그러하듯이, 매사에 빈틈이 없는 수완가잖아요. 그는 다른 사람이 신발공장 차리듯 범죄단을 손쉽게 조직해 왔어요. 자신은 배후에 있으면서, 소위 그의 전문분야를 모두 적시에 포착한 다음, 일련의 일을 기획하고 지시를 내려 대성공을 거두죠. 보석 훔치기, 위조, 첩보활동(이건 전시에 가장 적절히 써먹었죠), 방해공작, 감쪽같은 암살 등등 그가 손대지 않은 일이란 거의 없다시피 해요. 무엇보다도 현명한 점은, 그는 언제쯤 손을 떼어야 한다는 사실을 안다는 거예요. 그동안 슬슬 벌려 놓은 일들이 위험 수위에 도달했잖아요? 그는 정말 제때에 물러나는군요. 한밑천 단단히 잡아서 말이에요!"

"흠! 그 점이 도리어 우리 속을 뒤집어 놓는단 말씀이야. 우린 여느 때와 다름없이 이렇다 할 이득도 없고." 백작이 떠보듯 말했다.

"하지만 우린 보수를 받고 있잖아요. 그것도 가장 관대한 수준으로요!"

그녀의 어조에서 왠지 조소적인 데가 있음을 느낀 백작은 날카롭게 그녀를 살폈다. 그녀는 의미심장한 미소를 짓고 있었는데, 그 미소의 질이 그의 호기심을 자극했다.

그러나 그는 계속 말을 이어가면서 자못 외교적인 수완을 발휘했다.

"물론이죠. 대령은 돈에 있어서만큼은 언제나 관대했죠. 내 생각으로는 그 점이 모든 일의 태반이 성공을 거두게 된 요인이 되었을 것이라 봅니다. 또한, 적시에 희생타를 내보낸다는 그의 불변의 지론도 작용했겠고요. 정말 천재적입니다. 그렇고말고요! 그의 지론으로 말할 것 같으면, '매사에 만전을 기하려면 절대로 직접 나서서는 안 된다'인데 그는 그 행동 강령의 사도라니까요. 우리는 철저히 빠져들어 그의 손아귀에서 한치도 벗어날 수도 없는 신세가 되어 버렸으니. 그 바람에 아무도 그를 어떻게 해 볼 엄두도 못 내고 말이죠."

그는 잠시 말을 끊으며 숨을 돌렸는데, 은근히 그녀가 자기 말에 반박해 주기를 바라는 투였으나 그녀는 여전히 미소를 띤 채 침묵으로 일관했다.

"우리 중 한 사람은 아니겠지만." 그가 유심히 바라보며 말했다.

"당신도 익히 알듯이 그는 지금도 단수가 보통이 아닌 늙은이입니다. 나는 그가 몇 해 전에 점성술가를 찾아간 사실을 알고 있어요. 그 여자는 성공이 끝끝내 따르긴 하되, 단 파멸한다면 그 원인은 필경 여자 때문일 거라고 단언했지요."

이제는 그가 그녀의 흥미를 불러일으켰다. 그녀는 뚫어지게 응시했다.

"그것참 이상하군요. 정말 이상해! 여자 때문이라뇨?"

그는 미소를 띠며 어깨를 으쓱해 보였다.

"이제 그가 일에서 손을 놓겠다 하니, 결혼하리라는 것은 기정사실이지 않겠소? 사교계의 미인이 나타나 그가 모은 속도보다 더 빨리 가산을 탕진하겠지요."

나디나가 고개를 저었다.

"아니요, 아니에요. 그런 식이 아니에요. 실은, 저, 내일 런던으로 가요."

"이곳 계약은 어떻게 하고?"

"하루만 비울 텐데요, 뭐. 왕족들이 하듯이 저도 신분을 숨기고 떠날 참이에요. 아무도 제가 프랑스를 떠난 사실을 알 리가 없을 거예요. 당신은 제가 무슨 일로 간다고 생각하세요?"

"요즘 같은 시기에 설마 기분 전환하러 가는 건 아닐 테고, 1월에는 안개가 몸서리치게 끼지 않습니까! 오라, 돈벌이하러 가시는 거로구먼?"

"바로 그거예요."

그녀는 자리에서 일어나 자신만만함이 지나쳐 오만하기까지 한 태도를 보이며 그 앞에 바짝 다가섰다.

"당신은 방금 우리 중에서 어느 누구도 대령을 어찌지 못할 거라고 하셨어요. 하지만 틀렸어요. 제가 해냈어요. 여자인 제가 말이에요. 기지와 용기, 그래요, 용기, 그를 배반하는 데에는 용기가 필요하죠. 당신도 그 '드비어 광산 다이아몬드 사건'을 기억하시죠?"

"그래요, 생각납니다. 킴벌리(남아프리카 중부의 도시)에서 있었던 일 말이죠? 난 그 일과는 아무런 관련이 없어서 자세한 이야기는 들어보지 못했습니다. 어떤 이유에서였는지는 몰라도 그 사건이 흐지부지된 걸로 알고 있는데, 그렇지 않았던가요? 역시 상당한 사건이었겠죠?"

"10만 파운드 가량이 걸린 보석이었어요. 둘이서 그 일을 추진했죠. 물론 대령의 지령에 따라 하긴 했지만. 제가 기회를 노린 게 바로 그때였죠. 그 이야기는 당신도 들어 알겠지만, 마침 당시에 킴벌리에 와 있던 전도유망한 두 청년이 남아메리카에서 가져온 다이아몬드 견본품을 드비어 다이아몬드 일부와 바꿔치기한 거였죠. 모든 죄는 필연적으로 그들에게 돌아가게 되어 있었고요."

"정말 비상하단 말씀이야."

백작이 그만하면 무슨 얘기인지 알아들었다는 듯 중간에서 슬쩍 말을 끼워 넣었다.

"대령이야 언제나 비상하죠. 아무튼 전 제 임무를 해냈어요. 게다가, 대령이 미처 생각지 못한 것도 한 가지 해놓았죠. 그때의 남아메리카 다이아몬드 몇 개를 뒤로 빼돌려 놓았어요. 한두 개는 특히나 독특해서 드비어 광산을 빠져나가기가 여간 힘들지 않았지만요. 이제 그 다이아몬드도 제 수중에 들어와 있고 하니, 저야말로 유리한 고지를 확보해 놓은 셈이죠. 일단 그 두 청년들이 뒤집어 쓴 혐의가 풀리기만 하면 대령의 위치가 크게 흔들릴 게 뻔해요. 저는 몇 해 동안 입을 봉해 왔어요. 비장의 무기가 있다는 사실에 퍽 안심이 되더군요. 그렇지만, 이젠 문제가 달라졌어요. 전 제 몫을 찾겠어요. 엄청난 액수에 달할 거예요, 어마어마할 것이 틀림없어요."

"놀라운 일이군요." 백작이 말했다.

"당신은 다이아몬드를 늘 가지고 다녔소?"

그는 눈길을 돌려 어지러운 방 안을 이리저리 살폈다.

나디나는 부드럽게 웃었다.

"그렇게는 추측하지 않으셔도 돼요. 전 바보가 아니거든요. 다이아몬드는 그 누구도 짐작 못 할 곳에 안전히 보관되어 있어요."

"난 당신이 모자란다는 생각은 한 번도 한 적이 없습니다, 마담. 그렇긴 해도 다소 무모한 것 같다고 말해도 가히 실례가 안 될는지? 대령이 호락호락 넘어갈 인물이 아니라는 것은 당신이 더 잘 알 텐데?"

"제가 두려운 건 대령이 아니에요." 그녀가 웃었다.

"제가 두려워한 인물이 딱 한 사람 있긴 했는데, 그는 죽었어요."

백작은 호기심 어린 눈길로 그녀를 쳐다보았다.

"그렇다면, 그가 다시 살아나지나 말아 달라고 기도해야겠는데요."

그가 가볍게 받아넘겼다.

"무슨 말씀을 하시는 거죠?" 무희가 날카롭게 따져 물었다.

백작은 좀 놀란 듯했다.

"아니, 난 그저 죽은 사람이 다시 살아나면 당신이 놀랄 것 같아서 해본 소리였소. 실없는 농담 가지고 뭘 그러십니까." 그가 변명했다.

그녀는 안도의 한숨을 내쉬었다.

"여부가 있나요, 그는 죽었는데. 전쟁에 나가 죽었어요. 그가 한때는, 저를 사랑했었죠."

"남아프리카에서였죠?" 백작이 지나가는 투로 물었다.

"그래요, 말씀대로 남아프리카에서였어요."

"그곳이 당신 고향 아니던가요?"

그녀는 머리를 끄덕였다. 방문객이 일어나 모자를 집어들었다.

그가 한 마디 했다.

"자, 본인이 가장 잘 아시겠지만, 내가 만일 당신이라면 죽었다 다시 살아난 옛 애인보다는 대령이 훨씬 더 겁나는 사람이 아닌가 싶은데. 그는 특히나 남들이 얕잡아보기 쉬운 사람이죠."

그녀의 웃음에 싸늘함이 서려 있었다.

"당신 말을 듣고 보니 마치 여태껏 그가 어떤 사람인지를 제가 통 모르고 있다는 툰데요!"

"그럼 잘 알고 있다는 말입니까?" 그가 부드러운 어투로 말했다.

"그렇다면 더더욱 놀라운데요."

"어머, 전 바보가 아니에요! 전 혼자서 이 일을 꾸미지 않았어요. 내일 사우댐프턴(영국 남해안의 항구도시)에 남아프리카 우편선이 들어오는데, 그 배에는 제가 이번 일로 특별히 요청해서 아프리카에서 이리로 오는 한 남자가 타고 있어요. 대령은 저뿐만이 아니라 우리 두 사람과 거래를 해야 할 거예요."

"그것이 현명한 일일까요?"

"그럴 필요가 있는 일이죠."

"당신은 그 남자를 믿을 수 있습니까?"

독특하다 싶은 미소가 얼핏 그녀의 입가에 맴돌았다.

"믿을 수 있는 이상이죠. 그는 무능하긴 해도 참으로 믿을 수 있는 양반이에요."

그녀는 잠시 입을 다물고 있다가 어조를 바꾸어 다시 말을 이었다.

"실상을 말씀드리자면, 어쩌다 보니까 그가 제 남편이 되어 버렸어요."

제2장

　이 이야기를 쓰는 데 있어서, 가장 높은 사람에서부터(내스비 경으로 대표됨) 가장 낮은 사람(내가 마지막으로 런던에 있었을 때 본 우리 집 맨 나중의 가정부였던 에밀리로 대표됨)에 이르기까지 내 주위의 모든 사람들이 내 편이 되어 주었다(에밀리 왈, "아가씨, 정말 멋있겠네요. 어머, 그림 같네요!").

　나는 어떠한 일이라도 처리해 낼 만한 자질이 있음을 스스로 인정하는 바이다. 시작부터 모든 일이 뒤죽박죽이었지만, 나는 사건의 핵심부까지 깊이 파고들어가 성공리에 '끝까지 그 결말을 지켜보았다'고 자부한다. 무엇보다도 다행스러웠던 것은, 역시 내 지식만으로 감당할 수 없는 부분에서는 유스터스 페들러 경이 기꺼이 자신의 일기를 내가 유용하게 쓸 수 있도록 배려해 준 덕분에 충분히 감당할 수 있었다는 사실이다.

　자, 이제 이야기가 시작된다. 지금부터 앤 베딩펠드가 겪은 모험담을 들려주고자 하는 것이다.

　나는 언제나 모험을 갈망해 왔다. 내 삶이란 지겨우리만큼 단조로운 것이었다. 아버지인 베딩펠드 교수는 영국이 낳은 위대한 원시인 학자 중 한 분이다. 아버지는 정말로 천재였다─모든 사람이 그 점을 인정하고 있었다. 아버지의 영혼은 구석기 시대에 가 있었으니, 아버지의 육신이 현대사회에 머무르고 있는 게 아버지에게는 매우 불편했을 것이다. 아버지는 현대인에게는 관심이 없었다. 신석기 시대 사람들까지도 아버지에겐 목동 정도에 불과했으며, 무스테리안기(구석기 시대의 한 문화시대로, 제3간빙기에서 뷔름 빙하기에 이르는 BC 5~6만 년경)에 이를 때까지는 만족을 하지 못했다.

　불행하게도 지금의 우리는 현대인 없이 살아갈 수는 없다. 정육점 주인, 빵 가게 주인, 우유 배달부, 채소 가게 주인 할 것 없이 온갖 직업의 사람들과 접촉해야 하는 것이다. 아버지가 과거에서 한참 헤매고 있는 와중에 어머니가 돌아가셨는데, 그때 나는 갓난아이였다. 그 덕분에 나는 삶의 실질적인 면에 눈을 일찍 떴다. 솔직히 말해서 나는 오리냐크인이건, 무스티에인이건, 셸인이건, 무엇이건 간에 구석기인이라면 딱 질색이다. 그러면서도 나는 아버지의 저서인 《네안데르탈인과 그 조상》의 대부분을 타자 쳐주고 정서해 드렸다.

네안데르탈인 그 자체만으로도 내가 혐오하기에 충분했으며, 그들이 아득한 옛날에 사멸했다는 사실이 내겐 얼마나 다행스런 일인지 모르겠다는 생각에 젖어들곤 했다.

그 점을 아버지가 눈치 챘는지는 잘 모르겠지만(아마 아니겠지만), 어떠한 경우라도 아버지는 관심이 없었을 것이다. 타인의 의견에 대해서 아버지는 전혀 관심을 갖지 않았다. 내 생각으로는 그 점이 아버지의 위대한 점인지도 모른다. 당연한 일이겠지만, 아버지는 일상생활과는 너무나도 동떨어져 있었다.

아버지는 앞에 놓인 음식을 묵묵히 드시긴 했지만, 값을 치러야 할 때가 되면 사뭇 괴로워했다. 우리는 한 번도 돈이 넉넉해 본 적이 없었다. 아버지의 명성은 돈과는 무관했다. 아버지는 사회적으로 중요한 일을 해 왔고, 무수한 용어들이 아버지 이름을 따서 명명되었지만, 일반 대중들은 아버지의 존재를 거의 몰랐고, 아버지의 오랜 연구 저서들이 제아무리 인간의 지식에 기여한 바가 크다 한들 대중들의 눈길을 끈 것은 아니었다.

아버지가 대중의 관심을 끈 일이 딱 한 번 있긴 있었다. 이전에 아버지가 어떤 학회에 나가서 새끼 침팬지에 관한 논문을 발표한 적이 있었는데, 그것은 인간의 아이들이 유인원 비슷한 특징을 보여 주는 반면, 침팬지 새끼는 어른 침팬지보다는 훨씬 인간에 가깝다는 내용이었다. 다시 말해서, 우리 조상이 유인원에 가까웠던 반면, 침팬지의 조상은 지금 종족보다 훨씬 진보된 것으로서, 바꿔 말하자면 침팬지는 결국 퇴화했다는 이야기가 된다. 한창 번창일로에 있던 '데일리 버젯' 신문은 짜릿한 기삿거리가 궁하던 판에 그 사실을 커다란 표제어로 실었다.

'우리가 원숭이에서 진화된 것이 아니라, 원숭이가 우리에게서 퇴화된 것이 아닐까? 권위 있는 교수의 발언에 의하면 침팬지란 몰락한 영장류라는 것

이다.'

얼마 안 있어 웬 기자 양반이 아버지를 만나러 와서는 아버지에게 그 이론으로 연재물을 써 달라고 간곡히 부탁했다.

나는 아버지가 그때처럼 크게 화를 내신 것을 본 적이 없다. 아버지는 대충 인사를 한 뒤 기자를 집 밖으로 내몰았다. 하지만, 당시 우리는 돈이 똑 떨어져 있던 상태라 나의 내밀한 슬픔은 더욱 깊어만 갔다. 나는 순간적으로 그 청년을 뒤쫓아가서 어쩌면 아버지가 마음을 바꾸시고 그 기사를 써서 송고할지도 모른다고 말해 볼까도 생각했다. 그 기사 정도라면 나라도 충분히 쓸 수 있었으며, 게다가 아버지는 데일리 버젯 신문을 안 보시니까 나와 그 청년 간의 거래를 전혀 눈치 채지 못할 것이다. 그렇지만 나는 그 방법이 위험 부담률이 너무 큰 것 같아서 그만두기로 하고, 있는 것 중에서 제일 쓸 만한 모자를 골라서 쓴 다음 화가 나게도 생긴 식료품 가게 주인을 만나러 쓸쓸히 동네로 내려갔다.

데일리 버젯 신문의 기자가 우리 집을 방문한 유일한 청년이었다. 난 한때 에밀리가 부러웠던 적이 있었는데, 그녀는 기회만 있으면 약혼 중이던 덩치 큰 선원과 함께 외출했다. 그녀가 표현한 바에 의하면, '솜씨를 발휘'하려고 간간이 식료품 가게 청년과도, 약국 조수와도 데이트를 했다는 것이다.

내 생각은 나에겐 '솜씨를 발휘'할 만한 상대가 아무도 없다는 사실에 가서 멎었다. 아버지 친구 분들은 하나같이 나이 든 신사분들이어서 대개 턱수염을 기르고 있기가 다반사였다. 한번은 페터슨 교수가 '잘록한 허리로구먼.' 하면서 사랑스럽다는 듯이 나를 슬쩍 껴안고서 키스를 하려고 덤빈 적이 있었다. 그 문구 한 가지만 봐도 그가 얼마나 진부하기 짝이 없는 사람인지 여실히 증명되었다. 나처럼 자부심이 강한 여자치고 요람에 있을 때부터 '잘록한 허리'를 가지고 있는 사람도 아마 없을 것이다.

나는 모험과 사랑과 로맨스를 갈망해 왔으나, 그저 단조로운 생활이나 영위하라고 운명 지어진 듯했다. 우리 동네에는 구질구질한 소설류가 구비된 대출 (貸出) 도서관이 있었는데, 나는 모험물과 애정물에 치중해서 책을 빌려다 읽었으며, 잠자리에 들어서는 적들을 한방에 무찌르는 강인하고 과묵한 로디지아인(로디지아는 아프리카 남부의 중앙지역으로서, 현재의 잠비아와 짐바브웨를 가리킨다. 한편, 로디지아인은 북로디지아의 브로큰 힐 광산에서 1921년에 발견된 원생인류의 하나로서, 후기 구석기 시대의 인류라고 생각된다)을 꿈꾸었다. 우리 동네에는 한방이건 여러 방이건 적을 때려눕힐 만하게 생긴 작자가 아무도 없었다.

그런데 미처 느끼지도 못한 사이에 뜻하지도 않은 사건이 내게로 시시각각 다가올 줄은 꿈에도 몰랐다.

북로디지아의 브로큰 힐 광산에서 고대인의 두개골이 발견되었다는 사실에 대해 듣도 보도 못한 사람들이 수두룩하다는 사실은 충분히 있음직한 일이다.

어느 날 아침 아버지가 숨이 넘어갈 듯이 흥분해 있길래 무슨 일인가 하여 내려와 보았다. 아버지는 내게 이야기를 폭포수처럼 쏟아 놓았다.

"알겠어, 앤? 확실히 자바인의 두개골과 흡사한 데가 있긴 해. 그렇지만, 겉으로 봐서, 겉으로 보기에만 그런 게지. 절대 그렇지 않아. 여기 내가 여태껏 주장해 온 바대로 네안데르탈인의 원형을 우리는 확실히 알고 있잖아. 지브로올터(스페인 남부, 아프리카 맞은편 도시)에서 발견된 두개골이 최초로 발견된 네안데르탈인의 두개골이라는 사실은 인정하지? 왜? 인류의 발상지는 아프리카였어. 그들이 유럽으로 건너와……."

"훈제 청어에 마멀레이드를 발라선 안 돼요, 아빠."

나는 아버지의 방심한 손을 얼른 제지시키며 말했다.

"그래서요, 그다음에는요?"

"그들이 유럽으로 건너와서……."

입속 가득한 훈제 청어의 뼈가 목에 걸리는 바람에 사래가 들려 아버지는 말을 계속 이을 수가 없었다.

"어쨌든 우리는 곧 출발해야 해."

식사를 마친 뒤 자리에서 일어나면서 아버지가 선언하듯 잘라 말했다.

"우물쭈물하고 있을 때가 아니야. 우린 현장에 가 있어야 해. 그 부근에서 틀림없이 생각지도 못한 것들을 발견하게 될 게야. 그 석기(石器) 도구들이 과연 전형적인 무스테리안기의 것인지를 실제로 규명해 보고 싶어. 어쩌면 원시 들소의 잔해가 남아 있을 수도 있겠지. 털이 난 코뿔소 류가 아닌 것으로 말이야. 더욱이 곧 소(小)원정대가 출발한다는 소문이 있더구나. 우린 그들을 앞질러 가야 해. 오늘 토머스 쿡 여행사에 편지를 낼 수 있지, 앤?"

"돈은 어디서 구하죠, 아빠?" 내가 슬며시 깨우쳐 드렸다.

아버지는 책망하는 눈길을 내게로 던졌다.

"넌 언제나 날 기죽게 만드는구나. 우리는 돈 때문에 천박해져서는 안 된다. 그럼, 안되고말고. 과학에 몸 바칠 사람이 돈을 좋아해서는 안 되지."

"하지만 쿡 여행사는 이윤을 목적으로 하잖아요, 아빠."

아버지는 창백해 보였다.

"앤, 현찰로 지불할 수 있잖나?"

"현찰이라고는 한 푼도 없어요."

아버지는 완전히 맥이 빠진 듯했다.

"내 딸아, 난 이처럼 저속한 돈 문제로 너와 왈가왈부하고 싶진 않다. 실은 은행에서—어제 지점장한테서 뭔가가 날아들었는데, 내가 2파운드를 갚아야 한다는구나."

"그건 아빠가 낸 당좌수표 때문일 거예요."

"아, 그렇지! 출판사에 편지를 내려무나."

나는 미심쩍어하면서도 마지못해 그러마고 했는데, 아버지가 쓴 책은 언제나 돈보다는 명예 쪽이었다. 나는 얼마나 로디지아행을 갈망했는지 모른다.

'강인하고 과묵한 로디지아인.' 나는 꿈에 젖어 혼잣말로 중얼거렸다. 그런데 또 아버지의 모습에서 미비한 점이 평소처럼 눈에 띄었다.

"그 신발은 안 어울려요, 아빠. 그 갈색 신발은 벗으시고 검은색을 신으세요. 머플러 두르는 것도 잊지 마시고요. 아주 추운 날이에요."

몇 분 뒤에 아버지는 신발도 제대로 신고 머플러도 제대로 두른 모습으로 의젓하게 집을 나섰다.

그날 밤 아버지는 늦게 돌아왔는데, 머플러도 외투도 없이 나타난 아버지의 모습에 난 깜짝 놀랐다.

"그래, 앤, 네가 옳았어. 그 동굴로 들어가면서 벗었지. 더러워질까 봐 말이야."

나는 아버지가 머리끝에서 발끝까지 온통 선신세(제3기 최신세) 지층의 흙을 뒤집어쓰고 집에 돌아온 적이 있었음을 기억해 내고는 수긍이 간다는 듯 고개를 끄덕였다.

　우리가 리틀 햄슬리에 자리를 잡은 가장 큰 이유는, 이 동네가 오리냐크기의 유적이 많이 묻혀 있는 햄슬리 동굴 가까이에 있기 때문이었다. 마을에는 조그만 도서관이 있었는데, 도서관 관장과 아버지는 동굴 속을 샅샅이 돌아다니면서 털이 난 코뿔소와 동굴곰 일부를 세상의 빛 가운데 드러내는 데 시간의 태반을 보냈다.

　아버지는 그날 저녁 내내 기침을 했는데, 다음 날 아침 난 아버지의 몸에서 열이 난다는 사실을 알고는 의사를 부르러 갔다.

　가엾은 아버지는 운이 지독히도 없었다. 폐렴이 겹친 것이다.

　아버지는 나흘 뒤에 세상을 떠나셨다.

제3장

모든 사람들이 나에게 친절히 대해 주었다. 넋이 빠진 와중에도 나는 그 점에 감사했다. 나는 더 이상 비탄에만 잠겨 있지는 않았다. 아버지가 날 사랑한 적이 없었다는 것을 난 잘 알고 있었다. 아버지가 날 사랑했더라면 그 보답으로라도 나도 아버지를 사랑했을 것이다. 그런데 우리 사이엔 애정은 없었고 서로를 연결하는 유대감만 남아, 나는 아버지의 시중을 들기만 했으며 학문과 과학에 대한 아버지의 굳은 신념을 내심 흠모했다. 그런데 아버지가 한참 자기 삶에 재미를 붙이고 있을 즈음에 돌아가셨다는 사실이 내 가슴을 아프게 했다. 부싯돌 도구가 널려 있고 순록이 그려진 동굴 속에 아버지를 묻어 드릴 수만 있었더라면 내 기분이 한결 나아졌을 텐데, 주위의 이목 때문에 소름이 쭉 끼치는 우리 동네의 교회 마당 어귀에다(대리석 안치대가 비치된) 깨끗한 묏자리를 만들어 모시지 않을 수 없었다. 교구 사제의 위로의 말은, 물론 좋은 뜻을 가지고 있겠지만 하나도 내 맘에 와 닿지 않았다.

내가 항상 갈망해 온 것은 자유였으며, 그것이 마침내 실현되었다는 생각이 어렴풋이 들기 시작한 것은 얼마간의 시간이 지난 뒤였다. 나는 고아였고 땡전 한 푼 없었지만 자유로웠다. 그와 동시에 나는 주위 사람들이 모두 각별히 친절하게 대해 준 사실을 깨달았다. 교구 사제가 동료로서 자기를 도와 줄 마누라가 시급하다고 간곡히 날 설득하려 들었다. 우리 마을의 작은 지방 도서관은 갑작스럽게 보조 사서를 구한다고 결정을 내렸다. 그러다가 종국에는 의사가 날 찾아와서 청구서를 제때 발송하지 못한 데 대해 여러 가지 잡다한 변명을 우스꽝스럽게 늘어놓으며 한참동안 헛기침을 해가면서 말머리를 못 잡더니, 느닷없이 나더러 자기와 결혼해 달라고 하는 것이었다.

나는 말할 수 없이 놀랐다. 그 의사는 마흔 살이 가까워 오는 양반으로, 동글동글하고 땅딸막한 남자였다. 그는 강인하고 과묵한 로디지아인과는 전혀 딴판이었다. 나는 잠시 생각해 보고 나서 왜 나와 결혼하기를 원하느냐고 그에게 물었다. 그 말에 그는 얼굴이 벌게지더니, 일반 개업의사에게 마누라는 굉장한 도움이 된다고 우물쭈물하는 것이었다. 그 자리는 저번보다 훨씬 덜 낭만적인 것이었는데도 내 맘속에서 뭔가가 그 제안을 받아들이라고 부추겼다.

안락함. 내가 제공받을 수 있는 건 바로 그것이었다. 안락함과 편안한 집. 몇 차례 생각해 보고 나니 내가 그 왜소한 남자에게 너무 심하게 굴었다는 생각이 들었다. 그가 날 사랑하는 것만큼은 사실이었으나, 왠지 실수일 것만 같은 미묘한 감정이 그의 구애에 대해 그런 식으로밖에 표현하지 못하게 했다. 어쨌든 낭만적인 내 사랑은 반발했다.

"대단히 친절하시군요. 그렇지만 그럴 수는 없어요. 전 상대를 열정적으로 사랑하지 않는 한 결코 그와 결혼할 수 없어요."

"그러면 아니라는……?"

"예, 그래요." 내가 단호하게 말했다.

그는 한숨을 토해 냈다.

"그렇다면, 앤 양, 앞으로 어떡하실 작정입니까?"

"모험을 하면서 세상을 돌아다닐 거예요."

내가 조금도 주저함이 없이 대답했다.

"앤 양, 당신은 아직도 너무나 어린아이 같군요. 내 말을 이해 못 하는……"

"실질적인 어려움 말인가요? 그래요, 전 알고 있어요, 의사 선생님. 전 감상적인 여학생이 아니에요. 전 약아빠진 보수만이 목적인 바가지 긁는 여자가 될 거예요! 저와 결혼하게 되면 더 잘 아시게 될 텐데요!"

"당신이 다시 생각해 봤으면……"

"그럴 수 없어요."

그는 다시 한숨을 내쉬었다.

"그렇다면 또 다른 제안이 있어요. 웨일즈에 사는 우리 숙모님이 자기를 도와 줄 젊은 아가씨를 물색하는 중입니다. 어째 그것은 맘에 드시는지?"

"아닙니다, 선생님. 전 런던으로 갈 거예요. 다른 곳에서도 능히 일어날 일들이라면 런던에서도 일어나겠죠. 전 눈을 부릅뜨고 세상 돌아가는 것을 살펴 겠어요. 그러면 선생님도 알게 되겠지만, 상황이 돌변할 거예요! 다음번엔 아마도 중국이나 팀북투(아프리카의 고대 도시)에서 제 소식을 듣게 될걸요."

그다음 방문객은 플레밍 씨로, 런던에 있는 아버지의 사무변호사였다. 그는 특별히 날 만나려고 이리로 내려왔다고 한다. 그분도 사실 대단한 인류학자여서 아버지의 업적을 아주 높이 평가하는 사람들 중 하나였다. 그는 야윈 얼굴에 회색 머리를 한 키가 크고 호리호리한 남자였다.

내가 방으로 들어가자, 그가 인사하려고 일어나더니 내 양손을 모아쥐고 다정스럽게 손등을 두드렸다.

"불쌍한 아가씨, 가엾은 사람." 그가 말했다.

내 행동이 위선인지 미처 의식도 하기 전에 나는 사고무친의 고아처럼 처신하는 날 느꼈다. 그가 내게 최면술을 걸어 무기력하게 만들었나 보다. 그는 인자하고 친절하며 마치 아버지같이 느껴지는 사람이었는데, 나를 각박한 세상에 홀로 내버려진 오갈 데 없는 가엾은 소녀로 여기는 것이 틀림없었다.

나는 처음으로 내가 그 반대라는 것을 그에게 확신시키려 든다는 것이 아무 소용도 없는 짓이라는 데에 생각이 미쳤다. 돌아가는 상황이 그래 봤자 인 것 같았다.

"자, 어여쁜 아가씨, 내가 당신에게 몇 가지 점을 명쾌하게 설명해 주는 동안 내 얘기에 귀를 기울여 줄 수 있겠소?"

"예, 그러겠어요."

"앤 양도 알다시피 아버지는 아주 훌륭하신 분이오. 후세 사람들이 그분에게 감사를 드려야 할 것이오. 그렇지만 그분은 사업적인 재능은 없었소."

그 점은 플레밍 씨보다는 덜 할는지 모르지만 나 역시 너무도 잘 알고 있는 터였다. 그러나 그렇게 말하고 싶은 감정을 자제했다.

그가 계속 말을 이었다.

"아가씨가 이러한 문제를 깊이 이해하리라고는 기대하기 어렵지만, 되도록 이해가 가게끔 설명해 주도록 노력해 보겠소."

그는 필요 이상으로 길게 설명을 늘어놓았다. 결론은 내게 남겨진 유산이라고는 겨우 87파운드 17실링 4펜스라는 사실을 알아야 한다는 것이었던 것 같다. 당연했음에도 불구하고 그 액수가 이상하리만큼 작아 보였다. 나는 다음번에는 무슨 말이 나올지 마음을 졸이며 기다렸다. 플레밍 씨도 혹시 스코틀랜드에 숙모가 있는데, 참신한 젊은 아가씨를 구하고 있다는 말을 하려는 것은 아닐까 두려웠다. 겉으로 봐서 그것은 아닌 것 같았다.

그가 계속했다.

"문제는 앞으로의 일이오. 아가씨는 살아 있는 친척도 없는 걸로 알고 있는데?"

"전 이 세상에서 단 혼자예요."

나는 마치 내가 영화에 나오는 여주인공이나 되는 것처럼 군 것에 다시금 놀랐다.

"친구들은 있소?"

"모든 사람들이 제게 친절히 대해 주었어요."

내가 고맙다는 투로 말했다.

"이렇게 젊고 매력적인 아가씨에게 그 누군들 친절하지 않을 수 있겠소?"

플레밍 씨가 쌀쌀하게 말했다.

"자, 자, 아가씨, 할 수 있는 일이 무엇인지 모색해 봐야 합니다."

그가 잠시 주저하더니 말했다.

"예컨대, 당분간 우리 집에서 함께 지내는 것은 어떻겠소?"

나는 그러한 기회가 와준 것에 뛸 듯이 기뻤다. 런던이라니! 특이할 만한 일들이 일어날 수 있는 장소가 아닌가.

"정말이지 친절하시군요. 진짜 그래도 되겠어요? 제가 당분간 알아볼 동안만요. 선생님도 아시겠지만, 제 밥벌이를 시작해야만 하거든요."

"됐소, 됐어, 아가씨. 잘 알고 있소. 뭔가, 적당한 걸로 찾아볼 만한 게 있을 거요."

나는 직감적으로 플레밍 씨가 말하는 '뭔가 적당한 걸로'와 내 생각 사이엔 큰 간격이 있다는 것을 느꼈지만, 그러한 내 견해를 떠벌일 순간은 결코 아니었다.

"그것으로 모든 게 해결됐소. 오늘 당장 떠나지 못할 이유도 없잖소?"

"오, 감사합니다. 하지만 부인께서……."

"내 아내는 당신을 충심으로 환영할 겁니다."

나는 세상의 남편들이 자기가 알고 있다고 생각하는 만큼이나 자기 아내에 대해 알고 있는지 적이 의심스러웠다. 내게 만일 남편이 있는데, 그가 내 생각을 먼저 타진해 보지도 않고 다짜고짜 고아를 집으로 끌어들인다고 한다면 남편이 꽤나 미울 것이다.

"역에서 내 아내에게 전보를 치도록 합시다." 그 변호사가 말했다.

소지품들이 얼마 되지 않아 짐은 곧 꾸릴 수 있었다.

모자를 쓰기 전에 나는 슬픈 시선으로 그것을 응시했다. 원래 내가 '메리'라고 부르던 모자였는데, 그런 모자는 하녀들이 외출할 때나 쓰는 것이라는 뜻에서 붙여 준 이름이었으나, 이 모자만은 달랐다! 가장자리가 적당히 눌린 검은 짚으로 만든 찌그러진 모자였다. 비범한 감각으로 처음엔 그것을 발로 차고 두 번째는 적당히 두들긴 다음, 꼭대기 부분을 안으로 밀어 넣어 거기에 입체파 화가가 묘사한 듯한 홍당무를 담았다. 그러고 나니까 확실히 독특한 멋이 났다. 당연히 그 홍당무는 벌써 치워 없었으므로 지금 나는 원상태로 돌려놓기 위해 나머지 잔손질을 해야 했다. '메리' 모자는 예전의 형태를 되찾긴 했는데, 이전보다 더 눌려져서 더 많이 찌그러진 모자가 되어 버렸다.

나는 이왕이면 사람들이 생각하는 고아라는 개념에 부합되도록 보이는 편이 나았다. 플레밍 부인에게 있어 나라는 존재는 신경 쓰이고 거슬리겠지만, 내 외모가 적개심을 없애는 효과를 십분 발휘하기를 바랐다.

플레밍 씨도 마찬가지로 신경이 곤두서 있었다. 나는 우리가 조용한 런던의 켄싱턴 스퀘어에 있는 커다란 저택 계단을 밟고 올라가는 중이라는 것을 깨달았다. 플레밍 부인이 날 아주 기쁘게 반겨 주었다. 그녀는 '현모양처'형의 통통하고 온화한 여자였다. 그녀는 나를 무늬 없는 친즈 커튼이 드리워진 침실로 안내하더니, 맘에 들었으면 좋겠다고 말하면서 15분 뒤면 차(茶)가 준비될 거라고 일러주고는 날 편히 있도록 내버려두고 나갔다.

나는 그녀가 아래층 응접실로 들어서면서 약간 톤이 올라간 어조로 말하는 소리를 들었다.

"아니, 헨리, 대관절 뭣 때문에……."

나는 나머지 말은 들을 수 없었지만, 그녀의 어조가 신랄했다는 것만큼은 명백했다. 몇 분 지나자 또 다른 말이 내 귓전을 맴돌았는데, 그건 좀더 매서운 어조였다.

"나도 당신 말에 동감이오! 그녀는 확실히 굉장한 미인이오."

정말로 피곤한 삶이었다. 여성의 외모가 훌륭하면 남자들은 그 여성에게 친절히 대해서는 안 되고, 여자들은 으레 퉁명스럽기 마련이다.

깊은 한숨을 내쉬면서 나는 머리 손질을 하기 시작했다. 나는 근사한 검은 머리칼을 갖고 있었다. 짙은 갈색이 아닌 진짜로 검은색인데, 이마 뒤로 잘 빗어 넘겨 귀까지 내려왔다. 난 손으로 대충대충 머리를 위로 마구 쓸어올렸다. 그렇게 하고 나니 나는 믿기지 않을 정도로, 작은 보닛 모자를 쓰고 붉은 망토를 걸친 채 거리로 뛰쳐나온 고아나 다름없었다.

아래층으로 내려가니 플레밍 부인의 눈길이 드러난 내 귀에 가서 아주 따뜻하게 머무는 것이 느껴졌다. 플레밍 씨는 어리둥절해하는 것 같았다. 그는 틀림없이 속으로, '저 아이가 무슨 짓을 한 거야?'라고 말했을 것이다.

대체적으로 그날의 나머지 시간들은 별 탈 없이 지나갔다. 나는 뭔가 일거리를 찾으러 나서야겠다는 데에 생각이 미쳤다.

침실로 들어가서 나는 거울에 비친 내 모습을 허심탄회하게 바라보았다. 난 정말로 예쁜가? 솔직히 말해서 그렇다고는 할 수가 없었!

나는 그리스인처럼 곧은 코를 가진 것도 아니고, 장미 꽃봉오리 같은 입술도 아니었으며, 그 나머지도 별 수 없었다. 교구 목사가 한번은 나에게 내 눈이 '깊고 깊은 숲속에 갇혀 빛나는 햇살' 같다고 얘기 한 적이 있긴 했지만, 교구 목사들이란 으레 수많은 인용구들을 알고 있기 마련이고, 또 시도때도없이 그 어구들을 남발한다. 나는 노란색이 감도는 짙은 초록색 눈보다는 아일랜드인의 푸른색 눈이 훨씬 좋았다! 그렇긴 해도 모험녀(冒險女)에게 초록색은 잘 어울리는 색깔이다.

나는 팔과 어깨를 드러낸 채 검은 의상을 몸에 꼭 끼게 입었다. 그러고 나서 귀까지 오도록 다시 머리를 뒤로 잘 빗어 넘겼다. 얼굴에는 분을 덕지덕지 발라서 평소보다 훨씬 더 희게 보이게 했다. 그러고는 샅샅이 뒤져 좀 오래된 립스틱을 찾아낸 다음 입술에 짓이겨 처발랐다. 그러고 난 뒤 코르크를 태워서 눈 밑에 칠했다. 마지막으로, 훤히 드러난 어깨에 붉은색 리본을 드리우고 머리에는 진홍빛 깃털을 꽂은 다음 입 귀퉁이에 담배를 꼬나물었다. 전체적인 효과가 아주 만족스러웠다.

'모험녀 안나' 내가 내 자태에 머리를 끄덕이며 크게 외쳤다.

'모험녀 안나. 에피소드 1. 켄싱턴가(街)의 집!'

여자들이란 어리석은 존재들이다.

제4장

몇 주가 연속되면서 나는 말할 수 없이 지루해졌다. 플레밍 부인과 그 친구들은 내 취향에는 전혀 안 맞는 인물들이었다. 그들은 몇 시간이고 자신들과 자녀들의 이야기에 열을 올리면서, 우유가 신선하지 않을 때에는 우유 회사에다 어떤 식으로 얘기해야 하는가를 논하였다. 그리고 나면 이야기는 하인들에게로 옮아가서, 하인들을 구하기가 여간 어렵지 않다는 거며, 직업소개소 여사원에게 자신들이 뭐라고 이야기했고, 또 그 여사원이 자기들한테 뭐라고 했는지에 관해 사설을 늘어놓았다. 그들은 전혀 신문도 안 읽는 모양인지, 세상이 어떻게 돌아가는지에 대해서는 관심도 없어 보였다. 그들은 여행을 싫어한다 —모든 것이 영국과는 너무나 딴판이라는 것이다. 리비에라(남프랑스의 휴양지)는 그런 대로 괜찮은데, 그 이유는 거기에 가면 친구들을 몽땅 만날 수 있어서라고 했다.

가만히 듣고 있으면 가슴이 답답해 온다. 이 여자들은 대개가 부자였다. 마음만 먹으면 이 넓고 아름다운 세상 전체를 실컷 돌아다닐 수 있을 텐데도, 그들은 일부러 고리타분하고 칙칙한 런던 구석에 틀어박혀 우유 배달부와 하인들에 대한 이야기나 나누는 것이었! 지금에서야 과거를 되짚어 생각해 보니, 난 처박혀 있는 것을 참지 못하는 성격이었던 것 같다. 그래도 그들은 어리석었다. 직업을 선택하는 데 있어서도 그렇다. 그들 대다수가 가장 어울리지 않게도 살림살이에 시간을 허비하는 것이다.

내 일은 그리 잘 진전되는 편이 아니었다. 집과 가구가 팔렸으나 겨우 빚이나 갚을 정도였다. 아직도 난 적당한 일거리를 찾지 못했다. 내가 진정으로 바라는 것 한 가지만 빼놓고는! 나는 확고한 신념이 있었는데, 만일 모험을 찾아나선다면 내 기분이 어느 정도 충족될 것 같다는 것이다. 내 이론대로 하자면,

뜻이 있는 곳에 길이 있기 마련이다.

바야흐로 내 이론이 실제로 증명되었다. 1월초였는데, 어떤 여자와 별반 성과가 좋을 것 같지 않은 면접을 마치고 돌아오면서 생각해 보니, 그쪽에서는 하루 꼬박 12시간을 일하고 1년에 25파운드를 손에 쥐는 튼튼한 청소부를 요구한 듯했다. 그녀와 상호간에 은근히 무뚝뚝한 인사를 나눈 뒤 에지워어로(路)를 내려와(면접은 세인트 존스 우드에 있는 어떤 집에서 했음) 하이드 파크 공원을 지나 세인트 조지 병원 쪽으로 갔다. 거기서 하이드 파크 코너 지하철역으로 들어가 글로스터 로드행 표를 샀다.

일단 플랫폼에 서 있다가 나는 그 끝으로 걸어갔다. 역 건너 바로 다운가(街) 쪽으로 난 두 터널 사이에 있는 개구부(開口部)에 전철기(轉轍機, 철도 선로의 분기점에 붙여 차량을 딴 선로로 옮기는 장치)가 제대로 설치되어 있는지 확인하고자 하는 마음에서였다. 나는 그것이 제대로 놓여 있음을 발견하고는 바보처럼 즐거워했다. 플랫폼에는 사람이 별로 없었고, 맨 끝에는 어떤 남자 한 사람과 나뿐이었다. 그를 지나쳐 가다가 나는 느닷없이 코를 킁킁거렸다.

세상에서 참지 못할 냄새가 하나 있는데, 그게 바로 좀약 냄새였다! 그 냄새는 이 남자가 걸친 품위 있는 외투에서 났다. 대부분의 남자들이 1월도 되기 전에 외투를 꺼내 입으므로, 이때쯤이면 당연히 냄새가 가셨어야 했다. 그 남자는 나보다 더 앞쪽, 그러니까 터널 맨 가장자리에 서 있었다. 그가 생각에 골몰한 듯이 보여서 난 마음 놓고 그를 쳐다볼 수 있었다. 그는 키가 작고 마른 체격에다, 얼굴이 갈색으로 검게 탔으며, 엷은 푸른색 눈동자에 검은 턱수염을 짧게 기르고 있었다.

외국에서 온 지 얼마 안 됐나 보다고 내 나름대로 판단했다. 그래서 그의 외투에서 냄새가 나는 거야. 인도에서 왔나 봐. 턱수염을 기른 걸 보면 공무원은 아닐 거야. 차(茶) 재배자일지도 몰라.

바로 그때 그 남자는 플랫폼 쪽으로 돌아 나오려는 듯 몸을 돌렸다. 그가 나를 흘깃 쳐다보는 듯하더니, 그의 눈길이 내 뒤에 있는 뭔가에 가서 멎으면서 표정이 싹 바뀌었다. 두려움으로 일그러졌는데, 공포에 사로잡힌 것 같았다.

그는 자신도 미처 느끼지 못한 사이에 어떤 위험 속으로 빨려 들어가는 것처럼, 자신이 플랫폼 맨 끝에 서 있다는 사실도 잊은 듯 뒤로 주춤주춤 물러 나다가 그대로 떨어져 버렸다.

선로가 지지직거리는 것이 선명하게 보이더니 와장창 하는 소리가 났다. 나는 비명을 질렀다. 사람들이 앞으로 달려 나왔다. 두 명의 역원이 속수무책으로 서 있다가 뭐라고 떠들어대기 시작했다.

나는 공포에 질려 그 자리에 얼어붙은 듯이 서 있었다. 한편으로는 예기치 않은 사고에 오싹했으나, 또 한편으로는 그 남자가 플랫폼에서 전류가 흐르는 선로로 왜 발을 내딛게 되었는지, 그 원인이 과연 무엇인지 호기심이 나서 곰곰 따져 보게 되는 것이었다.

"좀 지나갑시다. 의사입니다."

갈색 턱수염을 기른 키 큰 남자가 비집고 들어오더니 나를 지나쳐 가서 미동도 하지 않는 몸 위로 허리를 굽혔다. 그가 검시(檢屍)를 하는 동안 나는 왠지 실감이 안 나는 이상야릇한 기분에 사로잡혔다. 이 일은 사실이 아니야, 사실일 리가 없어.

마침내 의사가 몸을 펴고 일어서더니 머리를 흔들었다.

"즉사했습니다. 손 써볼 방도가 없습니다."

사람들이 점점 더 웅성거리며 모여들자 화가 난 역원이 언성을 높였다.

"여러분, 이러지들 말고 뒤로 물러서시오. 우르르 몰려와서 뭘 어쩌겠다는 겁니까?"

왈칵 구역질이 치밀어올라 나는 무턱대고 몸을 돌려 계단으로 다시 뛰어올라가 엘리베이터 앞에 섰다. 너무나도 끔찍하다는 생각이 들었다. 나는 시원한 공기를 쐬어야만 했다. 아까 시체를 검시한 의사가 바로 내 앞에 서 있었다. 그 엘리베이터가 막 올라가려는 순간 또 다른 엘리베이터가 내려왔는데, 그가 갑자기 뛰어들었다. 그러다가 그는 종이쪽지 하나를 떨어뜨렸다.

나는 거기 서 있다가 그것을 주워서 그를 막 뒤쫓으려 했다. 그러나 내 면전에서 엘리베이터 문이 찰칵 닫혀 버려 손에 쪽지를 쥐고 서 있을 수밖에 달리 도리가 없었다. 그때 두 번째 엘리베이터가 지면과 같은 높이로 내려섰으나, 내가 쫓아가려던 사람은 온데간데없었다. 나는 그것이 잃어버려 봤자 그에게 별반 중요한 것이 아니기를 바라면서 처음으로 그 쪽지를 눈여겨보았다.

그것은 보통의 공책 반장 크기로, 거기에는 어떤 숫자와 단어가 연필로 휘갈겨 쓰여 있었다.

17 · 122 킬모든 캐슬

첫눈에 봐서는 조금도 중요한 것 같아 보이지 않았다. 아직도 나는 그것을 버릴까 말까 망설이고 있었다. 그것을 손에 쥐고 우두커니 서 있자니 괜히 불쾌해져서 코를 씰룩거렸다. 또다시 좀약 냄새가 나는 게 아닌가!

나는 종이를 코에 바짝 갖다 댔다. 맞았다. 냄새는 거기서 강하게 뿜어져 나오고 있었다. 그런데 아까는…….

나는 종이를 조심스럽게 접어 핸드백에다 집어넣고는 이 생각 저 생각 하면서 천천히 집으로 걸어 돌아왔다.

나는 지하철역에서 끔찍한 사고를 목격해서 속이 좋지 않아 방에 가서 좀 누워야겠다고 플레밍 부인에게 말했다. 친절한 부인은 내게 차를 한 잔 들어보라고 했다. 차를 마신 뒤 혼자 있게 되자, 집으로 오면서 생각했던 바를 구체화시키는 데 주력했다.

나는 의사가 시체를 검사하는 동안 느꼈던, 왠지 진짜 같지 않다는 생각이 어째서 들게 되었는지를 규명하고 싶었다. 처음에는 시체와 똑같은 자세로 바닥에 누워 보았다가 그다음엔 나 대신 긴 베개를 내려놓고 기억나는 한도까지 의사가 한 행동을 남김없이 재현해 보았다. 그 작업이 끝나고 나서야 내가 원하는 바가 무엇인지를 깨달았다. 나는 벽에 등을 대고 쪼그리고 앉아 반대편 벽을 마주 보고 인상을 찌푸렸다.

석간신문에 지하철역에서 어떤 남자가 죽었는데, 자살인지 사고사인지 아직 의문이 풀리지 않고 있다는 짤막한 기사가 났다. 그 기사는 마치 나더러 내 임무를 다해야 한다는 것을 시사하는 것처럼 보였는데, 플레밍 씨도 내 말을 듣더니 그 점에 전적으로 동감했다.

"배심원들이 검시 재판에 아가씨가 나오길 원할 거요. 아무도 어떻게 되어 그런 일이 벌어졌는지 가까이서 본 사람이 없다고 했지?"

"제 뒤에서 어떤 사람이 다가오는 듯한 느낌이 들긴 했지만 확신할 수는 없어요. 그런데, 아무도 저만큼 가까이 서 있었던 사람은 없었어요."

검시 재판이 열렸다. 플레밍 씨가 만반의 준비를 하고서 날 그곳으로 데리고 갔다. 플레밍 씨는 그 일이 내게 엄청난 시련이나 된다는 듯 하도 걱정을 하는 바람에, 나는 그분 앞에서 아무 일도 아니라는 듯 태연자약하게 굴어야만 했다.

죽은 사람의 신원은 L. B. 카턴으로 밝혀졌다. 부동산업자가 써준 말로우(런던 서쪽의 작은 도시) 근처 템스 강가에 있는 저택을 둘러볼 수 있는 소개장을 제외하곤 그의 주머니엔 아무것도 들어 있지 않았다. 그 소개장엔 'L. B. 카턴, 러셀 호텔'이라고 적혀 있었다. 호텔 접수계가 그 전날 그 남자가 호텔에 도착하여 그 이름으로 방을 예약했다고 확인해 주었다. 그의 이름은 L. B. 카턴, 주소는 남아프리카 킴벌리로 기재되어 있었다. 그는 틀림없이 배에서 내리자자 곧장 이리로 온 것이리라.

나는 그 사건에서 그나마 뭔가 목격한 유일한 증인이었다.

"사고라고 생각하십니까?" 검시관이 물었다.

"틀림없이 그런 것 같아요. 뭔가에 놀란 나머지 무의식중에 뒷걸음치다가 변을 당한 것 같습니다."

"뭣 때문에 그가 놀랐다는 말입니까?"

"그것은 저도 모르겠어요. 그렇지만 무슨 일인가가 있었어요. 그는 공포에 질린 듯이 보였거든요."

한 둔감한 배심원이 간혹 고양이에게도 공포를 느끼는 사람들이 있을 수가 있다고 말했다. 나는 그가 말한 의견이 그럴싸한 것이라고는 결코 생각할 수가 없었는데, 집에 가고 싶어 안달이 난 배심원들에게는 그 의견이 그대로 받아들여지는 것 같았으며, 그들은 그저 자살과 반대된 사고사(事故死)라고 판결을 내리게 될 수 있어서 안도하는 눈치들이었다.

"무척 이상한 점이 있습니다." 검시관이 말했다.

"처음으로 검시한 의사가 참석하지 않았다는 사실입니다. 그의 이름과 주소를 그때 기록해 두었어야 했습니다. 그렇지 않은 경우는 극히 드물지요."

나는 내심 미소를 지었다. 그 의사에 대해서 나는 내 나름대로의 생각을 가지고 있다. 그 일을 하기 위해서 나는 한시바삐 런던경시청에 가봐야겠다고 다짐했다.

그런데 그 다음 날 아침 깜짝 놀랄 일이 또 벌어졌다. 플레밍 씨 부부는 데일리 버젯 신문을 구독하는데, 데일리 버젯 신문이 그날의 특기할 만한 사건을 독자적으로 다루고 있었다.

'지하철역 사건에 이어, 한 여인이 빈집에서 변사체로 발견되다.'

나는 정신없이 읽어 내려갔다.

'어제 말로우의 밀 하우스 저택에서 놀라운 사건이 있었다. 의회의원인 유스터스 페들러 경의 소유인 밀 하우스 저택은 가구가 딸리지 않은 집으로 세놓기로 하고 있었는데, 하이드 파크 코너 지하철역에서 전기가 통하는 선로에 몸을 던져 처음에는 자살로 추정되었던 그 남자의 호주머니에서 이 집을 돌아볼 수 있는 소개장이 발견되었다. 그리고 어제 밀 하우스 저택 위층에서 아름다운 여인의 시체가 교살된 채로 발견되었다. 그녀는 외국인인 것으로 추정되나, 아직까지 신원이 드러나지 않고 있다. 경찰에선 단서를 찾고 있다고 한다. 밀 하우스 저택의 소유주 유스터스 페들러 경은 현재 겨울을 보내러 리비에라에 가 있다.'

제5장

죽은 여자의 신원을 밝히겠다고 나서는 사람이 아무도 없었다. 배심원들은 다음 사실을 알아냈다. 1월 8일 낮 1시가 좀 지나서 악센트에 약간 외국인 억양이 감도는 잘 차려입은 웬 여인이 어떤 사무실에 들어섰다.

나이츠브리지에 있는 '버틀러 앤드 파크 부동산 사무실'이었다. 그녀는 런던 이 지척에 있는 템스 강 근처의 집에 세를 들고 싶다고 했다. 그녀는 예의 그 밀 하우스 저택을 포함하여 여러 집들을 권유받았다. 그녀는 자기를 드 카스티나 부인으로 소개했고 주소는 리츠 호텔이라 했으나, 그 이름으로 머물고 있는 손님이 아무도 없다는 사실이 밝혀졌다. 그쪽, 즉 호텔 측 사람들은 그 시체를 알아보지 못했다.

밀 하우스 저택 관리인으로 일하고 있으며 대로(大路)에 접한 조그만 관리인 주택에 살고 있는 유스터스 페들러 경의 정원사 부인인 제임스 부인이 증언했다. 그날 오후 3시쯤 한 여인이 집을 보러 왔다. 제임스 부인은 그녀가 단골 거래처 부동산 사무실에서 써준 소개장을 보여 주었으므로 의심 없이 그녀에게 집 열쇠를 건네주었다. 그 저택은 관리인 주택에서 얼마간 떨어진 곳에 있었고, 부인은 평소에도 집 보러 오는 사람들을 일일이 안내하지 않았다.

몇 분 뒤에 한 젊은 남자가 찾아왔다. 제임스 부인은 그 남자가 키가 크고 넓은 어깨에 구릿빛 얼굴을 한 밝은 회색눈동자를 가진 남자라고 진술했다. 그는 깨끗이 면도했으며, '갈색 옷'을 입고 있었다. 그는 제임스 부인에게 설명하기를, 앞서 그 집을 둘러보러 온 여자와 친구지간이라고 하면서 우체국에 들러 전보를 부치고 오느라 늦어졌다고 했다. 그녀는 그에게 집을 가리켜 주고 나서는 더 이상 신경을 쓰지 않았다고 한다.

5분 뒤에 그가 다시 나타나 그녀에게 열쇠를 건네주면서, 그 집이 자기에게는 적당한 것 같지 않다고 말했다고 한다. 제임스 부인은 그 여자를 볼 수가 없었는데, 그저 막연히 먼저 갔겠지라고 만 생각했다는 것이다.

그녀에게 인상적으로 남아 있는 점은, 그 젊은 남자가 굉장히 당황해 하는 것처럼 보였다는 것이다. "그는 마치 유령을 본 사람 같았어요. 저는 그가 몸이 편찮은가 보다고 생각했죠."

그 다음 날 또 다른 남녀가 집을 구경하겠다고 왔다가 2층 방 한구석에 누워 있는 시체를 발견했다. 제임스 부인은 전날 그 집을 둘러보러 왔던 여자의 시체임을 확인했다. 부동산 사무실에서도 드 카스티나 부인이라고 말했다.

경찰의(警察醫)는 그 시체를 24시간 전쯤 죽은 것이라고 추정했다. 데일리 버젯 신문은 지하철역의 그 남자가 여인을 살해하고서 자기도 자살했다고 성급한 결론을 내렸다. 하지만, 지하철역 희생자가 죽은 시간이 2시였고, 그 여인은 3시까지 별일 없었던 것으로 미루어, 논리적으로 따져 볼 때 두 사건 사이에는 아무런 연관도 없다고 보는 것이 타당하며, 죽은 남자의 호주머니에서 발견된 말로우에 있는 저택을 둘러볼 수 있는 소개장은 단지 우리 삶에서 흔히 일어날 수 있는 우연에 불과하리라.

'어떤 사람의, 아니 어떤 신원미상자의 계획적인 살인'이라는 공식적인 보도가 있었고, 경찰(과 데일리 버젯 신문)은 오로지 '갈색 옷을 입은 사나이'를 추적하는 일에만 주력했다. 제임스 부인은 그 여인이 집으로 들어갔을 때 집에는 아무도 없었다는 데 대해서 확고했으며, 그렇다면 그날 오후 문제의 그 젊은 남자를 제외하고는 아무도 그 집에 들어가지 않은 것이 되므로, 그 남자야 말로 불운한 드 카스티나 부인을 살해한 자가 틀림없다—라는 것이 논리적으로 타당한 듯하다. 그녀는 튼튼한 검은 줄로 목이 졸렸으며, 하도 순식간에 일어난 일이라 소리를 지를 겨를도 없었다. 그녀가 지니고 있던 검은 실크 핸드백에는 돈이 빼곡히 들어 있는 가죽지갑과 잔돈 몇 개, 질 좋은 레이스로 장식된 아무런 흔적도 없는 깨끗한 손수건 한 장, 그리고 돌아가는 런던행 1등석 티켓이 들어 있었다. 더 이상 단서가 될 만한 것이 없었다.

위의 사실이 데일리 버젯 신문이 지상에 발표한 내용이었으며 '갈색 옷을 입은 사나이를 찾아라'가 매일의 구호였다. 평균 약 500명에 달하는 사람들이 날마다 문제의 범인을 찾았다고 편지로 알려 왔으며, 키가 크고 얼굴이 멋있게 그은 젊은 남자들이 양복을 맞출 때에 행여 갈색 옷이 어떠냐는 양복점 주인의 권유를 받을 양이면 무슨 소리를 하는 거냐고 펄쩍 뛰었다. 지하철 사건은 우연으로 치부되어 대중들의 마음속에서 사라져 갔다.

그것이 우연이었을까? 나는 그렇다는 확신이 서질 않았다. 딴은 내가 선입견이 있는 것도 사실이다(지하철 사건은 나에게만 국한된 수수께끼였다). 그렇지만 내게는 왠지 두 불의의 죽음 사이에 틀림없이 어떤 연관이 있을 것만 같은 느낌이 들었다. 각 사건마다 검게 그은 얼굴을 한 남자가 등장한다(외국에 거주하는 영국인임이 분명하다). 그리고 또 다른 점이 있다.

이 다른 점에 대한 심사숙고 끝에 급기야는 행동으로 못 옮길 이유도 없지 않느냐는 결론을 내리기에 이르렀다. 나는 런던경시청에 찾아가서 밀 하우스 저택 사건 담당자를 만나보고 싶다고 했다.

내 요청이 제대로 받아들여지기까지엔 시간이 좀 걸렸는데, 처음에는 난데없이 잃어버린 우산을 찾는 분실물과(課)로 들어갔다가, 결국은 조그만 방으로 안내를 받아 미도즈 수사과장을 만날 수 있었다. 미도즈 경감은 붉은 머리에 체구가 작은 남자로, 첫눈에 벌써 유별나게 까다로운 성격으로 보였다. 한 조수가 마찬가지로 평범한 옷을 걸치고 조심스런 태도로 한쪽 구석에 얌전히 앉아 있었다.

"안녕하세요?" 내가 신경이 곤두선 채로 말했다.

"안녕하십니까? 좀 앉으시겠습니까? 우리에게 뭔가 유익한 정보를 제공하러 오신 걸로 알고 있습니다만."

그의 어조는 마치 그럴 일이야 없겠지 하는 투였다.

나는 부아가 치밀어 오르는 것을 느꼈다.

"지하철에서 죽은 남자에 대해서는 물론 알고 계시겠죠? 주머니에 말로우에 있는 저택을 둘러볼 수 있는 소개장을 소지한 그 남자 말이에요"

"오라! 검시 재판에서 증언을 한 베딩펠드 양이군요. 그 남자가 소개장을 주머니에 갖고 있었던 것은 틀림없는 사실입니다. 기타 다른 많은 사람들도 소지할 수 있지요—어쩌다가 죽지 않은 것뿐이지."

나는 정신을 반짝 차렸다.

"경감님은 그 남자 호주머니에 차표가 들어 있지 않았다는 사실이 이상하게 여겨지지 않나요?"

"사람들이 차표를 흘리고 다니는 것쯤이야 다반사죠. 그 점이라면 자신 있게 말할 수 있습니다."

"돈도 없었어요."

"바지 주머니에 잔돈이 약간 들어 있었소."

"그렇지만 돈지갑은 없었잖아요."

"수첩이나 돈지갑을 안 갖고 다니는 남자들도 간혹 가다 있습니다."

나는 방법을 달리 세웠다.

"그 이후로 검시 의사가 한 번도 나타나지 않은 사실이 이상하지 않으세요?"

"의사 양반들이야 바쁘니까 신문을 못 읽는 수도 있겠죠. 어쩌면 그는 그 사건을 깡그리 잊고 있는지도 몰라요."

"아니, 경감님, 더 이상은 이상한 점을 발견하지 않겠다고 아예 작정하셨나 보군요." 내가 달콤한 목소리로 말했다.

"오, 아가씨는 말하는 것을 너무 좋아하는 것 같다는 생각이 드는군요, 베딩펠드 양. 젊은 처녀들은 비현실적이라는 사실을 알고 있습니다. 불가사의한 것 따위에 심취하죠. 하지만 난 바쁜 몸이고 보니……."

나는 눈치를 채고서 일어났다.

구석에 앉아 있던 남자가 패기 없는 목소리나마 좀 높여 말했다.

"어쩌면 이 아가씨가 우리에게 그 사건에 관해 무슨 생각을 갖고 있는지 간단히 설명해 줄 수 있지 않을까요, 경감님?"

경감은 그 제안을 흔쾌히 받아들였다.

"그러지. 이리로 오시지요, 베딩펠드 양, 불쾌하게 생각지는 마시고. 아가씨는 반대 의견을 내놓았고, 그 증거도 있는 듯이 말했습니다. 머릿속의 생각을 남김없이 털어놓으셔야 합니다."

나는 자존심이 상했지만, 한편으론 정말 내 생각을 똑바로 알려주어야겠다는 강력한 욕망 사이에서 갈팡질팡했다. 자존심을 일단 팍 죽이기로 했다.

"아가씨는 검시 재판에서 자살이 아닌 것이 확실하다고 진술했죠?"

"그렇습니다. 전 그것을 전적으로 확신합니다. 그 남자는 뭔가에 소스라치게 놀랐습니다. 그를 놀라게 한 것이 무엇일까요? 저는 아니었습니다. 그런데 웬 사람이 플랫폼에서 우리 앞쪽으로 걸어 나왔어요. 그는 그 사람을 알아본 겁니다."

"아무도 못 보았습니까?"

"예." 내가 시인했다.

"머리를 돌리지 않았거든요. 그러고 나서 그 남자가 선로에서 끌어 올려진 순간 한 남자가 검사해 보겠다고 앞으로 나오더니 자기는 의사라고 말했어요."

"거기까지는 별반 특이할 만한 것이 없군요." 경감이 무미건조하게 말했다.

"그렇지만 그는 의사가 아니었어요."

"뭐라고요?"

"그는 의사가 아니에요." 내가 거듭 말했다.

"그 점을 어떻게 알았습니까, 베딩펠드 양?"

"꼬집어 말하기가 어렵군요. 전쟁(제1차 대전) 동안 병원에서 일하면서 의사가 환자를 다루는 것을 죽 보아 왔어요. 하지만, 그 남자에게서는 직업적인 의사에게서 볼 수 있는 능숙함이라든가 태연자약함 같은 것이 결여되어 있었어요. 그 외에도, 의사가 환자의 심장을 조사하면서 오른쪽에다 귀를 갖다 대지는 않죠."

"그가 그랬습니까?"

"그렇습니다, 그때는 특별히 신경 쓰질 않았어요―뭔가 저게 아닌데 하는 느낌이 들긴 했지만요. 집에 와서 그 동작을 재현해 보고 나서야 그때 그 모든 것이 제게 어째서 그토록 어색하게 느껴졌는지를 깨달았어요."

"흠―." 경감이 말했다. 그는 펜과 노트를 집으려고 천천히 팔을 뻗었다.

"손으로 그 남자의 신체 상부를 훑어가는 동안 마음만 먹으면 얼마든지 주머니에서 원하는 것을 꺼낼 수도 있었을 거예요."

"뭐 꼭 그럴 듯해 보이지는 않는군요. 어쨌든, 흠, 그 남자의 인상착의나 소상히 말해 주시겠습니까?"

"그는 키가 크고 넓은 어깨에다 어두운 색조의 오버코트를 입었고, 검은색 부츠를 신었으며, 중절모자를 쓰고 있었어요. 또, 검고 눈에 띄는 턱수염과 금테 안경을 끼고 있었고요."

"오버코트나 턱수염, 그리고 안경을 빼고 나면 잘 알아보기가 힘들겠군요."

경감이 혼자서 중얼거렸다.

"마음만 먹으면 5분 내로 변장이 가능하겠는데—당신 말대로 그가 소매치기였다면 능히 그럴 수 있겠는데요."

나는 그런 식으로 갖다 붙일 의도가 아니었다. 이 순간부터 나는 경감과 이야기해 봤자이니 포기해야겠다는 생각이 들었다.

"그에 대해서 할 얘기가 더 없으십니까?"

내가 가려고 일어서자 그가 묻고 나섰다.

"있습니다." 내가 말했다. 나는 최후의 일격을 가할 기회를 부여잡았다.

"그의 머리는 두드러진 단두개(短頭蓋)였습니다. 그것은 그리 쉽사리 바꿀 수야 없는 노릇이겠죠."

나는 경감이 들고 있는 펜이 가늘게 떨리고 있다는 사실을 즐거운 마음으로 목격했다. 그는 '단두개brach-ycephalic'라는 단어를 쓸 줄 모른다는 사실이 명백했다(단두개는 머리 모양이 원에 가까운 머리형. 아시아와 유럽에 많고, 아프리카와 호주에는 거의 없다).

제6장

의분으로 끓어오른 최초의 열기 속에서 나는 다음 단계가 맞붙어 보기에는 예기치 않게 더 쉽다는 것을 알았다. 런던경시청으로 갔을 때 머릿속엔 이미 계획이 절반쯤 구상되어 있었다. 그곳에서의 얘기가 불만족스러웠을지라도, 한 가지만큼은 틀림없이 달성되어야 한다(그것은 전적으로 불만족스러운 것이었다). 내가 그것을 해낼 수 있는 용기가 있다면.

일반적으로 사람들이 시도하기를 꺼려하는 것들은 화가 나서라도 쉽게 달라붙게 된다. 이것저것 생각할 여지도 없이 나는 곧장 내스비 경의 집으로 쳐들어갔다.

내스비 경은 데일리 버짓 신문사를 소유한 부호이다. 그는 다른 신문사도 갖고 있었는데, 그중에서도 특히 데일리 버짓 신문은 그가 가장 아끼는 것이었다. 런던의 모든 가정에서는 그를 데일리 버짓 신문의 소유주로 알고 있을 정도이다. 이 위대한 남자의 하루 일과가 신문지상에 발표된 덕분에, 나는 이 순간 어디에 가면 그를 만날 수 있는지를 정확하게 파악하고 있었다. 지금은 바로 그가 자택에서 비서로 하여금 구술을 받아쓰게 하는 시간이다.

나는 물론 그와 만나보겠다고 즉석에서 당당하게 요구할 수 있는 종류의 여자가 못 된다. 그렇지만 나는 그 방법을 쓰기로 했다. 플레밍 씨 집의 명함 꽂이에서 스포츠를 좋아하는 귀족으로 정평이 자자한 롬슬리 후작의 명함이 눈에 띄었다. 나는 그 명함을 집어들고서 그 위의 글들을 빵가루로 조심스럽게 지워 없앤 뒤 연필로 다시 글씨를 써넣었다.

'베딩펠드 양에게 당신의 시간을 약간만 할애해 주십시오.'

모험심 강한 여자는 원리원칙에 있어서 너무 양심적이어서는 안 된다. 그 방법은 효과가 있었다. 하인이 나와 명함을 받아들고 들어갔다. 곧 하얗게 질린 비서가 나타났다. 나는 그의 질문을 성공적으로 받아넘겼다. 그는 두 손 들고 물러났다. 그가 다시 나타나 나에게 자기를 따라오라고 했다.

나는 뒤따라 들어갔다. 뒤이어 커다란 방으로 안내되었다. 깜짝 놀란 표정의 속기 타이피스트가 영계(靈界)에서 온 방문객처럼 나를 스르르 스쳐 지나갔다. 그러자 문은 닫히고 나는 드디어 내스비 경과 대면하게 된 것이다.

체구가 큰 남자였다. 머리도 크고 얼굴도 컸다. 또한, 콧수염도 크고 배도 컸다. 나는 내스비 경의 배에 관해 이야기하러 여기 온 것은 아니었다.

그는 처음부터 나에게 격노하고 있었다.

"그래 무슨 일이오? 롬슬리가 원하는 게 뭐요? 아가씨는 그의 비서요? 대관절 무슨 일이오?"

나는 최대한도로 침착한 태도를 보이며 말했다.

"우선, 전 롬슬리 경이 누군지 모릅니다. 그분도 물론 저를 모르시고요. 접견실 명함꽂이에서 그분의 명함을 꺼냈어요. 기다리면서 그 명함에다 제가 직접 글을 써넣었죠. 너무나 중대한 일이라 꼭 선생님을 뵈어야 했거든요."

순간 내스비 남작이 대노할 것인지 안 할 것인지는 확률이 반반인 것처럼 보였다.

"당신의 침착함에 탄복했소, 젊은 아가씨. 자, 이제 아가씨는 나를 만났소. 나에게 할 말이 있다면 정확히 2분간의 여유를 드리겠소."

"그 정도면 충분해요. 흥미 있으실 거예요. 밀 하우스 저택의 미스터리에 관한 것이에요."

"아가씨가 '갈색 옷을 입은 사나이'를 찾았다면 편집장에게 직접 편지를 띄우지 그러셨소." 그가 급히 말을 잘랐다.

"중간에서 그런 식으로 말을 자르시면 전 2분을 더 초과할 거예요."

내가 강경하게 나갔다.

"갈색 옷을 입은 사나이를 발견하지는 못했지만 전 쉽게 해낼 수 있을 거예요."

나는 가능한 한 간결하게 지하철 사건의 개요를 설명한 다음, 그 결론을 그 앞에서 이끌어냈다.

내가 이야기를 마쳤을 때 그는 의아해하는 듯했다.

"아가씨는 어떻게 단두개에 대해 알고 있지요?"

나는 아버지 얘기를 했다.

"그 원숭이 전문가 말입니까? 당신이야말로 그 어깨 위에 뭔가 보여 주는 머리를 가진 듯이 보이는군요, 젊은 아가씨. 그렇지만, 그건 아가씨도 알다시피 근거가 희박해요. 더 거론할 여지가 없을 것 같군요. 현 상태로는 우리에게는 아무 소용도 없고."

"저 역시 그 점은 완벽하게 인식하고 있어요."

"그렇다면 뭘 원하는 거요?"

"이 문제를 조사하는 사람으로서 선생님의 신문사에 고용되기를 원합니다."

"그럴 수는 없소. 우리는 이미 그 일에 특별 담당원을 배치시켜 놓았소."

"하지만 저도 나름대로 특별한 지식을 갖고 있어요."

"방금 말한 것 말이오?"

"아뇨, 내스비 경. 아직 비장의 무기가 있답니다."

"그래요? 또 있다고? 아가씨는 꽤 똑똑하게 보이는군. 그래, 그게 뭡니까?"

"그 의사라는 남자가 엘리베이터를 탔을 때 종이를 떨어뜨렸어요. 제가 그것을 주웠죠. 좀약 냄새가 났어요. 죽은 사람에게서도 그랬고요. 그렇지만 의사는 그렇지 않았어요. 따라서, 저는 그 의사가 즉시 옷을 벗어 던진 것이 틀림없다는 사실을 알아차렸죠. 그 종이 위에는 두 낱말과 어떤 숫자가 쓰여 있었어요."

"어디 좀 봅시다." 내스비 경이 자연스럽게 손을 뻗었다.

"그럴 수는 없어요." 내가 미소 지으며 말했다.

"선생님도 아시다시피 제가 발견한 거예요."

"내 생각이 옳았소. 당신은 똑똑한 아가씨요. 단단히 붙들고 있을 만하지. 그래, 경찰에게 넘기지 않은 데 대해 아무런 양심의 가책도 없었소?"

"그렇게 하려고 오늘 아침 거기에 갔었어요. 하지만 그 사람들은 모든 것이 말로우 사건과는 아무런 관계가 없다는 쪽으로 얘기를 이끌어서, 저는 그런 상황이라면 그것을 신문에 기사화해서 제가 옳다는 것을 입증하는 것이 낫겠다 싶었어요. 그 외에도 그 경감이 저를 난처하게 만들었어요."

"근시안적인 사람 같으니라고. 자, 아가씨, 여기서 내가 아가씨를 위해 할 수 있는 일을 말하겠소. 즉시 가서 계속 일을 보시오. 뭔가가 수확이 있으면, 신문에 발표할 만한 것이라 여겨지면 그것을 우리에게 보내시오. 그러면 기회가 주어질 거요. 데일리 버젯 신문은 진짜 재능 있는 사람을 위한 여백을 늘 마련해 두고 있소, 하지만 시작을 잘해야 할 거요, 알겠소?"

나는 그에게 감사를 표하고, 무례한 방식으로 찾아온 것을 사과했다.

"그런 말은 하지 마시오. 나는 아름다운 아가씨에게 놀림 받는 것을 오히려 즐긴다오. 그런데 아가씨는 2분간 만이라고 했는데, 내가 방해한 것을 참작해서 3분이나 할애해 주었소. 여성에겐 그건 정말 대단한 거요. 아가씨는 아마 과학적으로 교육받은 모양인데."

나는 마치 마라톤이라도 한 사람처럼 크게 심호흡하며 다시 거리로 나왔다. 나는 내스비 경이 새로운 친분 관계로 되기에는 오히려 피곤하다는 사실을 알았다.

제7장

　나는 기뻐 날뛸 듯한 심정으로 집에 돌아왔다. 내 계획은 애당초 바랐던 것보다 훨씬 성공적이었다. 내스비 경은 확실히 머리가 잘 돌아갔다. 이제부터는 그가 말한 대로 나에게는 앞으로의 일을 성공적으로 수행할 일만이 남아 있다. 문을 잠그고 방에 틀어박혀 나는 그 소중한 종이를 꺼내어 면밀히 검토해 보았다. 여기에 수수께끼의 실마리가 있다.

　우선 숫자는 무엇을 나타내는 것인가? 전부 다섯 개인데 처음 두 개 끝에 가서 점이 한 개 찍혀 있다.

　"십 칠—백 이십 이."

　내가 중얼거렸다.

　그것은 아무런 실마리도 되지 않는 것 같았다. 다음 나는 그것을 전체적으로 살펴보았다. 그것은 소설에서 종종 쓰이는 방법으로 놀라운 추리로 이끈다.

　'1에다 7을 더하면 8이고, 거기다가 1을 보태면 9이고, 2를 보태면 11이며, 또 2를 더하면 13이다.'

　13! 불길한 숫자가 아닌가! 이것은 이 일에서 손을 떼라는 경고가 아닐까? 정말 그럴 듯하다. 하지만 경고를 빼놓고는 나머진 별 뜻이 없을 것 같다.

　그런데 나는 어떠한 음모자가 실생활에서 13을 저런 식으로 쓸까 하는 데에 생각이 미쳤다. 그가 13을 그런 의미로 생각했다면 차라리 숫자로 썼을 것이다. 13—이런 식으로.

　앞의 숫자와 뒤의 것이 떨어져 있다. 나는 거기에 맞춰 171에서 22를 빼 보았다. 그 결과 159였다. 다시 해보았더니 149가 나왔다. 이와 같은 산술 연습은 의심할 나위 없이 좋은 공부이긴 했지만, 수수께끼의 해결책으로 생각해 볼 때 그것은 전혀 쓸모가 없는 듯했다. 나는 좀 힘든 나눗셈이나 곱셈을 시도해 보지 않은 채 간단한 산술 계산만 해보고 글자로 넘어갔다.

킬모든 캐슬.

그것은 뭔가 명확하다. 장소다. 아마 귀족 가문의 발상지쯤 되겠지(상속자가 행방불명? 귀족 직함에 대한 권리 요구?). 아니면, 아름다운 옛 터인가(보석이 묻혀 있나?).

그렇다. 전체적으로 봐서 나는 파묻혀 있는 보석 쪽으로 생각이 기울었다.

오른쪽으로 한 발자국, 왼쪽으로 일곱 발자국, 1피트 가량 파서 22발자국 내려간다. 대충 그런 식으로 생각이 흘렀다. 나중에 그런 식으로 시도해 볼 수도 있겠지. 문제는 가능한 한 빨리 킬모든 캐슬에 도착하는 것이다.

나는 전략상 잠깐 방에서 나와 참고 서적을 잔뜩 가슴에 안고 들어왔다.

《명사록(名士錄)》,《휘테이커 연감(年鑑)》,《지명사전》,《고대 스코트인 가문의 역사》, 그리고 《영국의 저명인사록》이었다.

시간이 흘렀다. 부지런히 찾아보았지만 낭패감만 더해갔다.

마침내 마지막 책을 소리 나게 쾅 덮었다. 킬모든 캐슬이란 곳은 아무데도 나와 있지 않았다. 여기서 예기치도 않았던 방해물을 만난 것이다. 틀림없이 그런 장소가 있을 텐데.

어째서 사람들은 그와 같은 지명을 만들어내어 책 한 귀퉁이에다 명시해 놓지 않았단 말인가? 답답해 미칠 지경이다!

또 다른 아이디어가 떠올랐다. 그것은 그 소유주가 이름을 과장되게 갖다 붙인 혐오감을 자아내는 교외의 성곽이 아닌가 하는 점이었다. 그러나 만일 그렇다면 그것은 필경 찾기가 무한정 어려워질 것이다.

나는 침울하게 벽에다 등을 대고 바닥에 쪼그리고 앉아(나는 중요한 일을 할 때는 언제나 바닥에 앉는 버릇이 있다) 이 일을 어떤 식으로 착수해야 할지 이리저리 궁리해 보고 있었다.

추적해 볼 만한 또 다른 길은 없는 걸까? 진지하게 머리를 짜낸 끝에 나는 기쁜 마음으로 발딱 일어섰다. 그렇지! 범죄 현장에 가봐야겠어. 명탐정들이 언제나 하는 방법이지! 시간이 아무리 경과했다 할지라도 그들은 경찰이 못 보고 지나친 뭔가를 언제나 발견해 내거든. 이제 길이 정해졌으니 말로우에 가봐야겠다.

그렇지만 집 안으로는 어떻게 들어간다? 나는 여러 가지 모험적인 방법은 접어두고 우직한 방법을 택하는 쪽으로 생각을 강력히 밀고 나갔다.

그 집은 세를 놓으려고 한다—생각건대 아직도 그렇겠지. 이제부터 세들 사람으로 가장해야겠다.

나는 부동산 사무실을 찾아가서 부동산 책자에 나온 집 몇 개를 골라 직접 부딪쳐 봐야겠다고 결심했다.

그렇지만, 나는 여기서 중대한 일 한 가지를 계산에 넣지 않았다. 인상이 좋은 사무원이 그럴 듯한 집 여섯 채에 대해 상세히 소개해 주었다. 그것들을 일일이 반대하는 구실을 찾는 데 나는 온갖 순간적인 기지를 동원해야만 했다. 막판에 실패로 돌아가는 게 아닐까 싶어 내심 초조해졌다.

"그러니까, 또 다른 곳은 없단 말이죠?"

애처로운 눈길로 사무원을 응시하며 물었다.

"오른쪽 강가에, 꽤 큰 정원이 있고 조그만 관리인 주택까지 딸린 게 있다던데."

신문에서 정보를 입수한 대로 밀 하우스 저택의 주된 특징을 간단히 요약하여 덧붙였다.

"저, 유스터스 페들러 경의 저택이 있죠."

사무원이 의심스러운 듯이 말했다.

"그 집이, 왜, 밀 하우스 저택 아닙니까?"

"아뇨, 거기가 아니라……."

내가 머뭇거렸다(사실, 내가 머뭇거리는 것은 남들에게 감동을 주는 무기가 된다).

"거기가 맞아요. 살인이 일어났던 곳 말이에요. 그렇지만 당신이 좋아하실 것 같지 않아……."

"그런 건 별 상관없어요."

생기를 되찾은 모습으로 내가 말했다. 내 외모가 주는 진실성이 제대로 먹혀 들어가는 것 같았다.

"어쩌면 상황이 상황이니만큼 싸게 살 수도 있을 것 같은데요."

정곡을 제대로 찌른 것 같았다.

"가능한 일입니다. 당신도 알다시피 하인이며 그 모든 것을 포함해서 지금 당장 세를 얻기가 쉬운 듯해 보이지는 않습니다. 당신이 보시고 나서 마음에 드신 연후에 제가 당신에게 세를 청해 보라고 권해야 순서가 맞을 것 같습니다. 제가 소개장 하나 써 드릴까요?"

"그래 주시면 고맙겠습니다."

15분쯤 지나 나는 밀 하우스 저택의 현관에 당도했다.

노크를 하자 문이 열리면서 키가 큰 중년 여인이 화가 난 듯 뛰쳐나왔다.

"아무도 집 안에는 발을 들여놓을 수 없어요. 그 말 못 들었소? 당신 같은 기자들에겐 이제 넌더리가 나요. 유스터스 씨의 분부가……."

"저는 이 집이 세를 놓는다는 것을 알고 왔어요."

나는 소개장을 꺼내며 딱딱하게 말했다.

"아유, 정말 죄송하게 되었군요, 아가씨. 난 여태껏 신문장이들한테 시달림을 받아 왔거든요. 단 1분도 편안할 날이 없었어요. 집은, 현재로 봐서는 쉽게 세가 놓아질 것 같지 않아요."

"배수(排水)가 나쁜가요?"

나는 근심스럽다는 듯이 나지막이 물었다.

"저런, 아가씨, 배수는 지극히 정상이에요! 그렇지만 여기서 죽은 외국 여자에 관한 얘기 틀림없이 들으셨겠죠?"

"신문에서 좀 읽긴 했어요." 나는 대수롭지 않게 말했다.

나의 시큰둥함이 사람 좋은 그 여자를 자극시켰다. 만일 내가 어떠한 호기심이라도 드러냈다면 그녀는 굴처럼 제 껍질 속으로 쏙 들어갔으리라.

그녀는 예상대로 내 술수에 걸려들었다.

"아마 봤을 거예요, 아가씨! 신문에 보도되었으니까. 데일리 버젯 신문은 여전히 범인을 추적하는 중이죠. 그들에 의하면, 우리의 경찰력은 아무짝에도 쓸모가 없는 듯해요. 어쨌든 나는 경찰이 그를 붙들었으면 해요. 그 사람이 아무리 얼굴이 잘나고 완벽하다 할지라도요. 그 사람에겐 어딘가 군인다운 구석이 있었죠. 아, 그래요, 나는 그 사람은 전쟁 때 부상당했다고 단언할 수 있어요. 그런 사람들은 나중에 좀 이상해지거든요. 우리 언니의 아들도 그랬답니다. 아마도 언니가 막 다뤄서 그랬겠지만. 그들이 운이 나빴던 게죠, 그 외국인들 말예요. 그녀는 꽤 미인이었는데 지금 당신이 서 있는 그 자리에 서 있었어요."

"그녀는 머리칼이 검은색이던가요, 아니면 금발이었나요?"

나는 과감하게 넘겨짚었다.

"신문에 난 사진만으론 판단하기가 어렵잖아요."

"검은 머리에 매우 흰 얼굴이었어요. 자연스럽다고 하기엔 너무 희다고 생각되었죠. 그리고 입술은 잔혹스러우리만큼 붉었고요. 분을 여기저기 찍어 발라서 눈길이 그리로 갔는데, 나는 사실 쳐다보고 싶지도 않았어요."

우리는 이젠 오랜 친구나 된 듯 이야기를 나누고 있었다.

나는 또 다른 질문을 했다.

"그녀는 전혀 초조해한다거나 당황해 하는 빛이 보이지 않았나요?"

"전혀요. 그녀는 자기만의 미소를 짓고 있었는데, 뭐랄까, 뭔가 즐거운 일이 있는 것 같았어요. 나는 다음 날 오후 사람들이 살인이 났다며 경찰을 부르러 달려 나왔을 때에야 비로소 까무러치게 놀랐답니다. 나는 그 충격에서 벗어날 수가 없었어요. 저녁이 되어 집에서 식사 준비를 해야 했는데, 나는 꼼짝도 할 수가 없었답니다. 한 번도 그런 적이 없었는데. 만일 유스터스 경이 내려와서 부탁하지 않았다면 여기 관리인 주택도 더는 지켜 주질 못했을 거예요."

"저는 유스터스 페들러 경이 칸(프랑스 남부 지중해에 면한 도시)에 있었던 것으로 알고 있었는데요?"

"그랬죠, 아가씨. 그분은 뉴스를 듣고서 영국으로 되돌아왔어요. 굳이 표현한다면 무릎을 꿇고 애원했다고 하는 게 맞겠죠. 그의 비서인 파제트 씨가 우리에게 돈을 두 배로 줄 테니 나가지 말아 달라고 했거든요. 우리 남편 존이 말하기를, 요즈음은 돈이 퍽 요긴하다고 그러긴 하더군요."

결코 참신한 발언은 못 됐지만 나는 존의 말에 맞장구를 쳐주었다.

"글쎄, 그 젊은 남자는……."

제임스 부인이 갑자기 말을 바꾸며 애초의 화제로 돌아갔다.

"그는 당황해 했어요. 나는 그의 밝게 빛나는 두 눈동자가 번득이는 걸 보았답니다. 흥분해 있구나 하고 생각했죠. 그렇긴 했어도 뭔가 잘못되어 가고 있다고는 꿈에도 생각지 못했어요."

"그 사람은 이 집에 얼마나 있었나요?"

"오, 그리 오래 있진 않았어요, 아마 5분 정도쯤이었을 거예요."

"그는 키가 얼마만 했어요? 한 180cm가량 되던가요?"

"그 정도 된다고 말할 수 있을 것 같아요."

"깨끗이 면도했던가요?"

"그래요, 아가씨, 칫솔 털처럼 뻣뻣한 턱수염 같은 건 아니었어요."

"그의 턱이 반들거렸단 말인가요?" 나는 충동적으로 물어보았다.

제임스 부인은 존경의 눈초리로 나를 응시했다.

"그래요, 지금 아가씨가 말한 그대로였어요. 도대체 어떻게 아셨죠?"

"이상한 일이긴 하지만, 살인자들이란 종종 반들거리는 턱을 갖고 있거든요." 내가 아무렇게나 말했다.

제임스 부인은 그 말을 곧이들었다.

"정말 그러네요, 아가씨. 이전엔 그런 말을 들어 본 적이 없었지만."

"그의 두상(頭狀)이 어떠했는지 주의해서 보시지는 않으셨죠?"

"그저 평범했어요. 아가씨에게 열쇠를 갖다 드리려고 하는데, 그렇게 할까요?"

나는 열쇠를 받아들고 밀 하우스 저택으로 들어갔다. 여태까지는 내 작전은 좋았다. 제임스 부인이 말한 그 남자와 내가 지하철에서 본 '의사'와의 차이점은 지금까지로 봐서는 일치하지 않았다.

오버코트, 턱수염, 금테 안경이 그러했다. '의사'는 중년 같아 보였지만, 나는 그가 비교적 젊은 사람처럼 몸을 굽힌 점을 기억해 냈다. 거기엔 확실히 젊은 사람의 관절임을 드러내는 유연성이 깃들어 있었던 것이다.

사고의 희생자(좀약 사나이라고 내 나름대로 이름을 붙였다)와 외국 여인인 드 카스티나 부인은 그녀의 실제 이름이 무엇이건 간에, 밀 하우스 저택에서 만날 약속을 해 둔 것이다. 그 점에 나는 사건의 조각을 이어 맞추었다.

그들은 남의 눈에 띄는 걸 원치 않았거나, 아니면 어떤 다른 이유로 해서 둘 다 같은 집을 돌아볼 수 있는 소개장을 손에 쥔다는 다소 교묘한 방법을 택했던 것이다. 그래서 그곳에서의 그들의 만남이 남들 눈에는 순전히 우연으로 보이게끔 한 것이다.

좀약 사나이가 갑자기 '의사'를 발견했는데, 그것은 전혀 예기치 않았던 일이라 그가 굉장히 놀랐다는 또 다른 사실을 나는 전적으로 확신했다.

그다음엔 무슨 일이 있었을까? '의사'는 변장을 말끔히 지우고 그 여인의 뒤를 쫓아 말로우로 갔다. 그가 가짜 수염을 너무 급히 떼다 보니 턱에 고무풀 자국이 남아 있을 수도 있었으리라. 그래서 나는 제임스 부인에게 그같이 질문했던 것이다.

이런저런 생각에 잠긴 채 밀 하우스 저택의 고풍스런 나지막한 현관문에 당도했다. 열쇠를 가지고 문을 딴 다음 나는 안으로 들어갔다. 홀은 낮고 어둠침침한 곳으로, 황량한 분위기가 감돌았고 곰팡내가 났다. 담이 컸음에도 불구하고 나는 떨렸다. 며칠 전에 여기 왔던 '혼자만의 미소를 띤' 여자는, 이 집에 들어올 때 어떤 섬뜩한 예감도 없었다는 말인가? 나는 기이하게 생각되었다.

그녀의 입술에서 미소가 사라지면서 까닭 없는 공포가 그녀의 심장을 죄어 왔다는 말인가? 아니면, 그녀는 액운이 그토록 빨리 덮칠 줄은 꿈에도 모르고 여전히 미소를 띤 채 2층으로 올라갔다는 말인가? 심장의 고동이 점점 빨라졌다. 이 집은 정말 텅 비어 있나? 마찬가지로 나를 기다리는 액운이 여기에 도사리고 있는 것은 아닐까? 처음으로 나는 그토록 많이 쓰이는 단어 '분위기'의 의미를 이해할 수 있었다. 이 집엔 특유의 분위기가 있는데, 그것은 잔인하고 위협적이며 사악한 것이었다.

나를 짓누르는 감정을 떨쳐 버리고 급히 2층으로 올라갔다. 비극이 발생했던 방 찾는 데는 별 어려움이 없었다. 시체가 발견된 그날은 비가 무지무지 쏟아졌었는데, 진흙이 묻은 커다란 부츠가 카펫이 깔려 있지 않은 마루 위를 밟고 다닌 흔적이 사방팔방에서 발견되었다. 나는 혹시 살인자가 그 전날 다른 발자국들을 남겨놓은 것은 아닐까하고 의심을 품어 보았다. 그것은 경찰이 물증을 잡았을 경우 거기에 신중을 기하기 위한 것과도 흡사했지만, 생각 끝에 그것은 아니라고 결론을 내렸다. 날씨는 화창했고 건조했었으니까.

그 방에는 눈길을 끌 만한 게 아무것도 없었다. 밖으로 내민 창이 두 개에다, 단조로운 흰 벽과 카펫이 놓여 있던 가장자리에 둥근 자국이 있는, 아무것도 깔려 있지 않은 마루로 된, 거의 사각형에 가까운 방이었다.

나는 면밀히 관찰했지만 핀 하나 떨어져 있지 않았다. 천부적인 이 젊은 탐정은 사소한 단서조차도 못 잡는 것일까? 나는 노트와 연필을 가지고 왔다. 써넣어야 할 사항이 많아 보이지는 않았지만, 수색이 실패로 돌아간 데 대한 실망을 만회하는 의미에서 정식으로 방을 간단히 스케치해 두기로 했다. 가방에서 연필을 꺼내다가 그만 그것이 손가락 사이에서 미끄러져 나가 마루 위를 또르르 굴러갔다.

밀 하우스 저택은 하도 오래되어서 마룻바닥이 고르지 않았다. 연필은 가속도가 붙어 점점 더 빨리 굴러갔는데, 한쪽 창문 아래턱에 가서야 멈추었다. 각 창문이 움푹 들어가 있는 곳에는 넓은 윈도우 시트가 있었는데, 그 바로 밑에 찬장이 하나씩 놓여 있었다.

연필은 찬장 문을 향해 오른쪽에 가서 멈춰 있었다. 내가 찬장 문을 열자 연필은 곧바로 굴러가더니 저쪽 구석으로 가서 얌전히 숨는 것이었다. 나는 그것을 집어들었는데, 빛이 들지 않아 다른 것은 시도해 볼 수도 없었거니와, 사람들은 그 찬장의 독특한 구조를 전혀 눈치 채지 못했겠지만 나는 그것을 느끼고 있었다. 내 연필만 빼놓고는 찬장은 텅 비어 있었는데, 내 타고난 감각으로 나는 반대쪽 창 아래에 놓여 있는 찬장을 살펴보기 시작했다.

첫눈에는 그것 역시 비어 있는 듯이 보였지만, 나는 끈질기게 더듬어 보았다. 홈통인지 아무튼 오목하게 내려앉은 데에서 내 손가락 가까이에 딱딱한 원통형 두루마리 같은 것이 느껴짐으로 인해 내 노력은 보상을 받을 수 있었다. 손에 쥐자마자 나는 그것이 무엇인지 당장 알 수 있었다.

코닥 필름 한 통이었다. 드디어 한 건 올린 것이다!

처음에는 이 필름이 찬장을 치울 때는 발견되지 않은 채 여태까지 여기에 처박혀 있는 유스터스 페들러 경의 옛 필름일 가능성이 크다고 느꼈다. 그렇지만 생각이 바뀌었다. 붉은 필름 띠가 너무도 선명했다. 그것은 꼭 2~3일 정도 묵은 만큼만 먼지가 앉아 있었다. 그 말은 즉 살인이 일어나고 난 뒤임을 시사하는 것이다. 만일 그것이 오랜 기간 동안 거기 있었더라면 먼지가 잔뜩 끼었을 것이다.

누가 그것을 떨어뜨렸을까? 여자일까? 남자일까? 나는 그녀의 핸드백 속의 내용물이 고스란히 남아 있었다는 사실을 생각해 냈다. 만일 핸드백이 우악스럽게 열리는 바람에 필름이 떨어졌다면, 틀림없이 잔돈푼도 같이 흩어져 있었어야 하지 않을까? 아니야, 필름을 떨어뜨린 사람은 그 여자가 아니야.

나는 갑작스럽게 수상하다는 듯 코를 킁킁거렸다. 좀약 냄새에 강박관념이 박혀 있는 걸까? 하지만, 필름에서도 그와 같은 냄새가 난다는 사실을 확신할 수 있었다. 나는 코에다 그것을 갖다 댔다. 거기에선 원래의 필름 특유의 냄새가 났지만, 한편으로는 내가 그토록 싫어하는 좀약 냄새도 확실히 감지할 수 있었다. 나는 곧 이유를 발견해 냈다.

아주 작은 옷 끄트러기가 찬장 중간의 우툴두툴한 가장자리에 가서 붙어 있었는데, 좀약 냄새는 그 끄트러기에 잔뜩 배어 있었던 것이다. 어떤 시기에 이 필름은 지하철에서 살해된 남자의 오버코트 주머니에 들어 있었던 것이다. 그렇다면 여기서 그것을 떨어뜨린 사람이 바로 그 남자란 말인가? 그럴 리가 없다. 그의 행적은 이미 일일이 설명되지 않았던가?

아니다. 다름 아닌 그 '의사'이다. 그가 종이를 가지고 오면서 필름도 가지고 왔다. 여자와 한바탕 싸움을 벌이는 동안 그것을 떨어뜨린 것이다.

단서는 잡혔다! 필름을 현상해 보면 수사를 더 펴 나갈 수 있겠지.

나는 의기양양하게 그 집을 나와 제임스 부인에게 열쇠를 돌려주고 나서 서둘러 역으로 갔다. 시내로 가면서 종이를 꺼내어 새로이 연구를 해보았다. 그러자 문득 그 숫자들이 새로운 의미를 띠고서 다가왔다. 혹 날짜는 아닐까?

17 1 22—17일, 1월 1922년.

틀림없이 그럴 것이다. 미처 그것을 생각해 내지 못했다니 얼마나 우둔한가! 그렇다면 킬모든 캐슬의 소재를 파악해야만 한다. 왜냐하면 오늘이 14일이니까. 정확히 사흘 남았다. 어디에 붙어 있는지 깜깜 절벽인 사람에게는 거의 불가능할 정도로 시간이 촉박했다!

오늘 필름을 현상하러 가기엔 너무 늦었다. 나는 저녁식사 시간에 늦지 않으려고 서둘러 켄싱턴 집으로 갔다. 이제는 내가 내린 몇 가지 추리들이 정확한지의 여부를 입증하기가 쉬워진 것이다. 나는 플레밍 씨에게 죽은 남자의 소지품 중에 카메라가 있었는지 물어보았다. 나는 그가 그 사건에 흥미를 가지고 있어서 모든 사항을 낱낱이 알아두고 있다는 사실을 알고 있었다.

놀랍고도 곤혹스럽게 그는 카메라 같은 건 없었다고 말했다. 카턴의 모든 소지품은 그의 심리상태를 파악하는 데 일말의 빛을 던져 줄지도 모른다는 희망 아래 매우 신중하게 다뤄졌다는 것이다. 그가 어떤 종류의 카메라 기재도 갖고 있지 않았다는 것에 대해서는 의문의 여지가 없었다.

그것은 내 추리의 좌절을 의미했다. 그가 카메라가 없었다면 왜 필름 한 통을 갖고 있었던 걸까?

나는 그 귀중한 필름을 현상소에 맡기려고 그 다음 날 일찌감치 출발했다. 나는 너무나 조바심이 나서 리젠트가(街)에서 곧장 코닥 현상소로 걸어갔다. 나는 그것을 맡기면서 전부 인화해 달라고 말했다. 그 남자는 열대지방용 노란 주석통에 담긴 필름을 무더기로 쌓고 나서 내 것을 집어들었다.

그는 나를 쳐다보았다.

"실수하셨군요." 그가 미소 지으며 말했다.

"그럴 리가 없어요. 절대 그렇지 않아요."

"당신은 다른 필름을 갖고 왔어요. 이것은 찍힌 것이 아닙니다."

나는 온갖 위엄을 다 짜내며 밖으로 나왔다. 자신이 멍청할 수도 있다는 사실을 이따금 실감하는 것도 이로운 것이라고 감히 말하고 싶다. 그렇지만 아무도 그 과정에서 기분 좋을 수만은 없는 것이다.

그 일이 있고 나서 망연자실 선박 여행사를 지나쳐 가다가, 나는 갑자기 걸음을 멈췄다. 유리창에 아름다운 배 모형 한 척이 걸려 있었는데, '케닐워스 캐슬'이라는 딱지가 붙어 있었다. 순간 번개 같은 생각이 내 머리를 스치고 지나갔다. 나는 문을 열고 안으로 들어갔다.

나는 카운터에 다가가서 머뭇거리며(이번에는 정말로) 낮고 불분명하게, "킬모든 캐슬은 어떤가요?" 하고 물었다.

"사우댐프턴에서 17일 출발합니다. 케이프타운(남아프리카의 입법 수도)으로 가십니까? 일등석입니까, 이등석입니까?"

"얼마죠?"

"일등석은 87파운드······."

나는 그의 말을 중단시켰다. 내가 유산으로 물려받은 돈의 액수와 똑같았다! 나는 이 일에 전 재산을 걸었다.

"일등석으로 주세요." 내가 말했다.

이제는 어쩔 도리 없이 모험에 내맡겨진 것이다.

제8장

(하원의원 유스터스 페들러 경의 일기에서 발췌)

내가 하루도 편한 날이 없어 보인다는 사실은 정말 한심한 노릇이다. 나는 안정된 삶을 좋아하는 사람이다. 나는 내가 소속된 클럽, 세 판 내기 브리지 게임, 잘 요리된 식사, 입맛을 돋우는 포도주를 좋아한다. 나는 여름엔 영국이 좋고 겨울엔 리비에라가 좋다. 나는 세상을 들끓게 하는 요란한 사건에 개입되고 싶은 마음은 추호도 없다. 잘 타오르는 벽난로 앞에 앉아 있다가 어쩌다가 신문에서 그러한 사건을 접하게 되는 경우를 제외하고는. 그렇지만, 그건 내가 기꺼이 할 마음이 내켰을 때에만 그렇다는 이야기이다.

인생에 있어서 내 목적은 전적으로 안락하자는 데 있다. 나는 어느 수준까지 생각에 깊이 골몰하는 것과 상당한 액수에 달하는 돈—그런 정도에 삶의 가치를 두고 있다. 하지만, 내가 언제나 성공만 했다고는 볼 수 없다. 실제로 내게 직접 닥친 일이 아니라 하더라도, 내 주변에서 일어나는 바람에 나의 의지와는 관계없이 그 일에 개입되어야 하는 수가 왕왕 있는 것이다.

이 모든 일은 오늘 아침 거이 파제트가 장례식 참석자 같은 표정을 짓고 손에 전보 한 장을 들고 내 침실에 들어오고 나서 비롯되었다.

거이 파제트는 매사에 열심이며 온갖 수고를 아끼지 않고서 뼈 빠지게 일하는 내 비서로, 어느 모로 보나 본받을 만한 친구이다. 한동안 나는 어떻게 하면 저 친구를 잘라 버릴 수 있을까 고심한 적이 있었다. 그렇지만 누구라도 자기 비서가, 노는 것보다는 일하는 것을 더 좋아하고, 새벽부터 일어나기가 다반사이며 품행이 방정하다면 쉽사리 해고시킬 수는 없는 노릇일 게다. 이 친구에게서 나를 즐겁게 해주는 요소가 있다면, 바로 그의 생김새이다.

그는 모습은 꼭 14세기의 독살자(毒殺者) 같았는데, 권력 유지를 위해선 악행도 서슴지 않았던 보르지아가(家) 사람들과 너무도 흡사했다(보르지아(1457~1507, 이탈리아)는 르네상스 시대의 군주로서, 마키아벨리가 전제군주의 이상형으로 본 인물).

나는 파제트가 나에게 일거리를 갖다 안겨 주지 않는다하더라도 별 상관이 없다. 일에 있어서 나의 지론은 가볍고도 경쾌하게 처리되어야 한다는 것이다—정말로 일이란 사소한 것처럼 다뤄져야 한다고 생각한다! 나는 거이 파제트가 여태껏 살아오면서 한 번이라도 일을 사소하게 처리해 본 적이 있는지 적이 의심스럽다. 그는 매사를 심각하게 받아들인다. 그것이 바로 그와 함께 생활해 나가기가 퍽 힘겹다고 느껴지는 점이다.

지난주에는 그를 플로렌스(이탈리아 중부의 도시로, 피렌체의 영어명)에나 보내야겠다는 기발한 생각이 떠올랐다. 그는 플로렌스에 대해 늘 떠들어 왔으며, 또 얼마나 가고 싶어 했는지 모른다.

내가 큰소리로 말했다.

"여보게, 내일 떠나게. 내가 모든 비용을 다 대줄 테니."

1월 달은 플로렌스에 가기에는 적절한 시기가 아니었지만, 파제트에게는 어느 달이나 매한가지였다. 나는 그가 그곳에 가서 손에는 안내 책자를 들고서, 미술 화랑에 들를 때마다 조예가 깊은 체 엄숙한 표정을 짓고 돌아다닐 일이 안 봐도 눈에 선했다. 1주일이나마 내가 자유로울 것을 생각하면 그까짓 비용쯤은 싼 셈이다.

아주 기분 좋은 1주일이었다. 나는 내가 평소에 하기 싫던 일들은 몽땅 내팽개치고, 하고 싶었던 일들만 골라 하면서 돌아다녔다. 그런데 내가 껌벅거리면서 눈을 떠보니, 난데없이 아침 9시에 파제트가 불빛을 등지고 내 앞에 서 있는 것이 아닌가! 오늘 아침 이후로 내 자유는 끝났구나 하는 생각이 얼핏 들었다.

"여보게나, 장례식이 이미 시작되었나, 아니면 오늘 아침인데 시간이 좀 연기되었다는 말인가?"

파제트는 적나라한 유머를 즐기려 들지 않는다. 그는 그저 바라만 보고 있었다.

"그럼 알고 계셨군요, 유스터스 경?"

"알고 있다니, 뭘 말인가?" 반대로 내가 물어보았다.

"자네 표정을 보아하니, 오늘 아침에 자네의 절친한 친척 한 분을 하관(下棺)한다고 씌어 있는 것 같은데?"

파제트는 그 기지에 찬 말을 아예 못 들은 체하려 들었다.

"저는 주인님이 이 사실을 알고 계신 줄로 알았습니다."

그가 전보를 톡톡 쳤다.

"주인님은 아침부터 잠을 깨우면 싫어하신다는 것을 잘 알고 있습니다. 그렇지만 벌써 9시잖습니까?"

파제트는 아침 9시면 벌써 대낮이라고 생각하고 싶은 모양이었다.

"상황이 상황이니만큼……." 그는 다시 전보를 톡톡 쳤다.

"그건 또 뭔가?" 내가 물었다.

"말로우의 경찰에서 온 전보입니다. 주인님의 저택에서 한 여인이 살해되었다는 내용입니다."

그 말에 나는 진짜로 일어나서 외쳤다.

"그럴 리가 있나! 하필이면 왜 내 집인가? 누가 그녀를 죽였나?"

"경찰도 모릅니다. 지금 당장 영국으로 돌아가시는 것이 어떨까 싶은데요, 유스터스 경?"

"어떨까 싶은 데는 또 뭔가! 우리가 어째서 돌아가야 하는가?"

"경찰이……."

"내가 경찰하고 무슨 볼일이 있나?"

"저, 주인님 댁에서 사건이 발생했으니까요."

"내 과실이라기보다는 내 불운인 듯이 느껴지네." 내가 말했다.

거의 파제트가 우울하게 머리를 끄덕였다.

"유권자들에게 지대한 영향을 미칠 것만 같은 불길한 예감이 드는군요."

그가 울적하게 심정을 토로했다.

나는 어째서 그런지는 잘 모르겠지만, 그런 문제에 있어서만큼은 파제트의 직감이 언제나 맞아떨어졌다는 느낌을 갖고 있었다. 외관상으로는 하원의원

소유인 빈집에서 한 정체불명의 여인이 들어와 살해되었다고 해서 그의 직책이 달라질 일이란 없다. 그렇지만, 존경심 넘치는 영국 국민이 그 사실을 받아들이는 견해는 개개인마다 각양각색일 것이다.

"더군다나 그녀는 외국인이어서 그 사실이 상황을 더 악화시키고 있습니다." 파제트가 우울한 표정으로 계속 말을 이었다.

다시 한 번 나는 그의 말이 옳다는 사실을 절감했다. 어떤 사람의 집에서 불미스럽게도 한 여인이 살해되었을 경우, 그 여인이 외국인이면 그 사건은 더욱 불미스러워지는 것이다. 또 다른 생각이 퍼뜩 머리에 떠올랐다.

"이 일을 어쩌나? 이 일로 캐롤라인이 흔들리지나 말았으면 좋겠는데"

캐롤라인은 우리 집 요리사이다. 어쩌다가 그녀는 내 정원사의 부인이 되어 버렸다. 그녀가 마누라 노릇은 어떻게 하는지는 모르지만 요리만큼은 끝내 준다. 반면에 제임스는 쓸 만한 정원사는 못 되었다. 그렇지만 난 순전히 캐롤라인의 요리 솜씨를 생각해서 그에게 관리인 주택을 제공한 것이고, 그가 하릴없이 빈둥빈둥 놀아도 눈감아 주는 것이다.

"그런 일이 있었으니 그녀가 더 이상 그곳에 있으려 들지 않을 것 같습니다."

파제트가 말했다.

"자넨 언제나 즐거운 말만 골라 하는구먼."

나는 영국으로 돌아가야 될 것 같은 느낌이 들었다. 파제트도 그래야 한다고 쌍수를 들고 나섰다. 영국엔 진정시켜 놓아야 될 캐롤라인이 있는 것이다.

사흘 뒤.

겨울에 영국을 떠날 수 있을 만한 위치의 사람들이 정작 그러지 않는다는 사실이 나에게는 믿어지지 않는다! 날씨는 몸서리가 쳐졌다. 이 모든 성가신 일들에 난 굉장히 화가 치밀어 올랐다. 부동산 사무실에선 소문이 무서운 것이지, 밀 하우스 저택을 세놓기가 불가능하게 된 것은 둘째 문제라고 했다.

캐롤라인은 간신히 진정시켜 놓았다―월급을 두 배로 올려 주겠다는 조건으로. 우리는 칸에서 그녀에게 그 조건을 전보에다 써서 부쳤다. 실제로 지금껏 해온 말이지만, 우리가 훌쩍 건너와야 할 하등의 이유가 없었다. 나는 내일 돌아갈 것이다.

하루 뒤.

몇 가지 놀라운 사건이 발생했다. 우선 오거스터스 밀레이 씨를 만났는데, 그는 현 정부가 배출해 낸 고리타분하고 전형적인 정부 관리였다. 그가 나를 술집의 한쪽 구석으로 끌고 가는 폼이 벌써 외교적인 극비사항이 그의 입에서 흘러나올 낌새였다. 그는 한참을 떠들었다. 남아프리카와 그 산업 현황에 관한 것이었다. 랜드 광산에서 폭동이 일어났다는 소문이 점점 더 확산되는 것에 대해서도 얘기했다. 비밀리에 그 폭동을 조종하는 배후세력이 있다고도 했다. 나는 되도록 가만히 참을성 있게 그의 이야기를 듣고 있었다.

마침내 그는 목소리를 팍 낮추더니 스머츠 장군(1870~1950, 남아프리카의 정치가·군인) 손에 기밀문서가 들어가기만 하면 그 사건은 가벼워질 수 있을 텐데라고 말했다.

"자네 말이 백번 지당하네."

내가 하품이 나는 것을 가까스로 억누르며 말했다.

"하지만 그에게 그것을 어떤 경로를 밟아 전달해야 되겠나? 그 문제 때문에 우리는 참으로 난처한 입장에 처해 있네. 아주 곤란한 지경이라네."

"우편 처리하면 되잖은가?" 내가 명쾌하게 말했다.

"도장만 쾅 찍어서 요 앞 우편함에다 탁 넣어 버리면 그만이지 뭘 그래."

그는 그 제안에 어안이 벙벙한 것 같았다.

"아니, 페들러 경! 우편 처리라니?"

이처럼 주의를 요하는 기밀문서를 전달함에 있어서 국왕의 칙사를 뽑지 않는 정부 측 처사가 나에겐 항상 아리송할 따름이었다.

"우편 처리가 싫다면 젊은 외교관 중에서 한 사람 골라 파견해 버려. 겸사 겸사 여행도 할 겸. 즐거워할 거야."

"그것은 불가능해."

밀레이가 노망기 있는 사람처럼 머리를 설레설레 흔들었다.

"거기엔 이유가 있네, 페들러 양반―모종의 이유가 있다는 것만 말해 두겠네."

"그럼, 재미있는 말을 많이 들었네만, 난 가 봐야만 할 데가 있어서……."

내가 일어나면서 말했다.

"1분만, 페들러, 1분만 시간을 내주게나. 내가 이렇게 간청하지 않나. 자, 이제 내게 털어놔 봐, 자네가 남아프리카에 잠깐 다니러 간다는 것이 사실인가? 내가 알기론 자네는 로디지아에 한밑천 잡아놓은 것이 있다던데, 그래, 로디지아가 과연 연방정부 직속이 되는지가 자네에겐 큰 문제 아닌가!"

"그렇지 않아도, 한 달쯤 뒤에 떠나 볼까 생각 중에 있네."

"일정을 앞당길 수는 없는가? 이번 달은 어때? 아니, 사실은 이번 주에 말이야."

"안 될 거야 없지."

내가 구미가 좀 당겨 그를 빤히 쳐다보며 말했다.

"그렇지만 내가 특별히 가야 할 이유가 있는지는 나 자신도 잘 모르겠네."

"자네가 정부를 위해 큰 공헌을 할 수 있을 거라 믿네. 아주 큰 공헌이 될 거야. 그들을 찾아내지 못하게 된다면, 흠, 유감스럽겠지만."

"그러니까, 결국 날 배달부로 삼겠다는 말인가?"

"바로 그걸세. 자넨 비공무적인 성격을 띠고 가는 거야. 실제로 여행도 겸해서 말일세. 모든 것이 전적으로 만족스러운 것이 되리라 믿네."

"저어, 내가 그 일을 떠맡게 되는 것은 아무 상관없네. 단 한 가지 바람이 있다면 가능한 한 빨리 영국을 떴으면 하는 것이네."

내가 또박또박 말했다.

"남아프리카 날씨가 이상적이라는 것을 알게 될 거야. 더할 나위 없을 걸세."

"이 사람아, 날씨에 대해선 내가 더 잘 알고 있네. 전쟁이 터지기 직전에나 나오면 다행이겠네."

"자네에게 폐가 이만저만이 아닐세, 페들러 경. 사람을 시켜서 꾸러미를 들려 보내겠네. 스머츠 장군에게 직접 전달해야 하네, 내 말 알아듣겠나? 킬모든 캐슬호가 토요일에 출발하네. 아주 좋은 배지."

그와 펠멜가(街)까지 걸어 내려와서는 헤어졌다. 그는 내 손을 따뜻하게 잡고는 흔들면서 몇 번이고 고맙다는 말을 해댔다.

나는 정부의 이상스럽기까지 한 내밀한 정책에 대해 생각에 잠긴 채 집까지 걸어왔다. 집사 자비스가 웬 신사분이 사적인 일로 날 만나고자 하면서 이름을 밝히려 하지 않는다고 알려온 것이 그 다음 날 저녁이었다. 나는 보험쟁이들이 언제나 성가시게 군다는 데 대해선 익히 아는 터여서, 자비스에게 만날 수 없노라고 전하라고 일렀다. 불행히도 정작 진짜로 필요할 때 거이 파제트는 위산 과다증으로 누워 있는 것이다. 그처럼 정직하고 뼈 빠지게 일하는, 위가 약한 젊은 친구들은 언제나 위산 과다증에 걸리기 십상이다.

자비스가 돌아왔다.

"그 신사분이 유스터스 경께 자기는 밀레이 씨가 보내서 온 사람이라고 전하라 했습니다."

그 말에 양상이 180도로 바뀌었다. 몇 분 뒤에 서재에서 나는 방문객과 대면하고 있었다. 그는 검게 탄 얼굴을 한 체격이 좋은 사내였다. 흉터 자국이 눈 귀퉁이에서부터 턱을 향해 대각선으로 쫙 내리그어진 것을 제외하고는 전체적으로 핸섬한 외모였으며, 다소 용모가 방종한 듯도 했다.

"저, 무슨 일로 오셨습니까?"

"밀레이 씨가 저를 이리로 보내셨습니까, 유스터스 경. 저는 비서 자격으로 선생님을 남아프리카까지 수행하게 된 사람입니다."

"아, 그래요? 난 이미 비서를 확보해 놓았소 또 다른 비서는 필요치 않소"

"필요하리라고 생각됩니다. 지금 비서 분은 어디 있습니까?"

"위산 과다증으로 컨디션이 좋질 않소" 내가 설명했다.

"단지 위산 과다증이라고만 생각하십니까?"

"물론이오 그는 병에 걸리기 딱 좋게 되어 있소"

내 방문객이 미소 지었다.

"위산 과다증일 수도 있고 아닐 수도 있습니다. 시간이 지나면 알게 되겠지요. 하지만, 이 점만큼은 분명히 말씀드릴 수가 있겠는데요, 유스터스 경. 만일 선생님의 비서 분이 살해당하는 일이 발생하더라도 밀레이 씨는 눈 하나 깜짝하지 않으실 겁니다. 오, 선생님은 조금도 두려워하실 필요가 없습니다."

순간적으로 놀란 듯한 표정이 내 얼굴을 스치고 지나갔나 보다.

"선생님은 염려 없으십니다. 비서를 제거하고 나면 선생님에게 접근하기가 손쉬워질 겁니다. 아무튼, 만일에 대비해서 밀레이 씨는 제가 선생님을 수행했으면 하십니다. 드는 비용은 물론 우리 측에서 부담할 것이지만, 여권은 선생님이 두 번째 비서의 도움이 필요하다고 결정을 내린 것처럼 그 수속절차까지도 밟아 주셔야겠습니다."

그는 결단성 있는 젊은이로 보였다. 우리는 서로를 응시했는데, 그가 하도 노려보아 내가 멋쩍어졌다.

"잘 알겠소." 내가 가냘프게 말했다.

"제가 선생님을 수행하는 일은 일체 비밀에 붙이셔야 합니다."

"잘 알겠소." 내가 또 한 번 말했다.

결국 이 친구를 대동하고 가는 편이 더 낫긴 하겠지만, 왠지 점점 더 깊은 물속에 빠져드는 듯한 예감을 떨칠 수가 없었다. 나는 뭔가에 골몰할 때라야만 안정을 얻는다!

방문객이 떠나려고 등을 돌리는 순간 내가 그를 불러세웠다.

"내 새 비서 이름이나 알아놓았으면 싶은데."

내가 비아냥거리며 말했다. 그가 잠시 생각에 잠겼다.

"해리 레이번이면 적당할 것 같군요."

아주 독특한 표현 방법이었다.

"잘 알겠소." 내가 세 번째로 말했다.

제9장

(앤의 이야기가 다시 시작됨)

여주인공이 뱃멀미를 한다는 건 지극히 체면이 안 서는 일이다. 책에서는 배가 심하게 흔들리면 흔들릴수록 여주인공은 더욱 즐거워한다. 다른 모든 사람이 다 앓아누웠을지라도 그녀만큼은 흔들거리며 갑판으로 나아가 분연히 맞서 적극적으로 폭풍우를 즐기는 것이었다. 킬모든호가 베푼 맨 처음의 요동에 유감을 표시하며, 난 하얗게 질려서 서둘러 밑으로 내려갔다. 동정심 많은 여승무원이 나를 맞아주었다. 그녀는 나에게 딱딱한 토스트와 진저에일(생강이 든 비알콜성 청량음료의 일종)을 권했다.

나는 사흘 동안이나 끙끙거리며 선실에 박혀 있었다. 내가 탐색하던 일도 까맣게 잊어버렸다. 미스터리에 개입하는 데 더 이상의 흥미도 없었다. 의기양양하게 여행사 문을 나와 사우스켄싱턴 스퀘어로 질주하던 그 앤과는 완전히 다른 모습이었다.

그때 내가 응접실로 황급히 뛰어들던 때가 떠올라 싱긋 미소를 지었다.

플레밍 부인은 혼자 있었다. 내가 들어서자 그녀가 머리를 돌렸다.

"오, 앤, 너였구나? 할 얘기가 좀 있는데."

"그래요?" 나는 짜증을 누르며 말했다.

"에머리 양이 그만둔다는구나."

에머리 양은 가정교사이다.

"네가 아직 적당한 일자리를 찾지 못했다면 말이다, 저, 할 마음이 있는가 해서—우리랑 함께 있게 되면 아주 좋을 것 같지 않니?"

나는 가슴이 떨렸다. 그녀가 날 원치 않는 걸로 알고 있었는데. 그 제안을 내게 권한 것은 순수한 기독교적 자비심 때문이다. 나는 남몰래 그녀를 비난한 것에 대해 양심의 가책을 느꼈다. 나는 충동적으로 방을 가로질러 달려가 그녀의 목을 끌어안았다.

"부인은 너무나 친절하고 상냥하고 선량한 분이세요! 정말 너무너무 감사합니다. 하지만 저는 토요일에 남아프리카로 떠나야 해요."

나의 갑작스러운 기습이 그 선량한 여인을 놀라게 했다. 그녀는 갑자기 보인 나의 애정 표현에 당황했을 뿐만 아니라, 나의 이야기가 그녀를 더욱 놀라게 했으니 엎친 데 덮친 격이다.

"남아프리카로? 그런 일에 대해서는 신중을 기해야 할 게야."

나는 하다 하다 정 안 되면 최후로 가정교사라도 할 참이었다. 나는 이미 여행 일정을 세워놓은 뒤임을 설명하고, 그곳에 도착한 뒤 하녀 일자리라도 찾아보겠다고 말을 꺼냈다. 그것은 순간적으로 앞뒤 재지 않고 생각해 낸 것이다. 남아프리카에서는 하녀가 무척 귀하다는 얘기도 늘어놓았다.

나는 몸조심할 것도 잊지 않겠다고 덧붙임으로써 그녀를 안심시키고, 마지막으로 그녀의 손을 벗어난 데 대해 안도의 한숨을 내쉬었다. 그녀는 별다른 의심 없이 내 뜻에 따랐다. 마지막 인사를 할 때 그녀는 내 손에 봉투를 쥐어주었다. 거기에는 빠닥거리는 5파운드짜리 새 지폐 다섯 장과 함께 짤막한 글귀가 들어 있었다. '부디 이 돈을 내 정성이라 여기고 부담없이 받아 주길.' 그녀는 정말 친절한 여자였다. 나는 더 이상 그녀와 한 집에 살 수 없게 되긴 했지만, 그녀의 본심은 깨달을 수 있게 된 것이다.

나는 주머니에 25파운드를 넣고 험난한 세상을 향하여 모험을 하고자 지금에 이르렀다. 나흘이 지나서야 여승무원이 갑판으로 올라가 보라고 나를 재촉했다. 막연히 금방이라도 죽을 것만 같아 나는 침대를 떠나지 않겠다고 완강히 버텼다. 그러자 그녀는 마데이라섬(모로코 서쪽에 있는 포르투갈령의 섬)이 곧 보일 거라며 나를 유혹했다. 가슴에서 희망이 꿈틀거렸다. 배에서 상륙하면 거기서 하녀자리를 구할 수도 있으리라. 육지이기만 하면 더 바랄 게 없으니까.

장난꾸러기처럼 생기를 되찾고서 심기일전한 뒤, 코트와 무릎덮개로 온몸을 감싸고 갑판 의자 위에 누우니 기분이 착 가라앉았다. 나는 인생을 비관하면서 눈을 감고 있었다.

동안(童顔)인 금발의 사무장이 다가와 내 옆에 앉았다.

"여어! 자기 자신을 좀 처량하다고 여기시는군요?"

"그래요." 그가 밉살스럽다고 생각하며 대꾸했다.

"한 이틀쯤 지나면 자신도 몰라보게 될걸요. 만(灣)에서 지저분한 먼지가 날아오긴 하지만 앞으로는 날씨가 계속 괜찮을 겁니다. 내일 쇠고리던지기 시합에 당신을 모시고 가겠습니다."

나는 대답하지 않았다.

"결코 회복될 수 없다고 생각하는군요? 하지만 난 아가씨보다 훨씬 더한 사람이 이틀 뒤에는 배의 스타가 된 것을 자주 봤습니다. 아가씨도 마찬가지일 걸요."

나는 그에게 당신은 분명한 거짓말쟁이라고 말할 정도로 적개심을 느끼진 않았다. 나는 곁눈질을 함으로써 그 뜻을 전하고자 애썼다. 그는 몇 분간 더 즐거운 듯 떠들더니 고맙게도 물러나 주었다.

원기왕성한 부부들은 '신체단련'을 하면서, 어린아이들은 뛰놀면서, 젊은이들은 웃으면서 사람들이 계속 스쳐 지나갔다. 몇몇 다른 창백한 환자들은 나처럼 갑판 의자에 기대어 길게 누워 있었다.

공기는 상쾌하리만큼 서늘해서 그리 춥지도 않았고 태양은 밝게 빛났다. 무감각한 중에도 나는 약간 즐거워졌다. 나는 사람들을 눈여겨보기 시작했다. 한 여인이 특히 눈길을 끌었다. 서른쯤 되는, 중키에 금발이며 동그란 얼굴에 보조개가 패고 굉장히 파란 눈을 가진 여인이었다. 그녀의 차림새는 무척 평범한 듯했지만 뭔지 모르게 파리(Paris)적인 감각으로 '재단'된 듯했다. 또한 즐거우면서도 차분하게 배를 독점한 듯이 보였다.

갑판 승무원이 그녀의 지시에 따라 여기저기 바삐 움직였다. 그녀는 특별 갑판 의자에 쿠션을 어디다 놔야 할지에 대해 세 번이나 변덕을 부렸다. 모든 점에서 그녀는 매력적이고도 멋이 있었다.

그녀는 자기들이 원하는 바를 알고 그것을 얻고자 조치를 취하는 데 있어서 결코 남을 불쾌하게 만드는 법 없이 해 내는, 세상에서 몇 안 되는 사람들

중의 하나로 생각되었다. 나는 회복되기만 하면—물론 그래서는 안 되겠지만 그녀에게 말을 걸면 즐거울 것 같다는 생각이 들었다.

우리는 정오에 마데이라섬에 도착했다. 나는 여전히 기운이 없었지만, 배에 올라와 갑판에서 물건을 늘어놓는 상인들의 그림 같은 광경을 재미있게 바라보았다. 거기엔 꽃들도 있었다. 촉촉하게 젖은 탐욕스런 제비꽃 다발에 코를 파묻자 정말로 한결 기분이 나아졌다.

나는 배여행을 끝까지 지속해 나가는 것이 가능할 거라는 생각이 들었다. 여승무원이 치킨 수프가 맛이 좋다고 권했을 때 나는 미약하게 거절 의사를 나타냈다. 그러나 막상 그것이 주어졌을 때는 아주 맛있게 먹었다.

매혹적인 그 여자는 배에서 내렸다. 아침 일찍 갑판을 이리저리 활보하여 내 눈에 띄었던 구릿빛 얼굴에 검은 머리를 한 군인처럼 보이는 남자와 함께 돌아왔다. 나는 즉시 그를 강인하고 과묵한 로디지아 남자일 거라고 판단했다. 그는 양쪽 관자놀이에 흰 머리가 언뜻언뜻 비치는 마흔쯤 되어 보이는 사람으로, 탑승객 중에서는 단연코 가장 멋있는 남자였다.

여승무원이 여벌의 담요를 갖다 주러 왔을 때 나의 시선을 끈 그 여인이 누구냐고 물어보았다.

"그분은 잘 알려진 사교계의 여류명사로, 백작부인인 클레어런스 블레어 여사입니다. 틀림없이 신문에서 그녀에 관한 기사를 본 적이 있을 거예요"

나는 새로운 호기심으로 그녀를 바라보며 고개를 끄덕였다.

블레어 여사는 실제로 '그날의 가장 근사한 여인' 중의 한 사람으로서 무척 유명한 터였다. 나는 수없는 관심이 그녀에게 쏠리는 것을 어느 정도 즐기면서 살펴보았다. 여러 사람들이 배에서 허용되는 즐겁고 비공식적인 교제를 이루어 보고자 애쓰는 듯했다. 나는 블레어 여사가 공손히 그들을 퇴짜 놓는 방법에 감탄했다. 그녀는 자신의 특별 기사(騎士)로 그 강인하고 과묵한 남자를 선택한 듯이 보였고, 그는 자기에게 부여된 특권을 충분히 인식하는 듯했다.

이튿날 아침, 놀랍게도 블레어 여사는 자신의 충직한 동반자와 갑판을 몇 바퀴 돌고 나서 내 의자 곁에 와서 멈춰 섰다.

"오늘 아침은 기분이 좀 나아지셨나요?"

나는 그녀에게 고맙다고 하면서 좀더 인간다워진 것 같다고 말했다.

"어제는 정말 아파 보이더군요. 레이스 대령과 나는 틀림없이 흥미진진한 장례식을 바다에서 보게 될 거라고 했는데, 당신은 우리를 실망시켰어요."

나는 웃었다.

"바깥 공기를 쐬고 있다 보니 꽤 좋아졌어요."

"신선한 공기보다 더 좋은 건 없지요."

레이스 대령이 빙그레 웃으며 말했다.

"숨이 꽉 막히는 선실에 틀어박혀 있는 건 정말 못할 노릇이죠."

블레어 여사가 내 옆 의자에 털썩 앉으며, 자기의 동반자에게 목을 가볍게 끄덕이는 것으로 물러가라는 표시를 하면서 자르듯이 말했다.

"바깥쪽 선실에 들었으면 좋았을걸."

나는 고개를 저었다.

"저런! 왜 바꾸지 않죠? 방이 많은데. 많은 사람들이 마데이라섬에 내려서 방이 많이 비어 있는 상탠데. 사무장에게 말해 봐요. 그는 친절한 사람이거든요. 내가 묵을 방도 탐탁지 않게 여겼더니 그가 멋진 선실로 바꿔 줬어요. 내려가게 되면 점심때 그에게 말해 보세요."

나는 몸을 떨었다.

"움직일 수가 없어요."

"어리석은 소릴랑 말아요. 자, 이리 와서 나와 함께 좀 걷도록 해요."

그녀는 나를 격려하며 보조개를 지어 보였다. 처음엔 다리가 휘청거리는 것 같았는데, 우리가 기운차게 이리저리 활보함에 따라 나는 점점 더 생기를 되찾았고 훨씬 나아짐을 느꼈다.

한두 바퀴 돌고 나자 레이스 대령이 다시 우리에게로 왔다.

"반대편으로 가면 테네리페섬(카나리아 제도 중 가장 큰 섬)의 그랜드 픽을 볼 수 있을 겁니다."

"그래요? 그럼 사진도 찍을 수 있겠네요?"

"글쎄요, 하지만 무턱대고 찍겠다는 데에야 어디 막을 수가 있겠습니까?"

블레어 여사가 웃었다.

"너무하시는군요. 제가 찍은 사진 중엔 퍽 잘된 것도 있다고요."

"3% 정도는 쓸 만하겠죠, 일테면."

우리는 다 같이 갑판의 저쪽 편으로 돌아갔다. 거기엔 은은한 장밋빛 안개로 둘러싸인 반짝이는 산봉우리가 흰 눈에 덮여 깜박이면서 솟아올라 있었다.

나는 환호성을 질렀다. 블레어 여사는 카메라를 가지러 갔다. 대령의 조소적인 말에도 아랑곳하지 않고 그녀는 기운차게 찍어댔다.

"저런, 필름이 다 됐군요." 그녀는 비통한 듯 혀를 찼다.

"찍을 만반의 준비가 되어 있었는데."

"난 언제나 어린애가 새 장난감을 갖고 노는 걸 보기 좋아한다오."

대령이 중얼거렸다.

"너무하시는군요—그래도 따로 갖고 온 것이 있으니까."

그녀는 스웨터 주머니에서 의기양양하게 필름을 꺼냈다. 그때 배가 갑자기 요동을 쳐서 그녀는 균형을 잃어, 똑바로 서려고 난간 손잡이를 붙들었을 때 필름이 뱃전 위로 모습을 감추어 버렸다.

"저런!"

블레어 여사가 실망을 코믹하게 나타내면서 소리쳤다. 그녀는 뱃전에 몸을 구부렸다.

"당신은 필름이 배 밖으로 떨어졌다고 생각해요?"

"아뇨, 갑판 아래 있는 재수 없는 승무원 머리에 맞아 떨어지는 행운이 당신에게 따를지도 모르죠."

작은 소년이 우리가 서 있는 몇 걸음 뒤로 모르는 사이에 다가와서 귀가 먹먹해지도록 뿔피리를 불어댔다.

"점심시간이로군요." 블레어 여사가 뛸 듯이 기뻐하며 말했다.

"아침식사 때 쇠고기 수프를 두 컵 마신 것 말고는 아무것도 먹은 게 없어요. 점심식사예요, 베딩펠드 양."

"저—." 나는 주저하며 말했다.

"그래요, 정말 배가 고프군요."

"멋져요. 아가씨는 사무장과 함께 앉게 될 거예요. 그에게 서슴없이 선실에 대해서 얘기를 나누도록 하세요."

나는 살롱으로 내려가 내 자리에 앉은 뒤 매우 신중하게 음식을 씹으면서 어마어마한 양을 먹어치웠다. 어제 접근했던 그 친구가 나의 회복을 축하해 주었다. 모든 사람들이 오늘 선실을 바꾸고 있다고 그가 말하면서, 내 것도 즉시 바깥쪽으로 옮겨 주겠노라고 약속했다.

우리 테이블엔 네 사람이 있었는데—나와 두 늙은 여자들과, '우리의 가엾은 검은 형제'에 대해 수없이 늘어놓는 목사였다.

나는 다른 테이블을 둘러보았다. 블레어 여사는 선장 테이블에 앉아 있었고, 그 옆에 레이스 대령이 있었다. 선장 맞은편에는 기품당당하게 보이는 회색 머리의 남자가 있었다. 갑판에서 이미 많은 사람들이 눈에 익었으나, 이전에는 본 적이 없던 사람이 하나 눈에 띄었다.

그 덕분에 그는 철저하게 나의 시선을 잡아끌었다. 그는 키가 크고 얼굴색이 어두웠으며, 아주 놀라울 정도로 그 인상에서 특이한 사악함이 풍겼다. 나는 약간의 호기심을 가지고 사무장에게 그가 누구인지를 물어보았다.

"저 사람이요? 아, 유스터스 페들러 경의 비서 말이군요. 가엾은 친구 같으니, 뱃멀미가 너무 심해서 전에는 눈에 띄지 않았죠. 유스터스 경은 두 명의 비서를 데리고 있는데, 두 명 다 바다가 맞질 않나 봐요. 나머지 한 사람은 아직 나타나지 않았습니다. 저 남자의 이름은 파제트예요."

그러니까 밀 하우스 저택의 주인인 유스터스 페들러 경이 승선을 하고 있었던 것이다. 아마도 우연의 일치에 불과하겠지만 아직은.

"저 분이 유스터스 경이죠." 나의 정보 제공자가 말을 계속했다.

"선장 옆에 앉아 있는 분 말입니다. 허풍쟁이 늙은 당나귀죠."

비서의 얼굴은 관찰하면 할수록 점점 더 싫어졌다. 전반적으로 안색이 안 좋고, 음침해 보이며, 무겁게 내리 앉은 눈꺼풀이라든가, 기묘하리만큼 납작한 머리—그 모든 것이 척 보기에도 혐오감을 자아내는 것이었다.

그가 살롱을 떠남과 동시에 나도 물러나와 그를 바짝 뒤따라 갑판으로 올라갔다. 그는 유스터스 경에게 말을 걸고 있었는데, 한두 마디가 언뜻언뜻 들려왔다.

"그러면 즉시 선실을 둘러보고 오겠습니다. 그래도 되겠죠? 트렁크들 때문에 주인님의 방에서 작업을 하기가 매우 어렵습니다."

"여보게—." 유스터스 경이 대답했다.

"내 선실은 내가 첫째, 잠을 자고, 둘째, 옷을 갈아입을 수 있도록 꾸며진 걸세. 나는 자네가 지긋지긋하게 타자기를 두드려 대면서 그 방을 너저분하게 어질러 놓는 것을 허락할 생각이 눈곱만큼도 없네."

"제가 말씀드리고자 하는 것은, 주인님, 우린 작업할 곳이 반드시 필요하다는……."

이쯤에서 나는 그들을 떠나 내 선실을 제대로 바꿔 주고 있는지 알아보러 밑으로 내려갔다. 나는 승무원이 그 일로 분주한 것을 알았다.

"매우 좋은 선실입니다, 아가씨. D갑판의 13호예요."

"어머, 싫어요!" 나는 소리쳤다.

"13은 안 돼요."

13이란 숫자에 대해서 난 좀 미신적이다. 그것은 실은 꽤 좋은 선실이었다. 나는 그 방을 둘러보고서도 바보스럽게 미신에 사로잡혀 망설였다.

나는 거의 울상을 지으며 승무원에게 간곡히 말했다.

"다른 선실은 안 될까요?"

승무원은 다시금 생각했다.

"저, 우현 쪽으로 17호실이 있습니다만. 오늘 아침엔 비었었는데 다른 사람에게 배당되지 않았나 싶군요. 아직 그 양반의 짐들은 들어가 있지 않은 상탠데, 남자분들은 여성분들처럼 그리 미신에 집착하지 않으니까, 그 사람은 개의치 않고 바꿔 줄 겁니다."

나는 그 말을 감사해 하며 받아들였고, 승무원은 사무장한테 허락을 받으러 갔다. 그는 만면에 웃음을 띠고 돌아왔다.

"됐습니다, 아가씨. 함께 가보시죠."

그는 17호실로 안내했다. 13호실만큼 크지는 않았지만 그런 대로 만족스러웠다.

"지금 곧 짐을 옮겨 드리겠습니다, 아가씨." 승무원이 말했다.

바로 그때, 그 험악한 남자(별명을 붙인 바에 의하면)가 문가에 나타났다.

"실례합니다." 그가 말했다.

"이 선실은 유스터스 페들러 경이 사용하시도록 예약된 방인데요"

"상관없습니다, 선생님." 승무원이 설명했다.

"대신 13호실을 쓰시도록 조처했습니다."

"아닙니다. 나는 17호실을 쓰겠습니다."

"13호실이 더 좋습니다, 선생님—더 크기도 하고요."

"내가 특별히 17호실을 선택한 겁니다. 게다가, 사무장도 그러라고 했고요."

"죄송합니다. 17호실은 제게 배당되었어요." 난 쌀쌀맞게 대답했다.

"그 점을 용납할 수 없습니다."

승무원이 끼어들었다.

"13호실도 마찬가지입니다. 오히려 더 낫지요"

"난 17호실을 원합니다."

"무슨 일들이오?" 당당한 새 목소리가 날아왔다.

"승무원, 이리로 내 짐들을 옮겨 주시오. 여긴 내 선실이오."

그 사람은 점심때 나와 동석한 목사 에드워드 치케스터였다.

"죄송합니다만, 이건 제 선실인데요." 내가 말했다.

"유스터스 페들러 경에게 배정된 겁니다." 파제트 씨가 말했다.

우리는 모두 다 점차 뜨거운 방 안 공기에 휘말리기 시작했다.

"이런 문제로 언쟁을 하게 되어서 미안하오"

결연하게 밀고 나가려는 마음을 숨기는 데 실패한 미소를 참을성 있게 띠고서 치케스터 씨가 말했다. 참을성 있는 사람은 언제나 고집이 세다고 나는 진작에 들었었다. 그는 출입구 쪽에서 조금씩 몸을 움직이며 들어왔다.

"목사님은 좌현 쪽 28호 선실이 배정되어 있습니다. 퍽 훌륭한 방입니다, 목사님." 승무원이 말했다.

"아무래도 내가 좀더 완강히 밀고 나가야겠는데. 17호 선실은 내가 들기로 선약이 되어 있었소"

우리는 막다른 골목까지 갔다. 우리들은 각자 아무도 양보하려 들지 않았다.

엄밀히 말해서, 어떻게 됐든 내가 그 경쟁에서 물러나 28호 선실을 택해 버리면 문제는 쉬워질 것이다. 13호 선실만 아니라면 내가 어떤 방에 들던 별로 문제될 것은 없었다. 그런데도 나는 화가 났다. 내가 먼저 나서서 양보할 생각은 추호도 없었다. 게다가 나는 치케스터 씨가 싫었다. 그는 의치를 끼어 음식을 씹을 때마다 찰그락 소리가 났다. 많은 사람들이 그러한 이유로 그를 외면해 버렸다.

우리는 같은 문제를 가지고 다시 한 번 맞붙었다. 승무원은 훨씬 강경하게 다른 두 방이 훨씬 더 좋은 선실이라는 것을 강조했다. 우리는 아무도 그의 말에 귀를 기울이지 않았다.

파제트가 열을 내기 시작했다. 치케스터 목사는 냉정을 잃지 않았다. 부단한 노력으로 나는 냉정을 유지했다. 하지만 여전히 어느 누구도 단 한치도 양보하려 들지 않았다.

승무원이 윙크를 하면서 속삭이며 내게 암시를 보냈다. 나는 슬그머니 그 장면에서 빠져나왔다. 나는 금방 사무장과 마주칠 행운을 얻었다.

내가 말했다.

"저, 제발, 제가 17호 선실을 써도 된다고 분명히 그러셨죠? 다른 사람들이 떠나려 들질 않고 있어요. 치케스터 씨와 파제트 씨 말이에요. 제가 그 방을 쓰도록 선처해 주실 수 없을까요?"

언제나 말하지만 선원보다 여자에게 친절한 사람들은 없다. 친절한 사무장은 기대한 대로 멋지게 행동했다. 그는 현장으로 성큼성큼 다가가서 논쟁자들에게 17호 선실은 내 것이라고 말해 주고서 각각 13호실과 28호실을 쓰든가, 아니면 지금 있는 곳에 계속 머물든가, 둘 중에 하나를 선택하여 알아서 하라고 말했다.

나는 당신이야말로 진짜 멋진 사나이라는 듯한 눈길을 보내면서, 내가 새로 차지하게 된 방에 자리를 잡고 앉았다. 바다는 잔잔했고 날씨는 나날이 따뜻해져 갔다. 뱃멀미는 한낱 과거지사였다.

나는 갑판에 올라가서 쇠고리던지기 클럽에 가입했다. 나는 여러 경기에 내 이름을 올려놓았다. 차(茶)는 갑판으로 운반되어 왔으며 나는 왕성한 식욕을 과시했다. 차를 마시고 나면 상냥한 젊은 남자들과 원반던지기를 했다. 그들은 나에게 극진히 대해 주었다. 나는 삶이 만족스럽고 몹시 유쾌한 것이라고 느꼈다.

갑자기 드레싱 나팔(만찬 등에 참석하기 위한 옷차림 신호의 나팔 소리)이 울려 퍼져 나는 서둘러 내 선실로 돌아왔다. 여승무원이 당혹한 모습으로 나를 기다리고 있었다.

"당신 선실에서 지독한 냄새가 나고 있어요, 아가씨. 그게 무엇인지 확실히는 모르겠지만, 당신이 여기서 과연 주무실 수 있을는지 모르겠군요. C갑판에 선실이 하나 있을 겁니다. 밤 동안만이라도 옮겨야 될 것 같아요."

그 냄새는 정말로 무척 고약했으며, 아주 구역질나는 것이었다. 나는 여승무원에게 옷을 갈아입을 동안 옮길 것인지에 대해 생각해 보겠노라고 말했다. 나는 역겨워서 코를 쿵쿵거리며 급히 화장실로 들어갔다.

이게 무슨 냄새인가? 쥐가 죽었나? 아니야, 그것보다 더 지독한데. 그런 것하고는 아주 달라. 아차, 생각났어! 전에 맡아본 적이 있어. 뭐더라, 아! 이제야 알겠다. 아사페티다(아위(阿魏); 미나리과 아위속식물인 Ferula asafoetida에서 얻는 유성(油性)의 고무수지)! 나는 전쟁 때 잠깐 동안 병원 조제실에서 근무한 적이 있었는데, 그때 여러 가지 메스꺼운 냄새에 익숙해진 것이다.

아사페티다, 바로 그것이었구나. 그렇지만 어떻게—소파에 몸을 깊숙이 파묻고 앉자 갑작스럽게 무슨 생각이 떠오르는 것이었다. 누군가가 아사페티다를 내 선실에 조금 뿌려 놓았다. 왜? 나로 하여금 방을 비우게 하려고? 어째서 나를 그토록 내보내려 하는 것일까?

나는 여러 각도에서 오늘 낮에 벌어졌던 장면을 생각해 보았다. 대관절 사람들은 왜 17호 선실을 노리는 것일까? 나머지 두 선실이 더 좋은데, 어째서 그 두 남자 모두 17호 선실을 주장하는 것일까?

그 번호가 어째서 그리도 끈덕지게 되풀이되고 있는가? 사우댐프턴에서 항해를 시작한 날이 17일이었다.

17일, 나는 갑자기 숨을 들이켰다. 재빨리 내 옷가방을 열고 돌돌 말린 스타킹 속에 숨겨 놓았던 귀중한 종이를 꺼냈다.

17 1 22—나는 그것이 날짜이며, 또 킬모든 캐슬호가 출항한 날짜라고 간주했다. 만일 내가 틀렸다면? 잘 생각해 보니 누구라도 날짜를 쓸 때 달뿐만 아니라 연도까지 쓸 필요가 있을는지? 17은 17호 선실을 뜻하는 걸까? 그러면 1은? 시간—1시다. 그렇다면 22는 날짜임이 틀림없다.

나는 내 조그만 달력을 들여다보았다.

내일이 22일이다!

제10장

나는 격렬히 흥분했다. 드디어 제대로 단서를 잡은 것이다. 한 가지는 분명해졌다. 선실을 나오면 안 된다. 아사페티다 냄새를 견뎌야 한다. 나는 다시 사건의 진상을 검토했다.

내일은 22일이며 새벽 1시, 아니면 오후 1시에 무슨 일이 일어날 것이다. 지금은 저녁 7시다. 여섯 시간만 지나면 뭔가를 알게 되겠지.

저녁시간을 어떻게 보내야 할지 난감했다. 나는 꽤 일찌감치 내 선실로 들어와 버렸다. 여승무원에게는 코감기가 들어서 냄새를 맡지 못한다고 말해 두었다. 그녀는 여전히 당혹해하는 표정이었지만 나는 단호했다.

저녁시간은 더없이 지루했다. 나는 제시간에 침대에 들었지만, 만일의 사태에 대비해서 두꺼운 플란넬 실내복으로 몸을 감싸고 슬리퍼도 신어 두었다. 단단히 무장을 했으므로 여차하면 벌떡 일어나 활약을 할 수 있을 것 같았다.

나는 무슨 일이 일어나기를 바라는가? 별로 아는 바는 없다. 일어날 것 같지도 않은 일들이 막연하게 뇌리를 스쳐 지나갔다. 하지만 한 가지 내가 확신할 수 있는 것은 새벽 1시에 '뭔가' 일어나리라는 점이다.

여러 차례 다른 승객들이 자리에 드는 소리가 들렸다. 열린 채광창으로 도란도란 웃으며 밤 인사를 나누는 소리도 간간히 들렸다. 그리고 이내 잠잠해졌다. 불은 대부분 다 꺼졌다. 바깥 통로에 아직 한 개가 켜져 있어서 내 선실로 약간의 빛이 새어 들어왔다. 나는 종이 여덟 번 치는 소리를 들었다. 나머지 시간은 여태껏 내가 살아온 중에서 가장 더디 지나갔다. 나는 시간을 지나쳐 버리지 않도록 조심조심 내 시계를 살펴보았다.

만일 내 추리가 틀렸다면, 만일 새벽 1시에 아무 일도 일어나지 않는다면, 나는 스스로를 바보로 만든 것이고, 내 전 재산을 허공에 날린 셈이 된다. 내

가슴은 고통스럽게 두근거렸다.

종소리가 두 번 귓전을 스쳐 지나갔다. 1시다! 아무 일도 없다. 잠깐만, 저 건 무슨 소리인가? 통로를 따라 달려오는 가벼운 발걸음 소리가 들렸다. 그러자 갑자기 내 선실문이 거칠게 벌컥 열리더니 한 남자가 거의 쓰러질 듯이 안으로 들어왔다.

"살려 주십시오." 그가 쉰 목소리로 말했다.

"사람들이 나를 뒤쫓고 있어요."

언쟁을 벌인다든가 구구절절이 따질 시간이 없었다. 바깥에서 발걸음 소리가 들렸다. 어떻게 조치를 취해야 할 것인지 50초가량의 여유가 있을 뿐이다.

나는 벌떡 일어나 선실 한가운데서 그 낯선 남자와 마주 보고 섰다. 6척 장신의 남자가 숨기엔 선실은 알맞은 은신처가 못되었다. 나는 한 손으로 선실용 트렁크를 끌어내렸다. 그는 그것으로 앞을 가로막고 침대 밑으로 미끄러지듯 들어갔다. 나는 뚜껑을 들어 올렸다. 동시에 다른 손으로는 세숫대야를 끌어내렸다. 그러고는 능숙한 동작으로 머리를 틀어올렸다.

겉으로 보기엔 미적(美的)이지 못했지만 또 다른 관점에서 보면 극도로 기교가 뛰어난 것이었다. 한 여자가 어울리지 않게 머리를 틀어올리고 트렁크에서 비누를 집어내어 목을 씻는 체해 보이면, 감히 도주 범인을 숨겨 줄 생각을 갖고 있는 사람이라곤 의심하지 못할 것이다.

노크 소리가 들리면서 내가, "들어오세요."라는 말도 꺼내기 전에 문이 밀치듯 열렸다.

나는 무슨 일이 일어날지 예상치 못했다. 그저 막연하게 파제트 씨가 리볼버 권총을 움켜쥐고 온다거나, 아니면 목사 양반이 샌드백이나 또 다른 끔찍한 무기를 들고 나타나리라고만 예상했다. 하지만 밤 당번 여승무원이 묻는 듯한 표정으로 나타나 맡은 바 임무를 충실히 수행하려는 훌륭한 태도를 보이리라곤 전혀 생각지도 못했다.

"죄송합니다, 아가씨. 나를 부른 줄 알았습니다."

"아뇨, 그런 적 없어요." 내가 말했다.

"방해해서 미안합니다."

"괜찮습니다. 잠이 오질 않아서요. 세수를 하면 나아지지 않을까 해서."

그 말은 마치 내가 어떤 일정한 룰이 없이 지내며, 이것도 그와 같은 이치에서 비롯된 것이라는 듯이 들렸다.

"대단히 실례했습니다, 아가씨." 승무원이 다시 사과했다.

"하지만 좀 과음을 한 남자분이 있어서, 그가 숙녀 방에 뛰어들어 소동을 피울까 봐 우린 좀 염려를 하고 있습니다."

"어머나 세상에!" 내가 깜짝 놀란 표정을 지으며 말했다.

"설마 이 방에 들어올라고요, 정말 그럴까요?"

"아뇨, 그렇게 생각지는 않습니다, 아가씨. 만일 그가 들어오면 벨을 누르세요. 그럼, 안녕히 주무세요."

"잘 자요."

나는 문을 열고 복도를 살펴보았다. 여승무원이 사라지는 모습을 제외하고는 아무도 눈에 띄지 않았다.

술에 취했다니! 바로 그랬었구나. 나의 연극적 재능을 아깝게 낭비했어.

나는 선실용 트렁크를 끌어내고는 짐짓 큰소리로, "얼른 나오세요!"라고 매섭게 쏘아붙였다.

대답이 없었다. 나는 침대 밑을 들여다보았다. 방문객은 움직이지 않고 누워 있었다. 그는 잠이 든 것처럼 보였다. 나는 그의 어깨를 확 잡아당겼다. 그는 꿈쩍도 하지 않았다.

완전히 만취했군. 나는 조급하게 생각했다. 어떻게 하지?

그러던 차에 마루 위에서 뭔지 모를 조그마한 붉은 자국을 보고 숨을 죽였다. 죽을힘을 다 짜내어 그 남자를 방 한가운데로 끌어내는데 성공했다. 하얗게 질린 얼굴로 보아 기절한 듯했다. 나는 그가 기절한 이유를 금방 알아차렸다. 그는 왼쪽 어깨에 창상(創傷)을 입고 있었는데, 상처가 심했다. 나는 그의 윗도리를 벗기고 상처를 치료하기 시작했다. 언짢은 듯한 기미를 보이며 그가 일어났다.

"움직이시면 안 돼요." 나는 말했다.

그는 금방 회복하는 신체 기능을 가진 젊은이들과 같은 부류인 모양이었다.

그는 다리를 조금씩 끌어당기더니 약간 휘청거리며 일어섰다.

"감사합니다만, 나는 어떠한 치료도 필요치 않습니다."

그의 태도는 몹시 오만했으며 거의 시비조에 가까웠다. 그저 평범하게 감사하다는 말 단 한 마디도 없지 않은가!

"상처가 깊어요. 붕대를 감아야만 해요."

"아무것도 필요하지 않소."

그는 마치 내가 자기에게 매질이라도 한다는 듯 내 면전에다 거칠게 말을 내뱉었다. 드디어 인내심의 한계에 도달했다.

"당신의 태도를 이해할 수가 없군요." 나는 차갑게 말했다.

"난 적어도 내 출현에 대해 당신을 안심시켜 줄 수는 있습니다."

그는 문을 향해 갔으나 비틀거리고 있었다. 갑작스런 동작으로 나는 그를 소파에 밀어붙였다.

"바보처럼 굴지 마세요." 나는 무뚝뚝하게 말했다.

"배를 온통 피로 물들일 셈이세요?"

그도 그 사실을 깨달았는지 내가 성심성의껏 붕대를 감아 주는 동안 얌전히 앉아 있었다.

내가 손놀림에 많은 정성을 기울이면서 말했다.

"저, 지금 당장은 괜찮을 거예요. 기분이 좀 누그러졌으면 제게 무슨 일이 있었는지 죄다 얘기해 줄 의향이 있으신지요?"

"죄송합니다만, 당신의 자연스런 호기심을 나는 충족시켜 드릴 수 없습니다."

"왜 안 되죠?" 내가 분통을 터뜨리며 말했다.

그는 짓궂은 미소를 지었다.

"소문을 내고 싶으면 여자를 불러 모으시지요, 아니면, 가만히 입을 봉하고 계시든가."

"제가 비밀을 못 지킬 거라고 생각하세요?"

"그렇소. 나는 그렇게 알고 있소."

그는 일어섰다.

"그래요." 나는 독이 올라 말했다.

"저는 오늘 밤 사건을 이야기하고 돌아다닐 수도 있어요."

"반드시 그러시겠죠." 그가 개의치 않고 말했다.

"어떻게 그럴 수가 있어요?" 나는 화가 나서 고함을 질렀다.

우린 적개심에 가득 찬 원수들처럼 잔인하게 서로를 노려보고 섰다. 처음으로 그를 자세히 보니, 짧게 자른 짙은 머리에 쭉 빠진 턱, 검게 탄 뺨에 흉터가 나 있었고, 무모한 조소를 담고서 내 눈을 응시하는 뭐라 형용하기 어려운 호기심에 가득 찬 회색 눈동자를 지니고 있었다. 그에게서는 뭔가 위험스러운 듯한 분위기가 감돌았다.

"당신의 목숨을 구해 준 데 대해 아직 감사하다는 단 한마디의 말조차 없으시군요."

내가 다정함을 가장하며 말했다.

나는 여기서 그에게 한방 먹었다. 나는 그가 확연히 주춤거리는 것을 보았다. 직관적으로 나는 그가 나에게 목숨을 빚졌다는 사실을 저주스러워한다는 것을 알았다. 나는 개의치 않았다. 나는 그에게 상처를 주고 싶었다. 나는 여태까지 누구에게도 그토록 심하게 상처를 주고 싶은 적은 없었다.

"당신이 그렇게 나오지 않기를 하나님께 빌걸!" 그가 거칠게 내뱉었다.

"그 말을 하느니 차라리 죽는 게 낫겠소."

"당신이 빚을 인정하시다니 기쁘군요. 그것을 벗어날 수는 없을 거예요. 전 당신의 목숨을 구해 주었고, 또 당신이 '감사합니다.'라고 말하기를 기다리고 있어요."

만일 시선으로 사람을 죽일 수 있다면, 바로 그때 그가 나를 죽일 수도 있었으리라 생각되었다. 그는 거칠게 나를 밀치고 지나갔다. 문에서 등을 돌리며 어깨너머로 이야기했다.

"나는 고맙다는 말은 하지 않을 거요—지금이든 어느 때든. 하지만 내가 진 빚은 인정하오. 언젠가 꼭 갚을 날이 있을 거요."

그는 주먹을 꽉 쥐고 물러나며 사라져 갔고, 내 심장은 물레방아를 돌리는 물줄기처럼 고동쳤다.

그날 밤 더 이상 이렇다 할만한 일은 일어나지 않았다. 나는 그날 아침 늦게 일어나 침실에서 식사했다.

내가 갑판으로 올라가자 블레어 여사가 나를 열렬히 환영했다.

"잘 잤어요, 집시 아가씨. 자, 내 곁에 와서 앉아요. 잠을 제대로 못 잔 듯이 보이는데요."

"어째서 저를 그런 식으로 부르는 거죠?" 내가 얌전히 가 앉으며 물었다.

"싫으세요? 하지만 제법 어울리는걸요. 나는 처음부터 마음속으로 아가씨를 그렇게 불러 왔어요. 아가씨에겐 뭔가 집시 같은 데가 있어서, 그것이 다른 사람과 당신을 확실하게 구별케 해요. 나는 배를 탄 사람 중에서 아가씨와 레이스 대령 단 두 사람만이 이야기하기가 지루하지 않을 거라고 생각했어요."

"그것참 재미있군요. 저도 부인처럼 생각했어요. 단지 부인의 경우가 더 알아듣기가 쉽군요. 부인은, 부인은 정말 정교하게 빚어진 작품과도 같습니다."

"그 말이 싫지는 않군요." 블레어 여사가 머리를 끄덕이며 말했다.

"아가씨 얘기를 해봐요. 남아프리카엔 왜 가는 거죠?"

나는 그녀에게 아버지의 필생의 업적에 대해서 약간 들려주었다.

"그러니까 아가씨가 찰스 베딩펠드 씨의 딸이로군요? 하기야 나는 아가씨가 한낱 시골 처녀에 불과할 거라고는 생각지 않았어요! 그럼, 원시인 두개골을 더 찾아내러 브로큰 힐 광산에 가는 건가요?"

"그럴 수도 있죠." 나는 신중하게 말했다.

"저는 또 다른 계획도 가지고 있답니다."

"당신은 정말 수수께끼 같은 말괄량이 아가씨로군요. 하지만 오늘 아침엔 아주 피곤해 보이는데요. 푹 자지 못했나 봐요? 나는 배를 타면 잠에서 깰 줄을 몰라요. 바보같이 열 시간씩이나 잔다고 그러잖아요 글쎄! 난 스무 시간이라도 잘 수 있는데!"

그녀는 졸린 고양이처럼 하품을 했다.

"바보 같은 승무원이 어제 내가 떨어뜨린 필름을 갖다 주러 한밤중에 깨우지 뭐예요. 그는 가장 극적으로 그 장면을 연출했는데, 글쎄 환기창에다 자기 손을 얹고서 내 배 한가운데다 그것을 떨어뜨리는 거였어요. 나는 그땐 그것이 폭탄인 줄 알았다니까요."

"대령님이 오셨군요!"

키가 크고 위풍당당한 레이스 대령의 모습이 갑판 위에 나타났을 때 내가 말했다.

"그는 특별히 내 소속이 아니에요. 사실은 집시 처녀인 아가씨에게 굉장히 감탄하고 있답니다. 그러니 도망가지 마세요."

"머리를 뭐로 좀 묶어야겠어요. 모자보다 훨씬 편할 것 같아요."

나는 얼른 빠져나왔다. 어떤 이유에서인지 레이스 대령과는 어색했다. 그는 나로 하여금 수줍음을 타게 만드는 보기 드문 남자 중의 하나였다.

나는 선실로 내려가서 커다란 리본이나 베일을 찾기 시작했는데, 그것으로 헝클어진 머리를 묶어 볼 심산이었다. 이제 나는 말쑥한 사람이 되었다. 나는 언제나 소지품들이 가지런히 정리되어 있는 것을 좋아하고, 또 그렇게 정리해 왔다. 서랍을 열자마자 누군가가 내 소지품을 뒤졌다는 사실을 알아차렸다. 모든 것이 뒤죽박죽 흩어져 있었다. 다른 서랍들과 조그만 붙박이 찬장도 열어 보았다. 그것들도 똑같은 사실을 말해 주고 있었다. 누군가가 허겁지겁 뭔가를 찾으려고 서둔 티가 역력했다.

나는 심각한 표정을 짓고서 침대 가장자리에 걸터앉았다. 누가 내 방을 뒤졌으며, 그들은 뭘 찾으려 한 것일까? 휘갈겨 써넣은 글씨와 숫자가 적힌 반 장짜리 그 종이를 노린 것일까? 나는 만족하지 못하고 고개를 저었다. 이젠 다 지난 이야기다. 뭣이 더 남아 있단 말인가?

나는 깊이 생각해 봐야 할 필요를 느꼈다. 어젯밤 일은 흥분할 만했지만, 사건을 해명하는 데는 아무런 도움도 되지 않는다. 불시에 내 선실에 들이닥친 그 젊은 남자는 누구일까? 갑판에서건 살롱에서건 이전에는 배에서 본 적이 없었다. 그는 배의 승무원인가, 아니면 승객인가? 누가 그에게 상처를 입혔을까? 어째서 찔렀을까? 왜 17호 선실은 그토록 중요성을 띠는 걸까? 모든 것이 오리무중이었지만 킬모든 캐슬호에서 매우 특이한 일들이 일어나리라는 것만큼은 의심의 여지가 없었다.

주시해야 할 사람이 누구누구인지 손가락으로 꼽아 볼 필요가 있었다.

지난밤 그 남자는 시간이 더 지나가기 전에 배에서 마주칠 기회가 있겠지 하고 속으로 다짐하면서 일단은 제쳐두고, 나는 주시해 볼 만한 사람들로서 다음과 같은 명단을 작성해 보았다.

　(1) 유스터스 페들러 경—밀 하우스 저택의 주인으로, 그가 킬모든 캐슬호에 모습을 나타낸 것은 우연인 것 같다.

　(2) 파제트 씨—인상이 험악한 비서로, 17호 선실을 차지하려는 그의 열의는 의심해 볼 만한 것이었다. 주의사항—그가 칸의 리비에라 해안에 유스터스 경과 동행했는지 알아볼 것.

　(3) 에드워드 치케스터 목사—내가 그를 그토록 적대시하는 것은 17호 선실을 차지하려는 그의 집요함 때문이었으며, 그 집요함은 순전히 그 자신의 독특한 기질에서 비롯된 것이다. 그 집요함은 가히 놀랄 만한 것이다.

　하지만 치케스터 씨와 몇 마디 나눠 보는 것도 어색하지는 않을 것이라고 결론을 내렸다. 손수건으로 잽싸게 머리를 질끈 동여매고는 많은 것을 노리고서 다시 갑판으로 올라갔다. 운이 좋았다. 내가 노리고 있는 사냥감이 난간에 기대서서 쇠고기 수프를 마시고 있었다. 나는 그에게 다가 갔다.

　"17호 선실에 대해서 목사님이 저를 용서해 주셨으면 합니다."

　내가 멋들어진 미소를 지어 보이며 말했다.

　"앙심을 품는다는 건 비기독교적인 일이라고 생각합니다."

　치케스터 목사가 냉정히 말했다.

　"그렇지만 사무장은 나에게 명확하게 그 선실을 약속했었지요."

　"사무장들이야 너무나 바쁜 사람들이잖아요?"

　내가 기어들어가는 목소리로 말했다.

　"그들은 때때로 잊어버리는 수도 있는 것 같아요."

　치케스터 목사는 대답하지 않았다.

　"남아프리카엔 이번이 처음이세요?" 나는 스스럼없이 물었다.

　"남아프리카엔 그렇습니다. 하지만, 지난 2년 동안은 아프리카 동부 오지의 식인종족 부락에서 봉사를 했었지요."

　"어머나, 무시무시해라! 죽을 고비를 수없이 넘기지 않으셨나요?"

"죽을 고비라뇨?"

"잡아먹히는 것 말이에요?"

"신성한 주제를 놓고 경솔하게 말하지 마시오, 베딩펠드 양."

"인육(人肉)을 먹는 일이 신성한 주제인 줄 미처 몰랐어요."

나는 날카롭게 응수했다.

그 말이 내 입에서 흘러나오자 또 다른 생각이 떠올랐다. 만일 치케스터 목사가 지난 2년간을 정말 아프리카 오지에서 보냈다면, 어째서 그다지 볕에 그을리지 않았을까? 그의 피부는 아기들처럼 발그레한 흰색이다. 확실히 뭔가 수상한 점이 있지 않은가? 게다가, 그의 태도나 목소리가 너무나 완벽하다는 사실이다. 불확실한 것이 한두 가지가 아니다. 그는 짐짓 목사티를 내고 있는 건 아닐까—그럴까?

내 마음은 리틀 햄슬리에서 알게 된 주임사제(主任司祭)에까지 거슬러 올라갔다. 그들 중 몇 명은 좋았지만 안 그런 사람도 있었다. 하지만 그들 중 어느 누구도 치케스터 씨 같은 사람은 없었다. 그들은 인간적이었는데 반해, 그는 실제 이상으로 꾸며 보이는 타입이었다.

나는 유스터스 페들러 경이 갑판 아래를 지나칠 때까지 이런 사실들과 씨름을 하고 있었다. 그가 치케스터 씨 옆으로 지나치는 순간 멈춰 서서 종이쪽지를 하나 집어올리더니, "뭘 떨어뜨리셨군요." 하며 건네주었다.

그는 그대로 지나쳤는데, 그래서 치케스터 씨가 동요하는 걸 눈치 채지 못한 것 같았다. 나는 알아차렸다. 그가 떨어뜨린 것이 뭔지는 모르지만, 그는 그것을 받아들면서 몹시도 안절부절못하고 있었다는 것을. 그는 핏기를 잃고 새파랗게 질려서는 그 종이를 똘똘 뭉쳤다. 내 의혹은 백배나 더 짙어져 갔다.

그가 내 시선을 의식하고서 허겁지겁 둘러댔다.

"저, 저, 내가 써놨던 설교문 쪽지였소."

그가 일그러진 미소를 띠고서 말했다.

"그러세요?" 내가 공손하게 답변했다.

설교문 쪽지였다니! 아니다, 치케스터 씨의 답변은, 불충분했다!

그는 중얼중얼 실례한다는 말을 남기고 곧 내 곁을 떠났다. 종이쪽지를 주운 사람이 유스터스 페들러 경이 아니고 나였더라면, 내가 주웠더라면! 한 가지는 분명해졌다. 치케스터 씨를 절대로 내 리스트에서 빼선 안 된다. 나는 그를 세 명 중에서 첫 순위에 올려놓자는 쪽으로 생각이 기울어졌다.

점심을 먹고 나서 커피를 마시러 라운지로 올라갔을 때 유스터스 경과 파제트가 블레어 여사와 레이스 대령 곁에 앉아 있는 것이 눈에 띄었다. 블레어 여사가 웃으며 나를 반겨 주어, 나는 다가가 그들과 합석했다. 그들은 이탈리아에 대해 대화를 나누는 참이었다.

"하지만, 그건 잘못 알고 계신 거예요."

블레어 여사가 주장을 굽히지 않았다.

"아쿠아 칼다(aqua calda)는 뜨거운 것이 아니라, 분명히 차가운 물이에요."

"부인은 라틴어 학자가 아니잖소." 유스터스 경이 빙그레 웃으며 말했다.

"남자들은 언제나 라틴어에 대해서 우쭐해 한다니까요. 하지만, 저는 옛 성당에 새겨진 글귀들을 해석해 달라고 할 때마다 남자들이 해내는 걸 본 적이 없었다고요! '저어—.' 하는 소리와 헛기침 소리만 연발하다가는 어물쩍 그 순간을 넘어가죠."

"정말 그렇습니다. 저도 언제나 그러니까요." 레이스 대령이 말했다.

"하지만, 전 이탈리아인들이 좋아요." 블레어 여사가 계속했다.

"그 사람들은 그렇게 친절할 수가 없어요. 당황하게 하는 면도 없지는 않지만요. 당신이 그들에게 길을 물으면 '처음엔 오른쪽으로, 그다음엔 왼쪽으로'라고 말한다든가, 아니면 알 만한 것을 지적하는 것이 아니라, 마음에서 우러나는 말로 여러 방향들을 줄줄이 쏟아놓는데, 행여 당신이 어리벙벙한 듯이 보일라치면 친절하게도 팔짱을 끼고서 당신을 직접 그곳까지 데리고 간다니까요."

"파제트, 그건 플로렌스에서 자네가 직접 겪은 일이 아닌가?"

유스터스 경이 웃는 얼굴을 비서에게 돌리면서 물었다.

어떤 이유에서인지 그 질문은 파제트 씨를 허둥거리게 만들었다. 그는 더듬거리더니 벌겋게 얼굴을 붉혔다.

"예, 그렇습니다. 무, 물론이지요."

그는 실례한다고 중얼거리며 말하고는 테이블을 떠났다.

"나는 거의 파제트가 플로렌스에서 뭔가 수상한 짓을 저지른 게 아닌가 의심하고 있다오."

유스터스 경이 사라져 가는 비서를 눈으로 쫓으며 한마디 했다.

"플로렌스나 이탈리아가 화제에 올랐다 하면 그는 얼른 화제를 바꾸거나 느닷없이 줄행랑을 쳐 버리거든."

"아마 거기서 살인이라도 했을 거예요."

블레어 여사가 기대에 부풀어 말했다.

"그는(유스터스 경, 당신 기분을 상하게 할 맘은 없어요, 하지만) 누군가를 죽일 수도 있을 것 같은 인상이라니까요."

"순수 이탈리아인이에요! 때론, 특히 나를 비롯해서 많은 사람들이, 어쩌면 저 기막힌 친구가 그토록 준법정신에 철두철미하고 존경스러운지를 알아줄 때마다 즐겁기까지 하다니까요."

"당신과 함께 일한 지가 꽤 되지 않았나요, 유스터스 경?"

레이스 대령이 물었다.

"6년이오." 깊이 숨을 내쉬며 유스터스 경이 대답했다.

"당신에게는 정말 없어서는 안 될 존재겠군요." 블레어 여사가 말했다.

"오, 없어서는 안 될 존재라! 그렇지, 굉장히 없어서는 안 될 존재지."

그 딱한 남자는 파제트 씨가 없어서는 안 될 존재라는 사실이 마치 자기에겐 남모를 슬픔이나 되는 양 축 처져서 말하는 것이었다. 그런 뒤 좀더 활발히 덧붙였다.

"하지만, 그의 용모는 당신으로 하여금 대담한 영감을 불어넣게 하잖습니까, 내 친애하는 숙녀님. 내로라하는 살인자라도 그처럼 인상이 맞아떨어지는 인물은 없을 겁니다. 이제야 크리펜(아내를 살해한 영국의 의사)이 내가 생각해 낼 수 있는 가장 유쾌한 친구 중 하나라는 확신이 섭니다."

"그는 배에 고용된 사람이 아니었던가요?" 블레어 여사가 중얼거렸다.

우리 뒤에서 가벼운 소란이 일었다. 나는 잽싸게 뒤로 돌았다. 치케스터 씨가 커피잔을 떨어뜨린 것이다.

우리의 모임은 금방 끝났다. 블레어 여사는 잠자러 내려갔고, 나는 갑판으로 갔다. 레이스 대령이 내 뒤를 따라왔다.

"잘도 피하는군요, 베딩펠드 양. 난 어젯밤 무도회장 곳곳에서 당신을 찾아 다녔습니다."

"전 일찍 자리에 들었어요." 내가 설명을 늘어놓았다.

"오늘 밤도 도망갈 건가요? 아니면, 나와 함께 춤추시겠습니까?"

"대령님과 춤추면 퍽 영광이겠어요." 나는 낯을 붉히며 속삭였다.

"그렇지만 블레어 여사가……."

"우리들의 친구 블레어 여사는 춤을 즐기지 않습니다."

"대령님도 그러세요?"

"난 당신과 함께 춤을 추고 싶습니다."

"오!" 내가 흥분하며 소리쳤다.

나는 레이스 대령이 좀 두려웠다. 그럼에도 불구하고 나는 즐거웠던 것이다. 고루한 늙다리 학자들과 화석화된 두개골을 논하느니, 이것이 훨씬 바람직했다! 레이스 대령이야말로 내가 꿈에 그리던 이상형, 과묵하고 강인한 로디지아 남자였다. 그와 만일 결혼한다면! 그가 청혼한 적은 없지만, 보이 스카우트 단원들이 늘 외치듯이, 만반의 준비를 갖춰 두어야지! 모든 여성들이란 전혀 그렇지 않을 수도 있겠지만, 남자를 만날 때마다 그들을 자신의 남편감으로, 혹은 가장 좋은 친구감으로 고려해 보는 것이다.

나는 그날 밤 그와 여러 차례 춤을 추었다. 그는 춤을 무척 잘 추었다. 춤이 끝나자 나는 자러 가야겠다고 생각했는데, 그가 갑판을 한 바퀴 돌자고 했다. 우리는 세 번이나 돌고 난 뒤 마지막으로 갑판 의자에 몸을 파묻었다. 아무도 눈에 띄지 않았다. 우리는 얼마 동안 잡담을 나누었다.

"베딩펠드 양, 내가 당신 아버님을 한 번 뵌 적이 있다는 사실을 아십니까? 자신의 학문에 대해 무척 재미있어 하시는 분이셨지요. 변변치 않지만 나도 그 분야에 어느 정도 몸담았었습니다. 왜냐하면 내가 도르도뉴 지방에 있었을 때……."

우리의 대화는 차츰 전문적이 되어갔다. 레이스 대령의 자랑은 가볍게 여길 것이 아니었다. 그는 무척 많이 알고 있었다. 동시에 그는 한두 가지 흥미를 끄는 실수를 저질렀다. 잘못 말한 것인데, 나는 그것들에 대해 아주 골몰했었나 보다. 하지만 그는 얼른 화제를 바꿔 그것들을 무마했다. 한 번은 그가 무스테리안기가 오리냐크기를 이어 받은 것이라고 말했다. 그 방면에 조예가 깊은 사람들에겐 이치에 안 맞는 실수인 것이다.

밤 12시가 되어서야 나는 선실로 돌아왔다. 나는 여전히 불일치점들을 의아하게 여기고 있었다. 그가 정말 고고학에 대해 아무것도 모르는 경우, 그가 그 '주제를 완전하게 소화하는 것'이 가능한 일일까? 나는 내가 내린 결론에 흡족하지 못해 고개를 저었다.

내가 막 잠에 떨어지려 하는 순간 머릿속에 섬광처럼 스쳐 지나가는 또 다른 생각에 벌떡 일어나 앉았다. 혹시 '그는 내게서 정보를 캐내려는 것'은 아니었을까? 그의 가벼운 실수들은 내가 정말로 알고 이야기하는지를 떠보기 위한 시험은 아니었을까? 다시 말해서, 그는 내가 진짜 앤 베딩펠드인지를 의심했다는 것이 된다. 왜일까?

제11장

(유스터스 페들러 경의 일기에서 발췌)

선상(船上)생활에 대한 이야기는 해볼 만하다. 평화스럽다. 내 희끗희끗한 머리는 다행스럽게도 사과를 입으로 물어야 하는 모욕적인 게임이나, 감자나 계란을 쫓아 갑판을 위아래로 뛰어다닌다거나, 브라더 빌과 볼스터 바의 더욱 고통스러운 경기에서 나를 면제시켜 주었다. 이처럼 곤혹스러운 게임의 진행 속에서 사람들이 즐거움을 찾는다는 사실이 나에겐 언제나 수수께끼였다. 하지만 세상엔 바보도 많으니까. 사람들은 자신들의 존재를 하느님께 찬양하고 각자 독자적인 길을 걷게 마련이니까.

다행히도 나는 뱃멀미를 하지 않는 우수한 승객이었으나, 한심한 친구 파제트는 그렇지를 못했다. 우리가 솔렌트를 벗어나자마자 그는 창백하게 질려 버리고 말았다. 또 다른 비서도 역시 마찬가지일 게다. 하여튼 그는 아직 모습도 보이지 않았다. 그러나 그것은 뱃멀미 때문이 아니라 높은 외교적 수완에 기인한 것이리라. 아무튼 내가 그 때문에 속을 썩지 않아도 된다는 점은 멋진 일이다.

척 봐서 전체적으로 배에 탄 승객은 초라한 패거리들로 보인다. 매력적인 인물이라고는 브리지 게임을 하는 두 사람과 멋진 용모의 여자, 클레어런스 블레어 여사뿐이다. 물론 배 밖에서도 그녀와 만난 적은 있다. 그녀는 내가 유머 감각이 있다고 알고 있는 몇 안 되는 사람 중에서도 특히 유머 감각이 있다고 주장해도 될 만한 보기 드문 여자이다. 나는 그녀와의 대화를 즐겼는데, 그 들러붙어 떨어질 줄 모르는 음침하고 무뚝뚝한, 다리가 긴 녀석만 아니었어도 좀더 즐거웠을 것이다. 나는 그 레이스 대령이라는 작자가 정말로 그녀를 즐겁게 해준다고는 생각지 않는다. 그는 그런 대로 미남이긴 하지만 지루하기 짝이 없는 녀석이다. 여류 소설가들이나 젊은 여자들이란 언제나 이처럼 강인하고 과묵한 남자들에게 열광하기 마련이니까.

우리가 마데이라섬을 떠난 뒤부터 거의 파제트가 애써서 갑판에 올라와 갈라진 목소리로 일에 관해 주절주절 주워섬기기 시작했다. 아니, 이 세상에 그 누군들 배에서 일할 맛이 나겠는가? 내가 출판업자에게 회고록 출판을 초여름으로 잡아놓은 건 사실이다. 그렇지만 그게 어쨌다는 말인가? 아니, 누가 또 회고록을 읽는단 말인가? 한적한 주택가의 늙다리 여자들이나 읽을까. 그리고 내 회고록은 결국 무엇이 되겠는가? 나는 지금껏 살아오면서 소위 유명인사라는 작자들에게 완전히 질려 버렸다. 파제트의 도움에 힘입어 나는 그들에 대한 진부한 비사(秘史)를 창출해 냈다. 그런데, 오히려 파제트가 그 일에 너무도 진지했다. 그는 내가 만날 수도 있었지만 실제로는 그런 적이 없는 인사들에 관한 숨은 사실을 내가 창출해 내도록 허락하지 않았다. 간단하기 짝이 없는 문제라도 파제트는 일을 꼬이게 만드는 걸 즐기는 타입이었다. 그 다음 날 그는 르네상스 시대의 음모자 같은 얼굴을 하고 나타났다.

"사무실용으로 17호 선실을 얻으라고 하신 말씀 기억하십니까?"

"그래, 그래서 어쨌다는 건가? 문구류 가방이 문간에서 못 들어가고 있기라도 한단 말인가?"

"문은 모든 선실이 다 같은 크기입니다." 파제트가 심각하게 말했다.

"하지만, 그 선실에 대해 아주 이상한 점이 있다는 걸 말씀드려야겠습니다."

내 마음속에 《위쪽 침대》를 읽은 기억이 떠올랐다.

"그 방에서 유령이 출몰한다고 말하려는 것이라면, 우린 거기서 자지 않으면 되는 걸세. 고로, 그것이 문제될 것 같진 않구먼. 유령들이 설마하니 타자기를 노리겠나."

파제트가 말한 요지는 유령이 아니라, 결국 자기가 그 방을 잡지 못했다는 것이었다. 파제트는 왜곡된 이야기를 길게 늘어놓았다. 척 듣기에 그와 치케스터와 베딩펠드라는 아가씨가 그 선실로 티격태격한 듯하다. 두말할 것도 없이 아가씨가 이겼을 것이고, 파제트는 그 점을 속상해하는 듯했다.

"저, 13호실과 28호실 둘 다 더 나은 선실입니다." 그가 되풀이해서 말했다.

"그렇지만, 그들은 거들떠보려고 하지도 않았어요."

"자, 파제트, 그 문제로 더 이상 고민하지 말게나."

내가 하품을 씹어 삼키며 말했다.

그는 비난하는 듯한 눈초리로 나를 쳐다보았다.

"주인님이 17호 선실을 얻으라고 하지 않으셨습니까?"

파제트에겐 '화덕 위에 앉은 아이' 같은 기질이 다분히 있었다.

"딱한 친구로구면!" 내가 성질을 내며 말했다.

"내가 17호 선실이라 말한 것은 그 방이 비어 있는 걸 봤기 때문일세. 그렇지만, 내가 자네더러 목숨 걸고 그 방을 차지하라고 한 것은 아닐세. 13호나 28호 선실도 우리에게는 모두 훌륭한 것이 될 걸세."

그는 기분이 상한 듯이 보였다.

"하지만 거기에 더 큰 문제가 도사리고 있는 듯합니다." 그가 주장했다.

"베딩펠드 양이 그 방을 차지했는데, 오늘 아침 저는 치케스터 씨가 남의 눈을 피하듯이 하며 그 방에서 나오는 걸 보았거든요."

나는 준엄하게 그를 쳐다보았다.

"자네가 치케스터 씨에 관하여 추잡한 스캔들을 만들어 낼 요량인가 보네만, 그는 목사가 아닌가—비록 지겹기 짝이 없는 사람이긴 하지만 말일세. 그리고 그 매력적인 아가씨, 앤 베딩펠드를 생각해 보면 난 한마디도 곧이들리지 않네그려." 내가 차갑게 말했다.

"앤 베딩펠드는 정말 좋은 아가씨야—기막힌 다리를 갖고 있지. 나는 그녀가 이 배에서 타의 추종을 불허하는 다리를 갖고 있다고 장담하네."

파제트는 앤 베딩펠드의 다리에 관한 언급을 좋아하지 않았다. 그는 남의 다리를 쳐다볼 위인이 아니었다. 만일 그랬다손 쳐도 그렇게 말하느니 차라리 죽었을 사람이다. 또한, 그는 나의 그런 감상 취미를 천박하게 여겼다.

나는 파제트를 놀리고 싶어서 심술궂게 계속했다.

"그녀와 안면이 있으면 내일 밤 우리 테이블에서 함께 저녁식사를 들자고 청해 보게나. 멋진 가장무도회이니. 그건 그렇다 치고, 자네는 이용실에 내려가서 내 것으로 근사한 의상이나 골라 보는 게 좋겠군.”

“아니, 주인님은 그런 복장을 하고 가시지 않을 거잖습니까?”

그는 질렸다는 어조로 말했다.

나의 위신에 대한 그의 인식이 내 성미에는 무척 맞지 않았다. 그는 충격을 받고서 하얗게 질린 듯이 보였다. 나는 가장무도회용 의상을 걸치고 싶은 생각은 정말 없었지만, 파제트가 완전히 당황하는 꼴을 보니 도저히 안 그러고는 못 배겼다.

“무슨 말을 하는가? 나야 멋진 옷을 입어야지. 자네도 그렇게 하게나.”

파제트는 몸서리쳤다.

“그러니 이용실에 내려가서 골라 보게나그려.” 내가 말을 마쳤다.

“이용실에 치수가 골고루 갖추어져 있다고는 생각지 않는데요.”

파제트가 대충 눈으로 나를 가늠해 보면서 말했다.

굳이 밝히지 않더라도 파제트는 때때로 극도로 거슬리게 군다.

“살롱에다가 6인용 식탁을 예약하게. 선장과, 다리가 미끈하게 빠진 아가씨, 블레어 여사……”

“블레어 여사를 초대하려면 레이스 대령도 같이 초대해야만 될 겁니다.”

파제트가 중간에서 말참견을 했다.

“그분은 그 부인과 저녁을 함께 드는 걸로 알고 있습니다.”

파제트는 모르는 게 없다. 나는 당연히 놀라 자빠졌다.

“레이스라니, 누구 말인가?” 나는 화가 나서 따지듯 물었다.

앞에서도 밝혔듯이, 파제트는 모르는 게 없다─그게 아니라면, 생각할 수 있는 건 몽땅 생각해 보는 것이리라. 그는 다시 수수께끼 같은 표정을 지었다.

“사람들이 그가 비밀첩보원이라고 하더군요, 유스터스 경. 또한, 권총 솜씨가 뛰어나다고도 합니다. 하지만, 확실히 아는 바는 없습니다.”

“정부 관리가 아닐까?” 내가 설명했다.

“기밀서류를 운반하는 임무를 맡은 사람이 배에 타고 있다는데. 사람들이 한가롭게 밖으로만 도는 그에게 말을 붙이러 갔더니, 그냥 혼자 있게 내버려 둬 달라고 했다는군.”

파제트는 더욱 알쏭달쏭한 표정을 지었다. 그는 한 걸음 다가와 목소리를 팍 낮추고서 말했다.

"제 생각으론 모든 것이 무척 미심쩍습니다, 유스터스 경. 우리가 출발하기 전 저의 병색을 좀 고려해서라도……"

"이보게―." 내가 퉁명스럽게 말을 막았다.

"그건 신경성 병일세. 자네는 언제나 신경성 증세를 보이잖나."

파제트는 약간 움츠러들었다.

"여느 때의 신경성 병이 아니었습니다. 이번엔……"

"제발 자네 컨디션에 관해 사설을 늘어놓지 말게나. 듣고 싶지 않네."

"좋습니다, 유스터스 경. 하지만, 저는 생각 끝에 말씀드리는 거지만 병이 있는 것만은 확실합니다!"

"오! 레이번에게 가서 상의해 보게나."

그는 거절하지 않았다.

"어쨌든, 유스터스 경, 그도 그렇게 생각할 겁니다―그도 병이 들어 봐야 알긴 하겠지만."

"그런데 그 친구는 어디 있나?" 내가 물었다.

"배에 오른 이후로 본 적이 없네."

"아파서 기진맥진해서 자기 선실에 죽치고 있습니다, 유스터스 경."

파제트의 목소리가 다시금 은밀해졌다.

"그렇지만 단언하건대, 그건 그런 체하는 겁니다. 그래야 좀더 세심하게 경계를 펼 수 있을 테니까요."

"경계를 펴다니?"

"주인님의 신변 안전을 위해서죠, 유스터스 경. 주인님이 공격당할 경우를 대비해서 말입니다."

"자네는 참으로 재미있는 친구로구먼, 파제트. 자네 상상력이 자네로 하여금 자제력을 잃게 했다고 생각하네. 내가 자네라면 죽은 자의 머리 모양이나 사형수 복장을 하고 춤추러 가겠네. 자네의 애잔한 분위기와 잘 어울릴 걸세."

그 말이 그를 한동안 잠잠하게 만들었다. 나는 갑판으로 올라갔다. 베딩펠드 양이 치케스터 목사와 한창 대화를 나누는 중이었다. 여자들이란 언제나 성직자를 주위를 맴돌게 마련이다.

나처럼 높은 지위에 있는 사람은 멈춰 서는 걸 싫어하지만, 나는 친절하게도 그 목사 발치에서 뒹구는 종이쪽지를 주워 주었다.

내가 치른 수고에 대해서는 감사하다는 말 한마디도 못 들었다. 사실상 나는 그 종이에 뭐라고 쓰여 있는지 안 보고는 못 배겼다. 거기엔 글귀가 단 한 줄 쓰여 있었다.

'단독 행동은 하지 마시오. 만일 그러면 신상에 이롭지 못할 것이오'

목사가 그런 쪽지를 가지고 있다는 건 곤란천만이다. 대관절 이 치케스터란 작자는 누구인가? 그는 우유처럼 부드럽게 보인다. 하지만 외관만 가지고는 판단을 그르치기 십상이다. 파제트에게 그에 관해 물어봐야겠다. 파제트는 언제나 모르는 게 없으니까.

나는 블레어 여사 옆 갑판 의자에 기품 있게 몸을 푹 파묻었는데, 그 바람에 그녀가 레이스와 단둘이 나누던 대화를 중단시킨 셈이 되어 버렸으나, 나는 개의치 않고 오늘날 목사들이 과연 어떠한 존재인지를 내가 모르고 있다는 점을 상기했다. 그러고 나서 그녀에게 가장무도회 날 밤에 함께 식사나 하자고 청했다. 이럭저럭 레이스 대령도 그 초대에 끼게 될 것이다.

점심식사 뒤에 베딩펠드 양이 우리 테이블로 와서 함께 커피를 들었다. 그녀의 다리에 대한 나의 감각은 실로 정확했다. 배에서 최고였던 것이다. 물론 그녀에게도 저녁을 함께 들자고 할 참이다.

나는 플로렌스에서 파제트가 어떤 짓을 저질렀는지 무지무지하게 궁금했다. 이탈리아라는 말만 나오면 그는 완전히 평정을 잃고 만다. 그가 얼마나 고상한 인품인지 애당초 내가 몰랐다면, 나는 그가 불미스러운 연애사건이나 일으킨 것으로 치부했을 것이다. 참으로 기적적인 일이겠지만! 최고로 고상한 사람일지라도 그런 면이 있는 것이다. 만일, 그것이 사실이라면 그지없이 나를 즐겁게 만들어 줄 텐데.

뒤가 켕기는 비밀이 있는 파제트! 끝내준다!

그 뒤 유별난 저녁이었다.

이용실의 커다란 진열장에서 내게 맞는 거라곤 장난감 곰 의상뿐이었다. 영국에서였다면 몇몇 아리따운 아가씨들과 곰 의상을 걸치고 노는 것이 아무렇지도 않았겠지만, 적도에서는 결코 이상적인 의상은 못 되었다. 그렇지만 나는 흥청망청 즐거움을 연발한 끝에 '배에 일부러 가져왔음(그날 밤 빌려 입은 의상에 붙인 엉터리없는 말이다)' 으로 1등상을 받았다. 그렇지만 아직도 가져온다거나 준비해 온다는 발상은 아무도 생각해 내지조차 못한 듯이 보이는데, 그건 뭐 그리 대수로운 일이 못 된다.

블레어 여사는 가장(假裝)하는 것을 거절했다. 그 점에 있어서는 파제트와 생각이 같아 보인다. 레이스 대령도 그녀의 의견에 따랐다. 앤 베딩펠드는 집시로 분장했는데, 그것이 그녀에게 무척 잘 어울렸다. 파제트는 머리가 아프다고 말하더니 결국 나타나지 않았다. 그 대신 나는 리브즈라고 불리는 매력적이고 체구가 작은 친구를 청했다. 그는 남아프리카 노동당의 발군의 실력가이다. 지독히 작긴 하지만 나는 그와의 교제를 지속하고 있는데, 그는 내게 필요한 정보를 제공해 주기 때문이다. 나는 양쪽에서 이 '랜드' 광산 사건을 체계적으로 이해할 필요가 있다.

춤을 춘다는 것은 확실히 즐거운 일이다. 나는 앤 베딩펠드와 두 번 춤을 추었는데, 그녀는 춤을 즐기는 체했다. 블레어 여사와는 한 번 추었지만, 그녀는 그런 체하느라고 애쓰지 않았으며, 외모가 마음에 드는 다른 몇 명의 여성과도 춤을 추었다.

그 이후에 우리는 저녁식사를 하러 아래로 내려갔다. 나는 샴페인을 주문했다. 승무원이 배에서는 최고라며 1911년도산 클리케를 권해서 나는 그 말에 따랐다. 나는 레이스 대령의 입을 열게 하는 화제 하나를 기막히게 잘 골랐던 듯싶다. 말수가 적기는커녕 실은 오히려 수다스러웠다. 그 바람에 한동안 내가 즐거웠는데, 나중에 알고 보니 파티의 주인공은 내가 아니라 활기에 넘치는 그였다. 그는 일기를 쓰는 데 대해서 나를 상대로 가벼운 농담을 장황하게 늘어놓았다.

"일기란 근간의 당신의 모든 무분별했던 점들을 드러낼 뿐입니다, 페들러 경."

"이보시오, 레이스—." 내가 입을 열었다.

"나는 당신이 생각하는 만큼 그런 바보가 아니라고 감히 단언하오. 내가 무분별한 행동을 저지르는지도 모르지만, 나는 그것들을 종이 위에 활자화시키지는 않는다오. 내가 죽고 나면 유저(遺著) 관리자들이 만인(滿人)들에 대한 내 견해를 알게 될 거요. 하지만 나에 대한 그들의 견해에서 자기들이 뭔가를 더 보탤 걸 발견하게 될지, 아니면 뺄 걸 발견하게 될지는 미지수요. 일기는 타인들의 독특한 성향을 기록하는 데 요긴한 거지 자기 자신의 것은 아니라오."

"하지만 무의식중에 자기를 드러내는 요소가 다분히 있습니다."

"나의 정신분석학적인 견지에서 볼 때, 세상사가 다 비열한 거요."

내가 설교조로 말했다.

"당신은 즐거운 인생을 살아오셨나 봐요, 레이스 대령님?"

반짝이는 눈을 크게 뜨고 그를 응시하며 베딩펠드 양이 물었다.

그것은 이런 유(類)의 아가씨들만이 할 수 있는 독특한 말이다! 오델로는 데스데모나에게 이야기를 들려줌으로써 그녀를 사로잡았다. 그런데, 아, 데스데모나는 그녀의 경청하는 태도로 오델로를 사로잡은 건 아니었을까?

하여튼 그 아가씨는 제대로 레이스 대령이 자기 얘기를 시작하도록 만들었다. 그는 사자 이야기를 하기 시작했다. 부당하게도 사자를 대다수 쏘아 맞춘 남자는 다른 남자들에 대해 우월감을 느낀다. 나 역시 사자 이야기를 해야 할 때가 온 듯이 여겨졌다. 꽤 유쾌한 이야기를 하나 골랐다.

"그런데 그 이야기를 들으니 내가 들었던 더 흥미로운 이야기가 생각나는군요. 내 친구 하나가 동아프리카 어딘가로 사냥 여행을 떠났었죠. 어느 날 밤 그는 볼일이 있어 텐트 밖으로 나왔는데, 낮게 으르렁거리는 소리에 놀란 거요. 잽싸게 뒤돌아서자 사자가 덤벼들려고 몸을 일으키는 걸 보게 된 거죠. 아뿔싸, 그는 텐트에 총을 두고 나온 겁니다! 순간적으로 몸을 숙였는데, 사자가 바로 그의 머리 위를 휙 지나가 버렸죠. 그를 놓친 게 분해서 그놈은 으르렁거리면서 다시 뛰어오르려고 하더래요. 그는 다시 엎드렸는데, 사자는 또 그의 머리 바로 위를 지나친 게요. 이것이 세 번 반복될 즈음 그는 텐트 입구에 다가서게 되어, 재빠른 동작으로 텐트에 뛰어들어 총을 움켜잡았죠. 그가 총을 들고 나서자 사자는 사라졌다오. 그래서 그는 무슨 영문인지 몰라 어리둥절했죠. 그가 텐트 뒤로 살살 기어가 봤더니, 거기 조그만 공터가 있더래요. 사자는 확실히 거기 있었는데, 낮게 뛰는 연습에 정신이 없더라는 겁니다."

이야기를 듣고 사람들이 박수를 보냈다. 나는 샴페인을 더 마셨다.

"또 다른 경우인데ㅡ." 내가 운을 떼었다.

"그 친구가 두 번째로 희한한 경우를 당했다는군요. 그가 대열을 지어 가는데, 그대로 걸어가다가는 한참 뜨거울 때 목적지에 도착하게 될까 봐 걱정이되어, 원주민들에게 아직 어두울 때에 마차를 매라고 말했다나요. 노새가 하도반항을 해서 애를 먹었지만, 가까스로 해내긴 해냈나 봐요. 그래서 출발시켰죠. 노새들이 질풍처럼 달렸는데 새벽이 되자 그 이유를 알게 되었다는 겁니다. 어두워서 원주민들이 모르고 마차 근처에 있던 사자에게 마차를 맨 거지 뭡니까."

이 이야기 역시 재미있게 받아들여져 테이블엔 화기애애한 분위기가 감돌았다. 과연 최고의 찬사가 노동당 의원 친구로부터 나왔는지는 확실히 아는바 없으나, 그는 심각하고 창백한 얼굴로 앉아 있었다.

"맙소사!" 그는 걱정스럽다는 듯이 말했다.

"대관절 누가 그 말을 곧이듣겠소?"

"난 로디지아로 가야겠어요." 블레어 여사가 말했다.

"당신의 이야기를 듣고 나니까, 레이스 대령님, 그래야 될 것 같아요. 힘들긴 하겠지만. 기차로 5일 걸리거든요."

"내 차로 같이 갑시다." 내가 당당하게 말했다.

"어머, 유스터스 경. 어쩜 그리도 친절하세요, 정말이세요?"

"여부 있습니까!" 내가 나무라듯 외치면서 샴페인을 또 한 잔 들이켰다.

"약 1주일 정도만 지나면 우리는 남아프리카에 닿겠군요."

블레어 여사가 한숨을 쉬었다.

"오, 남아프리카여."

내가 감상적으로 되뇌면서 최근 식민성(植民省)에서 한 나의 연설을 인용하기 시작했다.

"남아프리카가 세계를 향해 무엇을 보여 주려는가? 과실, 농장, 양모, 옷가지, 양떼와 가죽들, 금, 다이아몬드"

나는 급히 주워섬겼는데, 왜냐하면 내가 조금이라도 숨을 돌릴라 치면 리브즈라는 작자가 중간에 끼어들어서 양가죽은 철사처럼 뻣뻣한 털 같은 게 나 있어서 다른 것들을 결딴내 놓기 십상이라 아무런 쓸모가 없다는 거며, 랜드 광산에서 일하는 광부들의 고충을 끝으로 말을 맺는 것이었다. 나는 자본가로 치부될 기분이 아니었다. 그런데, 다이아몬드라는 마법의 말이 나오자 또 다른 방해가 날아들었다.

"다이아몬드!" 블레어 여사가 황홀경에 빠져들며 외쳤다.

"다이아몬드!" 베딩펠드 양이 한숨을 내쉬었다.

그들 둘 다 레이스 대령에게 말을 걸었다.

"킴벌리에 가 계셨다면서요?"

나 역시 킴벌리에 간 적이 있었지만 제때에 그 말을 꺼내지 못했다. 레이스 대령에게 질문이 쇄도했다. 광산들은 어때요? 원주민들이 수용소에 감금당해 있다는 게 사실인가요? 질문은 그런 식이었다.

레이스는 질문에 대답하면서, 그 주제에 대한 풍부한 지식을 나타내 보였다. 원주민들에게 거처할 곳을 마련해 주고 신경전을 펼치면서, 드디어 광산에서 있었던 여러 가지 도난방지책 등의 방법론에 대해 설명했다.

"그러면 다이아몬드를 훔친다는 게 실제론 불가능하군요?"

블레어 여사가 마치 그런 목적을 갖고 여행을 하려 했는데 실망했다는 듯한 기미를 보이며 앙칼지게 따져 물었다.

"불가능이란 없습니다, 블레어 여사. 도난사건 중엔 제가 말했듯이 카피르인 (남아프리카의 반투 종족)이 상처에다 보석을 숨긴 경우도 있었으니까요."

"그렇긴 해요. 하지만 규모가 컸던가요?"

"최근에 그런 일이 한 번 있었죠. 사실은 전쟁 직전이었어요. 당신은 그 사건을 기억하시죠, 왜, 페들러 경? 당시에 남아프리카에 계셨더랬잖아요."

내가 고개를 끄덕였다.

"얘기해 주세요." 베딩펠드 양이 소리쳤다.

"오, 제발 얘기해 주세요!"

레이스가 미소 지었다.

"좋습니다. 이야기하죠. 짐작컨대, 당신들 대부분 그 위대한 남아프리카의 광산왕 로렌스 어슬리의 이야기를 들어 본 적이 있으시지요? 그의 광산들은 금광이었는데, 그의 일화는 아들로부터 비롯된 겁니다. 전쟁 직전에 또 다른 킴벌리의 가능성을 가진 곳이 영국령 기아나(남아프리카 북단에 위치) 암석 노면 어딘가에 잠재되어 있을 것이라는 소문이 널리 퍼졌었죠. 두 젊은 탐험가가, 소문에 의하면, 남아메리카에서 어마어마한 양의 다이아몬드를 가지고 돌아왔는데, 그중 몇 개는 무척 큰 것이었다고 해요. 크기가 작은 다이아몬드들은 에세퀴보강이나 마자루니강 근처에서 이전에도 발견되었는데, 이 두 젊은이, 즉 존 어슬리와 그의 친구 루카스가 그 두 강의 상류에 다이아몬드 밭이 있다고 주장했어요. 그곳에 다이아몬드가 핑크, 블루, 옐로우, 그린, 블랙, 그리고 순백색에 이르기까지 형형색색으로 있다는 거예요.

어슬리와 루카스는 킴벌리에 왔는데 거기서 그들은 검열에 걸려 그들의 보석을 포기했어요. 그와 동시에 드비어 광산에서 세상을 발칵 뒤집어놓은 도난 사건이 있었죠. 그때 그 다이아몬드는 영국으로 반출되었는데, 어마어마한 액수에 해당하는 것이었지요. 이것은 대형 금고 속에 보관되었는데, 열쇠는 각기 다른 두 남자가 한 개씩 가지고 있었고, 합쳐서 여는 방법은 세 번째 남자가 알고 있는 방법을 사용했대요. 그 금고들은 은행으로 운반되어 은행이 영국으로 보내는 겁니다. 각 꾸러미당 10만 파운드는 족히 되었을 겁니다. 그때, 은행에서 꾸러미를 봉한 데가 좀 이상해 보이는 것에 깜짝 놀랐지요. 열어보니 설탕덩어리가 들어 있더라는군요!

존 어슬리에게 어느 정도로 혐의가 씌어졌는지는 난 잘 모르겠습니다. 케임브리지 대학에 다닐 때 그는 무척 거칠었고, 그의 아버지가 그의 빚을 한 번 이상 갚아 준 적이 있다는 것을 사람들이 기억하죠. 하여튼 남아메리카 다이아몬드 밭에 대한 그 이야기는 한갓 백일몽이 되어 버린 겁니다.

존 어슬리는 체포되었어요. 그의 소지품 중에서 드비어 다이아몬드가 발견되었거든요. 그렇지만 그 사건은 법정에까지 번지진 않았죠. 로렌스 어슬리 경이 되찾지 못한 다이아몬드에 해당하는 금액을 대신 지불했으므로 드비어 광산 측에서 기소하지 않았거든요. 그 도난이 어떻게 이루어졌는지는 끝내 진상이 밝혀지지는 않았습니다.

그렇지만, 자기 아들이 도둑이라는 사실은 그 노인의 가슴에 못을 박고 말았죠. 그는 얼마 뒤에 발작을 일으켰어요. 존에 관해서는, 그의 운명은 다소 하나님의 은총이 따랐던 것 같아요. 그는 입대하여 전쟁에 참가해서 용감히 싸우다 전사해 자기의 오명을 씻을 수 있게 되었거든요. 로렌스 경은 세 번째 발작을 일으켜 한 달 전에 돌아가셨답니다. 그는 유언장을 남기지 않고 죽었기 때문에 그의 어마어마한 재산은 가까운 친척에게로 넘어갔는데, 그는 로렌스 경이 거의 모르는 사람이라는군요."

대령은 숨을 몰아쉬었다. 질문이 빗발치듯 쏟아져 나왔다.

뭔가가 베딩펠드 양을 자극하여 의아하게 만들었는지, 그녀는 의자를 돌려 앉았다. 그녀가 약간 숨 막혀 해서 나도 같이 돌아앉았다. 내 새 비서 레이번이 문가에 서 있었다. 검게 타서 그의 얼굴은 유령을 본 사람처럼 안색이 나빴다. 레이스의 이야기가 그를 심하게 동요시킨 것이 틀림없다. 갑자기 주시하는 우리의 시선을 의식하고서는 그는 황급히 사라졌다.

"저 사람이 누군지 아세요?" 앤 베딩펠드가 돌연히 물었다.

"그는 또 다른 내 비서요." 내가 설명했다.

"레이번이라 하는데, 그는 아직까지도 기분이 언짢나 보오."

그녀는 접시에서 빵을 들고는 잡아 뜯고 있었다.

"그가 당신의 비서가 된 지는 오래되었나요?"

"그렇게 오래되진 않았죠." 나는 신중하게 대답했다.

하지만 여자를 상대로 경계를 해봤자 아무런 소용이 없다. 물러나면 물러날수록 그녀는 더욱 앞으로 밀고 나오니까. 앤 베딩펠드는 그 점을 솔직히 드러냈다.

"얼마나 오래됐죠?" 그녀가 퉁명스럽게 물었다.

"그러니까, 음, 배에 오르기 직전에 고용했소. 나의 오랜 친구가 그를 추천해 주었지."

　그녀는 더 이상 아무 말도 하지 않았으나, 깊은 생각에 빠진 듯 침묵을 지
켰다. 나는 그의 이야기에서 재미있는 것을 끄집어낼 차례가 왔다는 기분으로
레이스 대령에게로 눈을 돌렸다.

　"로렌스 경의 가까운 친척이라는 사람이 누구지요? 레이스 대령님, 알고 있
습니까?"

　"그렇다고 할 수 있지요." 그가 미소를 지으며 대답했다.

　"바로 납니다!"

제12장

(앤의 이야기가 다시 시작됨)

내가 누군가에게 속마음을 털어놓아야 할 때가 왔다고 결심한 것은 바로 가장무도회 날이었다. 여태까지 나는 단독 행동을 해오면서 오히려 그것을 즐기고 있었다. 그런데 이제 갑자기 모든 것이 돌변했다. 나는 내 자신의 판단을 믿을 수 없었으며, 처음으로 외롭고 비참한 느낌이 온몸을 스멀스멀 기어다녔다.

나는 집시 의상을 걸친 채로 침대 가장자리에 앉아 지금까지의 상황을 다시 한 번 생각해 보았다. 먼저 레이스 대령부터 시작했다. 그는 나를 좋아하는 것 같았다. 그는 분명 친절한 것이다. 그는 결코 바보가 아니다. 그러나 거듭 생각한 결과 나는 고개를 저었다. 그에겐 위압적인 분위기가 감돌고 있다. 그는 내가 안고 있는 문제들을 내게서 앗아갈 것이다. 그리고 또 미진한 구석이 있다! 스스로 인정하기 싫은 또 다른 이유가 있는데, 바로 그 점이 내가 레이스 대령에게 터놓는 것을 가로막고 있는 것이다.

그다음에 나는 블레어 여사를 생각해 보았다. 그녀 역시 나에게 친절히 대해 주었다. 나는 그건 아무것도 아니라는 생각 쪽으로 날 기만할 뻔했다. 그것은 그저 순간적으로 느낀 일시적인 기분이었다. 하여튼 나는 그녀의 관심을 이끌어 봐야겠다는 생각이 강하게 일었다. 그녀는 일상적인 세상살이는 다 경험한 여자다. 그녀에게 이 특이한 사건을 함께 풀어 보자고 제의해 봐야지! 그리고 나는 그녀를 좋아한다. 그녀의 자연스러운 태도, 감상에서 벗어나 있는 점, 모든 유혹에서 초연한 점 등을.

내 마음은 정해졌다. 나는 곧장 그녀를 찾아나서기로 맘먹었다. 그녀는 아직 잠자리에 들진 않았을 것이다.

그러자 나는 그녀의 선실 번호를 모르고 있다는 데에 생각이 미쳤다. 밤 당번 승무원인 그 친구는 알고 있을 것이다. 나는 호출 벨을 눌렀다. 얼마가 지나서 남자가 나왔다. 그는 내가 원하는 것을 가르쳐 주었다. 블레어 여사의 선실은 71호였다. 그는 호출에 늦게 나온 것을 사과하면서 모든 선실을 다 시중들어야 하기 때문이라고 변명했다.

"그러면 여승무원은 어디 갔어요?" 내가 물었다.

"그들은 10시만 되면 일이 끝나는데요."

"아니, 저, 밤 당번 여승무원 말이에요."

"밤에는 여승무원이 근무하지 않습니다, 아가씨."

"하지만, 하지만, 요 전날 여승무원이 왔었어요. 밤 1시쯤 해서요."

"꿈을 꾸셨나 봐요, 아가씨! 10시가 되면 여승무원은 임무가 끝납니다."

그가 수화기를 내려놓자 나는 이 예기치 않은 정보를 속으로 삭여야 할 상황에 처했다. 22일 날 밤 내 선실에 온 그 여자는 누구인가? 내 얼굴은 그 의문의 적대자의 교활함과 대담함에 질려 점점 심각해져 갔다. 나는 정신을 가다듬은 다음 선실을 나서서 블레어 여사의 선실을 찾았다. 노크를 했다.

"누구세요?" 안에서 블레어 여사의 목소리가 들렸다.

"저예요, 앤 베딩펠드."

"아, 들어와요, 집시 아가씨."

내가 들어갔다. 수많은 옷들이 널려 있는 가운데 블레어 여사는 내가 본 중에서 가장 아름다운 옷을 입고 있었다. 그것은 오렌지색과 금색과 검은색이 어우러진 것으로, 그것을 본 나의 입은 떡 벌어지다 못해 침까지 흘릴 지경이었다.

내가 갑작스럽게 말했다.

"블레어 여사, 당신에게 제 이야기를 들려주고 싶어요. 너무 늦지 않았다면 말이에요. 그리 지루하진 않을 거예요."

"전혀요, 난 잠자리에 드는 걸 언제나 혐오한답니다."

블레어 여사가 얼굴에 미소를 띠며 기쁜 표정으로 주름을 지어 보이고는 말했다.

"그리고 난 진정으로 아가씨가 지내온 이야기를 듣고 싶어요. 아가씨는 가장 예외적인 인물이에요, 집시 아가씨. 아무도 자기가 지내온 이야기를 하러 새벽 1시에 불쑥 나를 찾아올 생각은 하지 못했거든요. 그것도 나의 자연스러운 호기심을 여러 날 동안 퇴짜놓고 난 뒤에야 말이에요! 나는 퇴짜맞는 데 익숙하질 않아요. 그것은 굉장히 즐겁고도 색다른 경험이었어요. 자, 소파에 앉아서 긴장을 풀어요."

나는 그녀에게 진지한 자세로 세부사항에 이르기까지 모든 이야기를 털어놓았다. 내가 이야기를 마치자 그녀는 깊이 한숨을 쉬었지만, 내가 기대한 말은 전혀 하지 않았다. 나를 쳐다보는 대신 약간 미소를 짓더니 말했다.

"알고 있어요, 앤! 당신은 매우 독특한 아가씨란 사실을? 아가씨는 마음이 조금도 꺼림칙하지 않았나요?"

"꺼림칙하다뇨?" 어리둥절해져서 내가 물었다.

"그래요, 꺼림칙하죠, 꺼림칙하고말고요! 아니 그래, 한 푼도 없이 출발하다니. 아가씨는 알지도 못하는 나라에 가서 돈을 몽땅 날렸다는 사실을 알게 되면 어떻게 할 작정이에요?"

"실제로 닥치기 전에 걱정해 봤자 무슨 소용이 있겠어요. 저는 아직 돈은 많아요. 플레밍 부인이 준 25파운드가 고스란히 남아 있거든요. 게다가, 어젯밤 클럽에서 전승(全勝)을 거두었고요. 그 덕분에 15파운드가 더 늘었어요. 왜요, 전 돈이 많아요. 40파운드나 되는걸요!"

"돈이 많다고! 맙소사!" 블레어 여사가 어물어물 말했다.

"난 그렇게는 못 할 거예요, 앤. 나도 나름대론 퍽 과감하긴 하지만. 나는 수중에 한 푼도 없이는 즐겁게 출발할 수도 없거니와, 무엇을 해야 할지, 또 어디로 가야 할지조차 몰라요."

"하지만 그 자체만으로도 재미있잖아요!" 나는 완전히 격분하여 외쳤다.

"그것은 모험심을 더할 나위 없이 충족시켜 줄 거예요."

그녀는 나를 쳐다보며 한두 번 머리를 끄덕이더니 미소를 지었다.

"축복이군요, 앤! 아가씨처럼 느끼는 사람이 세상에는 흔치 않답니다."

"저, 전부 어떻게 생각하세요, 블레어 부인?" 나는 성급하게 말했다.

"내가 들은 것 중 가장 스릴 만점의 것이라고 생각해요. 아니, 우선 아가씨는 나를 더 이상 블레어 부인이라고 부르지 마세요. 쉬잔이 훨씬 나을 거예요. 내 말에 동의하겠죠?"

"쉬잔이라는 이름, 마음에 드는데요."

"좋아요. 이제 일에 착수해 보죠. 그러니까, 유스터스 경의 비서 중에서 얼굴이 긴 파제트가 아니라, 다른 남자—그가 상처를 입고서 아가씨의 선실에 숨어 들어왔다는 거죠?"

내가 고개를 끄덕였다.

"그것은 두 가지 점에서 유스터스 경을 올가미에 옭아매는군요. 한 여인이 그의 집에서 살해되었어요. 그리고 밤 1시라는 묘한 시간에 칼에 찔린 사람도 그의 비서였고요. 나는 유스터스 경이 의심스럽지는 않지만, 전부가 우연의 일치일 수는 없겠죠. 그 자신도 미처 깨닫지 못하고 있다가 휘말려 들었을 거예요."

"그리고 여승무원이 수상한 짓을 했다죠."

그녀가 골똘히 생각하면서 계속했다.

"그녀는 어떻게 생겼죠?"

"저는 거의 그녀를 눈여겨보지 않았어요. 그때는 굉장히 흥분한데다가 긴장까지 했는걸요. 그런데다 여승무원이어서 완전히 맥이 빠져 버렸댔죠. 그렇지만, 그래요, 그녀의 얼굴이 왠지 낯이 익다고 생각돼요. 그러니까 배 어딘가에서 본 적이 있다는 결론이 되는군요."

"그녀의 얼굴이 낯이 익다니!" 쉬잔이 말했다.

"확실히 그녀는 남자는 아니었죠?"

"그녀는 키가 컸어요." 내가 시인했다.

"흠, 유스터스 경도 아닐 테고 파제트일 리도 없고, 잠깐만요!"

그녀는 종이쪽지를 집어들더니 열에 들뜬 듯이 그림을 그려 나갔다. 그녀는 머리를 한쪽으로 갸웃거리며 다 그린 것을 자세히 들여다보았다.

"에드워드 치케스터 목사와 무척 비슷하군요. 다른 것을 그려 봐야겠어요."

그녀가 나에게 그린 종이를 넘겨주었다.

"아가씨가 말한 여승무원 아니에요?"

"왜 아니겠어요." 내가 외쳤다.

"쉬잔, 정말 비상한 솜씨군요!"

그녀는 가벼운 제스처로 찬사를 받아넘겼다.

"나는 언제나 치케스터 목사가 의심스러웠어요. 그가 요 전날 우리가 크리 픈에 대해 한창 이야기하고 있을 때 새파랗게 질려서 커피잔을 떨어뜨린 것 기억하세요?"

"게다가 그는 17호 선실을 차지하려 했어요!"

"그래요, 여태까지의 모든 것이 꼭 들어맞는군요. 하지만 대관절 무엇 때문 일까요? 17호 선실에서 밤 1시에 일어난 일은 진정 무엇을 뜻하는 걸까요? 그 비서를 칼로 찌르는 일은 아닐 테고, 특별한 장소에서 특정한 날의 특정한 시 간을 맞춘다는 것은 어떤 의미가 있을 거예요. 그래요, 그것은 어떤 종류의 약 속이었음이 틀림없고, 그는 그것을 지키려다 부상을 당했을 거예요. 그렇지만, 누가 누구랑 약속을 했을까요? 결코 아가씨와는 아닐 테고. 치케스터랑이 분 명해요. 아니면 파제트이든가."

"그럴 것 같지는 않아요." 내가 반대했다.

"그들은 언제라도 서로 볼 수 있잖아요."

우리는 1~2분간 말없이 앉아 있었는데, 그 뒤 쉬잔이 새로운 생각을 해냈다.

"선실에 뭔가가 숨겨져 있는 것은 아닐까요?"

"훨씬 그럴듯한데요." 내가 동의했다.

"제 물건이 그 다음 날 샅샅이 뒤져 있는 것만 봐도 알 수 있어요. 하지만 아무것도 숨겨져 있지 않다는 걸 확신할 수 있어요."

"그 젊은 남자가 전날 밤에 서랍에다 뭔가를 살짝 놓고 간 건 아니었을까 요?"

나는 고개를 저었다.

"그렇다면 제가 그를 봤어야만 하잖아요."

"그들이 찾고 있는 건 아가씨의 귀중한 그 종이쪽지는 아닐까요?"

"그럴 수도 있겠지만 아닐 수도 있어요. 단지 시간과 날짜만이 적혀 있었는데, 그 날짜도 다 지나가 버렸잖아요."

쉬잔이 고개를 끄덕였다.

"물론 그렇겠지. 그래, 그들이 찾는 건 그 종이가 아닐 거야. 그런데, 지금 갖고 있어요? 보고 싶은데요."

나는 증거물 제1호로 그 종이를 갖고 왔으므로 그녀에게 그것을 넘겨주었다. 그녀는 양미간을 모으고서 그것을 샅샅이 훑어보았다.

"17 다음에 점이 찍혀 있군. 그런데, 1 다음에는 왜 안 찍혀 있을까?"

"거긴 빈칸으로 되어 있잖아요." 내가 지적했다.

"그래, 빈칸이긴 해. 그렇지만……."

그녀는 벌떡 일어서서 종이를 불빛에 바짝 갖다 대고서 뚫어지게 바라보았다. 뭔가 흥분을 억누르는 듯한 태도였다.

"앤, 그건 점이 아니에요. 그건 종이에 원래부터 있던 흠이야! 흠이었다고, 알겠어요? 그러니 그걸 무시하고 바로 빈칸으로 생각해야 해. 빈칸이야!"

나는 일어나서 그녀 곁에 섰다. 나는 다시금 그 숫자를 읽어 보았다.

"1 71 22"

"보다시피, 똑같진 않아요. 여전히 1시이고 22일이에요. 그런데 71호 선실이잖아! 내 선실이에요, 앤!"

우리는 새로운 발견에 기뻐하면서 서로 바라보고 서서 흥분에 들떠 있었으므로, 사람들이 보았으면 우리가 미스터리의 모든 실마리를 풀게 되나 보다고 생각했을 것이다. 그런 뒤 나는 바닥에 털썩 주저앉았다.

"그렇지만, 쉬잔, 22일 날 밤 1시에 여기서 아무런 일도 일어나지 않았잖아요."

그녀 역시 고개를 푹 숙였다.

"그래요. 아무 일도 일어나지 않았어요."

또 다른 생각이 머리를 스쳤다.

"이건 당신 선실이 아니잖아요, 쉬잔? 당신이 애초에 예약한 선실이 아니라는 뜻으로 물은 거예요."

"그래요, 사무장이 여기로 바꿔 주었어요."

"누군가가 예약해 놓고서 출항하기 전까지 나타나지 않았나 봐요. 그렇다면 찾을 수도 있겠는데요."

"우린 찾을 필요가 없어요, 집시 아가씨." 쉬잔이 외쳤다.

"내가 알고 있어요! 사무장이 내게 얘기를 해줬거든요. 그 선실은 그레이 부인이라는 이름으로 예약이 됐었대요. 그렇지만 그레이라는 건 단지 그 유명한 나디나의 가명에 불과하다는군요. 그녀는 아가씨도 알다시피 이름난 무희잖아요. 그녀는 런던에는 온 적이 없지만, 파리에선 굉장히 인기라는군요. 내가 알기로는 그리 변변찮은 인물이지만, 말할 수 없이 매력적이래요. 사무장이 나에게 이 선실을 내주면서 그녀가 배에 타지 않은 것에 대해 진정으로 유감을 표시했는데, 그때 레이스 대령이 그녀에 대해 많은 이야기를 들려주었어요. 파리에서 아주 이상한 소문이 나돌았대요. 그녀는 스파이 행위로 혐의를 받고 있었는데, 증거를 잡을 수가 없었다는군요.

내가 보기엔 레이스 대령이 그런 이유로 유럽에 가 있었던 게 아닌가 생각돼요. 그는 나에게 무척 재미있는 이야기를 들려주었답니다. 어떤 범죄조직이 하나 있었는데, 독일에서 시작된 건 아니라고요. 그런데, 그 우두머리 남자는 언제나 '대령'으로 통했는데, 막연히 영국인 정도로만 알려졌지 어떤 사람인지는 조금도 파악되지 않았대요. 그렇지만 그가 어마어마한 국제적인 사기조직을 이끌고 있다는 사실만큼은 의심할 나위가 없대요. 절도, 첩보활동, 폭행할 것 없이 두루 손을 댔는데, 언제나 죗값을 대신 치르는 결백한 속죄양들을 내세웠다는군요. 교활하고 극악무도하기 짝이 없는 사람일 거예요! 바로 그 여자가 그의 하수인으로 혐의를 받았지만, 어떠한 증거도 잡을 수가 없었대요. 그래요, 앤. 우리가 제대로 짚었어요. 나디나라는 여자가 이 일에 연루되어 있을 거예요. 22일 날 한밤중의 약속은 이 방에서 그녀와 한 것일 거예요. 그런데 그녀는 어디에 있는 걸까? 왜 그녀는 배를 타지 않았죠?"

갑작스런 생각이 스치고 지나갔다.

"그녀는 배를 타려고 했어요." 내가 천천히 말했다.

"그렇다면 왜 안 탔을까요?"

"죽었기 때문이에요. 쉬잔, 나디나는 말로우에서 살해된 바로 그 여자예요!"

내 마음은 어느덧 빈집의 황량한 방으로 돌아가 있었다. 위험한 재앙의 형 용할 수 없는 느낌이 다시금 나를 휩쓸고 지나갔다. 그런 생각에 뒤이어 연필 을 떨어뜨린 일과 필름 한 통을 발견한 일이 떠올랐다. 필름 한 통—그런 일 은 최근에도 있었다. 어디서 들었던가? 그런데 내가 그 생각을 왜 블레어 여 사와 연결시키는 것일까?

나는 갑자기 그녀에게 달려들어 흥분으로 그녀를 잡아 흔들었다.

"부인 필름 말이에요! 환기창을 통해서 부인에게 건네진 것 있잖아요? 그날 이 22일이 아니었던가요?"

"내가 잃어버린 것 말이에요?"

"그것이 같은 것이라는 걸 어떻게 알 수 있죠? 누가 한밤중에 그런 걸 왜 갖다 주었겠어요? 그건 터무니없는 생각이에요. 그래요, 뭔가 전달하려는 것이 었을 거예요. 노란 주석통에서 필름을 빼고는 속에다 다른 것을 넣어 놓았을 거예요. 아직도 갖고 있나요?"

"쓸 일이 있을지 몰라서. 그래요, 여기 놔두었어요. 침대 가장자리로 집어던 진 기억이 나요."

그녀는 그것을 집어 내게로 가지고 왔다.

그것은 평범한 주석통으로, 열대지방용으로 포장된 것이었다. 나는 떨리는 손으로 그것을 받아들었는데, 그렇게 하니까 심장은 더욱 방망이질치는 것이 었다. 그것은 실제 용량보다 훨씬 무거웠다.

떨리는 손가락으로 진공 포장된 끈을 벗겼다. 뚜껑을 열자 흐릿한 수정 유 리 조각이 침대에 쏟아졌다.

"수정 조각이에요." 내가 실망하여 날카롭게 외쳤다.

"수정 조각이라고?" 쉬잔이 외쳤다.

"수정 조각이라고? 아니야, 앤, 수정 조각이 아니야! 다이아몬드야!"

다이아몬드라니! 나는 침대 위에 쌓여 있는 유리더미를 도취된 채 응시했다. 하나를 집어들어 보니 그 무게가 부서진 유리 조각과도 맞먹을 것 같았다.

"확실해요, 쉬잔?"

"그렇고말고. 나는 가공하지 않은 다이아몬드 원석을 여러 번 보아 와서 의심할 여지가 없어요. 이것들은 그 나름대로 아름다워요, 앤. 몇몇 개는 독특하다고까지 말할 수 있겠는데요. 이 뒤에 얽힌 사연이 있겠군요."

"오늘 밤에 우리가 들은 얘기예요." 나는 소리쳤다.

"그럴까요……?"

"레이스 대령이 들려준 이야기 말이에요, 우연일 리가 없어요. 그는 그것을 의도적으로 들려준 거예요."

"파급 효과가 어떨지를 알아보려고 그랬단 말이죠?"

나는 고개를 끄덕였다.

"유스터스 경을 노리고 한 얘기였을까요?"

"그래요."

그러나 그렇게 말하고 나자 의구심이 고개를 쳐들었다. 시험의 대상이 된 게 정말 유스터스 경이었을까, 아니면 혹시 나를 골탕먹이려고 한 이야기는 아닐까? 나는 그 전날 밤에 그가 고의적으로 '떠보려는' 인상이 짙었던 점을 기억해 냈다. 어떤 이유에서였든지 간에 레이스 대령에겐 의심스런 구석이 있었다. 하지만 그는 어디서 끼어들었을까? 이 일과는 무슨 일로 연관된 것일까?

"레이스 대령은 어떤 사람이죠?" 내가 물었다.

"그럴 듯한 질문이로군요. 그는 큰 동물 수렵가로 유명한 사람이죠. 그리고 오늘 밤 그가 한 말을 들었듯이 그는 로렌스 어슬리 경의 먼 사촌이에요. 이번 여행 전에는 만나본 적이 없었어요. 그는 아프리카를 여러 차례 여행했다나 봐요. 그가 첩보활동을 한다는 얘기도 있죠. 그것이 사실인지는 나도 잘 모르겠어요. 수수께끼의 인물이라는 것만큼은 확실해요."

"로렌스 어슬리 경의 유산을 물려받아 돈이 많겠군요?"

"앤 양, 그는 돈이 대단히 많이 있을 거예요. 당신도 느꼈겠지만, 그는 당신에게 멋진 결혼 상대자가 될 수도 있을 거예요."

"부인이 이 배를 타는 바람에 나는 그에게 잘 접근할 수가 없었어요."

내가 웃으면서 말했다.

"오, 결혼한 여자의 비참함이여!"

"우리는 강점이 있어요." 쉬잔이 자기만족에 빠져 이야기했다.

"모든 사람들이 내가 내 남편, 클레어런스에게 빠져 있다고 생각해요. 헌신적인 아내와 사랑을 나누는 것은 무척 안정되고도 기분 좋은 일이죠."

"클레어런스 씨가 당신 같은 분과 결혼했으니 얼마나 좋겠어요."

"아니, 나는 그와 함께 사는 데 점점 지치고 있어요! 아직도 그는 날마다 외무성으로 도망쳐서는 안경을 걸치고 커다란 소파에서 잠이 든답니다. 그에게 레이스 대령에 대하여 알 수 있는 모든 것을 우리에게 알려 달라고 전보를 칠 수도 있어요. 나는 전보치는 걸 좋아하니까요. 그 바람에 남편이 성가셔 해요. 남편은 언제나 편지 쓰는 게 낫다고 하죠. 그렇지만 남편이 우리에게 뭔가 알려 줄 것 같지는 않군요. 남편은 아주 신중하거든요. 바로 그 점이 남편과 영원히 함께 사는 걸 힘들게 만들어요. 하지만 우리의 구혼 작전만큼은 끝까지 밀고 나갑시다. 레이스 대령이 당신에게 반한 걸 난 확신할 수 있어요, 앤. 그에게 당신의 빛나는 눈길을 던져 주기만 하면 모든 것이 끝나는 거예요. 꽤 많은 사람들이 배에서 약혼을 하잖아요. 달리 할 일이 없죠?"

"결혼하고 싶지 않아요."

"왜요? 왜 하기가 싫죠? 난 결혼할 수 있었던 것이 다행스러워요. 비록 클레어런스하고였더라도!"

나는 무례하지만 그녀의 말을 무시했다.

"제가 알고 싶은 건—." 내가 과감하게 말했다.

"이 일에서 레이스 대령이 노리는 게 과연 무얼까요? 그는 무슨 일인가와 관계가 있어요."

"아가씨는 기회가 왔다고 생각하지를 않는군요. 그가 그 이야기를 다 해줬잖아요?"

"아뇨, 그렇게 생각하지 않아요." 나는 단호하게 말했다.

"그는 우리를 면밀히 살펴보고 있었어요. 부인도 기억하시죠, 다이아몬드의 일부가 발견된 거지 전부가 아니라는 것을요? 아마도 이것이 잃어버린 일부가 아닐까요—아니면, 아마도……."

"아마도 뭐죠?"

나는 잠시 뜸을 들였다.

"저는 다만 알고 싶을 뿐이에요." 내가 다시 입을 열었다.

"나머지 젊은이는 어떻게 되었을까요? 어슬리 말고요, 그의 이름이 뭐였더라? 그래요, 루카스!"

"하여튼 뭔가 초점이 맞아가는 듯하군요. 연루된 사람들이 모두 뒤쫓는 건 다이아몬드예요. 나디나를 죽인 갈색 옷의 사나이가 다이아몬드를 차지하려고 한 것이 틀림없어요."

"그는 그녀를 죽이지 않았어요."

내가 날카롭게 외쳤다.

"그가 죽인 것이 확실해요. 그가 아니라면 누가 그런 짓을 했겠어요?"

"저도 몰라요. 하지만 그가 죽이지 않았다는 건 확신할 수 있어요."

"3분 간격으로 그녀를 뒤따라 그 집에 들어갔다가 백지장처럼 하얗게 되어서 뛰쳐나왔잖아요."

"그건, 그녀가 죽은 걸 발견했기 때문이에요."

"하지만 아무도 안 들어갔었잖아요."

"그때는 살인이 이미 일어난 뒤였고, 살인자는 다른 방법으로 들어갔겠죠. 굳이 관리인 주택을 통할 필요는 없었겠죠. 벽을 타고 올라갈 수도 있었으니까."

쉬잔이 나를 날카롭게 응시했다.

"갈색 옷을 입은 사나이라……." 그녀는 신중하게 생각했다.

"그는 대관절 누굴까? 어쨌든 그는 지하철에서 나타난 '의사'라는 작자와 동일인물이에요. 그는 시간을 내어 변장을 지운 다음 말로우로 그 여인을 뒤쫓아갔어요. 그녀와 카턴은 거기서 만나기로 되어 있었고, 그들 둘 다 같은 집을 둘러볼 수 있는 소개장을 가지고 있었는데, 자기들의 만남을 우연으로 가장하려는 대책을 그토록 면밀하게 세운 걸 보면 그들은 누군가에게 미행당할까 봐 염려한 것이 틀림없어요. 그렇지만 카턴은 자기를 미행하는 자가 갈색 옷을 입은 사나이라는 점을 미처 깨닫지 못했던 거예요. 그가 그를 알아봤을 때, 그는 엄청난 충격으로 인해서 완전히 이성을 잃었고, 그래서 뒷걸음치다가 선로 위로 떨어진 거죠. 모든 것이 제법 명쾌하다고 생각지 않나요, 앤?"

나는 대답하지 않았다.

"그래요, 바로 그랬던 거예요. 그는 죽은 남자에게서 종이쪽지를 꺼냈으나, 너무 서두르는 바람에 그걸 그만 떨어뜨리고 말았죠. 그러고 나서 그는 말로우로 그 여인을 뒤쫓아 간 거예요. 그곳을 나온 뒤에는 무엇을 했을까요? 그녀를 죽이고 나서, 아니면, 당신 말대로 그녀가 죽은 것을 발견하고 나서 말이에요. 그는 어디로 갔을까요?"

여전히 나는 아무 말도 하지 않았다.

쉬잔이 생각을 가다듬으며 말했다.

"지금 생각하니, 그가 유스터스 페들러 경에게 자기를 배에서 비서로 쓰게끔 유도한 것이 아닐까요? 그거야말로 규환(叫喚) 추적을 교묘히 따돌리면서 안전하게 영국을 빠져나갈 수 있는 절묘한 방법이잖아요. 하지만 그가 어떻게 유스터스 경을 구워삶았을까요? 암만해도 유스터스 경을 협박한 듯한데요."

"아니면 파제트든가." 나는 무심코 불쑥 내뱉었다.

"당신은 파제트를 좋아하지 않나 봐요, 앤? 유스터스 경의 얘기로는 그는 굉장히 유능하고 열심히 일하는 젊은이래요. 그런데 어쩌면 우리가 그에 대해 나쁘게 생각하는 그런 사람인지도 모르죠. 하여튼 내 짐작을 계속 이야기하겠어요. 레이번이 바로 그 '갈색 옷의 사나이'예요. 그는 자기가 떨어뜨린 종이를 읽었더랬어요. 그래서, 그 사람도 당신처럼 점을 잘못 알고서 사전에 파제트를 통하여 17호 선실을 차지하려고 애쓰고는, 그게 안 되자 22일 날 밤 1시에 17호 선실에 쳐들어간 거죠. 가는 도중 누군가가 그를 칼로 찔렀는데……."

"누가요?" 내가 중간에 끼어들었다.

"치케스터가요. 그래요, 모든 것이 들어맞아요. 데일리 버젯 신문의 네스비 경에게 갈색 옷을 입은 사나이를 찾았다고 전보를 치세요, 당신은 한밑천 잡은 거예요, 앤!"

"부인이 못 보고 지나친 것이 여러 가지 있어요."

"뭐가 그렇죠? 레이번이 흉터가 있다는 건 나도 알아요. 하지만 흉터쯤은 얼마든지 속일 수 있어요. 그는 같은 키에다 체격도 같잖아요. 런던경시청에서 그 사람들 코를 납작하게 만든 당신의 머리 묘사가 뭐였더라?"

나는 부르르 떨었다. 쉬잔은 교육을 잘 받았으며 독서도 많이 한 사람이지만, 제발 그녀가 인류학의 전문용어에는 정통하지 않기를 나는 간절히 빌었다.

　"장두개(長頭蓋)였어요." 나는 가볍게 말했다.

　쉬잔은 의심스런 눈초리로 나를 쳐다보았다.

　"그랬었던가요?"

　"그래요, 길쭉한 두상 말이에요. 그 폭이 길이의 75% 이하인 머리요."

　나는 능숙하게 설명을 했다. 한동안 말이 없었다.

　쉬잔이 갑자기 입을 열었을 때 나는 막 안도의 한숨을 내쉬려던 참이었다.

　"그 반대되는 건 뭐였지요?"

　"반대되는 거라니, 뭘 말씀하시는 거죠?"

　"그 반대가 틀림없이 있겠죠, 그 폭이 길이의 75% 이상인 머리를 당신이 뭐라고 했잖아요?"

　"단두개예요."

　나는 내키지 않는다는 듯 우물거렸다.

　"바로 그거였어요. 그게 바로 당신이 내게 말해 준 것 같아요."

　"내가 그랬었다고요? 실수를 했군요. 장두개를 말한다는 것이 그만."

　나는 갖은 용기를 다 짜내어 그녀에게 그렇게 믿게 하려고 애쓰며 말했다.

　쉬잔은 나를 살피듯이 쳐다보았다. 그러더니 급기야 그녀는 웃음을 터뜨리고 말았다.

　"거짓말이 능숙하군요, 집시 아가씨. 그러지 말고 내게 모두 털어놔 봐요. 그래야 시간도 절약되고, 이 곤궁에서 헤어날 수 있게 될 테니까."

　"말씀드릴 게 아무것도 없어요." 나는 마지못해 말했다.

　"없다고?" 쉬잔이 부드럽게 말했다.

　"아무래도 털어놔야 될 것 같군요." 나는 천천히 말을 했다.

　"저는 그것이 부끄럽진 않아요. 부인도 그런 일이 자신에게 닥쳤을 때, 부끄러워하지 않을 것 같아요. 그는 몸서리쳐지도록 거칠고 감사를 모르는 사람이지만, 저는 이해할 수 있을 것만 같아요. 쇠사슬에 묶인 개 같았는데(아니면, 마구 다루어졌든가) 아무튼 누구라도 물어뜯을 듯한 기세였어요. 그는 바로 그런 사람이었어요—적의에 가득 차고 가시가 돋친 듯했어요. 저도 제가 왜 그 사람 때문에 애가 타는지 모르겠어요. 그렇지만 사실이에요. 지독히도 애가 타요. 그를 본 순간 내 인생은 완전히 뒤집혔어요. 저는 그를 사랑해요. 그를 원해요. 그를 찾을 때까지 맨발로라도 아프리카를 샅샅이 뒤지겠어요. 그리고 그가 저를 원하도록 만들 거예요. 그를 위해 죽을 수도 있어요. 그를 위해 일하고, 아니 노예라도 되겠어요. 그를 위해 도둑질이라도 하겠어요. 그를 위해 애걸하고 구걸하기까지 하겠어요! 그래요, 이젠 아셨겠죠!"

쉬잔은 나를 한참 동안 쳐다보았다.

그녀가 마침내 입을 열었다.

"당신은 굉장히 비영국적이군요. 당신에게는 감상적인 구석이 눈곱만큼도 없어요. 나는 그렇게 현실적이면서 동시에 또 그렇게까지 정열적인 사람을 이제껏 만난 적이 없어요. 나는 그런 사람을 결코 염두에 두어 본 적도 없어요. 내게는 잘 된 일이죠. 그렇지만, 그렇지만요, 난 당신이 부러워요, 집시 아가씨. 마음을 써볼 만한 구석이 있었겠죠. 대부분의 사람들이 그러질 못하지만. 하지만, 당신이 마음에 두고 있는 그 의사 양반이 아가씨와 결혼하지 않았다는 건 그에게는 다행한 일이에요. 그는 집에 폭발적인 성격의 여자를 데리고 사는 걸 즐길 그런 부류의 사람은 전혀 아닌 듯이 들리는데요! 그래서 내스비 경에겐 전보를 치지 않겠다는 거로군요?"

나는 고개를 끄덕였다.

"그러면 아직도 그가 결백하다고 믿고 있나요?"

"전 정직한 사람도 교수형을 당할 수 있다는 것 역시 알고 있어요."

"흥! 그래요? 그렇지만, 앤 양, 사실을 직시해요. 이젠 똑바로 보세요. 당신이 모든 얘기를 들려주긴 했지만, 그가 그 여인을 살해했을지도 모른단 말이에요."

"아닙니다. 그는 살해하지 않았어요."

"그건 감상이에요."

"아니요, 그런 게 아니에요. 그가 그 여인을 죽였을 수도 있어요. 그는 마음속에 그러한 생각을 품고 그녀를 뒤쫓아갔을지도 모르죠. 하지만 그런 생각을 품고만 있었기 때문에 그녀의 목을 조를 검은 줄은 단 하나도 가져가지 않았을 거예요. 만일 그럴 의사가 있었다면, 그는 직접 자기 손으로 그녀의 목을 졸랐을 거예요."

쉬잔은 가볍게 몸을 떨었다. 그녀는 눈을 가늘게 뜨고서 생각에 사로잡혔다.

"음! 앤, 이제야 당신이 왜 그 젊은 남자에게 그토록 반했는지를 알 것 같아요!"

제13장

　나는 그 다음 날 아침 레이스 대령과 터놓고 얘기할 기회를 잡았다. 한 판의 게임이 막 끝난 뒤라 우리는 갑판을 이리저리 거닐었다.

　"짐시 아가씨, 오늘 아침은 기분이 어떻습니까? 육지와 대상(隊商)을 갈망하고 있습니까?"

　나는 고개를 저었다.

　"이젠 바다가 하도 얌전하게 굴어서 여기서 영원히 머물러야 할 것 같은 기분이에요."

　"단단히 빠졌군요!"

　"저, 오늘 아침은 정말 상쾌하죠?"

　우리는 난간에 기대섰다. 수면은 거울처럼 매끈했다. 바다는 기름을 먹인 듯 매끄러웠다. 마치 입체파 화가의 그림처럼 파랑, 연녹색, 초록, 자주 짙은 오렌지색이 아롱져 영롱했다. 물고기가 차오르는 듯 언뜻언뜻 찬란한 은색이 눈부셨다. 따듯하고도 습기 찬 공기가 몸을 휘감았다. 향수의 향기처럼 부드러운 그것을 가슴 깊숙이 들이마셨다.

　"대령님은 어젯밤 우리에게 퍽 재미있는 이야기를 들려주셨어요."

　나는 침묵을 깨뜨리며 말했다.

　"뭐 말이죠?"

　"다이아몬드에 얽힌 일화 말이에요."

　"여자들이란 항상 다이아몬드에 관심이 많다는 사실을 나는 알고 있습니다."

　"그건 확실해요. 그런데 다른 젊은 남자는 어떻게 되었죠? 대령님이 거기엔 두 사람이 있었다고 하셨잖아요."

"루카스 청년 말인가요? 공범자 중 한 사람만 기소할 수는 없는 일이니까 그도 방면되었죠."

"그래서 그는 어떻게 되었나요, 마지막에 가서요. 아는 사람이 있나요?"

레이스 대령은 자기 앞에 펼쳐져 있는 바다를 바라보았다. 그의 얼굴은 가면을 쓴 것처럼 무표정했지만, 나는 그가 내 질문을 달가워하지 않는다는 사실을 알아차렸다. 그런데도 그는 기꺼이 충분한 대답을 마다하지 않았다.

"그는 전쟁에 나가 용감하게 임무를 수행했죠. 그는 부상당하여 행방불명이 된 것으로 보도되었으나, 다들 죽었으려니 하고 생각하는 거죠."

내가 알고 싶은 것은 그것이었다. 나는 더 이상 묻지 않았다. 그렇지만 레이스 대령이 어떻게 그렇게까지 자세한 사정을 알고 있는지 나의 의혹은 점점 짙어만 갔다. 이 일에서의 그의 역할은 온통 나를 어리둥절하게만 할 따름이었다. 내가 해야 할 일이 또 한 가지 있었다. 그것은 밤 당번 승무원과 이야기를 나눠 보는 일이다. 팁을 조금 쥐어 주자 금방 대화를 나눌 수 있었다.

"그 여자는 놀라지도 않았나 보죠, 아가씨? 악의 없는 장난이 아닐까 싶어요. 그렇게밖에는 달리 이해해 볼 길이 없군요."

나는 그에게서 이야기를 하나씩 하나씩 끄집어냈다. 그는 케이프타운에서 영국으로 오는 항해 때, 어떤 손님에게서 배가 출항한 뒤 22일 날 새벽 1시에 71호 선실 침대 위에 필름 한 통을 떨어뜨려 달라는 부탁과 함께 필름을 건네받았다는 것이다. 나는 그 승무원이 그 거래에서 그가 해낼 역할에 대한 대가를 후하게 받았을 거라고 짐작했다.

그 여자의 이름은 말하지 않았다고 한다. 그런데 공교롭게도 블레어 여사가 배에 타자마자 사무장과의 얘기 끝에 바로 71호 선실에 묵었으므로 승무원은 그녀가 당사자가 아니라고는 상상도 못 했던 것이다. 그 일을 부탁한 승객 이름은 카턴이었으며, 그의 묘사로 볼 때 지하철에서 죽은 그 남자와 정확하게 맞아떨어졌다. 이 모든 사건에서 한 가지 수수께끼는 완전히 풀린 셈이 되었고, 다이아몬드가 모든 사건을 푸는 열쇠가 되리란 건 명백해졌다.

킬모든호에서의 나머지 날들은 무척 빨리 지나가는 것 같았다. 케이프타운이 가까워 올수록 나는 앞으로의 계획을 면밀히 세워야겠다는 강박관념에 사로잡혔다. 내가 살펴보려고 하는 사람은 너무도 많았다. 치케스터 씨와 유스터스 경과 그의 비서, 그리고……, 그렇지, 레이스 대령도! 그것에 어떻게 대처해야 할까? 자연스럽게 치케스터 씨가 주목 제1의 대상으로 떠올랐다. 의심스러운 인물 리스트에서 유스터스 경과 파제트를 지워 버리려 할 찰나에 우연한 대화가 이루어져 내 마음에 새로운 의심이 고개를 들었다.

나는 플로렌스가 언급되었을 때의 파제트 씨의 이해할 수 없는 행동을 잊지 않고 있었다. 배에서의 마지막 날 밤에 우리는 모두 갑판에 둘러앉았는데, 유스터스 경이 그의 비서에게 별다른 생각없이 말을 붙였다. 정확하게는 생각이 안 나지만, 이야기는 이탈리아에서의 열차 연착에 관한 것 같은데, 나는 즉시 이전에도 내 주의를 끌었던 것과 똑같은 그의 안절부절못하는 모습을 포착했다. 유스터스 경이 블레어 여사에게 춤을 추자고 하고는 나갔을 때 나는 재빨리 그 비서 옆으로 자리를 옮겨 앉았다. 나는 그 일의 진상을 규명해 보기로 마음먹었다.

내가 말을 꺼냈다.

"전 언제나 이탈리아에 가보고 싶다는 생각이 굴뚝같답니다. 특히나 플로렌스를요. 거기서 굉장히 즐겁게 지내시지 않으셨어요?"

"정말로 그랬습니다, 베딩펠드 양. 실례가 되지 않는다면, 유스터스 경이 전보를 쳐달라는 게 좀 있어서……."

나는 그의 코트 소매를 꽉 붙들었다.

"어머나, 피하시면 싫어요!"

나는 늙은 귀족 미망인의 수다스러운 말투를 흉내 내며 외쳤다.

"유스터스 경도 제가 말붙일 사람 없이 당신이 저를 내버려두고 가시는 걸 용납하지 않으실 것 같은데요. 당신은 죽어도 플로렌스 얘기를 안 하실 것처럼 보이는군요. 오, 파제트 씨, 당신은 아무에게도 말할 수 없는, 뭔가 털어놓을 수 없는 비밀이 있으신가 봐요!"

나는 손으로 여전히 그의 소매를 붙들고 있었으므로, 그가 갑자기 움찔하는 것을 느낄 수 있었다.

"전혀 그렇지 않습니다, 베딩펠드 양. 내가 그것에 관해 전부 털어놓으면 더

할 나위 없는 기쁨이 되겠습니다만, 진짜로 전보를 칠 일이 좀 있어서……."

"어머, 파제트 씨, 발빼하시기에요? 제가 유스터스 경에게 말해 줄 수도……."

나는 더 이상 말을 이을 수 없었다. 그는 나를 또 안달 나게 했다. 그의 신경은 쇼크 상태에 놓여 있는 것 같았다.

"당신이 알고 싶어 하는 것이 무엇입니까?"

죽기로 체념한 듯한 그의 어조가 나로 하여금 내심 미소를 짓게 만들었다.

"오, 모든 것을요! 그럼, 올리브나무—."

나는 말이 좀 막히는 듯하여 한숨을 쉬었다.

"당신은 이탈리아어를 할 줄 아시죠?" 내가 말을 이었다.

"애석하게도 한마디도 못 합니다. 그렇지만 미술회관에 딸린 경비원도 있고, 저, 관광안내원들도 있으니까."

"그렇군요." 내가 서두르며 대답했다.

"어떤 그림을 좋아하시나요?"

"그러니까, 마돈나, 저, 라파엘, 대충 그런 식입니다."

"친근한 고도(古都) 플로렌스여." 나는 감상에 빠져 중얼거렸다.

"아르노 강의 둑들은 풍경이 굉장하다죠? 강도 아름답고요. 두오모는요, 두오모도 기억하세요?"

"물론이고말고요."

"또 다른 아름다운 강이죠?" 나는 과감히 넘겨짚었다.

"아르노 강보다 더 아름답죠?"

"그렇다고 할 수 있죠."

내가 파놓은 조그만 함정에 말려든 것에 용기백배하여 나는 더욱더 밀고 나갔다. 거의 의심할 여지가 없었다. 파제트 씨는 말 하나하나에서 내 손아귀에 들어왔다. 그 남자는 여태껏 살아오면서 플로렌스에는 단 한 번도 가보지 않았던 것이다. 그런데, 플로렌스에 가지 않았다면 그는 어디에 가 있었단 말인가? 영국에? 밀 하우스 저택 사건이 있었을 때 진짜로 영국에 있었을까?

나는 대담하게 밀고 나가기로 마음먹었다.

"이상한 게 있는데요, 당신을 전에 어디선가 뵌 적이 있는 것 같아요. 제가 잘못 본 건지도 모르겠지만, 당신이 플로렌스에 있었다는 그 시기에 말이에요. 저……."

나는 그를 거리낌 없이 관찰했다. 그의 눈길에서 나를 탐색하는 듯한 눈초리가 엿보였다. 그는 혀로 마른 입술을 축였다.

"어디서, 저, 어디서……."

"……제가 당신을 보았다고 생각하느냐고요?"

내가 대신해서 말해 주었다.

"말로우에서예요. 말로우, 아시죠? 어머나, 나 좀 봐, 이렇게 멍청하다니, 유스터스 경 댁이 거기 있잖아요!"

내 희생물은 앞뒤가 맞지 않는 말로 변명을 늘어놓더니 벌떡 일어나 잽싸게 자리를 떴다.

그날 밤 나는 흥분에 휩싸여 쉬잔의 방으로 쳐들어갔다.

"쉬잔, 아시겠죠?" 나는 이야기를 끝마치면서 다그쳤다.

"그는 살인이 났을 때 영국에 있었어요, 말로우에요. 부인은 지금도 갈색 옷을 입은 사나이에게 죄가 있다고 그처럼 확신하나요?"

"한 가지는 확신해요." 쉬잔이 뜻밖에 눈을 빛내며 말했다.

"그게 뭐죠?"

"갈색 옷을 입은 사나이가 그 딱한 파제트보다 잘생겼다는 거 말이에요. 앤, 기죽지 말아요. 난 그저 놀리려고 한 말이에요. 여기 앉아요. 농담을 떠나서, 당신은 매우 중대한 발견을 한 것 같군요. 이제껏 우리는 파제트는 알리바이가 있다고 생각해 왔어요. 이제, 우리는 그에게 알리바이가 없다는 것을 알았어요."

"그래요. 우리는 그를 계속해서 지켜봐야 해요."

"다른 사람들도 마찬가지로요." 그녀가 침울하게 말했다.

"당신에게 이야기할 게 있어요. 무엇이냐 하면, 돈에 관한 거예요. 아니에요, 그렇게 당당하게 행동하지 마세요. 난 아가씨가 긍지와 독립심이 남달리 강하다는 건 알지만, 이 일에 있어서만큼은 세상 지식에 따라야 해요. 우린 동료예요. 난 당신에게 한 푼의 돈도 바라지 않아요. 왜냐하면 난 당신을 좋아하니까, 아니면 당신이 의지할 데가 없어서인지도 몰라요. 내가 원하는 건 스릴이고, 난 그것에 대해 지불할 준비가 되어 있어요. 우리, 비용은 따지지 말고 이 일을 함께 헤쳐 나갑시다. 우선 당신은, 내가 비용을 대겠으니 나와 함께 마운트 넬슨 호텔로 갑시다. 그리고 나서 우리의 계획을 펼쳐 나가는 거예요."

우리는 그 점에 대해서 논쟁을 벌였다. 결국엔 내가 지고 말았다. 하지만 난 그것이 싫었다. 나는 그 일을 혼자서 해내고 싶었던 것이다.

"이젠 됐어요."

쉬잔이 마침내 일어서면서 몸을 뻗치고 크게 하품을 하며 말했다.

"떠드는 것에 지쳤어요. 이젠 우리의 사냥감에 대해서나 얘기해요. 치케스터 씨는 더반(남아프리카의 인도양에 면한 도시)으로 갈 모양이에요. 유스터스 경은 케이프타운에서 마운트 넬슨 호텔에 묵었다가 로디지아로 떠날 거고요. 그는 기차의 별실 객차를 이용할 건가 봐요. 요 전날 밤 넉 잔째의 샴페인을 마시고서 거나해진 순간에 나에게 함께 가자고 했거든요. 그가 진심으로 그렇게 말한 것은 아니겠지만, 그래도 내가 그러겠다고 우기면 뒤로 물러설 것 같진 않아요."

"잘 됐군요." 내가 호의적으로 판단을 내렸다.

"부인은 유스터스 경과 파제트를 감시하세요. 저는 치케스터 씨를 눈여겨볼 테니까. 그런데, 레이스 대령은 어쩌죠?"

쉬잔이 나를 이상한 눈으로 쳐다보았다.

"앤, 설마 그 사람을 의심하는 건, 아니겠죠."

"의심스러워요. 저는 모든 사람을 의심합니다. 저는 가장 아닌 것 같은 사람도 차례로 둘러봐야 할 것 같은 기분이에요. 레이스 대령도 로디지아에 갈 건가요?"

쉬잔이 생각에 잠긴 표정으로 말했다.

"유스터스 경이 그도 초대하도록 우리가 조종할 수만 있다면."

"부인은 그렇게 하실 수 있어요. 부인은 무엇이라도 다 해낼 수 있잖아요."

"난 아부를 좋아해요." 쉬잔이 만족한 듯한 태도를 보였다.

우리는 쉬잔이 자기 재능을 십분 발휘해 보겠다는 것에 뜻을 모으고 난 뒤

헤어졌다.

곧바로 잠자리에 들기엔 나는 너무도 흥분해 있었다. 내일 이른 새벽에 우리는 테이블만(灣)에 도착할 것이다. 나는 살짝 갑판으로 나갔다. 바람은 신선하고 서늘했다. 배는 파도가 일렁이는 바다 위에서 조금씩 흔들리고 있었다. 갑판은 어둡고 인기척조차 없었다. 자정이 지난 뒤였다.

나는 난간에 기대서서 인광을 발하는 물거품의 자취를 바라보았다. 눈앞에는 아프리카가 펼쳐져 있었다. 배는 어두운 물살을 헤치고 앞으로 나아가고 있었다. 나는 경이로운 세계에서 외로움을 느꼈다. 나는 미묘한 평화에 둘러싸여, 거기 서서 시간도 잊은 채 망연자실 꿈에 잠겼다.

그러던 차에 갑자기 본능적으로 위험이 닥친 듯한 이상한 예감에 사로잡혔다. 아무것도 들리지는 않았지만 나는 직감적으로 둘레를 살펴보았다. 한 그림자가 내 뒤에서 기어올라오고 있었다. 내가 뒤로 돌자 그것이 달려들었다. 한 손으로 내 목을 조르자 나는 질식할 것만 같아 비명조차 지르지 못했다.

나는 필사적으로 저항을 했으나 가망이 없었다. 목이 졸리는 바람에 금방이라도 숨이 넘어갈 지경이었지만, 가장 여성다운 무기로 물어뜯고 매달리고 할퀴고 했다. 그 남자도 내가 소리를 낼 수 없도록 하는 데엔 고충이 많았다. 만일 나도 모르는 새 살며시 내게 접근했더라면, 나를 번쩍 들어올려 배 바깥으로 집어던질 수 있었을 것이다. 나머지는 상어가 알아서 처리할 테니까.

저항해 나가는 중에 나는 점점 기운이 빠져나갔다. 날 죽이려는 자 역시 마찬가지였다. 그는 온 힘을 다 짜냈다. 그러던 찰나에 재빠른 발걸음이 소리도 없이 날쌔게 달려왔으니, 또 다른 그림자가 합세한 셈이 되었다. 숨을 몰아쉬면서 난간에 기대어 쓰러지니 아프기도 하고 온몸이 덜덜 떨리는 것이었다.

내 구조자가 재빠른 몸짓으로 나를 돌아다보았다.

"다쳤군요!"

그의 어조엔 야비한 구석이 있었다—감히 나를 해치려 한 그 남자에 대한 협박과도 같았다. 그가 말을 꺼내기도 전에 나는 그를 알아보았다. 얼굴에 흉터가 있는, 내가 그리워해 마지않던 남자였다.

그의 눈길이 나에게 쏠린 순간이 나가떨어진 적에게는 좋은 기회였다. 번개처럼 재빨리 일어나서 갑판 아래로 뛰어내려 갔다. 레이번은 기어코 그의 뒤를 쫓아갔다.

나는 언제나 사건에서 제외되는 걸 싫어한다. 나도 뒤쫓는 데 합세했다—차이가 많이 나는 세 번째 주자(走者)로서. 우리는 갑판을 돌아 배 측면의 우현(右舷)으로 갔다. 살롱의 문가에 그 남자가 박살이 난 채 엎어져 있었다. 레이번이 그 위로 몸을 굽히고 있었다.

"그를 또 치셨어요?" 내가 숨이 가빠 소리쳤다.

"그럴 필요가 없었소." 그가 무뚝뚝하게 말했다.

"이 친구가 이 문가에 쓰러져 있는 걸 발견했어요. 문이 안 열리니까 일부러 꾀를 쓰는 건지도 모르죠. 곧 밝혀지겠죠. 그나저나, 이 친구가 누군인지나 봅시다."

쿵쾅거리는 가슴으로 나는 가까이 다가갔다. 그러자 즉시 나를 죽이려던 자가 치케스터보다 크다는 사실을 알아차렸다. 치케스터와 같이 칠칠치 못한 작자는 유사시에 칼을 쓰려고 덤비지, 맨주먹으로는 도무지 당해 내지 못할 것이다.

레이번이 성냥불을 켰다. 우리는 경악하는 소리를 발했다. 그 남자는 파제트였던 것이다. 레이번은 그 사실에 완전히 얼이 빠진 듯했다.

"파제트……." 그가 중얼거렸다.

"맙소사, 파제트라니."

나는 제법 우쭐해졌다.

"놀라셨나 봐요?"

"그렇소." 그가 무거운 어조로 말했다.

"생각지도 못했는데." 그는 갑자기 내게로 돌아섰다.

"당신은? 당신도 몰랐었소? 그가 당신에게 덤벼들었을 때 그를 알아보지 못했단 말이오?"

"아뇨, 몰랐어요. 그래도 전 그다지 놀라지는 않았어요."

그는 나를 의심스러운 눈길로 쳐다보았다.

"대관절 어디서부터 이 일에 뛰어들었소? 그리고 얼마나 알고 있으시오?"

내가 미소 지었다.

"거의 다 알고 있어요, 루카스 씨!"

그는 내 팔을 꽉 붙들었다. 예기치 못했던 그의 손아귀 힘이 나를 위축시켰다.

"그 이름을 어디서 주워들었소?" 그가 거칠게 캐물었다.

"당신 이름이 아니던가요?" 내가 달콤하게 물었다.

"아니면, 당신은 갈색 옷을 입은 사나이라 불리는 것이 더 좋으세요?"

그 말에 그는 비틀거렸다. 그는 내 팔을 놓더니 한두 걸음 뒤로 물러섰다.

"당신은 사람이오, 마녀요?" 그가 숨을 훅 하고 들이마셨다.

"저는 친구일 따름이에요."

나는 그에게로 한 걸음 다가섰다.

"제가 당신을 한 번 도와 드린 적이 있죠. 그것을 다시 한 번 드리는 거예요. 제 도움을 받으시지 않겠어요?"

"필요 없소. 나는 당신 같은 여자 따위와는 거래할 일이 없소. 그런 건 딴데 가서 알아보시구려."

그의 대답이 격렬하여 나는 당황했다.

금방 나는 약이 오르기 시작했다. 내가 말을 꺼냈다.

"아마도, 당신이 얼마만큼이나 제 손바닥 안에 있는지 모르시는 모양인데요. 내가 선장에게 한마디만 했다 하면……."

"말하시구려."

그가 코웃음 쳤다. 그리고 재빠른 동작으로 한 발 다가섰다.

"현실을 제대로 파악하고 나면, 아가씨, 당신이 지금 이 순간부터 내 손바닥 안에 있다는 걸 실감하지 못하겠소? 나는 당신 목을 이렇게 할 수도 있다오."

자기가 한 말과 일치시켜 그가 날쌘 동작을 보여줬다. 나는 그의 두 손이 내 목에 닿아 조르는 것을, 아주 미약하게 느꼈다.

"이렇게 할 거요. 그러고는 당신 육체에서 혼을 빼낼 거요! 그 뒤론 여기 의식을 잃고 뻗어 있는 친구처럼, 하지만 더욱 멋지게, 당신의 죽은 몸을 상어 떼에게 선물하겠소. 그 점을 어떻게 생각하시오?"

나는 아무 말도 하지 않았다. 나는 웃었다. 그렇지만 그 위협이 진짜라는 것도 알았다. 그 순간 그는 날 증오했던 것이다. 그렇지만 나는 그 위기의 순간을 즐겼다. 내 목에 감긴 그의 손의 감촉이 좋았다. 그 순간만큼은 내 인생의 어떠한 순간과도 바꾸고 싶지 않았다. 짧게 웃더니 그가 날 풀어 주었다.

"이름이 뭐요?" 그가 불쑥 물어보았다.

"앤 베딩펠드."

"아무것도 당신을 위협할 수 없겠군, 앤 베딩펠드?"

"오, 그래요." 실제와는 완전 동떨어진 침착함을 가장하며 내가 말했다.

"성미가 까다로운 사람, 잘 빈정대는 여자, 악동(惡童), 바퀴벌레, 그리고 수단 좋은 가게 점원들까지도요."

그는 아까처럼 짧게 웃었다. 그러고 나서 의식이 없는 파제트의 몸을 발로 톡톡 차댔다.

"이 고물을 어떻게 처치하지? 배 밖으로 던진다?" 그가 무심코 물었다.

"그게 좋으시다면." 나는 평온을 유지하며 말했다.

"나는 당신의 진심 어린 살기등등한 성향이 맘에 드오, 베딩펠드 양. 그렇지만, 우린 그가 깨어나도록 그냥 내버려둬야 할 거요."

"두 번째 살인에서 꽁무니를 빼시는 줄 저도 알아요."

내가 달콤하게 말했다.

"두 번째 살인이라고?" 그는 진짜 어리둥절해 보였다.

"말로우에서의 그 여자 말이에요."

내 말이 미칠 영향을 바짝 노리며 내가 그를 떠 보았다.

그의 얼굴에 갑작스럽게 피가 몰렸다. 그는 나의 존재를 잊은 듯했다.

"그녀를 죽일 수도 있었소. 때때로 그녀를 죽이려고 작정했던 것은 사실이오."

내 마음속에서 죽은 여인에 대한 증오심이 격정에 휩싸여 솟구쳤다. 그 순간 그녀가 내 앞에 서 있었더라면 나는 그녀를 죽여 버리고 말았을 것이다. 왜냐하면, 그가 전에 그녀를 사랑했기 때문에—틀림없어, 틀림없어, 그가 그런 식으로 느꼈음이 틀림없어!

나는 이성을 회복하고는 평상시의 목소리로 말했다.

"우리는 할 말은 모두 다 한 것 같군요. 잘 자라는 말만 빼놓고는요."

"잘 주무시오, 그리고 안녕히, 베딩펠드 양."

"그럼 또 만나요, 루카스 씨." 내가 프랑스어로 말했다.

그 이름에 그는 다시 한 번 움찔했다. 그가 내게로 점점 가까이 오고 있었다.

"뭐라고 했소, 오 르브아르(au revoir)라고 했던가?"

"왜냐하면 우리가 다시 만날 꿈을 제가 간직하고 있기 때문이에요."

"어쩔 수 없는 경우를 제외하고는!"

그의 어조가 단호했음에도 불구하고 나는 화가 나지 않았다. 오히려 남모를 만족감에 부풀어 나는 양팔로 내 어깨를 감싸 안았다. 나는 결코 바보가 아닌데도.

"그렇지만, 우리는 그럴 거라고 생각해요." 나는 침착하게 말했다.

"왜?"

내 말을 나오게 한 그 감정의 부추김을 설명할 길이 없어 나는 머리를 살래살래 흔들었다.

"다시는 보고 싶지 않소."

그가 갑작스럽고도 난폭하게 내뱉었다.

그 말은 하기에 따라선 정말 무례하기 짝이 없는 것이었지만, 나는 부드러운 웃음을 남기고 어둠 속을 살짝 빠져나왔다.

나는 그가 내 뒤로 다가오는 기척을 들었는데, 잠시 뒤에 갑판 아래에서 한 마디가 들려왔다. '마녀'였던 것 같다!

제14장

(유스터스 페들러 경의 일기에서 발췌)

케이프타운의 마운트 넬슨 호텔

킬모든호를 내렸다는 건 실로 최고의 안도였다. 배를 타고 있는 전 기간 동안 나는 음모 사건의 그물에 꼼짝없이 걸려든 듯한 의식에서 헤어날 수 없었다. 모든 일의 절정은 거의 파제트가 지난밤에 떠들썩한 싸움에 말려들지 않을 수 없었다는 점이다. 그것은 매우 훌륭하게 둘러댄 것이었긴 하지만, 실제 결과가 사실을 말해 주고 있었다. 한 남자가 머리에 달걀만한 혹을 붙이고 눈은 무지개색을 하고 돌아다니는데 더 무엇을 생각해야 할 것인가?

물론 파제트는 그 모든 것을 얼버무리려고 무진 애를 썼다. 그의 말로만 미루어 보자면, 사람들이 그의 멍든 눈이 내 호기심에 대한 그의 헌신적인 충성심의 발로라고 생각할 거라는 것이다. 그의 이야기는 터무니없이 불분명하고 산만하여 내가 이해하는 데는 시간이 한참이나 걸렸다.

먼저, 그는 행동이 의심스러운 남자를 봤다고 하는 것 같다. 그것이 파제트의 설명의 요지였다. 그는 스파이 소설에서 몇 페이지를 바로 끌어다 붙였다. 그 남자가 의심스럽게 행동했다고 그가 말해 놓고도, 자기 자신이 의심스럽다는 것은 깨닫지 못했다.

나는 그에게 그 점을 지적해 주었다.

"그는 남의 이목을 피하면서 살금살금 걸어 다녔습니다. 그것도 한밤중에요, 유스터스 경."

"그래, 그런데 자네는 뭘 하고 있었는가? 왜 자넨 여느 착실한 기독교 신자처럼 빨리 잠자리에 들지 않았지?"

내가 조급하게 대답을 강요했다.

"주인님의 전보 내용을 기호화하고 있었습니다, 유스터스 경. 그리고 최근의 일기를 타이프치던 중이었죠."

파제트를 믿는다는 건 언제나 당연한 일이었으나, 실제로 그렇게 하기는 정말 힘들었다!

"그래?"

"잠자리에 들기 전에 한번 둘러봐야겠다는 생각이 들었습니다, 유스터스 경. 웬 남자가 주인님 선실의 통로에서 내려다보고 있더군요. 저는 퍼뜩 그의 눈길에서 뭔가 심상치 않음을 발견해 냈습니다. 그는 살롱 옆 계단을 살금살금 올라갔습니다. 저는 그의 뒤를 쫓았죠."

"여보게, 파제트, 그 딱한 친구가 기를 쓰고 발소리를 죽이며 갑판에 올라가면 안 될 일이라도 있나? 많은 사람들이 갑판에서 잠들고 있잖나—무척 불편할 텐데. 난 그렇게 생각한다네. 새벽 5시면 선원들이 갑판에 있는 나머지 사람들과 자네를 깨끗이 씻어 내릴 걸세."

나는 그 생각에 몸서리쳤다.

"어쨌든—." 나는 말을 계속했다.

"자네가 어떤 빌어먹을 위인이 불면증으로 고생하는 걸 그런 식으로 일일이 딱하게 여긴다면, 그가 자네에게 한방 먹인다 할지라도 난 놀라지 않을 걸세."

파제트는 참을성 있게 듣고 있는 듯이 보였다.

"제 말을 듣고 판단하시죠, 유스터스 경. 그 남자가 볼일도 없으면서 주인님 선실 근처에서 어슬렁거리는 걸 제가 분명히 보았습니다. 그 통로 아래는 선실이 오직 둘뿐인데, 주인님과 레이스 대령의 방이죠."

"레이스라⋯⋯." 내가 시가에 조심스럽게 불을 붙이며 말했다.

"자네 도움 없이도 그는 자신을 지킬 수 있을 걸세, 파제트."

나는 생각한 뒤에 다시 한마디 덧붙였다.

"나도 마찬가지고"

비밀을 전하기 전에 언제나 하는 동작으로 파제트는 가까이 다가와서 숨을 깊이 들이마셨다.

"저, 유스터스 경, 짐작컨대(지금은 확신합니다), 레이번이었어요."

"레이번이라고?"

"예, 유스터스 경."

나는 고개를 저었다.

"레이번은 한밤중에 나를 깨우려고 마음먹을 정도로 우둔하진 않네."

"틀림없습니다, 유스터스 경. 그가 가서 만나려 한 사람은 레이스 대령이었던 것 같습니다. 지령에 따른, 비밀 약속 때문이었을 겁니다!"

"날 놀리려는 건가, 파제트?"

내가 어느 정도 식상했다는 식으로 말했다.

"자네 호흡이나 조절하게. 자네 생각은 앞뒤가 맞지를 않아. 그들이 왜 한밤중에 비밀 회담을 가지려 하겠나? 서로에게 할 이야기가 있다면 쇠고기 수프를 마시면서 일상적이고도 자연스러운 태도로 완벽하게 얘기를 나눌 수도 있는 일이 아닌가!"

나는 파제트가 전혀 이해를 하지 못하고 있음을 알 수 있었다.

"어젯밤 무슨 일이 진행되고 있었습니다, 유스터스 경." 그가 되물었다.

"아니면, 뭣 때문에 레이번이 저를 그렇게 난폭하게 공격했겠습니까?"

"자네는 그자가 틀림없이 레이번이라고 확신하는가?"

파제트는 그 점에 있어서는 추호의 의심도 없는 것처럼 보였다. 그것이 그의 이야기 중에서 흐리멍덩하지 않은 단 한 부분이었다.

"이 모든 일이 뭔가 굉장히 심상치 않습니다." 그가 말했다.

"우선, 그럼 레이번은 어디 있죠?"

우리가 육지에 당도한 이후 그 친구를 본 적이 없는 것은 틀림없는 사실이었다. 그는 우리와 같이 호텔로 오지 않았다. 어쨌거나 나는 그가 파제트를 두려워한다는 쪽으로 생각이 기울어졌다.

모든 일이 매우 놀라울 뿐이었다. 내 비서 중 한 사람은 외딴 곳으로 사라졌고, 나머지 한 사람은 형편없는 프로 권투선수처럼 보였다. 지금의 상태로는 그를 데리고 다닐 수도 없을 것 같았다. 나는 케이프타운에서 웃음거리가 될 것이다. 나는 오후 늦게 밀레이의 오래된, 반갑지도 않은 편지를 전달하기로 약속이 되어 있었지만 파제트를 데리고 가지는 않겠다. 그 친구가 부끄럽게 생각하도록 해야겠다. 그 헤매는 꼴이라니.

모든 것에 나는 결정적으로 분통이 터졌다. 나는 지겨운 인간들과 지겨운 아침식사를 했다. 발목이 굵은 네덜란드 여급이 나에게 썩은 생선을 갖다 주는 데 자그마치 30분이나 걸렸다. 빌어먹을 의사를 만나러 새벽 5시에 항구에 도착하여 손을 머리 위로 쳐드는 광대극은 날 지치게 하기에 족했다.

그 뒤.

매우 심각한 사건이 일어났다. 나는 수상과의 약속에 밀레이의 봉함편지를 들고 갔다. 그런데, 누군가가 그것을 주무른 흔적도 없었는데 속에는 백지가 들어 있지 않은가!

지금 나는 곤경에 빠져 있는 것이다. 어쩌다가 그 '매애!' 하고 우는 늙다리 바보 밀레이가 그 일에 날 끌어들이도록 내버려 두었는지는 나도 모를 일이다.

파제트는 해가 되는 호의를 베풀기로 유명한 사람이다. 그가 우울한 만족감을 보이는 것이 나를 더욱 미치게 했다. 게다가, 내가 혼란한 틈을 타서 문구류 가방을 나에게 떠맡겼다. 그가 조심하지 않는다면 그가 참석해야 할 다음 장례식은 바로 그 자신의 장례식일 게다.

어쨌든 결국 나는 그의 말을 들어야만 했다.

"어쩌면, 유스터스 경, 레이번이 주인님이 밀레이 씨와 길에서 나눈 대화를 한두 마디 엿들은 게 아닐까요? 제 기억으론 주인님은 밀레이 씨로부터 서면으로 된 추천장을 받지 않으셨습니다. 주인님이 판단하여 레이번을 택하신 겁니다."

"그래서 자네는 레이번이 사기꾼이다. 그 말인가?" 내가 천천히 말했다.

파제트는 그렇다는 것이다. 그의 견해가 멍든 눈에 대한 적개심과 어느 정도로 관계가 있는지는 나도 모르겠다. 그는 레이번에게 그럴 듯한 진상을 만들어다 붙였다. 레이번이 사라진 것이 그를 불리하게 했다. 내 생각은 그 일에 아무런 도움이 되질 않았다. 스스로를 완전히 바보로 만들기로 작정한 사람은 그 사실을 널리 알리기를 열망하지 않는다.

그렇지만 파제트는 최근의 불행에서도 전혀 낙심하지 않은 채 강경한 조치를 역시 강력히 밀고 나갔다. 파제트도 물론 제 고집이 있을 것이다. 그는 경찰서로 분주히 돌아다녔으며, 전보도 몇 통 보냈으며, 영국과 네덜란드 관료들을 떼거리로 끌어들여 위스키다 소다수다 마셔대면서 내 비용을 마구 낭비했다.

우리는 그날 저녁 밀레이의 대답을 들었다. 그는 내 최근의 비서에 관한 일은 알지도 못한다는 것이다! 그 상황에서 끄집어낼 수 있는 한순간의 위안거리가 딱 한 가지 있었다.

파제트에게 말했다.

"어쨌든, 자네에게 편견을 가진 것은 아닐세. 자네는 그저 극도로 불쾌한 비난을 한 가지 받은 것뿐이야."

나는 그가 주춤하는 것을 보았다. 그것이 내가 올린 단 하나의 성과였다.

그 뒤.

파제트는 제 세상을 만난 듯했다. 그의 두뇌는 확실히 눈부신 아이디어들로 번쩍번쩍 빛났다. 그는 이젠 아예 레이번을 다름 아닌 그 유명한 '갈색 옷을 입은 사나이' 바로 그 사람이라고 단정 지었다. 아마 그가 옳으리라. 대개 그러했으니까. 하지만, 이 모든 것이 점점 불쾌해지기 시작했다. 로디지아에 빨리 도착하면 할수록 더 좋겠다.

내가 운을 뗐다.

"여보게, 친구, 자네도 알겠지만, 자네는 여기 현장에 남아 있어야만 하네. 자네는 한시라도 빨리 레이번의 신원을 확인해야 할 필요가 있잖나. 그리고 그 외에도 나는 영국의 하원의원으로서 위엄을 염두에 두지 않을 수 없네. 그러니, 최근에 거리에서 상스럽게 요란한 싸움을 벌인 것을 척 보면 알 수 있는 그러한 비서와는 동행할 수 없는 노릇이네."

파제트가 움찔했다. 그는 자기 외모가 자신에게 고통이며 고민거리가 되는 그토록 고상한 친구였다.

"그렇지만 전보들과 주인님의 말을 구술 받는 건 어떻게 하실 작정이십니까, 유스터스 경?"

"내가 어떻게든 해보겠네." 내가 경쾌하게 말했다.

"주인님이 쓰실 별실 객차는 수요일인 내일 아침 11시발 기차에 연결될 예정입니다."

파제트가 계속해서 말했다.

"만반의 준비를 다 갖추어 놓았습니다. 블레어 여사는 하녀를 데리고 갈 건지요?"

"블레어 여사라니?" 나는 숨이 가빠졌다.

"주인님이 자리를 하나 주셨다고 여사께서 제게 말하던데요."

지금 생각해 보니 그랬던 것 같다. 가장무도회 날 밤에 말이다. 나는 그녀에게 오라고 재촉까지 한 터였다. 하지만 그녀가 진짜로 그럴 줄은 꿈에도 몰랐다! 그녀는 즐거울지 모르지만, 로디지아를 오가면서 블레어 여사를 줄곧 상대하는 것을 내 진정 원하고 있는지 어떤지는 나도 모르겠다. 여자들이란 한도 끝도 없이 주의를 요구한다. 그들은 때로는 지독하게 남의 방해가 된다.

"또 달리 내가 청한 사람이 있는가?" 내가 초조하게 말했다.

사람들은 거나하게 취한 순간 그와 같은 짓을 저지르는 법이다.

"블레어 여사는 주인님이 레이스 대령도 마찬가지로 청하셨으리라고 생각하는 것 같았습니다."

"내가 레이스 대령을 청했다면 그건 무지무지 취했던 게 틀림없어. 꼭지가 완전히 돌았던 게야. 내 충고를 듣게나, 파제트. 자네 멍든 눈을 보아서라도 명심하게. 다시는 부어라, 마셔라의 법석에 끼어들지 말게."

"주인님도 아시다시피 저는 절대금주가이잖습니까, 유스터스 경."

"그 점만 가지고도 약하다면 금주를 맹세하는 건 더욱 현명한 일이지. 또 달리 청한 사람은 없는 것 같은데, 그런가, 파제트?"

"제가 알기로는 없습니다, 유스터스 경."

나는 안도의 한숨을 내쉬었다.

"베딩펠드 양이 있구먼." 나는 생각을 더듬으며 말했다.

"그녀가 뼈를 발굴하러 로디지아로 가기를 원할 것 같은데. 그녀에게 임시로 비서직을 권해 볼 생각이야. 내가 알기론 그녀는 타이프도 칠 줄 안다고 했어. 본인이 내게 그렇게 말했거든"

놀랍게도 파제트는 그 생각에 맹렬히 반대했다. 그는 앤 베딩펠드를 좋아하지 않는다. 눈에 시퍼런 멍이 든 그날 밤 이후로 그녀가 화제에 오르기만 하면 그는 억제할 길 없는 감정을 노출시킨다. 요즈음 파제트는 수수께끼투성이다. 그는 불쾌하겠지만, 나는 그 아가씨를 청할 참이다.

내가 전에도 이야기했지만, 그녀는 끝내주게 미끈한 다리를 가지고 있다.

제15장

(앤의 이야기가 다시 시작됨)

　내가 살아 있는 한 테이블산(山)을 처음 대한 광경은 잊을 수 있을 것 같지 않다. 나는 매우 일찍 일어나 상갑판에 올라갔다. 나는 그것이 아주 나쁜 규칙 위반인 줄 뻔히 알면서도 그리로 갔는데, 혼자 떨어져 있기 위해서는 뭔가 과감한 결단을 내려야만 했던 것이다. 배는 아주 순조롭게 테이블만으로 나아가는 중이었다. 양털구름이 테이블산에 드리워져 있었다. 바닷가 기슭 아래쪽에는 고요한 마을이 아늑하게 자리 잡고 있었는데, 아침 햇살을 받아 금빛으로 황홀하게 빛나고 있었다. 그 광경은 나로 하여금 한숨짓게 만들었으며, 사람들이 뭔가 너무나도 아름다운 것과 접하게 되었을 때 사람들을 사로잡는 기이하게 허기진 고통이 마음 깊숙이 솟구쳤다.

　나는 이러한 것들을 표현하는 데 익숙하지는 않았지만, 내가 리틀 햄슬리를 떠난 이후로 여태껏 찾아 헤맨 것을, 아무리 한 순간 스쳐 지나가는 것이었어도 즉각 발견했다는 것을 알고도 남음이 있었다. 뭔가 새로운 것, 지금까지 꿈도 꾸어 보지 못한 어떤 것이 로맨스를 갈망하는 나의 허기진 마음을 채워 주었다. 내게는 그렇게 느껴졌던 완전한 정적 속에서, 킬모든호는 소리 없이 가까이 더 가까이 나아갔다. 여전히 꿈결 같았다. 여느 몽상가들이나 진배없었지만, 나는 내 꿈을 간직하고만 있진 않았다. 우리 딱한 인간들은 아무것도 잃지 않으려고 몹시 애를 태운다.

　여긴 남아프리카야. 나는 속으로 부지런히 되뇌었다.

　남아프리카야, 남아프리카라고. 넌 바야흐로 세상에 눈뜨려하고 있어. 이것이 세상이야. 넌 그것을 보고 있는 거야. 생각해 봐, 앤 베딩펠드, 얼간이 같으니. 넌 세상을 보려 하는 거야.

나는 상갑판을 혼자 차지하고 있다고 생각했으나, 내가 서둘러 그 도시로 다가가 정신을 빼앗기고 있을 때 이미 또 다른 모습이 난간에 기대 서 있는 것이 이제야 눈에 들어왔다. 그가 머리를 돌리기도 전에 나는 누구인지 알았다. 평화스런 아침 햇살 속에서 어젯밤 일은 실제로 일어났던 것 같지 않고 연극이었던 것만 같았다. 그는 나를 뭐로 생각하고 있을까? 내가 한 말을 실현한다고 생각하니 얼굴이 후끈 달아올랐다. 그런 뜻으로 한 말은 아니었는데 ―아니, 사실은 그랬던가?

나는 머리를 단호하게 돌리고서 테이블산을 애써서 응시했다. 만일 레이번이 혼자 있고 싶어서 여기에 올라왔다면 적어도 나를 드러냄으로써 그를 방해할 필요는 없는 것이다.

그러나 대단히 놀랍게도, 내 뒤에서 갑판을 걸어오는 소리가 가볍게 들리면서 그의 목소리가 상쾌하고도 자연스럽게 다가왔다.

"베딩펠드 양?"

"예?" 내가 뒤를 돌아봤다.

"당신에게 사과하고 싶습니다. 지난밤에는 정말 무례하게 굴었던 것 같습니다."

"그 밤은, 유별난 밤이었잖아요." 내가 허둥대며 말했다.

그것은 그리 명쾌한 대답은 아니었지만, 내가 생각해 낼 수 있는 오직 단 한 가지의 말이었다.

"나를 용서해 주시겠습니까?"

나는 말없이 손을 내밀었다.

그가 내 손을 꼭 쥐었다.

"또 다른 할 말이 있습니다." 그의 진지함이 깊이를 더해 갔다.

"베딩펠드 양, 당신은 모르겠지만 당신은 무척 위험한 일에 휘말려 있습니다."

"대충 정보를 많이 입수했어요." 내가 말했다.

"아니오, 그렇지 않습니다. 당신은 알 리가 없어요. 나는 당신에게 경고해 주는 겁니다. 모든 일에서 손을 떼십시오. 당신과는 실제로 아무런 상관도 없는 일이고요. 호기심 때문에 당신을 다른 사람의 일에 빨려들게끔 내버려 두지는 마십시오. 그래서는 안 돼요. 제발 또다시 화를 내지는 마시고, 나에 대해서 하는 말이 아닙니다. 당신은 자신이 어떤 일에 직면하고 있는지조차도 모르고 있어요. 그 사람들은 무슨 일이든 서슴지 않습니다. 그들은 철저하게 무자비합니다. 당신은 이미 위험에 처해 있어요. 지난밤 일만 해도 그래요. 그들은 당신이 뭔가를 알아채지 않았나 생각하고 있습니다. 단 한 가지 길은 그들이 실수했다고 그들에게 깨닫게 하는 겁니다. 그렇지만 부디 주의하시고, 언제나 위험을 조심하세요. 그리고 나를 봐요, 언제라도 그들의 손아귀에 들어갔을 경우 빠져나갈 생각일랑 하지 말아요. 전부를, 사실대로 털어놓으시고요. 그 길만이 살 길입니다."

"당신은 저를 오싹하게 만드시는군요, 레이번 씨."

내가 어느 정도 진실성을 담고서 말했다.

"어째서 당신은 제게 경고하시는 괴로움을 짊어지시는 거죠?"

그는 몇 분간 침묵하더니 낮은 목소리로 말했다.

"내가 마지막으로 당신에게 베풀 수 있는 거요. 내가 육지에 내리면 괜찮겠지만……, 그렇지만, 나는 내릴 수가 없을 것 같습니다."

"뭐라고요?" 내가 소리쳤다.

"당신도 알다시피 승선한 사람 중에서 내가 갈색 옷을 입은 사나이라는 사실을 아는 사람은 당신뿐만이 아닌 것 같습니다."

"제가 말했다고 생각하신다면……." 내가 들떠서 이야기했다.

그는 웃으면서 나에게 다시 말을 계속했다.

"당신을 의심하는 게 아닙니다, 베딩펠드 양. 내가 한 순간이라도 그렇게 말했다면 나는 거짓말을 한 겁니다. 그게 아닙니다. 하지만 승선한 사람 중에서 모든 사실을 다 아는 사람이 딱 한 사람 있습니다. 그가 입을 열기만 하면 마찬가지로, 나는 그가 입을 못 열도록 하는, 흥하느냐 망하느냐의 기회를 엿보고 있습니다."

"왜지요?"

"왜냐하면, 그는 단독 행동을 즐기는 사람이기 때문입니다. 경찰이 내게 들이닥쳤을 때는 난 더 이상 그에게 손을 쓸 수가 없게 되겠죠. 아직은 도망갈 수 있을 거예요! 자, 한 시간이면 판가름납니다."

그는 도리어 비웃는 듯했지만 나는 그의 얼굴이 굳어 있는 것을 보았다. 그가 운명을 걸고 도박을 한다면 그는 훌륭한 도박꾼이다. 그는 패하고도 미소를 지을 것이다.

"어쨌든 간에 나는 우리가 다시 만나게 되리라고는 생각지 않소."

그는 가볍게 말했다.

"아니요. 전 그렇게 생각하지 않아요." 나는 천천히 말을 했다.

"그럼, 잘 가시오."

"안녕히."

그는 내 손을 꼭 잡고서 호기심에 가득 찬 빛나는 눈동자로 잠깐 동안 내 눈을 태울 것처럼 뚫어지게 바라보더니 황급히 몸을 돌려 내 곁을 떠났다. 갑판을 낭랑하게 울리는 그의 발걸음 소리가 들렸다. 그 소리는 울리고 또 울렸다. 나는 그 소리가 언제까지라도 귓가에 맴돌 것만 같았다.

발걸음 소리—드디어 내 삶에서 사라져 버리고 말았다.

나는 그다음 두 시간은 솔직히 즐기지 못했다는 것을 시인할 수 있다. 관계 당국의 번거로운 순서가 요구하는 대부분의 우스꽝스럽고 형식적인 절차를 마치고 부둣가에 서서야 비로소 다시 한 번 자유로이 숨을 내쉴 수 있었다. 어떠한 종류의 체포도 없었거니와, 아름다운 날임을 느끼게 되자 몹시 배가 고팠다. 나는 쉬잔에게로 갔다. 하여튼 나는 그녀와 호텔에서 밤을 보낼 것이다. 내일 아침까지는 배는 포트엘리자베스(케이프타운과 더반 중간에 있는 항구도시)와 더반으로 떠나지 않는다. 우리는 택시를 잡아타고 마운트 넬슨 호텔로 갔다.

날씨는 너무도 기막혔다. 태양도, 공기도, 꽃까지도! 1월 달의 리틀 햄슬리의 무릎까지 휘감기는 진흙, 기필코 내리고야 마는 비를 생각하고서 나는 기쁨에 들떠 내 어깨를 감싸 안았다. 쉬잔은 그렇게까지 열광적이지 않았다. 그녀는 물론 여행을 무척 많이 해봤으며, 그 외에도 그녀는 식전부터 흥분할 타입이 아닌 것이다. 내가 커다란 푸른 삼색메꽃을 보고 열광하는 소리를 지르자 그녀는 나를 엄하게 야단쳤다.

잠깐, 나는 지금 이 시점에서 지금부터의 이 이야기는 남아프리카 얘기가 아니라는 것을 명백히 밝히고자 한다. 매 페이지마다 6개 정도의 단어들이 결코 순수한 지방색만은(여러분들도 그러한 것을 알 것이다) 아니라는 점을 밝힌다. 나는 그것을 무척 좋아하지만 그것을 쓸 수는 없다.

남양제도(南洋諸島)에서는 여러분은 당연히 즉시 '베시 드 메르(뉴기니와 주변 제도에서 공통으로 통용되는 영어를 주체로 한 혼성어)'를 언급할 것이다. 나는 '베시 드 메르'가 뭔지 모르며 여태까지도 몰랐고 앞으로도 모를 것이다. 한두 번 추측해 본 적은 있었으나 틀리게 추측했다. 남아프리카에서 여러분은 즉시 '스툽(남아프리카의 집 앞의 툇마루식 베란다)'에 대한 이야기를 시작하리라는 것을 나는 안다. 나는 스툽이 뭔지 모르지만, 그것은 집 주위를 둘러싸고 있는 것으로, 당신은 거기에 앉을 수도 있다. 여러 다른 나라에서 그것은 '베란다, 피아차, 하하'로 불린다. 그리고 또 '포포'라는 게 있다. 나는 포포에 관해 여러 번 읽어 본 적이 있다. 나는 그것이 어떤 것인지를 금방 알아차렸는데, 아침식사로 그것이 내 앞에 하나 털썩 내려 놓였기 때문이다. 나는 처음엔 그것이 썩은 멜론인 줄 알았다. 네덜란드인 여사환이 나에게 설명해 주면서 레몬주스와 설탕을 넣어 다시 한 번 마셔 보라고 설득했다. 나는 포포를 보게 되어 매우 기뻤다. 나는 언제나 그것을 막연히 훌라훌라와 연관 짓곤 했는데, 틀렸는지는 모르지만, 그것이 하와이 아가씨들이 춤출 때 두르는 밀짚 스커트일 거라는 생각이 든다. 아니다. 내가 틀린 것 같다. 그것은 '라바라바'다.

하여튼, 이 모든 것들이 영국을 떠난 이후에 알게 된 것으로 매우 고무적이었다. 사람들이 베이컨 일색의 아침을 먹고 책값을 지불하러 머리부터 점퍼를 껴입고 밖으로 나가는 것을 생각해 볼 때, 우리의 냉랭하고 타성에 젖은 섬 생활이 이런 것들로 인해 더욱 밝아지리라는 생각을 하지 않을 수 없었다.

쉬잔은 아침식사를 마치면 자그마한 조련사가 되었다. 나는 홀딱 반하게시리 테이블만이 바로 보이는 그녀의 옆방을 배정받았다. 쉬잔이 미안용(美顔用) 화장 크림을 찾아 샅샅이 뒤지는 동안 나는 경치를 바라보았다. 그녀가 그것을 발견하여 즉시 얼굴에 바르기 시작하면, 그제야 내 말을 들을 수 있는 자세가 된다.

"유스터스 경을 보셨어요?" 내가 물었다.

"아침 먹으러 우리가 들어갈 때 그가 식당을 걸어나오던데요. 그는 썩은 생선 같은 걸 먹었는지, 급사장에게 자기가 느낀 바를 막 이야기하고는 복숭아를 바닥에 내동댕이치지 뭐예요—그것이 얼마나 딱딱한가를 보여 주려고. 그런데, 그가 생각한 만큼 그렇게 딱딱하진 않았는지 뭉그러져 버렸지 뭐예요."

쉬잔이 싱긋 웃었다.

"유스터스 경은 나보다 일찍 일어나는 것을 더 이상 좋아하지 않나 봐. 그런데 앤, 파제트 씨 봤어? 통로에서 나는 그를 스쳐 달려갔었어. 눈에 멍이 들었더군. 그가 무엇을 할 수 있었을까?"

"저를 배 밖으로 떼밀려고 했다고요." 나는 태연하게 말했다.

그 말은 그렇게 훌륭하지 못했다. 쉬잔은 콜드크림을 반쯤 바른 얼굴을 쳐들고서 자세한 이야기를 재촉했다. 나는 그녀에게 그 이야기를 들려주었다.

"점점 더 아리송해지는군." 그녀가 외쳤다.

"나는 유스터스 경에게 들러붙어 손쉬운 일이나 해볼까 생각했었고, 앤은 에드워드 치케스터 목사와 톡톡히 재미를 보게 될 거라고 생각했었는데 이젠 결코 그런 것 같지만도 않으니. 파제트가 어느 어두컴컴한 날 밤에 날 기차 밖으로 떨어뜨리거나 말았으면 좋겠는데."

"부인에겐 여전히 아무 일도 없을 거예요. 하지만, 만일 그런 최악의 사태가 벌어지면 부인 남편한테 전보는 쳐 드릴게요."

"그러니까 생각나는 게 있는데, 전보용지 좀 건네줘요. 자, 뭐라고 하지? '스릴 만점의 미스터리에 말려들었으니 나에게 즉시 1천 파운드를 보내 줘요, 쉬잔.'"

나는 그녀로부터 용지를 건네받아서는 그녀에게 'the'나 'a' 같은 것은 빼도 된다고 지적하고 나서, 그녀가 공손한 것에 괘념치 않는다 하더라도 가능하면 'please'라는 말은 넣었으면 한다고 했다. 쉬잔은 돈 문제에 있어서는 더할 나위 없이 무모한 것 같았다. 경제에 대한 나의 조언을 경청하는 대신, 그녀는 세 마디를 덧붙였다.

'직접 무궁무진 즐깁니다.'

쉬잔은 친구들과 점심 약속이 있는데, 11시에 그들이 호텔로 와서 그녀를 데려가기로 되어 있다. 나는 홀로 내 계략과 씨름하도록 남겨졌다. 나는 호텔의 지상부를 죽 걸어가서 시가전차 철로를 건너 주도로(主道路)에 닿을 때까지 그늘진 서늘한 큰길을 따라 걸었다. 나는 어슬렁거리며 경치를 감상하며, 햇빛과 꽃과 과일을 파는 상인들을 두루 살펴보았다. 나는 또한 어디에 가면 가장 맛있는 아이스크림 소다수를 파는지도 알아냈다. 결국 나는 6페니짜리 복숭아 한 바구니를 사들고 호텔로 되돌아왔다.

놀랍고도 기쁘게, 편지가 나를 기다리고 있는 것을 발견했다. 박물관장으로부터 온 것이었다. 그는 내가 킬모든호에서 내렸다는 소식을 접했는데, 신문 사교란에 내가 고(故) 베딩펠드 교수의 딸이라고 씌어 있었다고 한다. 나의 아버지와는 약간 안면이 있는 사이인데, 아버지를 무척 존경한다는 것이다. 그는 내가 호텔을 나와서 무이첸베르크에 있는 자기네 빌라에서 함께 차라도 마시면 자기 마누라가 무척 기뻐할 것이라고 했다. 그는 내가 그곳에 찾아갈 수 있도록 약도까지 그려 주었다.

가없은 아버지가 아직도 기억되고 높이 평가되고 있다는 생각을 하니 기뻤다. 나는 케이프타운을 떠나기 전에 개인적으로 박물관을 둘러볼 수 있도록 안내를 받을 거라고 짐작은 했지만, 곧 그 생각을 과감히 떨쳐 버렸다. 대다수 사람들에게 그것은 대접이 되겠지만, 그런 것에 낮이고 밤이고 길들여져 있다면 그리 대단한 것은 못 된다.

나는 가장 근사한 모자를 쓰고(쉬잔이 버린 것 중 하나) 구김살이 제일 덜한 하얀 린넨 옷을 입고서 점심을 먹고 난 뒤 막 출발했다. 나는 무이첸베르크로 가는 급행열차를 잡아타고 30분 뒤에 그곳에 도착했다. 기분 좋은 여행이었다. 기차는 테이블산을 밑에서부터 천천히 돌아 올라갔으며, 어떤 꽃들은 정말 아름다웠다. 나의 지리 실력은 형편없어서 케이프타운이 반도상에 위치해 있다는 것을 완전히 이해하지 못했다. 결과적으로 기차에서 내리자 내가 다시 한 번 바다와 마주 보고 섰다는 사실에 적이 놀랐다.

넋을 잃을 정도로 완벽한 수영 모습이 눈에 띄었다. 사람들은 둥글고 짤막한 서핑 보드를 가지고 있었는데, 그것을 띄워 파도 위를 떠다녔다. 차를 마시러 가기엔 무척 이른 시간이었다. 나는 임시로 서핑 보드를 만들어서 그들이 나에게 파도타기용 보드가 있느냐고 물을 때마다, "그럼요, 쓰세요."라고 말했다. 파도타기는 별로 대수로워 보이지 않았다. '그러나 그렇지만도 않았다.'

더 이상 언급하지 않겠다. 나는 화가 치밀어서 두꺼운 판자를 내동댕이쳤다. 그럼에도 불구하고 나는 다시금 덤벼들어 또 한 번 시도했다. 내가 질 리가 없다. 실수를 거듭하고서야 나는 서핑 보드를 타고 제대로 나아갈 수 있었으며, 행복감에 젖어 열광하며 뛰어내렸다. 파도타기란 그런 것이다. 기세 좋게 저주를 퍼붓지 않으면, 바보같이 스스로 즐거워하는 것이다.

나는 약간의 우여곡절 끝에 빌라 메지를 찾아냈다. 그것은 다른 별장이나 빌라들과는 완전히 뚝 떨어져서 산기슭 위에 외따로 서 있었다. 벨을 누르자 만면에 미소를 띤 카피르인 소년이 나왔다.

"라피니 부인 계십니까?" 내가 물었다.

그는 나를 안으로 맞아들이고서 통로로 안내한 다음 문을 열어젖혔다. 막 들어가려는 찰나 나는 망설여졌다. 갑작스런 의혹을 느낀 것이다. 문지방으로 한 발을 내밀자 문이 내 뒤에서 확 닫혔다.

한 남자가 테이블 뒤의 의자에서 일어나 팔을 벌리고 앞으로 나왔다.

"당신에게 권하여 이곳을 방문케 한 것이 무척 기쁩니다, 베딩펠드 양."

그는 키가 큰 남자로 네덜란드인임이 틀림없었으며, 불타는 오렌지빛 턱수염을 기르고 있었다. 그는 박물관장 같은 느낌이 전혀 없었다. 내가 바보짓을 했다는 사실을 순식간에 실감했다.

나는 적의 수중에 들어 있는 것이다.

그것은 울며 겨자 먹기 식으로 《파멜라의 위기》를 떠오르게 했다. 6페니짜리 좌석에 앉아 2페니짜리 밀크 초콜릿을 좀더 자주 먹었더라면. 아니, 나에게 그 같은 일이 일어나기를 얼마나 열망했던가. 이제 보니 복수의 기회로 그런 일들이 나에게 일어났었구나. 그런데 막연히나마 내가 상상했던 것처럼 그렇게까지 즐겁지는 않았다.

영화에서는 이런 일들이 매우 잘 반영되어 있으며, 뻔히 해피엔드로 끝나게 되어 있는 것을 알고 있다. 그렇지만 실생활에서는 모험녀 안나가 불시에 세상을 하직하게 될지는 아무도 보장할 수 없는 것이다.

사실이다. 나는 궁지에 빠져 있다. 그날 아침 레이번이 해준 모든 말이 달갑지 않게 뚜렷이 되살아났다. 진실을 말하라고 그가 말했었다. 그래, 언제든지 그렇게 하겠어. 그렇지만 그것이 내게 도움이 될까? 우선 내 이야기가 받아들여질까? 그들은 내가 좀약 냄새가 나는 종이쪽지의 위력에서 필사적으로 탈피하려는 계책을 세운 거라고 생각지 않을까? 그것은 전적으로 황당한 이야기처럼 들렸다. 내가 냉정한 판단력을 갖고 있었을 때에는 멜로드라마조(調)의 멍청스러움 때문에 내 자신에게 저주를 퍼부었지만, 지금은 도리어 리틀 햄슬리의 정적인 따분함이 그리웠다.

이 모든 것이 실제로 이야기하는 것보다 시간이 덜 걸려 내 마음속을 꿰뚫고 지나갔다. 첫 번째로 시도한 나의 본능적인 동작은 뒤로 물러나 문을 열어보는 것이었다. 나를 포획한 자는 빙긋이 웃을 따름이었다.

"이곳에 왔으니까 여기 머무시오." 그가 경박하게 말했다.

나는 그 문제에 봉착해서 대담한 표정을 지으려고 최선을 다했다.

"나는 케이프타운 박물관장에게 초대받아 이곳에 왔습니다. 내가 실수했다면……."

"실수라고? 오, 그렇지. 대단한 실수지."

그가 거칠게 웃어젖혔다.

"무슨 권리로 나를 붙드시는 거죠? 경찰에 연락해서……."

"그렇지, 그래, 그렇고말고—조그만 애완용 강아지처럼." 그가 웃었다.

나는 의자 위에 앉았다.

"나는 당신이 위험스런 미치광이라고 결론을 내릴 수밖에 없군요."

내가 냉정하게 말했다.

"그래요?"

"내 친구들이 내가 어디에 갔는지 아주 잘 알고 있다는 사실을 지적해 드리고 싶군요. 그리고 만일 내가 오늘 저녁까지 돌아가지 않는다면, 그들은 날 찾으러 올 거예요, 아시겠어요?"

"그러니까 당신 친구들이 당신이 어디에 있는지 알고 있다는 거군요, 그렇죠? 그들 중 누구 말인가요?"

그것은 해볼 만한 일이었다. 기회를 엿보려는 계산을 번개같이 해치웠다. 유스터스 경을 대볼까? 그는 유명 인사이므로 그의 이름은 영향력을 발휘할 것이다. 하지만 그들이 페제트와 접촉을 유지하고 있다면, 그들은 내가 거짓말을 한 줄 알게 될 것이다. 유스터스 경 이름은 안 대는 게 좋겠다.

"우선 블레어 부인을 들 수 있겠는데요. 나와 함께 묵고 있는 친구예요."

나는 가볍게 말했다.

"그런 것 같지 않은데."

포획자가 오렌지빛 머리를 흔들며 음흉하게 내뱉었다.

"오늘 아침 11시 이후로 그녀를 본 적이 없잖소. 그리고 아가씨는 점심시간에 이리로 오라는 메모를 받은 거고."

그의 말을 들어보면 그들이 얼마나 면밀히 내 행동 하나하나를 주시해 왔는지 알 수 있었지만, 그렇다고 싸워 보지도 않고 포기할 수는 없었다.

"굉장히 빈틈없으시군요. 설마 그 요긴한 발명품인 전화에 대해 들어보신 적은 있으실 테죠? 내가 점심식사 뒤에 방에서 쉬고 있을 때 블레어 부인이 내게 전화했어요. 나는 그때 그녀에게 오늘 오후에 어딜 가는지 죄다 말했다고요."

지극히 만족스럽게도, 그의 얼굴에 긴장의 그늘이 스쳐지나가는 걸 보았다. 그는 쉬잔이 내게 전화했을 가능성을 헤아리지 못하고 넘어간 것이 명백했다. 그녀가 진짜로 그랬다면 얼마나 좋았을까!

"이젠 됐소." 그가 일어서며 거칠게 말했다.

"나를 어떻게 하실 작정이세요?"

내가 계속 침착하게 보이도록 애쓰며 물었다.

"당신 친구가 당신을 찾아올 경우를 대비해서 당신이 더 이상 해를 입지 못하도록 가두겠소."

피가 잠시 차갑게 역류했으나 그의 다음 말이 나를 안심시켰다.

"내일 당신은 우리가 묻는 말에 대답을 해야 할 것이오. 대답을 들은 뒤에 우리는 당신을 어떻게 처리해야 할지 알게 될 것 같소. 내가 일러두겠는데, 젊은 아가씨, 우리는 고집쟁이 바보의 입을 열게 하는 방법을 다양하게 알고 있다오."

격려가 되지는 않았지만 최소한의 유예는 되었다. 내일까지는 시간이 있었다. 이 남자는 윗사람의 명령에 복종하는 아랫사람임이 분명했다. 그 윗사람이 파제트일 가능성은 없을까?

그가 부르자 두 명의 카피르인이 나타났다. 나는 위층으로 안내되었다. 버둥거렸지만, 나는 말을 못하게 재갈을 물리고 손발을 결박당했다. 그들이 나를 데리고 들어간 방은 지붕 바로 밑 다락방 같은 곳이었다. 먼지가 끼어 있었으며, 누군가가 거쳐 간 흔적이 있었다. 그 네덜란드 남자는 조롱조로 인사를 해 보이고서 문을 닫고 나갔다.

나는 어떻게 해볼 도리가 없었다. 할 수 있는 대로 힘껏 돌리고 비틀어 보았지만 눈곱만큼도 손을 풀 수가 없었으며, 재갈이 물려 있어 소리도 지를 수 없었다. 우연히 누군가가 이 집으로 들어올 가능성이 있다 하더라도 내겐 그들의 주의를 끌 방도가 전혀 없었다. 아래에서 문이 닫히는 소리가 들려왔다. 그 네덜란드 남자가 나간다는 증거였다.

아무것도 할 수 없다는 것은 미칠 노릇이었다. 나는 다시 한 번 결박을 풀어 보려고 힘을 주어 봤지만 매듭은 끄덕도 하지 않았다. 나는 마침내 포기하고서 기절했거나 잠에 떨어졌나 보다. 깨어나자 온몸이 욱신거렸다. 이젠 아주 어두워져서 틀림없이 밤이 깊었나 보다고 판단을 내렸는데, 달 또한 하늘 높이 떠서 칙칙한 천장을 뚫고서 그 빛을 발하고 있었다. 재갈 때문에 반쯤 기절할 것만 같았으며, 몸이 뻣뻣해져 와서 그 고통을 견디기가 어려웠다.

구석에 놓여 있는 깨진 유리 조각에 내 시선이 머문 것은 바로 그때였다. 달빛이 바로 그 위로 비스듬히 비춰서, 그것이 빛을 받자 내 시선을 끌어당긴 것이다. 그것을 물끄러미 바라보고 있자니 머릿속에 기막힌 생각이 떠올랐다.

팔과 다리는 쓸 수 없었지만 몸을 구부릴 수는 있었다. 느릿느릿 서툴게 움직여 보았다. 그것은 쉬운 일이 아니었다. 뿐만 아니라 손으로 얼굴을 보호할 수 없었으므로 극도로 고통스러웠으며, 한쪽 방향으로 나아가는 일 역시 대단히 어려웠다.

나는 내가 가고자 하는 방향을 빼놓고 나머지 방향으로만 굴러가는 경향이 있었다. 그렇지만 끝끝내 내 목적물 바로 맞은편으로 다가갔다. 그것은 거의 내 묶인 손과 맞닿아 있었다. 그때까지도 조금도 쉽지는 않았다. 몸부림친 끝에 깨진 유리 조각을 벽에다 쐐기로 박아 넣어 묶인 끈을 위아래로 문지르게끔 방향을 잡는 데 무한정의 시간이 흘렀다. 그것은 길고도 가슴이 찢어질 듯한 작업이어서 거의 절망에 빠졌지만, 결국에 가선 내 손목을 조르는 끈을 문질러 끊어내는 데 성공했다. 나머지는 시간문제였다. 먼저 손목을 기운차게 문질러 줌으로써 피의 순환을 회복시키자 입의 재갈은 곧 풀 수가 있었다. 한두 번 크게 숨 쉬자 많이 좋아졌다.

금방 마지막 매듭을 풀었지만 그때까지도 발로 서기엔 시간이 좀 걸렸고, 마침내 꼿꼿이 서서 혈액순환을 원활히 하기 위하여 팔을 앞뒤로 흔들면서, 무엇보다도 먹을 것을 손에 넣었으면 하고 바랐다. 15분쯤 지나자 원기가 회복되었음을 확인했다. 나는 소리가 나지 않도록 발끝으로 걸어 문으로 갔다. 바랐던 대로 문은 잠겨 있지 않고 빗장만 걸려 있었다. 나는 빗장을 벗기고 조심스럽게 밖을 엿보았다.

정적이 감돌았다. 달빛이 창으로 새어 들어와 카펫이 깔려 있지 않은 먼지 낀 계단을 비춰 주었다. 나는 조심조심 기어 내려갔다. 여전히 아무 소리도 들리지 않았다. 하지만 아래에 내려서자 중얼거리는 소리가 희미하게 들려왔다. 나는 얼마 동안 죽은 듯이 그곳에 멈춰 섰다. 벽에 걸린 시계가 자정이 지났음을 뚜렷이 알려 주었다.

내가 더 밑으로 내려가 내달릴 경우 감수해야 될 위험에 대해서는 충분히 인식하고 있었으나, 호기심을 억누를 수가 없었다. 극도로 신중을 기하면서 나는 모험할 태세를 갖추었다. 나는 마지막 계단을 사뿐히 기어 내려와서 네모반듯한 홀에 우뚝 섰다. 주위를 둘러보았다. 그러고 나서 숨을 죽였다. 카피르인 소년이 홀 문가에 앉아 있었다. 그는 나를 보지 못했는데, 그의 숨소리를 듣고서 그가 깊이 잠든 것임을 금방 눈치 챌 수 있었다.

이쯤에서 그만둘까, 아니면 계속할까? 어떤 목소리가 내가 이 집에 오자마자 들어갔던 방에서 새어나오고 있었다. 한 목소리는 네덜란드인의 목소리이고, 다른 목소리는 그 순간에는 분간하지 못했지만 어렴풋하게나마 귀에 익은 듯했다. 결국에 가서 나는 들을 수 있는 말은 몽땅 다 들어두는 것이 나의 임무라는 판단을 깨끗이 내렸다. 카피르인 소년을 깨울지도 모르는 위험을 무릅써야 했다. 나는 발소리를 죽이고 홀을 건너가서 서재 문가에 무릎을 꿇고 앉았다. 잠깐 동안은 더 잘 들리지 않았다. 목소리는 더 커졌지만, 그들이 하는 말이 무슨 소린지 종잡을 수가 없었다.

나는 귀 대신 눈을 열쇠구멍에 갖다 댔다. 추측컨대 이야기하는 사람 중 하나는 덩치 큰 네덜란드 남자였다. 다른 남자는 내 시야 밖에 앉아 있었다. 갑자기 그는 한잔 마시려고 일어났다. 검은 옷을 입은 단정한 뒷모습이 시야에 들어왔다. 그가 빙그르르 돌기도 전에 나는 그가 누군지 알아차렸다.

치케스터! 이제야 나는 말을 알아들을 수 있었다.

"그래도 위험해. 그녀 친구들이 그녀를 쫓아오지는 않을까?"

덩치 큰 남자의 말이었다.

치케스터가 그에게 대답했다. 그는 성직자인 체하는 목소리를 완전히 벗어던졌다. 내가 감 잡지 못했던 것이 하나도 놀랄 일이 아니다.

"몽땅 엄포라고 그들은 그녀가 어디 있는지 감히 상상도 못 할걸."

"그녀는 매우 자신을 갖고 얘기하던데."

"그럴 테지. 내가 그 점을 조사했는데, 우리는 아무것도 두려워할 것이 없어. 어쨌든 대령의 명령이니까. 설마, 자네 그들과 대항할 속셈은 아니겠지?"

네덜란드 남자는 뭔가 볼멘소리를 냈다. 나는 그것이 경솔한 행동이라고 판단 내렸다.

"왜 그녀 머리를 치지 않았지? 간단하잖아. 배는 계속 대기 상태고, 그녀를 바다로 내보낼 수 있잖아."

그가 씩씩거렸다.

"그래." 치케스터가 생각에 잠겨 말했다.

"그게 바로 내가 해야 할 일이지. 그녀는 너무 많이 알고 있어. 그것은 확실해. 하지만 대령은 단독 행동을 좋아하지 않는 사람이 되어놔서, 아무도 그렇게 할 수는 없지."

자신이 한 말 중에, 뭔가가 그를 초조하게 하는 기억을 일깨운 듯했다.

"그는 이 여자에게서 어떤 정보를 얻으려 하고 있어."

그는 '정보'라고 말하기 전에 잠시 말을 중단했는데, 네덜란드 남자가 그 점을 재빨리 간파했다.

"정보 말이야?"

"그런 거지."

다이아몬드로군. 나는 속으로 생각했다.

치케스터가 말을 이었다.

"자, 그럼, 리스트를 이리 주게."

한동안 그들의 대화는 종잡을 수 없는 것들이었다. 그것은 마치 물량이 큰 야채 거래처럼 느껴졌다. 날짜가 언급되고, 가격과 그 외에 내가 모르는 장소들이 나열되었다. 그들이 검토와 계산을 마친 것은 무려 30분이나 지나서였다.

"좋았어."

치케스터가 말하고 나자 뒤이어 의자를 뒤로 끄는 듯한 소리가 났다.

"대령이 이것을 봐야 하니까 가지고 가겠어."

"언제 떠날 건가?"

"내일 아침 10시면 되겠는데."

"떠나기 전에 아가씨를 보려나?"

"아니야. 대령이 오기 전에는 그 누구도 봐서는 안 된다는 엄격한 지시가 있었어. 그녀는 잘 있지?"

"저녁 먹으러 들어왔을 때 그녀한테 올라가 봤어. 자는 것 같더군. 음식은 어떻게 하지?"

"좀 굶는다고 해서 해 될 건 없어. 내일쯤 대령이 이리로 올 거야. 배가 고프면 대답이 술술 더 잘 나오겠지. 그때까지는 아무도 그녀 근처에 얼씬하지 않는 게 좋을 거야. 단단히 묶여 있겠지?"

네덜란드 남자가 웃었다.

"어떨 것 같아?"

그들 둘 다 웃었다. 나 역시 숨을 죽이며 웃었다. 그러자 방에서 나는 소리로 미루어 그들이 방을 막 나오려 하는 것 같아, 나는 급히 몸을 숨겼다. 나는 제때에 시간을 맞춘 것이다. 내가 계단 꼭대기에 올라섰을 때 문이 열리는 소리가 들렸으며, 동시에 카피르인 소년이 움직이면서 활동을 개시했다.

홀을 지나 내가 물러난 것을 그들은 감히 생각지도 못했다. 나는 신중을 기하며 다락으로 되돌아와서 끈을 모아 나를 대충 묶고는 다시 마루에 누워, 그들이 재차 와서 날 보더라도 내가 그대로 있음을 믿게끔 했다.

하지만 그들은 그렇게 하지 않았다. 한 시간쯤 지나 계단을 기어 내려와서 보니 문가에 있는 카피르인 소년은 깨어 있는 채로 부드럽게 혼자서 콧노래를 부르고 있었다. 나는 이 집을 벗어나고 싶었지만 어떻게 해내야 할지 대책이 서지 않았다. 최종적으로 나는 다시 다락으로 돌아가기로 결심을 했다. 카피르인 소년은 밤새도록 망을 볼 것이 틀림없었다. 나는 이른 아침을 알리는 소리가 들릴 때까지 참을성 있게 그곳에 꼼짝 않고 있었다. 하인들이 홀에서 아침을 준비하고 있었다. 나는 계단 위로 흘러들어오는 그들의 목소리를 분명히 감지해 낼 수 있었다. 나는 완전히 무기력해졌다. 대관절 어떻게 해야만 이 집을 빠져나갈 수 있을 것인가?

나는 참아 보자고 스스로를 격려했다. 섣불리 행동하다가는 모든 것을 망칠 우려가 있다. 아침식사가 끝난 뒤에 치케스터가 떠나는 소리가 들렸다. 정말 안심스럽게도, 네덜란드인 남자가 그를 배웅하러 함께 나갔다.

나는 숨을 죽이고 기다렸다. 아침식사는 깨끗이 치워지고 있었다. 집안일들이 끝나가고 있다. 마침내 여러 가지 잡일들이 내는 소음이 가라앉은 듯했다. 나는 다시 한 번 내가 갇혀 있는 굴을 살짝 빠져나왔다. 극도로 조심하면서 계단을 살금살금 기어 내려왔다. 홀에는 아무도 없었다. 번개처럼 홀을 가로질러 빗장을 따고 햇빛 속으로 나왔다. 나는 신들린 사람처럼 자동차 도로를 뛰어내려 갔다.

일단 집 밖을 벗어난 순간부터 나는 평상시의 걸음걸이로 걸었다. 사람들이 나를 이상한 눈초리로 보았지만, 나는 개의치 않았다. 내 얼굴과 옷은 다락방에서 하도 뒹군 바람에 온통 먼지투성이일 것이다. 마침내 주차장에 도착했다. 나는 안으로 들어갔다.

"사고를 당했어요." 내가 설명을 했다.

"즉시 케이프타운으로 날 데려다 줄 차가 필요해요. 더반으로 가는 배를 타야 하거든요."

더 이상 지체할 시간이 없었다. 10분 뒤에 나는 케이프타운을 향해 달리고 있었다. 과연 치케스터가 배를 탔는지 알아둘 필요가 있었다. 나는 배를 타야 할지 말아야 할지 결정을 내리지 못하다가 결국 배를 타자는 쪽으로 마음을 굳혔다. 치케스터는 내가 자기를 무이첸베르크의 빌라에서 봤을 줄은 꿈에도 모를 것이다. 그는 의심할 여지없이 나를 더 큰 함정에 빠뜨리려 하겠지만, 나는 이미 미리 경고를 받은 터였다. 게다가 그는 내가 쫓고 있는 신비에 싸인 남자, '대령'이라는 인물을 위하여 다이아몬드를 찾고 있는 사람인 것이다.

아뿔싸, 빗나간 계획이여!

내가 부두에 도착했을 때 킬모든 캐슬호는 증기를 뿜어내며 막 출항한 직후였다. 치케스터가 그 배를 탔는지 안 탔는지 도무지 알 길이 없었다!

제16장

나는 호텔까지 차를 타고 왔다. 라운지에 내가 아는 사람이 하나도 없었다. 나는 위층으로 올라가 쉬잔의 방문을 두드렸다.

그녀의 목소리가, "들어와요." 하고 대답했다. 그녀는 나를 확인한 순간 문자 그대로 격렬하게 덤벼들 듯 내 목을 껴안았다.

"어머나! 앤, 어디 갔더랬어? 얼마나 걱정했는지 몰라. 여태 뭘 하고 돌아다녔지?"

"이상한 일을 당했어요."

나는 그녀에게 자초지종을 모두 털어놨다.

내가 말을 마치자 그녀는 깊은 한숨을 내쉬었다.

"그런 일들이 어째서 앤에게만 일어나는 거지?" 그녀는 애처롭게 물었다.

"어째서 나에게 재갈을 물리고 손발을 묶는 자는 아무도 없는 거야?"

"그들이 정작 그런 짓을 하면 좋지만은 않을 텐데요."

내가 그녀에게 자르듯 말했다.

"사실을 말씀드리면, 저 자신은 옛날처럼 모험을 즐기는 데 도저히 열을 올리고 싶지 않아요. 그러한 일은 아무리 사소해도 힘든 거니까요."

쉬잔은 믿지 않는 것 같았다. 한두 시간만 재갈을 물리고 손발을 묶여 있어 보면 금방 생각이 달라질 것이다. 쉬잔은 스릴은 좋아하지만 불편한 것은 질색한다.

"그러면 지금부터 우리는 뭘 해야 하지?" 그녀가 물었다.

"정말 모르겠어요." 나는 골똘히 생각하며 말했다.

"부인은 물론 여전히 로디지아로 떠나실 작정일 테고, 파제트를 감시해야 하니까……."

"그럼 앤은?"

그것이 바로 당면한 난제였다. 치케스터는 킬모든호를 탔을까, 안 탔을까? 그는 더반으로 가려는 당초 계획대로 일을 밀고 나갈 작정이었을까?

그가 무이첸베르크를 떠난 시간으로 따지자면 위의 두 가지 의문에 긍정적인 해답이 제시된다. 그게 사실이라면 나는 기차를 타고 더반으로 갈 수도 있으리라. 배가 그곳에 도착하기 전에 내가 먼저 도착할 방법이 없을까 궁리해 보았다. 반면에 내가 도망간 사실이 치케스터 귀에 들어가면, 또한 내가 케이프타운을 떠나서 더반으로 간다는 사실마저 전해진다면 그로 봐서는 포트엘리자베스나 이스트런던(포트엘리자베스 위쪽, 인도양에 면한 도시)에 배를 내리는 것보다 더 간단한 방법은 없으며, 그렇게 되면 나를 완전히 따돌릴 수 있게 된다. 정말 골치가 지끈거리는 문제였다.

"어쨌든 더반행 기차를 알아봐야 할 것 같군요." 내가 말했다.

"모닝 티(茶)를 마시기에 그리 늦은 건 아냐." 쉬잔이 말했다.

"라운지에 가서 마시도록 하지."

더반행 기차는 그날 밤 8시 15분에 출발한다고 여행사에서 말했다. 당장은 결정을 미뤄놓고, 다소 때늦은 감이 있긴 하나 11시 차를 마시러 쉬잔에게로 합세했다.

쉬잔이 물었다.

"앤은 치케스터를 다시 알아볼 수 있으리라 생각해? 그가 달리 변장하더라도 말이야?"

나는 침울하게 고개를 저었다.

"여승무원으로 변장했을 때처럼 알아보지 못할 거예요, 부인이 그려 주지 않는다면요."

"그 남자는 전문적인 연기자야, 나는 확신해."

쉬잔이 깊이 생각하며 말했다.

"그의 화장술은 기막혔어. 그는 어쩌면 운하공사 인부 같은 것으로 변장하고서 배를 내릴지도 몰라. 그렇다면 앤은 결코 알아내지 못할 거야."

"부인은 저를 꽤나 기운 나게 하시는군요." 내가 말했다.

바로 그 순간 레이스 대령이 유리문을 밀고 들어와 우리 좌석에 합석했다.

"유스터스 경은 뭘 하세요? 오늘은 그를 뵙지 못한 것 같아요."

쉬잔이 말했다.

다소 의아한 표정이 대령의 얼굴을 스치고 지나갔다.

"신경을 써야 될 일이 있었는데, 거기에 문제가 좀 생겨서 그 일 때문에 바쁜 모양입니다."

"무슨 일인지 얘기해 주세요."

"난 비밀을 누설해서는 안 됩니다."

"뭔지 얘길 해보세요. 말을 지어서라도요."

"그럼, 그 유명한 갈색 옷을 입은 사나이가 우리와 같이 배를 탔다는 사실을 어떻게 보십니까?"

"뭐라고요?"

나는 얼굴에서 피가 싹 가셨다가 다시 밀려옴을 느꼈다. 천만다행으로 레이스 대령은 나를 쳐다보고 있지 않았다.

"내 생각으로는 그건 사실입니다. 난 항구에서 그를 감시하고 있죠. 그는 페들러를 속여서 자기를 비서로 쓰게끔 만든 겁니다!"

"파제트 씨가 아니고요?"

"오, 파제트가 아니고, 또 한 사람 말입니다. 자칭 레이번이라 했죠."

"경찰은 그를 체포했나요?" 쉬잔이 물었다.

테이블 밑으로 그녀가 나를 안심시키는 뜻으로 손을 꼭 쥐었다. 나는 숨을 죽이고 대답을 기다렸다.

"그는 사라진 모양입니다."

"유스터스 경은 그 점을 어떻게 받아들이고 있죠?"

"결과적으로 자기를 향한 인신공격이라고 간주하십니다."

그 문제에 대한 유스터스 경의 견해를 우연찮게 들은 것이 그날 느지막하게 그대로 나타났다. 우리가 오후의 단잠에 빠져 있을 때 보이가 편지를 들고 와 우리의 잠을 깨웠다. 대강 훑어보니 그의 거실에서 우리와 함께 차를 들면 기쁘겠노라고 씌어 있었다.

그 가엾은 남자는 정말 비참한 지경에 놓여 있었다. 그는 우리에게 딱한 사정을 털어놓고 쉬잔의 동정 어린 위로를 받을 셈이었다(그녀는 그 방면엔 도사였다).

"처음엔 전혀 낯선 여인이 엉뚱하게도 내 집에서 살해되었습니다. 내 생각으로는 나를 괴롭히려고 고의적으로 한 짓 같습니다. 왜 하필이면 내 집입니까? 어째서 대영제국의 그 허다한 집을 놔두고 하필이면 밀 하우스 저택이란 말입니까? 내가 그녀에게 무슨 해코질 했길래 그 여잔 거기서 죽어 자빠져야만 했냐 그 말입니다."

쉬잔이 다시 동정을 표하는 소리를 터뜨리니까 유스터스 경은 더욱 침울한 어조로 이야기를 계속해 나갔다.

"그런데, 그것도 부족했는지 그녀를 죽인 그 작자는 기막힐 정도로 뻔뻔스럽게도 내 비서로 달라붙었던 말입니다. 내 비서라니, 젠장할! 비서라면 지긋지긋합니다. 더 이상 비서를 원치 않습니다. 살인사건을 숨기지를 않나, 길에서 싸움질을 안 하나. 파제트의 멍든 눈을 본 적이 있습니까? 필히 그랬을 겁니다. 그런 짓을 한 비서와 무슨 일을 같이 해나갈 수 있겠습니까? 게다가, 그의 얼굴은 노란 탱자 같았습니다. 도무지 멍든 눈과 어울릴 수 없는 색이었죠. 비서들과는 이젠 끝장입니다. 여자라면 또 몰라도, 해맑은 눈을 가진 참신한 아가씨로, 내가 실의에 빠져 있을 때 손을 잡아줄 수 있는 그런 사람이라면 말입니다. 앤 양, 어떠십니까? 그 직업에 한 번 도전해 보지 않으시렵니까?"

"선생님의 손을 얼마나 자주 잡아 드려야 될까요?" 내가 웃으며 물었다.

"하루 온종일이오."

유스터스 경이 힘차게 대답했다.

"전 그렇게 하고는 타이프를 칠 수 없어요."

내가 그를 일깨워 주었다.

"그건 문제가 되질 않아요. 이 모든 일 더미는 파제트의 생각에서 비롯된 것이니까. 그는 날 죽자하고 일을 시켜요. 나는 그를 케이프타운에 남겨 놓고 떠났으면 싶습니다."

"그는 뒤에 처지는 건가요?"

"그렇습니다, 그는 레이번을 추적하느라 온통 혈안이 되어 있죠. 파제트에겐 안성맞춤의 일이에요. 그는 음모 사건을 경애합니다. 난 진지하게 제의하는 거예요. 와주시겠습니까? 여기 있는 블레어 여사도 유능한 보호자이고, 또한 뼈를 발굴할 수 있게끔 자주 반일 근무를 할 수 있도록 배려하겠습니다."

"대단히 감사합니다, 유스터스 경." 나는 조심스럽게 말했다.

"그렇지만 전 오늘 밤 더반으로 떠날 생각입니다."

"자, 그렇게 고집쟁이 아가씨처럼 굴지 말아요. 로디지아에 가면 사자가 얼마나 많은데요. 사자를 좋아하게 될 거요. 모든 아가씨들이 다 그러하니까."

"사자들이 낮게 뛰는 연습을 할까요?" 내가 웃으며 물었다.

"대단히 감사합니다만, 저는 더반으로 가야만 하겠습니다."

유스터스 경은 나를 쳐다보면서 깊이 한숨짓더니, 옆방으로 통하는 문을 열고서 파제트를 불렀다.

"오후 낮잠을 충분히 잤다면, 여보게나, 기분 전환 삼아 일을 좀 해보지 않겠나?"

거이 파제트가 문지방에 모습을 나타냈다. 그는 우리 둘에게 고개 숙여 인사하더니, 나를 보고서 약간 놀라며 우울한 어조로 대답했다.

"오후 내내 회고록을 타이핑하고 있었습니다, 유스터스 경."

"그랬나, 그럼 그만 치게나. 무역중개 사무실엘 가든가, 아니면 농업국이나 광산 사무소, 아무튼 그런 데로 가서 로디지아에 동행할 만한 비서 아가씨가 있는지 알아봐 주게. 해맑은 눈을 가져야 하고, 내가 손을 잡더라도 뿌리치지 않을 사람으로 말일세."

"알았습니다, 유스터스 경. 유능한 속기 타이피스트가 있는지 알아보도록 하겠습니다."

"파제트는 심술궂은 친구야."

비서가 떠나자 유스터스 경이 말했다.

"그가 나를 속상하게 하려고 고의적으로 못생긴 괴물을 골라올 때를 대비해야겠어. 다리도 늘씬해야 하는데. 그 말 하는 걸 잊어버렸군."

나는 흥분하여 쉬잔의 손을 꼭 쥐고 끌다시피 하여 그녀의 방으로 갔다.

내가 말을 꺼냈다.

"저, 쉬잔, 우리는 계획을 짜야 해요, 서둘러서요. 파제트가 여기 남는다잖아요. 그 말 들었죠?"

"그래. 내가 생각하기에 그 말은 내가 로디지아로 갈 수 없다는 걸 의미하는 것 같아. 속상해, 로디지아에 가보길 그렇게도 원했는데. 얼마나 지루할까."

"기운을 내세요. 부인은 당연히 가시게 될 거예요. 부인이 마지막 순간에 정말로 의심받지 않고 손을 뗄 수 있는 방법이 뭔지를 모르겠어요. 그리고 그외에도 파제트가 갑자기 유스터스 경에 의해 불려갈지도 모르고, 그렇게 되면 여행이 끝날 때까지 그에게 들러붙어 있는 것이 훨씬 더 어려워질 거예요."

"수준작이 되긴 어렵겠군."

쉬잔이 보조개를 지어 보이며 말했다.

"용서를 비는 뜻에서 그에게 불가피한 정열을 보이는 체해야겠는데."

"반면에, 그가 도착했을 때 부인이 거기 있다 하더라도 그건 아주 자연스러운 거죠. 뿐만 아니라 우리는 나머지 두 사람을 감시하는 것에 쫄딱 실패하리라고는 생각하지 않아요."

"오, 앤, 설마 레이스 대령과 유스터스 경을 의심하는 건 아니겠지?"

"전 모두를 의심해요." 나는 침울하게 말했다.

"추리소설을 읽어 봐서 아시겠지만, 쉬잔, 악당은 언제나 가장 아닐 것 같은 사람이라는 점을 명심하셔야 해요. 범인들 대다수가 유스터스 경처럼 뚱뚱하고 쾌활한 사람이었어요."

"레이스 대령은 특별히 살이 찐 것도 아니고, 그렇다고 해서 특별히 유쾌하지도 않잖아."

"가끔은 구부정하고 음침한 사람일 수도 있어요." 내가 응수했다.

"전 그 두 사람을 심각하게 의심하는 것은 아니에요. 하지만 결국 유스터스 경 댁에서 여인이 살해되었고……."

"그래 그래, 다시 거론할 필요는 없지. 당신을 위해서라도 그를 지켜보겠어, 앤. 그가 살이 더 찌고 더 쾌활해지면 즉시 전보를 칠게. '유 경. 부풀어 올랐음. 극히 의심스러움. 즉시 오기 바람.'"

"농담마세요, 쉬잔. 당신은 이 모든 걸 한낱 게임으로 여기시는 것 같군요!" 내가 소리쳤다.

"나도 그렇다는 걸 알고 있어." 쉬잔이 태연하게 말했다.

"그렇게 보여서 말이야. 그건 당신의 과오야, 앤. 난 당신의 '모험을 즐기자'라는 정신에 물들었어. 그건 조금도 현실 같지 않아. 저런, 내가 무시무시한 범인들을 뒤쫓아 아프리카를 질주하고 있다는 걸 클레어런스가 안다면 아마 졸도할 거야."

"그분에게 그 점에 관해 전보를 치는 게 어때요?" 내가 놀리듯 말했다.

쉬잔의 유머 감각은 전보를 치는 일에 부딪치면 번번이 그 빛을 잃었다. 그녀는 내 제안을 순전한 우정으로 받아 들였다.

"그래야겠어. 굉장히 길어질 거야." 그녀의 눈은 생각에 잠겨서 빛났다.

"생각해 보니 안 보내는 것이 낫겠어. 남편들이란 완전히 해가 안 되는 오락이라도 훼방 놓고 싶어 하니까."

"그럼, 유스터스 경과 레이스 대령을 감시하세요."

내가 상황을 매듭지으며 말했다.

"유스터스 경을 왜 감시해야 하는지 알고 있어."

쉬잔이 중간에 끼어들었다.

"그의 외모와 유머러스한 화술(話術)때문이지. 그렇지만, 레이스 대령을 의심한다는 건 오히려 도가 지나치다고 생각해. 그는 비밀첩보 일에 관계하고 있잖아. 알고 있어, 앤? 내 생각으로는 우리가 할 수 있는 최상의 방책은 그를 믿고서 모든 이야기를 다 털어놓는 거야."

나는 이 공정치 못한 제안을 일언지하에 거절했다. 가장 똑똑한 여자라도 논쟁의 결말을 낼 때, '에드거가 말하기를—.'이라는 소리를 하는 것을 얼마나 자주 듣지 않으면 안 되었던가. 그런데 에드거가 문자 그대로 바보임을 사람들은 완벽하게 인식하는 것이다. 쉬잔은 자신의 결혼생활 때문에 어떤 남자, 혹은 다른 사람에게 기대기를 갈망하는 것이다.

그렇지만 그녀는 레이스 대령에게 한마디도 불지 않겠노라고 굳게 다짐하여, 우리는 계획을 세우는 일에 계속 열중할 수 있었다.

"제가 여기 머물러서 파제트를 감시해야 하는 것은 자명한 일이에요. 그리고 그것이 최선의 방책이기도 하고요. 전 오늘 밤 제 짐들을 내려놓든가 해서 더반으로 떠나는 체해야겠어요. 그렇지만 실제로는 시내의 호텔에 묵는 거죠. 외모를 약간 바꿀 수도 있어요. 금발의 가발을 쓴다든가, 두꺼운 베일을 쓴다든가 해서요. 내가 완전히 방해가 되지 않는다고 그가 생각하게 되면, 그가 진짜 어떤 사람인지 더 잘 알 수 있는 기회가 주어지겠죠."

쉬잔은 이 계획을 진지하게 받아들였다. 우리는 해야 할, 즉 야하게 차릴 준비를 해놓고 여행사에다 기차가 몇 시에 출발하는지 다시 한 번 묻고 나서 짐을 꾸렸다.

우리는 레스토랑에서 함께 저녁을 들었다. 레이스 대령은 나타나지 않았지만 유스터스 경과 파제트는 창가 테이블에 자리를 잡고 있었다. 파제트는 식사 중간에 자리를 떴다. 그 바람에 그에게 작별인사를 할 계획이었던 나는 몹시 당황했다. 그렇게 되면 유스터스 경에게라도 그렇게 하는 편이 백번 나으리라. 나는 식사를 마치고서 그에게로 건너갔다.

"안녕히 가세요, 유스터스 경. 저는 오늘 밤 더반으로 떠납니다."

유스터스 경이 무거운 한숨을 내쉬었다.

"그렇게 들었습니다. 내가 동행하면 싫겠지요?"

"아뇨, 좋을 것 같은데요."

"멋진 아가씨. 마음을 바꿔서 로디지아로 사자 구경 가지는 않겠지요?"

"물론이에요."

"멋진 친구임이 틀림없어." 유스터스 경이 애처롭게 말했다.

"내 생각으로는 더반에는 잘난 체하는 애송이들이 더러 있을 거요. 내 완숙한 매력을 완전히 그늘에 가리는 녀석들 말이오. 그런데 1~2분 뒤면 파제트가 차를 대기시켜 놓을 겁니다. 그가 역까지 바래다 줄 거요."

"어머나, 고맙지만 사양하겠어요." 내가 허둥거리며 말했다.

"블레어 부인과 제가 택시를 불러놨어요."

거의 파제트와 함께 떠나다니, 말도 안 되는 소리였다!

유스터스 경이 찬찬히 나를 쳐다보았다.

"난 아가씨가 파제트를 좋아하리라고는 생각지 않소. 아가씨를 책망하자는 게 아니오. 주제넘게 나서질 않나, 늘 방해만 하는 녀석이지. 비장한 분위기를 풍기며 돌아다니면서 하는 일들이라곤 몽땅 나를 곤혹스럽게 만들거나 속만 뒤집어 놓을 뿐이거든!"

"그는 요즘 뭘 하고 있죠?"

내가 어느 정도 호기심을 가지고 물었다.

"그는 내게 맞는 비서를 물색하고 다녔다오. 그런 여자는 찾아보려야 볼 수도 없을 거요! 젊어 봤자 마흔이고, 외알 안경을 꼈는데다가 거기에 딱 어울리는 부츠며, 활달하고 싹싹한 체하는 태도가 날 죽여준다오. 흔히 있는 말상(馬相) 여자지."

"그녀가 선생님의 손을 잡아 드리지 않나 보죠?"

"진심으로 바라건대, 그러지 않아 줬음 하오!" 유스터스 경이 소리쳤다.

"엎친 데 덮친 격이지. 자, 안녕히, 빛나는 눈동자여. 내가 사자를 잡더라도 그 가죽을 주지는 않을 거요. 당신은 나를 저버렸소."

그가 내 손을 다정스레 꼭 쥐고 나서야 우리는 헤어졌다. 쉬잔이 홀에서 나를 기다리고 있었다. 그녀는 나를 전송하러 내려온 것이다.

"즉시 출발해요."

나는 황급히 말하면서 포터에게 택시를 잡아달라는 동작을 해보였다.

그때 내 뒤에서 소리가 들려와서 깜짝 놀랐다.

"실례합니다, 베딩펠드 양, 방금 차 있는 곳으로 가려던 참이었어요. 당신과 블레어 여사를 역까지 모셔다 드리겠습니다."

"오, 감사합니다." 내가 허겁지겁 말했다.

"하지만, 당신에게 폐를 끼치고 싶지 않아요. 저는……."

"조금도 폐가 되지 않습니다. 정말입니다. 어이, 이 짐 좀 실어 주게나."

완전 속수무책이었다. 나는 더 저항해 볼 수도 있었지만, 쉬잔이 팔꿈치로 살짝 치면서 시키는 대로 하라고 가벼운 경고를 보냈다.

"감사합니다, 파제트 씨." 내가 차갑게 말했다.

우리는 모두 차에 올라탔다. 시내 도로를 질주해 내려가는 동안 나는 뭔가

할 말을 찾기 위해 머리를 굴리고 있었다. 결국 파제트가 먼저 나서서 침묵을 깨뜨렸다.

"유스터스 경은 비서로 매우 유능한 사람을 확보해 놓았습니다. 페티그류 양입니다."

"유스터스 경은 지금 당장은 전혀 그녀를 칭찬하지 않던데요."

내가 한마디 했다.

파제트가 싸늘한 시선으로 나를 쳐다보았다.

"그녀는 숙달된 속기 타이피스트입니다." 그가 힘을 주어 말했다.

우리는 정거장에 닿았다. 여기서 확실히 그는 우리를 떠나겠지. 나는 손을 내밀며 돌아섰다. 하지만 그게 아니었다.

"함께 가서 당신을 전송하겠습니다. 꼭 8시로군요. 15분 내로 탈 차가 떠날 겁니다."

그는 짐꾼에게 가야 할 방향을 지시해 주었다. 나는 대책 없이 서서 감히 쉬잔을 쳐다볼 엄두도 못 냈다. 그 남자는 의심스러웠던 것이다. 그는 내가 정말 기차를 타고 가는지를 확인할 작정이었다. 어떻게 하면 좋을까? 방법이 없었다. 나는 15분 뒤에 파제트가 플랫폼에 떡 버티고 서서 증기를 뿜으며 역을 빠져나가는 기차를 향해 내게 작별의 손을 흔드는 장면을 그려 보았다.

그는 능숙하게 전세를 역전시켰다. 게다가, 나를 향한 그의 태도도 바뀌었다. 그에게는 전혀 걸맞지 않는, 꺼끌꺼끌한 상냥함 일색이라 구역질이 났다. 그 남자는 알랑거리는 위선자였다. 처음에는 나를 죽이려 해놓고서 이젠 아부를 하다니! 그가 한순간이라도 그날 밤 배에서 내가 그를 못 알아봤으면 하고 기대한 적이 있지나 않을까? 아냐, 그건 겉치레일 뿐이야, 시종일관 마음에도 없는 말을 지껄여 나를 마지못해 순종케 하려는 위장이야.

나는 순한 양같이 무력해져서는 그의 밝은 지리 감각이 지시한 방향을 따라 발걸음을 옮겼다. 내 짐은 침대칸에 쌓여 있었다. 2인용 침대가 내게 배정되어 있었다. 8시 12분이었다. 3분만 있으면 기차는 출발할 것이다.

그렇지만 파제트는 미처 쉬잔을 계산에 넣지 못했다.

"땀이 홍수같이 쏟아지는 여행이 되겠는데, 앤." 그녀가 갑자기 말했다.

"특히 내일 카루를 지날 텐데 말이야. 오드콜로뉴나 라벤다수(水)를 갖고 왔겠지?"

내 역할은 불을 본 듯 빤했다.

"저런, 이를 어쩌나!" 내가 외쳤다.

"오드콜로뉴를 호텔 화장대에 두고 왔어요."

쉬잔은 남을 부리는 습관을 천부적으로 타고났다. 그녀는 파제트에게 고자세로 몸을 돌렸다.

"파제트 씨, 서둘러요. 시간이 꼭 맞겠어요. 역 바로 맞은편에 약국이 있어요. 앤은 오드콜로뉴가 반드시 있어야 해요."

그는 머뭇거렸지만 쉬잔의 위압적인 태도를 감당해 내지 못했다. 그녀는 타고난 보스 기질을 발휘했다. 그는 갔다. 쉬잔은 그가 사라질 때까지 눈으로 그를 뒤쫓았다.

"빨리, 앤, 반대편으로 빠져나가. 그가 진짜로 안 간 경우에 대비해서, 그래도 플랫폼 끝에서 우리를 주시하도록. 짐은 신경 쓰지 마. 내일 전보를 칠 수도 있는 문제니까. 오, 부디 열차가 제시간에 떠나야 할 텐데!"

나는 플랫폼 반대편 문을 열고서 아래로 기어 내려갔다. 아무도 나를 보지 못했다. 나는 쉬잔이 내가 그녀와 헤어진 그 자리에 서서 짐짓 기차 창을 향해 나와 담소를 나누는 듯이 보이도록 꾸미고 있는 것을 볼 수 있었다. 호각이 울리자 기차는 움직이기 시작했다. 바로 그때 플랫폼으로 맹렬히 뛰어드는 발걸음 소리가 들렸다. 나는 마침 그 자리에 있는 잡지대 그늘에 몸을 가리고 서서 지켜보았다.

쉬잔이 멀어져 가는 기차를 향해 손수건을 흔들며 돌아섰다.

"너무 늦었어요, 파제트 씨." 그녀는 명랑하게 말했다.

"그녀는 떠났어요. 그게 오드콜로뉴예요? 그걸 미처 생각지 못하다니 정말 딱하군요!"

그들은 나와 그리 떨어지지 않은 곳에서 역을 떠났다. 거의 파제트는 극도로 상기해 있었다. 확실히 그는 약방까지 뛰어갔다가 뛰어온 것이다.

"택시를 잡아 드릴까요, 블레어 여사?"

쉬잔은 그녀의 역할을 실패 없이 해냈다.

"예, 그렇게 해주세요. 내가 당신을 그리로 태워 드릴까요? 유스터스 경 때문에 할 일이 많죠? 어휴, 난 앤 베딩펠드 양이 내일 우리와 함께 떠났으면 하고 바랐는데. 난 그처럼 아가씨 혼자서 더반까지 여행하는 것이 좋은 생각인 것 같지는 않아요. 하지만 그녀는 확고부동하더군요. 뭔가 그곳에 끌리는 게 있나 보죠, 아마도……."

목소리가 들리지 않는 곳으로 지나갔다. 영민한 쉬잔. 그녀가 날 구해 주었다. 나는 1~2분간 시간의 흐름을 기다린 다음 역을 빠져나오다가 어떤 남자와 거의 부딪칠 뻔했다. 얼굴에 비해 코가 불균형적으로 크고 인상이 고약한 남자였다.

계획대로 수행하는 데는 더 이상 어려울 것이 없었다. 나는 뒷골목에서 자그마한 호텔을 발견하고는 그곳에 방을 정하고서 돈을 지불하고, 짐이 없었으므로 홀가분히 침실로 갔다.

그 다음 날 아침 나는 일찍 일어나 가장 수수한 옷가지를 구하러 시내로 나갔다. 나는 배에서 내린 대부분의 승객을 실은 11시 출발 로디지아행 기차가 떠난 뒤까지는 아무것도 안 할 생각이었다. 파제트는 그들을 제거할 때까지 어떠한 사악한 활동도 하고 싶어 하지 않는 것 같았다. 막상 시내를 빠져 나오는 전차를 타게 되니 시골길을 걷는 즐거움도 만끽하고 싶어졌다. 날씨는 비교적 서늘했으며, 긴 항해와 무이첸베르크에서 거의 감금될 뻔했던 뒤라 두 다리를 죽 뻗을 수 있는 것이 기뻤다.

작은 일에 탈도 많기도 하지. 신발 끈이 풀어져 그것을 다시 묶으려고 멈춰 섰다. 길모퉁이에서 내가 김이 새서 신발 끈을 묶으려고 허리를 구부리고 있을 때, 한 남자가 곧장 돌아 나와 바로 나 있는 쪽으로 걸어왔다. 그는 모자를 들어 올리고 사과의 말을 중얼중얼 뱉으며 지나갔다. 바로 그때 그의 얼굴이 왠지 낯이 익다는 생각이 스치고 지나갔으나 그 순간일 뿐, 더는 생각지 않았다. 손목시계를 들여다보았다. 차를 타야 할 시간이었다. 나는 케이프타운 쪽으로 발길을 돌렸다.

전차가 막 떠나려는 찰나여서 거기에 대려면 뛰어야만 했다. 내 뒤에서 다른 사람이 뛰는 소리가 들렸다. 나는 위세 좋게 돌진해 들어갔으며, 다른 사람도 그러했다. 나는 즉시 그를 알아보았다. 신발끈이 풀어졌을 때 나를 스쳐 지나간 남자로, 어째서 그 남자의 얼굴이 낯이 익은지를 금방 알 수 있었다. 전날 저녁 역을 빠져나올 때 부딪칠 뻔했던 유별나게 코가 큰 그 작달막한 남자였던 것이다.

　우연치고는 놀랄 만한 것이었다. 그 남자가 고의로 내 뒤를 밟은 것은 아닐까? 나는 가능한 한 즉시 알아보기로 맘먹었다. 나는 종을 울리고서 다음 정거장에 내렸다. 그 남자는 내리지 않았다. 나는 가게 문가의 그늘진 곳에 몸을 숨기고 동정을 살폈다. 그는 다음 정거장에서 내리더니 내가 있는 쪽을 향해 다시 걸어 내려왔다.

　모든 것이 명백해졌다. 나는 미행당하고 있는 것이다. 나는 너무 일찍 환호작약했던 것이다. 거이 파제트를 따돌린 나의 승리는 또 다른 양상을 띠었다. 나는 다음 전차를 소리쳐 불렀는데, 내가 기대한 대로 역시 나의 미행자도 올라탔다. 나는 굉장히 심각한 어떤 생각에 몰두했다.

　내가 알고 있는 것보다 더 큰 문제에 휘말린 것이 분명했다. 말로우의 저택에서 일어난 살인은 한 개인에 의해 저질러진 단독 사건이 아니었다. 나는 갱단 사건에 부딪친 건데 고맙게도 레이스 대령이 쉬잔에게 뜻밖의 새로운 사실을 알려 준 덕분에, 그리고 무이첸베르크에 있는 집에서 엿들은 것을 종합하여 나는 그 갱단의 다각적인 사업 활동에 대해 어느 정도 나름대로 이해가 가기 시작했다. 조직적인 범죄가 하수인들에게 대령으로 알려진 사람에 의해 체계화되어 있었다!

　나는 배에서 들은 몇 가지 이야기를 떠올렸다. 랜드 광산에서의 파업이며, 그 밑에 잠재되어 있는 원인―그리고, 그것을 선동하는 데 어떤 비밀조직이 작용하고 있다는 확신을. 그것이 대령의 사업이다. 그의 밀사(密使)들이 지령에 따라 움직이고 있는 것이다. 들은 바에 의하면, 그는 이러한 일에 직접 가담치는 않고, 지시를 내리고 조직화하는 데만 자신을 국한시킨다는 것이다. 두뇌작업, 위험한 노고가 아닌 두뇌작업이 그가 하는 일이다. 그렇지만 그가 직접 현장에서, 표면상으로는 죄가 성립되지 않는 위치에서 모든 지시를 내릴 수도 있는 문제이다. 그렇다면 그것은 레이스 대령이 킬모든 캐슬호에 모습을 나타낸 의의와도 상통한다. 그는 범죄의 장본인을 뒤쫓아 나와 있는 것이다. 모든 것이 그 가정에 꼭 들어맞았다. 그는 대령의 뒤를 쫓으라는 임무를 띤 비밀첩보부의 고위간부이다.

나는 혼자서 머리를 끄덕였다. 모든 것이 나에게 매우 명쾌하게 다가왔다. 이 일에서 나의 역할은 무엇인가? 나는 어디서부터 연루되었는가? 그들이 뒤쫓고 있는 것은 오로지 다이아몬드뿐인가? 나는 고개를 저었다.

다이아몬드의 가치가 크듯이, 나를 제거하려는 그들의 필사적인 시도도 도외시하긴 어렵다. 아니다. 나는 그것보다 더 의미가 클 것이다! 내가 알고 있는 어떤 사실이, 혹은 그들이 내가 알고 있다고 생각하는 것이 그들로 하여금 어떤 대가를 치르고서라도 나를 제거하는 데 혈안이 되도록 한 것이다. 그리고 그 어떤 사실이라는 것은 다소간 다이아몬드와도 관련이 있을 것이다. 확실한 느낌인데, 나에게 모든 것을 설명해 줄 사람이 딱 한 사람 있다.

그가 마음만 먹어 준다면! 갈색 옷을 입은 사나이, 해리 레이번 씨. 그가 나머지 이야기를 알고 있다. 하지만 그는 어둠 속으로 사라졌다. 그는 추적을 피해 날아다니며 쫓기는 신세다. 모든 가능성을 다 헤아려 봐도 그와 나는 다시는 만날 수 없을 것이다.

나는 그 순간에 갑작스럽게 현실로 되돌아왔다. 해리 레이번에 대해 감상에 빠져 봤자 좋을 게 없었다. 그는 처음부터 나에게 지대한 반감을 표했다. 아니면 최소한으로라도. 그런데 또다시 꿈에 빠지다니! 진짜 문제는 무엇을 하느냐이다―그것도 지금 당장!

감시자로서의 내 역할에 자부심을 가지던 내가 오히려 감시당하는 입장에 놓이다니. 게다가, 두렵기조차 하다! 처음으로 나는 기가 죽었다. 나는 지금 엄청난 일의 원활한 진행에 찬물을 끼얹고 있다. 나는 어쩐지 이 일에서 방해받는 부분이 적을 것이라는 생각이 들었다. 한번은 해리 레이번이 나를 구해 주었고, 한번은 스스로 목숨을 지켰다. 나는 불현듯 승산이 없을 것 같은 느낌이 들었다. 적들이 사방팔방에서 에워싸 죄어 들어오고 있다. 내가 단독 행동을 계속한다면 나는 죽고 말 것이다.

나는 애써서 용기를 냈다. 그들이 뭐 어쩔 것인가? 나는 곳곳에 경찰이 있는 도시에 있다. 나는 앞으로 갈수록 신중해질 것이다. 그들은 무이첸베르크에서 했듯이 다시금 나에게 올가미를 씌우진 못할 것이다.

내가 이쯤 생각에 잠겨 있을 때 전차가 아덜리가(街)에서 멈췄다. 나는 내렸다. 이렇다 할 생각 없이 거리의 왼쪽으로 천천히 걸어 올라갔다. 나는 그 감시자가 뒤따라오는지 쳐다보려고 굳이 애쓰지도 않았다. 그가 뒤에 있다는 것을 알고 있었으니까. 나는 카트라이트 가게로 들어가 커피 아이스크림 소다수 두 잔을 주문했다. 곤두선 신경을 진정시키기 위해서였다. 생각건대 남자들이라면 독한 하이볼을 마셨으리라. 하지만 아가씨들은 아이스크림 소다수에서 무한한 위안을 얻을 수 있다. 나는 마지막 한 모금을 맛있게 빨았다. 서늘한 액체가 더할 수 없이 감미롭게 목구멍을 타고 내려갔다. 나는 비워진 찻잔을 옆으로 밀어 놓았다.

나는 카운터 앞에 있는 높고 조그만 의자 중 하나에 골라 앉았다. 내 추적자가 살며시 들어와 조그만 문가 테이블에 앉는 것을 눈초리로 보았다. 나는 두 번째 커피 소다수를 다 마시고서 메이플을 하나 주문했다. 나는 사실은 아이스크림 소다수를 무한정 마실 수 있다.

갑자기 문가에 앉아 있던 그 사나이가 일어서서 나갔다. 그 바람에 나는 깜짝 놀랐다. 그가 밖에서 기다리는 건 아닐까? 나는 의자에서 살짝 내려서서 조심조심 문가로 다가갔다. 나는 얼른 그늘진 구석으로 몸을 숨겼다. 그 남자는 거의 파제트와 얘기를 하고 있었다.

내 의심이 해결되려는 순간이었다. 파제트는 시계를 꺼내 보았다. 그들은 몇 마디 짤막한 대화를 나누더니, 그 비서는 역을 향해 몸을 날려 갔다. 그는 지령을 받은 것이 틀림없다. 그들의 정체는 무엇일까?

갑자기 내 심장은 벌떡벌떡 뛰었다. 나를 뒤쫓던 그 남자가 길을 반쯤 건너더니 경찰에게로 가서 말을 붙였다. 그가 어느 정도 길게 이야기를 늘어놓으면서 손으로 카트라이트 가게를 가리키는 것으로 보아 뭔가를 얘기했음이 틀림없었다. 나는 즉시 그 음모를 알아차렸다. 나는 어떤 혐의를 뒤집어쓰고 체포될 판이었다—아마 소매치기 같은 것이겠지.

갱들로서는 남을 그런 식으로 골탕먹이는 것이 식은 죽 먹기처럼 쉬울 것이다. 나의 결백을 어떤 식으로 증명해야 좋을까? 그들은 모든 점에 세심한 신경을 썼을 것이다. 과거 그들은 해리 레이번을 드비어 다이아몬드를 훔친 절도죄로 고발했을 것이다. 그는 해명할 길이 없었을 테지만 나는 그가 결백하다는 것을 추호도 믿어 의심치 않는다. 대령이 창안해 내는 그러한 계략에 대항하여 나는 과연 어떤 승산을 바라볼 수 있을 것인가?

나는 거의 기계적으로 시계를 흘깃 쳐다본 다음 내게 덮친 또 다른 사건의 양상을 곰곰이 생각해 보았다. 나는 거이 파제트가 자기 시계를 들여다본 시각을 따져 보았다. 시간은 11시를 가리키고 있었으며, 그 시각은 나를 구조하러 올 수도 있었을 유력한 친구들을 싣고서 로디지아를 향해 우편열차가 떠나는 시각이었다. 그것이 여태까지 내가 버텨 올 수 있었던 이유였다. 어젯밤부터 오늘 아침 11시까지 나는 안전했지만, 지금은 그물망이 나를 덮쳐 죄어 들어오고 있는 것이다.

나는 서둘러 핸드백을 열고서 내가 마신 음료수 값을 지불했는데, 그렇게 하는 동안 나의 가슴은 멈춰 버릴 것만 같았다. 핸드백 속에 수표가 빼곡히 들어 있는 남자용 지갑이 들어 있었던 것이다! 그것은 틀림없이 내가 전차를 내릴 때 감쪽같이 내 핸드백 안에 넣어진 것이다.

즉시 목이 달아날 판이었다. 나는 급히 카트라이트 가게를 빠져나왔다. 코가 큰 작달막한 사나이가 경찰을 데리고 막 길을 건너고 있었다. 그들은 나를 보았으며, 그 작은 사나이는 요란스레 나를 경찰에게 가리켰다. 나는 잽싸게 도망쳤다. 나는 그가 느려 터진 경관이라고 판단했다. 우선은 안심했다. 그렇지만, 그 순간까지도 아무런 계획이 없었다. 그저 죽을힘을 다해 아딜리가를 달렸다. 사람들이 힐끔힐끔 쳐다보기 시작했다. 조금만 더 지나면 누군가가 나를 멈춰 세울 것만 같았다. 기발한 생각 하나가 번개같이 떠올랐다.

"역이 어디죠?" 나는 숨이 턱까지 차서 물었다.

"바로 오른쪽입니다."

나는 속력을 냈다. 달려가서 기차를 타기에 딱 좋았다. 내가 역 안으로 들어가려고 몸을 돌리는 순간 내 뒤를 바짝 따르는 발소리가 들렸다. 코가 큰 작달막한 사나이는 완전히 단거리 선수로는 챔피언감이었다. 플랫폼에 닿기도 전에 붙들릴 것만 같았다. 시계를 보았다—11시 1분 전이었다. 만일 내 계획이 성공한다면 가까스로 들어맞을 텐데.

나는 아덜리가에 있는 중앙 출입구를 통해 역으로 들어갔다. 그러고 난 뒤 옆쪽 문을 통해 뛰어나갔다. 바로 내 맞은편에는 우체국으로 통하는 출구가 옆으로 나 있었는데, 그 중앙 출입구는 아덜리가 쪽으로 나 있었다.

기대했던 대로 추적자는 나를 쫓아 안으로 들어오는 대신 내가 중앙 출입구에 나타났을 때 나를 잡으려고 곧바로 길을 달려 내려갔거나, 아니면 경관에게 그렇게 하라고 시켰을 것이다.

순식간에 나는 다시 거리로 빠져 달아나 역으로 되돌아왔다. 나는 미치광이처럼 달렸다. 정각 11시였다. 내가 플랫폼을 밟았을 때 기다란 기차는 서서히 움직이고 있었다. 역원이 나를 막으려 했지만 나는 그의 손을 뿌리치고 발판 위로 몸을 날렸다. 두 계단 더 올라선 다음 문을 열었다.

나는 살았다! 기차가 제때에 움직이기 시작한 것이다.

우리를 태운 기차는 플랫폼 끝에 혼자 서 있는 남자를 스쳐 지나갔다. 나는 그에게 손을 흔들었다.

"안녕, 파제트 씨." 나는 소리쳤다.

그렇게 당황한 남자는 처음 보았다. 그는 마치 유령을 본 사람 같았다.

1~2분 지나자 차장과 난처한 일이 벌어졌다. 하지만 나는 당당한 어조로 말을 꺼냈다.

"저는 유스터스 페들러 경의 비서입니다. 저를 그의 전용칸으로 데려다 주시기 바랍니다." 나는 오만하게 말했다.

쉬잔과 레이스 대령은 전망용 플랫폼 후미에 앉아 있었다. 그들은 둘 다 나를 보고 놀란 나머지 외마디 소리를 질렀다.

"아니, 앤 양." 레이스 대령이 소리쳤다.

"어디서 나타났죠? 나는 당신이 더반으로 간 줄로 생각했었는데. 정말 뜻밖입니다."

쉬잔은 아무것도 묻지 않았지만 눈에는 수백 가지 설문을 담고 있었다.

"일단 상관께 보고나 올려야겠어요." 내가 얌전을 빼며 말했다.

"그분은 어디 계시죠?"

"사무실에 있어요. 중간 칸이오. 잘못 걸린 페티그류 양에게 어마어마한 분량을 받아쓰게 하고 있습니다."

"이처럼 일에 열을 올리는 것도 뭔가 새로운 거죠." 내가 의견을 말했다.

"흐음!" 레이스 대령이 말했다.

"그의 생각은, 내가 보건대 그녀에게 충분한 일거리를 안겨 주어서 앞으로 남은 날들 동안 그녀가 자기 칸에서 꼼짝없이 타이프만 붙들고 앉게끔 만들 심산인 것 같습니다."

나는 웃었다. 그러고 나서 그 둘을 따라 유스터스 경을 찾으러 나섰다. 그는 좁은 공간을 성큼성큼 왔다 갔다 하면서, 내가 지금 처음 대하는 불행한 비서에게 말을 홍수처럼 퍼붓고 있었다.

그녀는 키가 크고 단조로운 옷을 걸친 딱딱해 보이는 여자로, 외알 안경을 꼈으며 유능한 분위기가 감돌았다. 나는 그녀가 유스터스 경의 보조를 맞추기가 어려울 것이라고 판단했다. 그녀는 연필이 안 보일 정도로 바삐 쓰고 있었으며, 험악하게 인상을 찡그려 붙이고 있었다. 나는 그 칸으로 들어갔다.

"어서 오십시오, 선생님." 내가 멋들어지게 말했다.

유스터스 경은 힘든 상황에서 복잡한 문장 중간에 이르러 몹시 지쳐 말을 끊었다. 페티그류 양은 유능한 분위기에도 불구하고 신경질적인 사람임이 틀림없는지 총 맞은 사람처럼 기겁을 했다.

"아니, 이게 웬 행운인가!" 유스터스 경이 소리를 질렀다.

"더반에 있는 젊은 청년은 어쩌고?"

"저는 선생님을 더 좋아합니다." 나는 부드럽게 말했다.

"달링—." 유스터스 경이 입을 열었다.

"우선 내 손부터 잡아 주시오."

페티그류 양이 헛기침을 해대자 유스터스 경이 허겁지겁 손을 거두었다.

"아, 그래. 자, 어디까지 했더라? 그래, 틸먼 루스는 그의 연설에서—왜 그래? 왜 받아쓰지 않는 거지?"

"아마, 페티그류 양이 연필을 부러뜨린 모양입니다."

레이스 대령이 부드럽게 말했다.

그는 그녀에게서 연필을 건네받아선 뾰족하게 깎아 주었다. 유스터스 경이
보고 있어서 나도 그렇게 했다. 레이스 대령의 어조에는 도무지 내가 이해 못
할 부분이 있었다.

제17장

(유스터스 페들러 경의 일기에서 발췌)

나는 내 회고록을 포기하고픈 생각이 들었다. 대신에 '내가 얻은 비서'라는 제목으로 짧은 글이나 하나 지었으면 싶다. 그 비서로 말할 것 같으면, 나는 완전히 망한 것 같다. 어떤 순간에는 한 명도 없다가 또 어떤 순간에는 지나치게 많다. 지금 이 순간에 나는 여자들에게 둘러싸여 로디지아로 여행하고 있다. 레이스는 당연히 두 아리따운 여자들과 잘 지내면서 나에겐 찌꺼기만 갖다 안겼다. 그게 바로 늘상 내게 일어나는 일인데, 어찌되었건 이것은 내가 전세 낸 별실 객차지 레이스 것이 아니다.

또한, 앤 베딩펠드는 내 임시 비서를 핑계 삼아 나와 함께 로디지아로 가고 있다. 하지만 오후 내내 레이스 대령과 전망대에 나가 헬스 리버 패스의 장관에 연신 감탄사를 발하고 있었다. 나는 그녀에게, 그녀의 주된 임무는 내 손을 잡아 주는 것이라고 분명히 말한 바 있다. 그렇지만 그녀는 그렇게 하려고 들지조차 않았다. 아마도 페티그류 양이 두려운 모양이다. 만일 그렇다 하더라도 나는 그녀를 탓하지 않겠다. 페티그류 양에겐 도통 사람을 끄는 점이라고는 없었으니까. 그녀는 왕발에다 불쾌감을 주는 여자로, 아니 여자라기보다는 오히려 남자에 더 가깝다.

앤 베딩펠드에게는 뭔가 굉장히 수수께끼 같은 점이 있다. 그녀는 마지막 순간에 기차의 발판에 훌쩍 뛰어올랐는데, 엔진이 증기를 내뿜듯 씩씩거리고 있는 폼이 아무리 봐도 달리기 시합을 한 사람처럼 보였다. 그런데도 파제트는 간밤에 더반으로 떠나는 그녀를 전송했다지 않은가! 파제트가 또다시 술을 마셨든지, 아니면 그녀가 신령한 육체를 가졌든지 무슨 수가 나긴 난 게다.

그녀는 결코 나에게 설명하려 들지 않았다. 아무도 설명하려는 사람이 없었다. '내가 고용한 비서들' 제1호, 법조망을 빠져나간 살인자. 제2호, 이탈리아에서 남세스러운 음모 사건을 일으킨 도통 입을 열지 않는 술꾼. 제3호, 동시에 두 군데에 나타날 수 있는 신출귀몰한 재주를 지닌 아름다운 아가씨. 제4호, 페티그루 양, 변장한 것이 틀림없는 특히 요주의 악당! 아마도 파제트가 나를 속여 떠넘긴 그의 이탈리아 친구 중 하나일지도 모른다. 언젠가 사람들이 파제트가 조잡하게 속여넘긴 것을 알게 된다 할지라도 나만은 놀라지 않을 것이다. 전체적으로 보아 그들 중 최고는 단연 레이번이라고 생각한다. 그는 나를 걱정시키거나 방해하는 법이라곤 없었다. 거의 파제트는 뻔뻔스럽게도 문구류 가방을 여기다 갖다 놓았다. 그 가방 너머로 한 번씩 굴러 떨어지지 않고는 아무도 그것을 옮길 수가 없다.

나는 나의 출현이 환호의 갈채 속에 이뤄지기를 기대하며 방금 전망대로 나섰다. 레이스 대령의 여행담 하나를 두 여자가 넋을 잃고 듣고 있었다. 나는 이 차에 이름을 붙였다. '유스터스 페들러 경과 그 수행원들의 차'가 아니라 '레이스 대령과 그 주위에 몰려드는 여자 떼'라고. 그러자 블레어 여사가 양식 없이 사진을 꼭 찍기 시작해야 할 필요가 생겼다. 기차가 특히 마음 끄는 모퉁이를 돌아서 기어 올라갈 때마다 그녀는 번번이 엔진만 촬영했다.

그녀가 즐거워하며 소리쳤다.

"보아서 아시겠지만, 틀림없이, 뒤에서 기차 앞부분을 찍을 수 있는 그런 커브예요. 배경으로 산이 들어가 있으니 무진장 아슬아슬하게 보일 거예요."

나는 그녀에게 아무도 그것이 뒷부분에서 찍은 것이라고 말할 수 있는 사람은 없을 것이라는 점을 지적했다. 그녀는 유감스러운 표정으로 나를 쳐다보았다.

"사진 밑에다 이렇게 쓰죠 뭐. '기차에서 찍다. 바야흐로 엔진이 커브를 꺾으려 하고 있다.'"

"당신이 스냅으로 찍은 어떤 기차 사진 밑에라도 그 말을 다 쓸 수 있을 거요."

내가 말했다. 여자들이란 이처럼 아주 간단한 원리를 모른다.

"우리가 대낮에 여기 도착할 수 있게 되어 기뻐요."

앤 베딩펠드가 소리쳤다.

"제가 어젯밤에 더반으로 떠났더라면 이 장면을 결코 보지 못했을 거예요, 그렇죠?"

"아닙니다." 레이스 대령이 웃으며 말했다.

"내일 아침 깨어 보면 자신이 무덥고, 돌과 바위투성이에다 먼지 낀 사막 카루에 있는 것을 깨닫게 될 겁니다."

"기분 전환을 하게 되어 기뻐요."

앤이 만족스럽게 한숨을 내쉬며 말하고서 주위를 둘러보았다.

정말 장관이었다. 온통 장엄한 산으로 둘러싸여 우리는 그 사이를 꼬불꼬불 돌아 꾸준히 위를 향해 전진하고 있는 것이었다.

"이것이 로디지아에 제일 일찍 도착하는 기차인가요?"

앤 베딩펠드가 물었다.

"제일 일찍이라고요?" 레이스가 웃었다.

"저, 이것 봐요, 앤 양, 1주일에 오직 세 번의 기차가 있을 뿐입니다. 월요일, 수요일, 그리고 토요일이에요. 다음 토요일이 되기 전까지는 빅토리아 폭포에 도착하지 못하리라는 것이 실감나십니까?"

"그때까지 우리는 서로가 서로를 얼마나 잘 알게 될까?"

블레어 여사가 심술궂게 말했다.

"빅토리아 폭포에서는 얼마나 머무르실 작정이세요, 유스터스 경?"

"경우에 따라서." 내가 신중하게 말했다.

"어떤 경우 말이죠?"

"요하네스버그에서 일들이 어떻게 되어 가느냐에 따라 달렸소. 애당초 내 계획은 빅토리아 폭포에 2~3일 가량 머물 생각이었소. 이번으로 내가 아프리카를 세 번째 방문한 셈이 되는데, 빅토리아 폭포에는 한 번도 가본 적이 없거든. 그 뒤에 요하네스버그에 가서 랜드 광산의 상황이 어떻게 돌아가고 있는지 연구해 볼 참입니다. 집에선, 아시는 바와 같이 남아프리카 정책의 대가인 체하고 있지요. 그러나 들리는 바를 종합해 보건대 남아프리카는 1주일 정도의 시간을 가지고는 방문하기가 아주 고약한 곳이라는 말을 들었어요. 격렬한 혁명의 와중에서 그 상황을 공부해 볼 생각은 없소"

레이스는 짐짓 우위에 서 있는 듯한 태도로 미소 지었다.

"내가 보기에 당신의 우려는 좀 과장된 것 같습니다, 유스터스 경. 요하네스버그에는 그리 큰 위험은 없습니다."

여성들이 곧 '당신은 정말 용감무쌍한 영웅이에요.' 하는 시선으로 그를 쳐다보았다. 그것이 결정적으로 나를 부글부글 끓게 했다. 나는 어떤 면으로 보나 레이스만큼은 용감했다. 그렇지만, 용모에서 뒤지는 것이었다. 그와 같이 키가 크고 늘씬하며 볕에 잘 그은 남자들만이 모든 것을 자기 멋대로 좌지우지할 수 있는 것이다.

"거기 가실 모양이군요." 내가 차갑게 말했다.

"거의 그럴 것 같습니다. 그렇게 되면 우린 함께 여행할 수 있겠군요"

"빅토리아 폭포에 머물 여유가 전혀 없게 될지는 꼬집어 말할 수 없겠습니다만."

내가 모호하게 대답했다. 어째서 레이스는 나의 요하네스버그행에 안달하는 것일까? 내가 보기에 그는 앤에게 빠져 있는 것 같았다.

"당신의 계획은 어떻게 되나요, 앤 양?"

"상황에 따라 달렸죠"

그녀가 나를 흉내 내며 새치름하게 말했다.

"당신이 내 비서인 줄로 알고 있었는데." 내가 반발했다.

"오, 그렇지만 전 잘렸잖아요. 선생님은 오후 내내 페티그루 양의 손만 잡고 계셨잖아요."

"무엇을 했건 간에 맹세코 나는 그 짓만은 하지 않았소"

내가 그녀에게 단언했다.

목요일 밤

우리는 방금 킴벌리를 떠났다. 레이스는 또다시 다이아몬드 도난 사고에 관한 이야기를 하지 않으면 안 되었다. 왜 여자들은 이야기가 다이아몬드랑 관계가 있다 하면 무턱대고 열광하는 것일까?

마침내 앤 베딩펠드가 수수께끼의 가면을 벗었다. 이야기인 즉, 그녀는 신문사 통신원이라는 것이다. 그녀는 오늘 아침 드아르에 방대한 전보를 보냈다. 블레어 여사가 든 칸에서 밤새도록 재잘거리는 것으로 판단하건대, 그녀는 신년(新年)에 대비한 특별 기삿거리를 몽땅 그녀에게 읽어 주는 모양이었다.

그녀는 여태껏 '갈색 옷을 입은 사나이'를 추적해 온 모양이다. 얼핏 보건대, 그녀는 킬모든호에서는 그를 간파해내지 못했던 것 같다. 사실상 그럴 기회도 거의 없었지만, 이제는 본국에 전보를 치기에 여념이 없었다. '나는 어떻게 살인자와 끝까지 여행을 했는가'를 비롯해서 '그가 나에게 한 말' 등 아주 가상적인 이야기를 꾸며내고 있었다.

나는 이런 일들이 어떻게 되어 돌아갔는지 알고 있다. 나는 파제트가 그렇게 하라고 시켜서 내 회고록에 그대로 재현시켰다. 물론 그 경위야 내스비 쪽의 유능한 기자 중 한 사람이 더 잘 살리겠지만, 막상 데일리 버젯 신문에 나면 레이번조차도 자신의 이야기인지 분간을 못 할 것이다. 하지만, 그 아가씨는 영리하다. 오로지 혼자 힘으로 내 집에서 살해된 여자의 신원을 파악해 낸 듯하다. 그녀는 나디나라고 불리는 러시아인 무희다. 그녀는 그것은 단지 추리에 불과하다고 대답했다—지극히 셜록 홈스다운 태도로. 그렇지만 나는 그녀가 내스비에게 그것을 증명된 사실로서 전보를 보냈을 거라는 점에 신경이 쓰였다. 여자라도 그 정도의 통력은 있는 것이다. 앤 베딩펠드의 추측이 옳다는 것은 의문의 여지가 없다. 그런데도 단순한 추리라니 기막히다.

그녀가 어떤 연유로 데일리 버젯 신문의 기자로 들어갔는지는 도무지 상상이 안 간다. 그렇지만 그녀는 이러한 일을 처리해 낼 수 있는 부류의 젊은 여성이다. 그녀에게 저항을 한다는 것은 도저히 불가능하다. 그녀에게는 따라잡기 힘든 비법을 감추는 교묘한 방법이 무궁무진하다. 내 전세 객차를 탄 것만 보아도 알 수 있지 않은가!

나는 사건의 전모를 어렴풋이 감지하기 시작했다. 레이스의 말을 빌면, 경찰은 레이번이 로디지아로 갈지도 모른다고 생각하고 있다는 것이다. 그는 월요일 기차로 방금 도착했을 수도 있다. 그들은 글귀마다 그런 식으로 전보를 쳐댔지만 내 생각에, 그의 인상서를 아무도 볼 수 없다면 그건 하나 마나 한 것이다. 그는 기민한 젊은이로, 아프리카를 잘 알고 있다. 어쩌면 그는 아주 절묘하게 카피르 여인처럼 분장할지도 모르는데, 돌대가리 경찰들은 얼굴에 흉터자국이 있는 유럽 패션 수준으로 옷을 차려입은 핸섬한 젊은이만 계속 찾아대겠지. 나는 그 흉터가 진짜라고 한 번도 곧이 믿은 적이 없다.

어쨌든, 앤 베딩펠드는 그를 뒤쫓고 있다. 그녀는 자신에게나 또 데일리 버젯 신문에게나 그를 찾아내는 영광을 안겨 주고 싶은 것이다. 요즈음 젊은 여성들은 퍽 냉혹한 구석이 있다. 나는 그녀에게 그것은 그리 여자다운 행동이 아니라고 귀띔을 해주었다. 그녀는 나를 비웃었다. 그녀는 한밑천 잡기 위해서 그를 잡는 일이라면 지구 끝까지라도 쫓아갈 용의가 있다고 내게 주지시키는 것이었다. 레이스도 역시 그것을 좋아하지 않는다는 것을 알 수 있었다.

아마 레이번은 이 기차를 타고 있을 것이다. 만일 그게 사실이라면 우리는 침대에서 꼼짝없이 죽어야 될 판이다. 내가 블레어 여사에게 그렇게 말했더니, 웬일인지 그녀는 그 생각에 아주 흡족해하면서, 만일 내가 살해된다면 그거야말로 앤에게 기막힌 특종이 될 거라는 말을 잊지 않았다! 앤에게는 그야말로 특종감이지!

내일이면 우리는 베추아나란드(현재 보츠와나의 영국령 시대의 명칭)를 통과하게 된다. 먼지가 말도 못 할 것이다. 또한, 역마다 어린 카피르인 아이들이 자기가 직접 조각한 기기묘묘한 목각 동물들을 팔러 올 것이다. 옥수수 속대로 만든 그릇과 바구니도 있을 것이다. 나는 블레어 여사가 혹시 미쳐 날뛰지나 않을까 내심 초조했다. 이런 인형들에 깃든 소박한 멋이 그녀에게 꽤나 어필하리라고 느꼈기 때문이다.

금요일 밤
내가 우려한 대로였다. 블레어 여사와 앤은 목각 동물을 무려 49개나 사 재꼈다!

제18장

(앤의 이야기가 다시 시작됨)

나는 로디지아에 도착할 때까지 여행을 전적으로 즐겼다. 날마다 새롭고 흥미진진한 볼거리가 있었다. 처음에 헥스 리버 골짜기의 장관이, 그다음에 카루의 황량한 웅장함이, 마지막으로 베추아나란드의 멋들어지게 깎아지른 구릉 지대가, 그리고 원주민들이 팔려고 가져온 사랑스럽기 그지없는 인형들이 그러하였다. 쉬잔과 나는 매 역마다 거의 기차를 놓칠 뻔했다—굳이 그것에 역이라고 이름을 붙인다면.

기차는 서고 싶을 때마다 서는 듯이 여겨졌고, 또 기차가 서자마자 원주민 떼거리가 옥수수 속대로 만든 그릇과 사탕수수와 카로스(아프리카 원주민의 소매 없는 모피 외투)와 귀여운 목각 인형을 들고 와 황량한 풍경을 구체화시켰다. 쉬잔은 즉시 맨 마지막 것, 목각 인형을 모으기 시작했다. 나도 그녀의 본을 떴다. 가격은 대부분 '1티키(3펜스)'였으나 약간씩 달랐다. 기린, 호랑이, 뱀, 우울해 보이는 큰 영양, 격에 맞지 않게 조그만 흑인 병사들이 있었다. 우리는 말할 수 없이 즐거웠다.

유스터스 경이 우리를 자제시키려 애썼지만, 효과가 없었다. 나는 우리가 구릉 지대의 어떤 오아시스에 왜 달랑 남겨지지 않았는지 아직도 기적처럼 생각된다. 남아프리카 기차는 경적을 울리지도 않을뿐더러, 다시 출발하게 되더라도 전혀 술렁대지 않는다. 그저 조용히 달릴 뿐이고, 승객들은 흥정을 하면서 보고 있다가 죽을힘을 다해 뛰어가기만 하면 되는 것이다.

케이프타운에서 내가 기차 위로 기어 올라갔을 때 쉬잔이 기겁하던 일이 생각난다. 우리는 첫날밤 철저하게 상황 파악을 해나갔다. 우리는 밤이 이슥하도록 이야기를 나누었다.

방어적인 전법뿐만 아니라 공격적인 전법도 고려되어야 한다는 사실이 나에겐 자명해 보였다. 유스터스 페들러 경과 그의 측근들과 여행하는 한 나는 퍽 안전하다. 그와 레이스 대령은 둘 다 강력한 보호자였고, 그 덕분에 적들이 떠들썩한 소동을 일으키기를 원치는 않을 것이라는 판단이 섰다. 또한, 내가 유스터스 경과 가까이 있는 한 다소나마 거이 파제트와 유대가 있을 것이며— 게다가, 거이 파제트야말로 수수께끼의 핵심이 아닌가. 나는 쉬잔에게 파제트, 그가 수수께끼의 대령일 가능성이 있는지 그녀의 견해를 타진해 보았다.

그의 지위가 낮은 것으로 봐서는 물론 우리의 가정과 반대되지만, 그 생각이 한두 번인가 내 머리를 스쳐 지나간 데다, 전적으로 위선적인 그의 면모를 생각해 볼 때 유스터스 경이 자기 비서에게 정말로 지대한 영향을 받고도 남음이 있을 것이다. 그는 느긋한 사람이어서 능숙한 비서가 그를 마음대로 조종하기는 쉬울 것 같았다. 다소 모호한 자기의 직업이 실제에 있어서 그에게는 유리하게 작용했을 수도 있는데, 그가 세상의 이목을 끄는 입장에서 벗어나려고 무진 애쓰는 것만 보아도 그렇다.

하지만, 쉬잔은 이 생각을 완강히 부정했다. 그녀는 거이 파제트가 지도적인 위치의 사람이라고 생각하기를 거부했다. 진짜 괴수(대령이라는 자)는 막후 어딘가에 있으며, 우리의 도착에 맞추어 아프리카에 이미 와 있을 가능성도 있다는 것이다.

그녀의 생각도 무척 일리가 있다는 것을 인정은 했지만, 전적으로 만족할 만한 것은 아니었다. 갖가지 의심스러운 사건들을 통해 파제트는 실무에 있어서의 천재성을 유감없이 드러냈다. 그의 성격이, 사람들이 악당 우두머리에게서 흔히 기대할 수 있는 확신과 과단성이 결여된 듯한 것은 사실이다.

레이스 대령에 의할 것 같으면, 이러한 수수께끼에 찬 우두머리는 두뇌작업만 제공할 따름이며, 이처럼 일을 꾸미는 데 있어서 천재성을 발휘하는 사람은 종종 신체적으로 나약하고 소심한 체질과 연결되어 있다는 것이다.

"교수 딸 어조가 또 나오시는군."

내가 논쟁에서 이 점에 대해 얘기하자 쉬잔이 가로막았다.

"그렇지만 사실인걸요. 다시 말해서 파제트는 일테면, 모든 기라성들 중에서도 으뜸가는 최고 수령일 수도 있다는 말이죠."

나는 1~2분간 침묵하고 나서 곰곰 생각하는 어조로 계속했다.

"유스터스 경이 어떤 식으로 돈을 모았는지 알고 싶지 않으세요?"

"그를 다시 의심하는 거야?"

"쉬잔, 이 상황에서 그 누구라도 의심하지 않을 수 있겠어요? 그를 정말로 의심하는 것은 아니에요. 그렇지만 어찌되었건 그는 파제트의 고용주이고, 밀 하우스 저택의 실소유주잖아요."

"그가 어떤 연유로 돈을 모았다는 말은 들어 왔지만, 그가 이야기하려 들지 않아서……." 쉬잔은 생각에 잠기며 말했다.

"하지만, 그것이 반드시 범죄를 의미하는 것은 아니지. 주석 입힌 압정이나 머리카락 나는 약으로 돈을 벌 수도 있는 문제잖아!"

내가 침울하게 동의했다.

쉬잔이 의심스럽게 말했다.

"어쩌면, 우리가 엉뚱한 나무를 보고 짖어대는 것은 아니겠지? 그러니까 파제트와의 공모(共謀)를 가정하여 완전히 샛길로 엇나간 것은 아닌가 말이야? 그렇다면 결국 그는 전적으로 결백한 사람이잖아?"

나는 잠시 동안 그 점을 생각해 보고 나서 고개를 저었다.

"믿을 수 없는 말이에요."

"어찌되었건 그가 모든 것에 해결의 실마리를 갖고 있어."

"그—래요. 그렇지만 그것들이 그다지 그럴 듯한 것만도 아니에요. 예를 들어 킬모든호에서 나를 배 밖으로 던지려고 한 날 밤에 그는 레이번을 뒤따라 갑판까지 왔는데, 레이번이 돌아서더니 그를 때려 눕혔다고 말했어요. 우리는 그것이 사실이 아니라는 것을 이미 알고 있잖아요."

"그래." 쉬잔이 마지못해 말하였다.

"하지만, 우리는 그 얘기를 유스터스 경에게 간접적으로 들었을 뿐이잖아. 만일 우리가 그 이야기를 파제트에게서 직접 들었더라면 달라졌을지도 몰라. 당신도 사람들이 이야기를 전할 때 약간씩 틀려진다는 것을 알잖아."

나는 그 문제를 들춰내어 속으로 따져 보았다.

"아니에요." 나는 마침내 입을 열었다.

"더 살피고 자시고 할 것도 없어요. 파제트는 죄를 졌어요. 그가 나를 배 밖으로 던지려 한 점을 지나쳐 버릴 수는 없을 거예요. 그리고 모든 것이 꼭 들어맞잖아요. 어째서 그와 같은 새로운 발상을 고집하시는 거죠?"

"그의 얼굴 때문이야."

"그의 얼굴? 그렇지만……."

"그래, 무슨 말을 하려는지 알아. 그는 범죄형이야. 바로 그거라고. 하지만 그런 얼굴을 가진 사람이 진짜로 사악했던 적은 없었어. 그 얘긴 인간 본성에 관한 터무니없는 농담거리에 불과한 거야."

나는 쉬잔이 주장하는 바를 썩 믿지는 않았다. 지난 시절에는 인간 본성에 대하여 많이 알고 있었다. 그녀는 유머 감각이 있는 것치고는, 그것을 그다지 발휘하는 편은 아니다. 쉬잔은 자기만의 속성대로 본성을 지닐 바로 그런 부류의 사람이다.

우리는 당면 계획에 대한 논의로 화제를 옮겨갔다. 내가 이렇다 할 직업이 있어야 함이 뚜렷해졌다. 언제까지나 회피해 나갈 수도 없는 노릇이었다. 내 모든 어려움에 대한 해결이 내 손아귀에 달려 있었건만, 나는 당분간 그것을 생각지 않기로 했다. '데일리 버젯 신문' 나의 침묵이라든가 나의 웅변이 더 이상 해리 레이번에게 아무런 영향도 미칠 수 없었다. 그가 갈색 옷을 입은 사나이로 낙인이 찍힌 것은 내 실수 때문이 아니다. 나는 그를 반대하는 듯이 행동함으로써 그를 최상으로 도울 수 있었다. 대령과 그의 일당은 그들이 말로우에서의 살인범에 대한 속죄양으로 세운 그 남자와 나 사이에 어떤 호의적인 감정이 있다는 데 대해 감히 의심할 생각조차 못 했을 것이다.

내가 아는 한 살해된 여인은 여전히 신원이 파악되지 않고 있다. 나는 내스비 경에게 그녀는 프랑스의 파리를 오랫동안 즐겁게 해준 그 유명한 무희 나디나라는 것을 제시하면서 전보를 칠 수도 있다. 그녀가 아직도 신원이 밝혀지지 않고 있다니 도저히 믿기지 않는 노릇이었다. 그렇지만, 앞으로 죽 이 사건에 대해 더 많이 파고들면 그것이 얼마나 당연했던가도 알게 될 것이다.

나디나는 파리에서 눈부신 경력을 쌓을 동안 한 번도 영국에 다녀간 적이 없었다. 그녀는 런던 청중들에게는 알려지지 않았다. 신문에 난 말로우의 희생자 사진은 너무나 흐리멍덩한데다가 알아볼 수조차 없는 것이어서, 아무도 식별해 내지 못하는 것이 조금도 이상할 게 없다. 그리고 한편으로 나디나는 영국을 방문하는 자기의 의도를 모든 사람들에게 깊은 비밀로 간직했던 것이다. 살인이 난 다음 날 그 무희로부터 매니저로 일컬어지는 사람이 편지를 한통 받았는데, 거기에는 그녀가 개인적인 용무로 급히 집으로 가봐야 한다는 글이 적혀 있어, 그는 펑크 난 계약을 수습하느라 진땀을 빼는 중이라는 것이다.

이런 사실은 물론 나중에 가서야 알게 되었다. 쉬잔의 전적인 동의를 얻어 나는 드아르에서 긴 전문을 띄웠다. 그것은 제때에 도착했는데(이것 역시 뒤에 가서야 안 사실이었다), 당시 데일리 버젯 신문은 큰 기삿거리가 바닥난 상태였다. 따라서 나의 추리는 사실로서 증명되어 정확하다고 판명이 나서, 데일리 버젯 신문은 전무후무한 특종을 싣게 된 것이다.

'밀 하우스 저택 살인자의 희생자가 우리의 특파원에 의해 신원이 밝혀지다.' 대충 그런 식으로 게재되었다. '우리의 특파원이 살인자와 함께 배여행을 하다. 갈색 옷을 입은 사나이. 그는 과연 어떤 인물일까?'

주요 사실은 당연히 남아프리카 신문에 전신으로 보내졌겠지만, 나는 내가 쓴 꽤 긴 기사를 훨씬 뒷날에 가서야 읽어 볼 수 있었다! 나는 불라와요(현재 짐바브웨 남부의 도시)에서 정식 직원 사령장을 받고서 전문으로 된 긴 지시사항을 접수했다. 나는 정식으로 데일리 버젯 신문사의 직원이 되었으며, 내스비 경으로부터 직접 축하의 글을 받았다. 나는 틀림없이 이 살인자를 추적하라고 정식으로 허락받은 사람이긴 했지만, 오로지 나만이 해리 레이번이 살인자가 아니라는 것을 알고 있는 것이다! 그렇지만 독자들에게는 그를 살인자로 생각하게끔 이끌고 나갔다—현재까지는 그것이 최선의 방법이었다.

우리는 토요일 아침 일찍 불라와요에 도착했다. 나는 그 도시에 실망을 느꼈다. 날씨는 푹푹 찌는데다가 호텔도 마음에 들지 않았다. 또한, 유스터스 경은 완전히 샐쭉해졌다고 밖에 묘사할 재간이 없다. 그를 그렇게 화나게 만든 것은 다 우리의 목각 인형 탓이라고 생각한다—특히 커다란 기린 때문이다.

그것은 도저히 그럴 수 없는 목과 부드러운 눈, 그리고 풀죽은 꼬리를 가진 얼토당토않게 큰 기린이었다. 개성은 있었다. 매력도 있었다. 그것이 누구 소유냐, 나냐 쉬잔이냐에 대해서 벌써부터 열띤 논쟁이 벌어진 터였다. 우리는 그것을 살 때 각자 1티키씩을 지불했다. 쉬잔은 자신이 연장자임과 결혼한 사람임을 들어가며 소유권을 마구 밀고 나왔다. 나는 그 아름다움을 최초로 감지한 사람이 바로 나라는 입장을 강력히 주장했다.

이럭저럭하는 동안 그것이 이 3차원의 공간을 상당히 차지해 버린 데 대해서는 할 말이 없다. 서툰 솜씨로 빚어진 49개의 목각 인형을 운반하는 데에는, 모두 부서지기 쉬운 것들이라 다소 문제가 있었다. 두 명의 짐꾼이 동물들을 각각 한 무더기씩 운반하는 데 애를 먹고 있었으며, 얼마 안 가서 한 짐꾼이 매혹적인 타조 그룹을 떨어뜨리는 바람에 머리가 부서져 달아났다. 여기에 기겁을 한 쉬잔과 나는 가능한 한 직접 그것을 운반하기로 마음먹었으며, 레이스 대령이 도와주기도 했지만 나는 억지로 커다란 기린을 유스터스 경의 팔에 떠안겼다. 제아무리 빈틈없는 페티그류일지라도 피할 수는 없는 노릇이었다.

커다란 하마 한 개와 두 명의 흑인 병사가 그녀의 몫으로 떨어졌다. 페티그류 양이 나를 좋아하지 않는다는 것을 느낌으로 알고 있었다. 그녀는 나를 닮고 닮아빠진 계집쯤으로 여기는 모양이었다. 하여간 그녀는 되도록 나를 멀리했다. 더욱이 재미있는 것은, 그녀의 얼굴이 꼬집어 말할 수는 없지만 왠지 낯익은 듯하다는 점이다.

우리는 대부분 아침 중에 휴식을 취했으며, 오후에는 로디지아인의 무덤을 구경하러 마토포 구릉으로 차를 타고 나갔다. 우리는 애당초부터 그렇게 하기로 되어 있었는데, 마지막 순간에 가서 유스터스 경이 마음을 바꾸고 말았다. 그는 우리가 케이프타운에 도착한 날 아침, 그가 복숭아를 바닥에 내동댕이쳐서 그것이 으깨어졌을 때만큼 심기가 불편한 듯했다. 아침 일찍부터 어딘가로 여행을 떠나는 것은 그의 성격상 도저히 맞지 않았다.

그는 짐꾼들에게 욕을 퍼부었으며, 아침식사 때 웨이터에게도 욕을 퍼부었고, 호텔의 제반 운영 상태에 대해서도 욕을 퍼부어댔으며, 연필과 메모지를 항시 휴대하고 그의 옆을 배회하는 페티그류 양에게도 욕을 퍼부었을 것은 안 봐도 뻔하지만, 나는 유스터스 경이 감히 페티그류 양에게 욕을 퍼부었을까는 사실 의문이었다. 그녀는 책에 나오는 유능한 비서와 한치도 다를 바가 없었다. 나는 아슬아슬한 찰나에 우리의 사랑스러운 기린을 겨우 구출해 낼 수 있었다. 나는 유스터스 경이 그것을 바닥에 냅다 내동댕이친 줄로만 알았다.

유스터스 경이 생각을 바꾼 이후로 우리의 탐험을 다시 시작하는 데 있어서, 페티그류 양은 유스터스 경이 자기를 찾을 때를 대비해서 호텔에 그냥 남아 있겠다고 했다. 마지막 순간에 가서 블레어 여사가 머리가 아프다는 쪽지를 전해 왔다. 그래서 레이스 대령과 나는 단둘이서 차를 타고 떠났다.

그는 이상한 남자였다. 대중 속에서는 그 점이 그의 눈에 띄지 않는다. 그렇지만 그와 단둘이 있어 보면 그의 성격이 거의 위압적이라는 느낌을 갖게 된다. 그의 침묵은 이야기하는 것보다 오히려 더 많은 웅변을 해주고 있었다.

우리가 부드러운 노란 관목지대를 통과하여 마토포 구릉으로 차를 타고 나간 바로 그날이었다. 우리의 차를 제외하고는 만물이 기묘하리만큼 고요했다. 나는 이 차가 인간이 첫솜씨로 만든 포드차라고 생각하기에 이르렀다! 차 내부 장식은 갈기갈기 찢어졌으며, 엔진에 관해서는 비록 아무것도 모르지만 아무튼 모든 것이 제대로 된 내부라고는 도저히 생각할 수 없었다.

이윽고 정경이 변했다. 어마어마하게 큰 돌들이 기상천외한 형상으로 쌓여 있는 것이 눈에 띄었다. 나는 불현듯 내가 원시시대에 들어온 듯한 착각에 빠졌다. 일시적으로, 네안데르탈인이 아버지에게 그러했듯 나에게도 절실히 다가왔다. 나는 레이스 대령 쪽으로 몸을 돌렸다.

"옛날에 틀림없이 거인족이 살았을 거예요." 내가 꿈꾸듯이 말했다.

"그들의 자식은 오늘날의 어린애들 수준이었을 거예요. 한 움큼의 공깃돌을 가지고 놀았겠죠. 쌓아올리기도 하고 쓰러뜨리기도 하면서. 놀이에 솜씨가 늘어 갈수록 얻어지는 기쁨도 더욱 컸을 거예요. 절더러 이 장소에 이름을 붙이라고 한다면 저는 '거인족 아이들의 나라'라고 하겠어요."

"당신이 알고 있는 것 이상으로 사실에 근접하고 있습니다."

레이스 대령이 진지하게 말했다.

"단순하고 원시적이며 크다는 것, 그것이 바로 아프리카입니다."

수긍이 간다는 듯 나는 머리를 끄덕거렸다.

"아프리카를 사랑하시죠, 아닌가요?" 내가 물었다.

"그렇습니다. 하지만 오래 살게 되면, 소위 잔인하다고 하는 성품이 형성되죠. 사람은 목숨에 집착하게 되나 죽는 것은 너무 쉽습니다."

"그래요." 내가 해리 레이번을 생각하며 말했다. 그 역시 그러했으리라.

"그래도 연약한 것에 대해서는 좀 잔인하잖아요?"

"어느 것이 '연약한 것'이고 어느 것이 아닌지에 따라 의견은 달라질 수 있습니다, 앤 양."

내가 깜짝 놀라다시피 할 정도로 그의 목소리에는 심각한 어조가 깃들어 있었다. 나는 사실 내 쪽에서는 이 남자에 대해서 아는 것이 거의 없다는 생각이 들었다.

"그러니까 아이들과 개들에게 그렇다는 거죠."

"나는 아이들이나 개들에게 한 번도 잔인해 본 적이 없다고 정직하게 답변할 수 있습니다. 그런데 '연약한 것'의 범주에 여자들은 넣지 않는군요?"

나는 생각해 보았다.

"아뇨, 저는 그런 것 같지 않아요—비록 사실이긴 하겠지만요. 말하자면, 오늘날 여성들이 그렇다는 거죠. 그렇지만 아빠는 언제나 태곳적 남녀는 함께 세상을 돌아다녔으며, 힘에 있어서도 남자와 동등하다고 말씀하셨어요. 사자와 호랑이처럼……."

"그러면 기린은요?"

레이스 대령이 장난스럽게 중간에서 슬쩍 말을 끼워 넣었다.

나는 웃었다. 모든 사람들이 그 기린을 놀려댔다.

"기린들도요. 아시다시피 그들은 유목생활을 하잖아요. 사람들이 공동사회를 이루어 정착하고 나서야 여자들은 한 가지 일만 하고 나머지는 남자들이 하는 바람에 여성들이 허약해진 거죠. 저변부터 살펴보면 인간은 동일해요. 사람의 생각은 다 똑같은데, 그 이유로 해서 여자들이 남자에게 있는 신체적인 강인함을 동경하는 것이 성립된다고 생각해요. 그것은 여자들이 한번 지녀 본 적이 있었다가 상실한 것이잖아요."

"거의 조상숭배에 가깝군요, 예?"

"그런 셈이에요."

"그러면 당신은 정말로 그렇게 생각합니까? 여자가 힘을 동경한다고?"

"저는 그것이 사실이라고 생각해요. 만일 사람들이 솔직하다면, 당신은 자신이 윤리적 고결성을 숭배한다고 생각할지라도, 일단 사랑에 빠지게 되면 모든 것이 본능에 달린 원시상태로 돌아가게 되죠. 그렇지만 나는 그것이 종점이라고 생각지 않아요. 당신이 원시적인 조건하에서 살았다면 문제될 것이 없지만, 그러지 못했으므로 최종적으로는 본능이 결국 앞서게 되는 거죠. 겉으로 정복당한 듯이 보이는 것이 언제나 이기게 마련이라는 것과 같은 이치예요. 그렇지 않나요? 필연적으로 그런 식으로 이기게 되어 있어요. 성서에서 말하는 '영혼을 잃고서 그것을 찾는다.'와 같은 얘기죠."

"결국 사랑에 빠졌느냐, 아니냐가 당신 얘기의 핵심이 됩니까?"

레이스 대령이 신중하게 말했다.

"꼭 그렇지만도 않아요. 하지만, 그런 식으로 대입은 가능하다는 이야기죠."

"그렇지만 당신이 사랑에 빠져 보지 않았다고는 생각할 수 없군요, 앤 양."

"그래요, 그건 아니에요." 내가 솔직히 시인했다.

"그렇다면 사랑에 빠진 적은요?"

나는 대답하지 않았다.

우리가 탄 차가 목적지에 다다라서 우리의 대화는 중단되었다. 우리는 차에서 내려 주위 경관을 구경하면서 천천히 올라갔다. 처음은 아니었지만 나는 레이스 대령과 함께 있다는 사실이 약간 불편해졌다. 그는 헤아릴 길 없는 검은 두 눈동자 속으로 자기 생각을 깊숙이 잘도 감추었다. 그는 나를 약간 질리게 했다. 언제나 그랬다. 나는 그와 어느 정도의 사이인지 도통 알 길이 없었다.

거대한 호박돌이 고대 로디지아인 무덤을 지키는 지점에 도달할 때까지 우리는 묵묵히 걸었다. 묘하게 으스스한 분위기가 감도는 곳, 인간들의 소굴과는 질이 다른 꾸밈없는 아름다움이 끝없는 찬가로서 불리어질 만한 그러한 곳이었다.

우리는 한동안 말없이 거기 앉아 있었다. 길에서 약간 벗어난 쪽을 택해서 우리는 또다시 내려왔다. 때로는 울퉁불퉁한 길을 기어오른 적도 있었고, 깎아지른 듯한 바위가 있는 가파른 비탈길을 만나기도 했다.

레이스 대령이 먼저 가서 나를 도와주었다.

"들어 올리는 것이 훨씬 낫겠소."

그는 갑자기 말하면서 재빠른 동작으로 나를 번쩍 안아 올렸다. 그가 나를 내려놓아 포옹에서 풀려나자, 나는 새삼 그의 강인함을 느꼈다. 근육이 강철 같은 냉철한 남자였다. 특히 그가 옆으로 비켜서지 않고 내 앞에 우뚝 서서 내 얼굴을 가까이에서 응시할 때에 나는 또 한 번 두려움을 느꼈다.

"당신은 실제로 무엇 하러 여기에 왔습니까, 앤 양?"

그가 거두절미하고 물었다.

"저는 세상 구경을 나선 집시예요."

"그래요, 충분히 일리가 있군요. 특파원이라는 것은 핑계에 불과하겠지요. 당신에게 저널리스트적인 기질은 없습니다. 당신은 자기 자신을 위하여 박차고 나온 겁니다. 삶이 어떤 것인가를 진하게 느끼려고요. 하지만, 그것만이 전부는 아닐 테죠."

그는 나에게서 무슨 말을 들으려 하는 것일까? 나는 두려웠다. 정녕 두려웠다. 나는 그의 얼굴을 찬찬히 살폈다. 내 눈은 그처럼 비밀을 담고 있지는 못하지만, 그로 인하여 상대방을 역습할 수도 있었다.

"당신이야말로 여기서 하시는 일이 뭐죠, 레이스 대령님?"

내가 유유히 물었다.

순간적으로 나는 그가 대답을 안 하리라고 생각했다. 어쨌든 그는 당황한 것이 분명했다. 마침내 그는 운을 떼기 시작했는데, 그의 말들이 여유 있게도 그에게 으스스한 즐거움을 주는 듯이 보였다.

"야망을 추구하는 거죠. 그래요, 앤 양. 야망을 추구하는 거예요. 기억하시겠지만, 베딩펠드 양, '그 죄로 인하여 천사가 타락했도다.' 뭐 그런 거 있잖습니까."

나는 천천히 이야기했다.

"사람들이, 당신은 정부와 연관된 일을 하고 있다고 그러더군요. 첩보부 소속이라 했어요. 그것이 사실이에요?"

내가 그렇게 느낀 것일까, 아니면 그가 대답하기 전에 정말로 순간적으로 주저한 것일까?

"맹세코 나는 순전히 내 개인의 기쁨을 도모하기 위해서 사적으로 여행에 나선 겁니다, 앤 양."

나중에 그 대답을 곰곰 되씹어 보니 약간 모호하게 다가왔다. 아마도 그가 작정하고 그렇게 말한 탓이리라.

우리는 침묵 속에서 다시 차에 올랐다. 불라와요로 가는 중간지점에서 우리는 차를 마시려고 길가에 다소 원시적으로 꾸며진 곳에 차를 세웠다. 주인이 땅을 파고 있었는데, 방해가 되는 것에 귀찮아하는 듯했다. 그렇지만 그는 맘씨 좋게도 자기가 할 수 있는 친절은 다 보여 주겠다고 작정한 것 같았다. 중간에 짬을 내어 그는 우리에게 말라비틀어진 빵 몇 조각과 미지근한 차를 갖다 주었다. 그러고 나서 그는 다시 정원으로 사라졌다.

그가 물러가자마자 고양이 떼가 몰려들었다. 한꺼번에 여섯 마리가 애처롭게 울어댔다. 그러고는 더욱더 요란스러워져 갔다. 나는 빵조각을 고양이에게 던져 주었다. 고양이들은 게걸스럽게 그것을 집어삼켰다. 거기 있는 접시에다 우유를 몽땅 부어 줬더니 서로 먼저 먹으려고 아우성이었다.

"어머―." 내가 화를 내며 외쳤다.

"굶주렸어요! 나쁜 사람들. 우유를 몇 잔 더 갖다 달라고 하세요, 예? 빵도 함께요."

레이스 대령은 내 청을 들어주려 묵묵히 걸어나갔다. 고양이들이 또다시 울어대기 시작했다. 그가 커다란 우유통을 들고 들어오자 고양이들이 깨끗이 핥아서 먹어치웠다.

나는 결연한 표정을 짓고 일어섰다.

"저것들을 집으로 데려가겠어요. 도저히 여기 두고 떠날 수는 없어요."

"이봐요, 숙녀님, 우둔하게 굴지 말아요. 50개의 목각동물과 여섯 마리의 고양이를 주위에 달고 다닐 수는 없잖습니까."

"목각 동물들에 대해서는 신경 쓰지 마세요. 이 고양이들은 살아 있단 말이에요. 제 뒤에 달고 다니면 돼요."

"당신은 그런 일은 할 수 없소."

나는 적개심을 품고 그를 쳐다보았으나 그는 계속했다.

"당신은 나를 잔인하다고 생각할 겁니다. 그러나 이와 같은 일에 감상적이 되어 가지고는 인생을 헤쳐 나갈 수 없습니다. 고집을 부려 봤자 좋을 것이 없어요. 당신이 저것들을 데려가도록 내버려두지 않겠소. 아시다시피 여기는 원시적인 나라이고, 나는 당신보다 힘이 셉니다."

나는 항상 내가 언제 졌는가를 똑똑히 안다. 나는 눈물이 괸 채 차로 돌아갔다.

"아마 오늘 저것들에게 줄 음식이 부족했었나 봅니다."

그가 위로의 변명을 늘어놓았다.

"저 남자의 마누라가 물건을 좀 사러 불라와요에 갔거든요. 그러니 괜찮을 겁니다. 그리고 어쨌든, 당신도 알다시피 세상에는 굶주린 고양이들이 많단 말입니다."

"아니요, 아니라고요." 내가 격렬하게 말했다.

"나는 당신이 인생을 그 자체대로 느끼도록 가르치는 중입니다. 나는 당신에게 모질고 무정한 사람이 되라고 공부시키는 거죠. 나처럼 말입니다. 그게 바로 힘의 비결입니다. 또한 성공의 비결이기도 하고요."

"모질어지느니 차라리 죽어 버리겠어요." 내가 발작적으로 말했다.

우리는 차를 타고 출발했다. 나는 다시금 내 자신을 수습했다. 기겁하리만큼 놀랍게도, 그가 내 손을 모아 쥐었다.

"앤―." 그가 부드럽게 말했다.

"당신을 원합니다. 나와 결혼해 주시지 않겠습니까?"

나는 완전히 넋이 나가 버렸다.

"어머나, 안 돼요." 내가 더듬거렸다.

"그럴 수 없어요."

"어째서 안 된다는 겁니다."

"저는 그런 식으로 당신을 생각하지 않았어요. 저는 한 번도 당신을 그렇게 생각해 본 적이 없어요."

"알겠습니다. 이유는 그게 답니까?"

정직해지지 않으면 안 된다. 나는 그에게 그렇게 해야만 될 것 같았다.

"아니요, 그건 아니에요. 아시는지 모르겠지만, 저는 달리 맘에 둔 사람이 있거든요."

"알겠습니다." 그가 다시 말했다.

"내가 당신을 처음 봤을 때(킬모든호에서), 애초부터 그랬습니까?"

"아뇨." 내가 속삭였다.

"그러니까, 그때부터였어요."

"알겠습니다."

그가 세 번째로 그 말을 했으나, 이번에는 그의 어조에 내가 몸을 돌려 그를 쳐다보게끔 하는 구석이 있었다. 그의 얼굴은 내가 여태껏 본 적이 없을 정도로 일그러져 있었다.

"왜, 왜 그러시는 거죠?" 내가 더듬더듬 말했다.

그는 헤아릴 수 없는, 억제하는 듯한 표정으로 나를 바라보았다.

"단지, 내가 해야 할 일이 무엇인가를 이제야 깨달았을 뿐이오."

그의 말이 나를 전율케 했다. 그의 말 뒤에는 내가 이해하지 못할 결심이 도사리고 있었으며, 그것이 나를 놀라게 했다.

우리는 호텔에 도착할 때까지 아무도 입을 열지 않았다.

나는 곧장 쉬잔에게로 갔다. 그녀는 침대에 누워 책을 읽고 있어서 도저히 머리가 아픈 사람으로는 보이지 않았다.

그녀가 말했다.

"여기 최고의 시중꾼이 휴식을 취하고 있어요. 일명 재치 있는 샤프롱(사교계에 나가는 젊은 여성의 여성 보호자)이기도 하지. 아니, 왜 그래, 앤? 저런, 무슨 일 있었어?"

내가 눈물을 왈칵 쏟아낸 탓이다.

나는 그녀에게 고양이 이야기를 들려주었다. 그녀에게 레이스 대령의 이야기를 한다는 것은 온당치 못하다고 생각했다. 하지만, 쉬잔은 예리했다. 내가 보기에도 그녀 정도면? 뒤에 감추어진 의미를 알아낼 수 있으리라 여겨졌다.

"오한이 나는가 봐, 앤? 이 따뜻한 방에서 이처럼 묻는다는 것이 우습지만 계속 떨고 있잖아."

"아무것도 아니에요. 신경이 곤두섰나 봐요. 까닭 없이 소름이 끼쳤나 봐요. 뭔가 무서운 일이 벌어질 것 같은 예감을 떨쳐 버릴 수가 없어요."

"어린애처럼 왜 그래?" 쉬잔이 단호하게 말했다.

"우리 뭔가 재미있는 이야기를 해요, 응, 앤. 그 다이아몬드 있잖아……."

"그건 어떻게 되었죠?"

"그것을 내가 갖고 있는 것이 안전한 건지 모르겠어. 그전에는 괜찮았지만 말이야. 아무도 그것이 내 짐 속에 있으리라고는 생각지도 못할 거야. 그렇지만, 이젠 우리가 절친하다는 것은 모든 사람들이 다 아는 사실이지. 당신과 나, 나도 의심받게 될 거야."

"그래도 그것이 필름통 안에 들어 있는 것은 아무도 모르잖아요."

내가 우겼다.

"숨기기엔 안성맞춤인 곳이라 저는 그보다 더 이상 안전한 곳을 찾아낼 수 없을 것 같은데요."

그녀는 동의하긴 했지만 못내 미심쩍어하면서 빅토리아 폭포에 도착하기 전에 다시 한 번 그 문제를 논의하자고 말했다.

기차는 9시에 출발했다. 유스터스 경의 심기는 편한 것과는 거리가 멀었고, 페티그류 양은 꾹 참고 있는 듯이 보였다. 레이스 대령은 전적으로 그다웠다. 돌아오는 길에 나누었던 우리의 대화가 몽땅 내가 꿈꾼 것은 아닌가 생각될 정도였다.

나는 그날 밤 으슬으슬한 악몽에 시달리며 딱딱한 침대에서 불편한 잠을 자고 있었다. 머리가 지끈거려 잠이 깨는 바람에 별실 객차 전망대로 나갔다. 시원하고 상쾌했으며, 시선이 닿는 곳 모두가 물결치는 숲으로 된 언덕이었다. 나는 매료되었다. 지금까지 보아 온 곳보다 더 멋있는 곳이었다. 나는 그 순간 관목숲 한복판에 조그만 오막살이를 짓고 언제까지나, 언제까지나 그곳에서 살았으면 하는 생각이 굴뚝같았다.

2시 반이 되기 직전, 레이스 대령이 '사무실'에서 나를 소리쳐 부르더니, 관목숲 한 부분 위에 걸려 있는 부케(꽃다발)처럼 생긴 하얀 안개를 가리키며 말했다.

"빅토리아 폭포에서 생긴 물보라요. 그곳이 거의 다 와가나 봅니다."

나는 여전히 괴로운 밤을 극복케 한 그 기묘한 꿈결 같은 격앙된 감정에 휩싸여 있었다. 마음속에 깊이 뿌리내린 그 기분은 마치 집으로 돌아온 듯한 착각을 불러일으켰다. 집이라니! 이전에는 여기 와본 적이 없지 않은가—아니면, 내가 꿈을 꾼 것인가?

우리는 기차에서 내려 호텔까지 걸어갔는데, 호텔은 모기 방지용 전선이 걸린 하얀 건물로 되어 있었다. 길도 없었고 집도 없었다.

우리는 스툽에 나가 앉았다. 나는 탄성을 질렀다. 30마일쯤 떨어져 빅토리아 폭포가 우리 앞에 펼쳐져 있었다. 나는 여태껏 그렇게 크고 우아한 곳을 본적이 없었다—앞으로도 그럴 것이다.

"앤, 홀렸나 봐?"

우리가 점심을 먹으려고 앉았을 때 쉬잔이 말했다.

"당신이 이랬던 적을 전에는 본 적이 없었는데."

그녀는 나를 의아하다는 듯이 응시했다.

"제가요?"

내가 웃었다. 그렇지만 내 웃음이 자연스럽지 못하다는 것을 나도 느꼈다.

"저 광경이 몽땅 다 맘에 들어서 그래요."

"그것뿐만이 아닌 것 같은데."

그녀가 눈썹을 약간 찡그렸다. 불안감을 나타내 보이는 표시였다.

그렇다. 나는 행복했지만 그 이상으로 내게 뭔가가 일어나기를 기다리는 듯한 기묘한 감정에 빠져 있었다. 뭔가가 곧 터질 것만 같았다. 나는 흥분해 있었다. 침착할 수가 없었다.

차를 마시고 나서 우리는 어슬렁어슬렁 걸어나와 전차에 올라탔는데, 선로의 조그만 통로에서부터 다리로 갈 때까지 미소 짓는 원주민들에게 이리저리 떼밀렸다.

경탄이 절로 나오는 광경이었다. 어마어마한 협곡과 그 아래로 도도히 떨어져 내리는 물, 저 아래로 쫙 내려앉은 안개, 그리고 이따금 순간적으로 우리 앞을 스쳐 지나가는 물보라가 폭포가 있음을 암시해 주었으며, 그것이 지나면 꿰뚫을 수 없는 심연 속으로 다시 잠겨 들었다. 그것이 내 마음에는 질적으로 정의내리기 힘든, 넋을 잃게 하는 빅토리아 폭포의 매력으로 영원히 아로새겨질 것이다. 사람들은 언제나 가서 봐야겠다고 생각은 하지만, 결코 그렇게 되지 않는다.

다리를 건너, 양쪽에 하얀 돌이 세워져 길로 구분된 곳을 천천히 걸어가니 산골짜기 언저리가 나왔다. 마침내 우리는 왼쪽 아래에서부터 협곡으로 통하는 길이 나 있는 커다란 공터에 다다랐다.

"손바닥 협곡이로군." 레이스 대령이 일러주었다.

"아래로 내려가 볼까요? 아니면, 내일 가보게 남겨 둘까요? 시간은 좀 걸릴 겁니다. 그리고 다시 한참 위로 올라와야 하고요."

"내일로 미룹시다." 유스터스 경이 단호하게 말했다.

나는 그가 고생을 요하는 육체적인 운동은 전혀 좋아하지 않는다는 점을 주목했다.

그가 먼저 발길을 되돌렸다. 걸으면서 우리는 그 고장 특유의 질 좋은 대(竹)숲을 지나쳤다. 그 뒤에 머리 위에 온갖 살림살이를 죄다 쌓아올린 듯한 여자가 걸어왔다. 그 무더기엔 프라이팬까지도 끼어 있었다!

"내가 원할 때 항상 카메라가 없단 말이야."

쉬잔이 낙심하여 신음 섞인 소리를 토했다.

"저런 광경은 앞으로도 숱하게 만날 겁니다, 블레어 여사. 그러니 한탄하지 마십시오." 레이스 대령이 말했다.

우리는 다리로 돌아왔다.

"레인보 폭포(빅토리아 폭포는 몇 개로 갈라져 있는데, 레인보 폭포는 그중 하나)로 들어가 볼까요? 아니면 젖을까 봐 걱정이 되어서 그러십니까?"

쉬잔과 나는 그를 동반하고 갔다. 유스터스 경은 호텔로 돌아갔다. 레인보 폭포에서는 오히려 실망한 편이었다. 뚜렷이 무지개라 할 만한 것도 없었을 뿐더러 속옷까지 젖었기 때문이다. 이따금 반대편에서 얼핏얼핏 거대한 빅토리아 폭포가 보여 그것이 얼마나 광대하게 펼쳐져 있는가를 알 수 있었다.

오, 그지없이 친근한 빅토리아 폭포여, 나는 얼마나 너를 사랑하고 흠모하는가, 언제까지나!

우리는 저녁식사 때 옷 갈아입을 시간에 맞추어 호텔로 돌아왔다. 유스터스 경은 레이스 대령에 대하여 은근한 반감을 품고 있었다. 쉬잔과 내가 그를 부드럽게 달래 주었지만 별로 이렇다 하게 만족할 만한 성과가 없었다.

저녁을 먹고 나자 그는 페티그류 양을 끌고서 거실로 돌아갔다. 쉬잔과 나는 한동안 레이스 대령과 이야기를 나누었는데, 그녀가 크게 하품을 하면서 침실로 돌아가야겠다는 뜻을 나타냈다. 그와 단둘이 남겨지는 것이 어색해서, 나 역시 일어나 내 방으로 돌아왔다.

그렇지만 잠들기에는 난 너무도 흥분해 있었다. 나는 옷을 벗지도 않았다. 그대로 의자에 기대앉아 꿈길을 헤맸다. 무엇인가가 점점 가까이, 더 가까이 다가오고 있는 듯한 생각에 사로잡혀서 떨쳐 버릴 수가 없었다.

노크 소리가 들려 몸을 꿈틀거렸다. 일어나 문으로 갔다. 어떤 보이가 편지를 내밀었다. 내가 모르는 사람이 보낸 것으로, 손으로 쓴 주소가 적혀 있었다. 나는 그것을 받아들고 방으로 들어왔다. 그러고는 그것을 손에 쥔 채로 우두커니 서 있었다. 마침내 편지를 뜯었다. 무척 짤막한 글이 씌어 있었다.

당신을 만나야겠소 감히 호텔로 갈 엄두는 낼 수가 없소 손바닥 협곡 옆 공터로 나와 주시겠소 17번 선실을 기억하는 의미에서 부디 와주시오 당신이 해리 레이번이라 알고 있는 사람으로부터.

내 심장은 터질 것처럼 고동쳤다. 그러니까 그는 여기에 와 있는 것이다!

오, 나는 알고 있었다──나는 죽 알고 있었어! 나는 그가 내 가까이 있음을 느낄 수 있었던 것이다. 무심결에 내 몸은 그가 숨어 있는 장소로 가는 것이었다.

머리에 스카프를 두르고 살금살금 문으로 갔다. 조심해야만 했다. 그는 쫓기고 있다. 아무에게도 내가 그와 만나는 장면을 들켜서는 안 된다. 나는 쉬잔이 묵고 있는 방 문으로 살금살금 다가갔다. 그녀는 금방 잠에 떨어져 있었다. 쌕쌕 숨 쉬는 소리마저 들릴 지경이었다.

유스터스 경은? 나는 그의 거실 문 밖에서 귀를 기울였다. 그렇다, 그는 페티그루 양에게 글을 받아쓰게 하고 있었으며, 나는 그녀가 단조롭게 그의 말을 받아 읊조리는 소리를 들을 수 있었다.

"그러므로 나는 이러한 노동의 문제에 총력을 기울여야 함을 감히 주장하는 바이다."

그녀는 그가 계속하기를 기다리면서 잠시 말을 끊고 있었으며, 나는 그가 뭔가에 대해 화가 났는지 투덜거리는 소리를 들을 수 있었다.

나는 다시 살금살금 걸어갔다. 레이스 대령의 방은 비어 있었다. 라운지에서도 그가 보이지 않았다. 그런데 그는 내가 가장 두려워하는 사람이 아닌가! 그렇기는 하지만 나는 더 이상 꾸물거릴 여유가 없었다. 나는 재빨리 호텔을 빠져나와 다리께로 가는 길을 택하여 걸어갔다.

다리를 건넌 다음 일단 남의 눈에 띄지 않는 곳에 숨었다. 누군가가 나를 미행해 왔다면, 그가 다리를 건너는 것이 보일 것이다. 1분가량 지났지만 다리를 건너오는 사람은 아무도 없었다. 나는 미행당하지 않았던 것이다. 얼른 돌아서서 공터로 가는 길로 향했다. 그러고는 여섯 걸음 정도 걸어간 다음 멈춰섰다. 뒤에서 뭔가가 바스락거렸다. 호텔에서부터 미행한 사람이 있을 리는 없다. 벌써부터 여기 와서 기다리는 자가 틀림없었다.

그런데 곧, 내가 까닭 없이 겁먹고 있다는 것을 본능적으로 깨달았다. 저번 날 밤에 킬모든호에서 느꼈던 기분과도 흡사했다─본능적으로 위험이 닥쳤다는 것을 경고하는 확신이었다.

나는 고개를 돌리고서 날카롭게 살폈다. 정적이 감돌았다. 한두 걸음을 옮겼다. 또다시 바스락거리는 소리가 들렸다. 계속 걸어가면서 나는 다시 한 번 고개를 돌렸다. 어둠 속에서 남자의 형체가 어른거렸다. 내가 자기를 본 것을 눈치 채자, 앞으로 몸을 날리더니 거칠게 내 쪽으로 다가왔다.

누구인지를 알아차리기에는 너무 어두웠다. 내가 느낄 수 있는 것은 고작해야 키가 크고, 원주민이 아닌 유럽인이라는 정도였다. 나는 쌩하니 달리며 도망쳤다. 그가 뒤에서 맹렬히 쫓아오는 소리가 들렸다. 그날 밤에는 달도 뜨지 않아, 눈으로 끊임없이 내가 내디뎌야 할 곳을 표시해 주는 하얀 돌을 뒤쫓으면서 더욱 빨리 달렸다.

갑자기 발끝에 느껴지는 것이 아무것도 없었다. 뒤에서 남자의 웃음소리가 들렸다. 사악하고도 불길한 웃음소리였다. 그 소리는 내 귓가를 맴돌았으며, 나는 몸이 거꾸로 뒤집혀진 채 아래로, 아래로, 끝없이 떨어져 갔다.

제19장

나는 고통스러운 가운데 서서히 의식을 되찾았다. 몸을 움직이려 하자 머리가 쑤셨으며, 왼쪽 팔에서는 쿡쿡 찌르는 통증이 느껴졌고, 모든 것이 꿈만 같고 현실 같지가 않았다. 악몽 같은 장면들이 눈앞에 어른거렸다. 나는 또다시 추락하는 느낌이 들었다. 딱 한 번 안개 속에서 해리 레이번의 얼굴이 내게로 다가왔다. 거의 현실인 줄로 착각할 뻔했다. 그러자 그 환영은 다시 물러나면서 나에게 야유를 보내는 것이었다. 한번은 누군가가 내 입술에 컵을 대주어 그것을 마신 기억이 난다.

칙칙한 얼굴이 내게로 다가와 음험하게 미소 지었다―악마의 얼굴 같아서 비명을 질렀다. 그리고 다시 꿈을 꾸기 시작했다. 길고도 고통스러운 꿈속에서 나는 헛되이 해리 레이번에게 위험을 알리려고 그를 찾아 헤맸다. 위험을 알리다니, 어떤 위험이란 말인가? 나 자신에 대해서는 개의치 않았다. 그렇지만 위험이 도사리고 있었다―뭔가 굉장한 위험. 나만이 그를 구할 수 있었다. 그러자 다시 어둠이 시작되고, 그 어둠 덕분에 진짜로 잠에 빠져 버렸다.

마침내 잠에서 깨어나 정신을 되찾았다. 오랜 악몽이 끝난 것이다. 나는 무슨 일이 일어났었는지 모조리 기억해 냈다. 서둘러 호텔을 빠져나와 해리 레이번을 만나러 갔던 일이며, 어둠 속에 한 남자가 도사리고 있었던 것, 마지막 악몽 같은 순간에 추락했던 것을.

기적이든 아니든, 어쨌든 나는 죽지 않았다. 나는 온몸에 멍이 들고 욱신욱신 아팠으며 몸도 무척 허약해졌지만, 아무튼 살긴 산 것이다. 하지만 나는 어디에 있는 것일까? 간신히 머리를 들고 주위를 돌아보았다. 나는 사방이 거친 나무 벽으로 된 조그만 방에 누워 있었다. 벽에는 동물 가죽과 여러 가지 상아로 된 어금니가 걸려 있었다. 나는 딱딱한 침대에 누워 있었는데 이것 역시 가죽으로 덮여 있었고, 내 왼쪽 팔은 붕대가 감겨 있어서 뻣뻣하고 불편했다.

처음엔 나 혼자만 있는 줄로 알았는데, 한 남자가 머리를 창 쪽으로 두고 빛 가운데 앉아 있는 것이 보였다. 그는 꼼짝도 하지 않아 흡사 나무로 조각해 놓은 것 같았다. 짧게 깎은 듯한 검은 머리가 왠지 친숙하게 느껴졌으나, 함부로 내 상상력의 나래를 펴게 할 수는 없는 노릇이었다. 갑자기 그가 등을 돌려서 숨을 훅 들이 삼켰다. 해리 레이번이었다!

살아 있는 해리 레이번이었다. 그가 일어나서 내 곁으로 다가왔다.

"좀 나아졌소?" 그가 사소한 말을 어색하게 했다.

나는 대답할 수가 없었다. 눈물이 볼을 타고 흘러내렸다. 기운은 여전히 없었지만, 나는 그의 두 손을 모아 쥐었다. 그가 거기 서서 새로운 시선으로 나를 내려다보는 동안 이렇게 죽을 수만 있다면.

"울지 말아요, 앤. 자, 자, 눈물을 거둬요. 이젠 안전합니다. 아무도 당신을 어쩌지 못할 거요."

그는 나갔다가 컵을 들고 다시 돌아와 내게로 가져왔다.

"이 우유 좀 마셔 봐요."

나는 얌전히 시키는 대로 우유를 받아마셨다. 그는 어린애들을 대하듯 나지막하게 달래는 듯한 어조로 이야기를 해나갔다.

"지금은 아무것도 묻지 말아요. 다시 자도록 해요. 당신은 좋아질 거요. 원한다면 나는 나가겠소."

"싫어요." 내가 황급히 소리쳤다.

"싫어요, 싫어요."

"그렇다면 여기 있겠소."

그는 조그만 의자를 갖고 와 내 곁에 앉았다. 그가 내 손에다 자기 손을 포개고서 나를 달래고 위로하자, 나는 다시 한 번 잠의 나락으로 떨어졌다.

그때는 틀림없이 저녁이었는데, 다시 깨어 보니 해가 중천에 떠 있었다. 혼자 오두막에 남겨진 줄 알았는데, 몸을 뒤척이자 늙은 원주민 여인이 밖에서 뛰어들어 왔다. 그녀는 몹시 못생겼지만 내게 기운을 북돋워 주는 미소를 지어 보였다. 그녀는 대야에 물을 채워 가지고 들어와 얼굴과 손 씻는 것을 거들어 주었다. 그때 그녀는 비누 그릇도 가져다주었는데, 나는 한 방울도 남기지 않고 다 썼다! 나는 그녀에게 여러 가지 질문을 했지만 그녀는 그저 웃으면서 머리를 끄덕이며 목구멍소리로 연신 떠들어댈 뿐이어서, 그제야 나는 그녀가 영어를 한 마디도 못 알아듣는다는 사실을 깨달았다.

해리 레이번이 들어오자 그녀는 얼른 일어나 뒤로 얌전하게 물러섰다. 그가 나가도 좋다고 그녀에게 머리를 끄덕이자, 그녀는 우리만 남겨 놓고 밖으로 나갔다. 그는 나를 보며 미소 지었다.

"오늘은 정말 꽤 좋아진 것 같군요!"

"그래요, 정말이에요. 그렇지만 여전히 뭐가 뭔지 영문을 모르겠어요. 여긴 어디죠?"

"우린 빅토리아 폭포에서 4마일 가량 떨어진 잠베지강(짐바브웨 북쪽 국경을 따라 흐르는 강)에 있는 작은 섬에 있는 거요."

"제, 제 친구들이 제가 여기 있는 줄 알고 있나요?"

그는 고개를 저었다.

"그들에게 소식을 전해야 하는데."

"당신은 물론 그렇게 하고 싶겠지만, 내가 당신이라면 좀더 기운을 차릴 때까지 기다리겠소."

"왜요?"

그가 금방 대답하지 않아 내가 말을 계속했다.

"전 여기 얼마나 있었죠?"

그의 대답이 나를 놀라게 했다.

"근 한 달쯤."

"어머!" 내가 소리쳤다.

"쉬잔에게 얘길 해야 하는데. 그녀가 무지무지 걱정할 텐데."

"쉬잔은 누구요?"

"블레어 여사예요. 저는 그녀와 유스터스 경과 레이스 대령과 함께 호텔에 들었댔어요. 당신은 그것을 확실히 알고 있었나 보죠?"

그는 고개를 저었다.

"나는 당신이 팔이 심하게 비틀린 채 의식을 잃고 나뭇가지에 걸려 있는 것을 발견했다는 것밖엔 아무것도 모르오."

"나무는 어디에 있었죠?"

"낭떠러지에서 삐죽 비어져 나와 있었어요. 당신 옷이 나뭇가지 끝에 걸리지 않았다면, 당신은 글자 그대로 산산조각이 났을 거요."

나는 부들부들 떨었다. 그러자 문득 어떤 생각이 떠올랐다.

"당신은 제가 거기 있는 줄 몰랐다고 했죠? 그렇다면 그 편지는 어떻게 된 거예요?"

"편지라니?"

"제게 보낸 것 말이에요. 절더러 공터에서 만나자고 했잖아요."

그가 나를 뚫어지게 쳐다보았다.

"나는 그런 편지를 보낸 적 없소."

나는 머리끝까지 화끈화끈 달아오름을 느꼈다. 다행히도 그는 그런 내 모습을 못 본 것 같았다.

"그렇다면 당신은 어떻게 그곳에 나타날 생각을 다 했나요?"

내가 최대한으로 무심함을 가장하며 물었다.

"그리고, 당신이 이 바닥에서 하는 일은 도대체 뭐죠?"

"난 여기에 살고 있어요." 그가 간략하게 말했다.

"이 섬에서요?"

"그래요. 전쟁이 끝난 뒤에 이리로 왔죠. 간간이 호텔에 묵고 있는 손님들을 모아다가 배에 태우기도 하지만, 그런 것 가지고는 전혀 생활 대책이 되질 않아요. 그리고 대개는 나 좋은 대로 생활하죠."

"여기서 죽 혼자 생활했어요?"

"난 세상살이에 연연해하지 않습니다, 정말이에요."

그가 차갑게 대답했다.

"제가 공연한 질문을 해서 당신을 괴롭혔다면 죄송해요. 그렇지만, 이런 문제를 놓고는 정말 달리 할 말이 없는 것 같아요."

놀랍게도 그의 눈이 약간 반짝였다.

"아무려면 어떻소. 나는 석탄자루 떠메듯 당신을 어깨에 메고서 배로 싣고 왔소. 석기시대 원시인과 아주 흡사했죠."

"또 다른 이유가 있었겠죠." 내가 말을 끼워 넣었다.

이번에는 그가 얼굴을 붉혔는데, 아주 확확 달아올랐다. 검게 탄 그의 얼굴이 고통스러워 보였다.

"하지만, 어떻게 그토록 알맞은 때에 저를 위해 나오셨는지 말씀해 주시지 않았잖아요?"

나는 그가 당황스러워 하는 것을 무마시키려고 서둘러 물었다.

"잠을 잘 수가 없었어요. 나는 안정을 잃고서, 뭐랄까, 뭔가가 일어날 것만 같은 예감에 시달리고 있었소. 결국 배를 꺼내어 타고 나가 기슭에 내려서 폭포 쪽으로 터벅터벅 발걸음을 옮기고 있었죠. 내가 손바닥 협곡의 벼랑에 다다랐을 때 마침 당신의 비명소리가 들린 거요."

"어째서 호텔에 연락하여 구원을 청하시지 않고 그냥 저를 이곳으로 데리고 오신 거죠?" 내가 물었다.

그가 다시금 얼굴을 붉혔다.

"당신에게는 용서할 수 없는 무례함이 되겠습니다만, 그렇지만, 당신은 아직까지도 도무지 자신이 위험에 처해 있다는 사실을 실감하지 못한 모양이군요! 당신은 내가 당신 친구들에게 알려야 한다고 생각하나요? 당신을 유인하여 죽을 뻔하게 만든 그 잘난 친구들에게 말이오? 난 다른 그 누구보다도, 내가 더 잘 당신을 보살필 수 있다고 맹세할 수 있어요. 이 섬에는 아무도 얼씬거리지 않습니다. 이전에 내가 열병을 한번 치료해 준 적이 있는 늙은 바타니 여인만이 당신을 돌봐 주러 여기에 와 있죠. 그녀는 충성이 지극합니다. 한 마디도 불지 않을 거요. 나는 근 한 달 동안이나 당신을 지켜 왔고, 그 사실을 아는 사람은 아무도 없어요! 한 마디라도 좀 따뜻하게 해줄 수는 없소!"

"당신의 말이 백번 옳아요." 나는 조용히 말했다.

"아무에게도 소식을 전하지 않겠어요. 하루 이틀 정도 더 빨라졌다 해서 하루아침에 근심걱정이 덜어지는 것도 아닐 테니까. 그들은 제가 제 몸같이 돌보는 사람들은 아니에요. 그저 아는 사람들일 뿐이죠, 정말이에요—쉬잔까지도요. 그런데, 그 편지를 쓴 작자가 누군지는 몰라도 아주 소상히 알고 있더군요. 외부인의 짓 같지가 않아요."

그 편지에 관해 언급할 때, 이번에는 전혀 얼굴을 붉히지 않고도 해낼 수 있었다.

"나 때문에 괜히 이곳으로 왔다고 생각한다면……."

그가 머뭇거리며 말했다.

"그런 생각은 해보지 않았어요." 내가 솔직하게 말했다.

"그렇지만 자초지종을 듣는 데야 어디 해가 될라고요"

"당신은 언제나 자신이 좋아하는 일만 하나요, 베딩펠드 양?"

"대개는 그래요."

나는 조심스럽게 대답했다. 다른 사람에게라면, "언제나 그래요."라고 말했을 것이다.

"신랑 될 사람에게 동정이 가오." 그가 불쑥 말했다.

"그럴 필요는 없어요. 저는 미친 듯이 사랑하는 남자가 아닌 한 절대 결혼하지 않겠어요. 진정으로 사랑하는 사람을 위해 자기가 싫어하는 일도 마다않고 흔쾌히 하는 것만큼 여자에게 즐거운 것도 없어요. 그건 사실이에요. 자아가 강한 여자일수록 더욱 그럴 거예요."

"미안하지만 나는 당신의 말에 동의하지 않습니다. 대체로 자기가 찾던 짝은 딴 사람에게 가 있기 마련이거든요."

그가 약간 빗대어 빈정거리며 말했다.

"그건 그래요." 내가 진지하게 대꾸했다.

"그리고 그게 바로 이 세상에 그토록 많은 불행한 결혼이 있는 이유지요. 그건 전적으로 남성들 탓이에요. 자기 아내들이 하자는 대로 하니까, 여자들이 남편을 깔보게 되는 거예요. 그러니까 또 철저히 이기적이 되어 자기 고집만 부리고 '고맙다' 소리를 하는 법도 없죠. 수완 좋은 남편들은 아내가 자기들이 원하는 대로 하게끔 만드는데, 그렇게 하면서도 오히려 큰소리를 탕탕 치죠. 여자들이란 지배받기를 원해요. 그렇지만 자신들의 희생이 보답 받지 못하는 건 싫어해요. 반면에 남자들은 자기들에게 언제나 고분고분한 여자에게는 결코 고마워하지 않아요. 제가 결혼하게 되면 전 거의 모든 시간을 악마같이 굴겠지만, 이따금씩은 제 신랑이 전혀 기대도 안 했을 때 바로 천사를 연출해 낼 수도 있어요!"

해리는 거리낌 없이 웃었다.

"당신은 내내 싸움만 하고 살겠구려."

"연인들은 언제나 싸우잖아요." 나는 자신 있게 말했다.

"서로 이해가 부족하기 때문이에요. 그들이 서로를 정말 잘 이해하게 된 때에는 이미 사랑은 식은 거예요."

"그 역(逆)도 참(正)이 될까요? 서로 싸우는 사람들은 언제나 연인이다, 라는 것이?"

"모, 모르겠어요." 나는 순간적으로 당황하여 말했다.

그는 벽난로 쪽으로 갔다.

"수프를 좀더 들겠소?" 그가 자연스럽게 물었다.

"오, 그래요. 하도 배가 고파서 하마라도 먹어치울 것 같은 심정이에요."

"거 좋은 현상이오."

그는 불가에서 분주히 움직였다. 나는 그런 그의 모습을 바라보았다.

"자리에서 일어나게 되면 제가 요리를 해 줄게요." 내가 약속했다.

"요리에 대해서는 아무것도 모를 줄 알았는데."

"당신만큼은 저도 음식을 데울 줄 알아요."

내가 선반 위에 늘어서 있는 주석통들을 가리키며 대꾸했다.

"한방 먹었는데." 그가 웃으며 말했다.

그는 웃으면 인상이 확 달라진다. 행복한 소년같이 되는 데, 마치 딴 사람 같다.

나는 수프를 맛있게 먹었다. 내가 먹는 모습을 보자, 불현듯 그는 내게 간곡히 충고하지 않은 것이 생각난 모양이었다.

"아, 그래, 내가 하고 싶은 얘기는 이거요. 내가 당신이라면 몸이 완전히 회복될 때까지 여기서 조용히 숨어 지내겠소. 적들은 당신이 죽은 줄로만 알 것이오. 시체를 찾지 못했다 하더라도 놀랄 일은 아니오. 바위에 부딪쳐 산산조각이 난 것을 급류가 휩쓸어 갔을 거라고 여길 테니 말이오"

내가 몸을 부르르 떨었다.

"건강이 완전히 회복된 뒤에 조용히 베이라(모잠비크의 항구)에 가서 영국으로 가는 배를 타면 되잖소"

"그건 너무 싱거운 것 같은데요" 나는 콧방귀를 끼며 거부했다.

"바보 같은 여학생 말투가 나오시는군"

"전 바보 같은 여학생이 아니에요" 내가 발끈하여 소리쳤다.

"전 다 큰 숙녀라고요"

내가 얼굴이 달아오른 채 벌떡 일어나 앉아 소리치자 그는 도무지 영문을 모르겠다는 표정으로 나를 쳐다보았다.

"원 세상에, 당신이 숙녀라니……."

그가 고시랑고시랑 대더니 불쑥 밖으로 나가 버렸다.

나의 회복은 빨랐다. 두 곳에 상처를 입었는데, 머리에 타박상을 입은 것과 팔을 심하게 삔 것이었다. 특히 심하게 다친 곳은 팔인데, 내 구조자는 척 보기엔 부러진 줄로만 알았다는 것이다. 면밀하게 살핀 끝에야 그렇지 않다는 것을 확신했다고 하나, 그 팔을 사용할 만큼 회복이 아주 빠르긴 했지만 그래도 움직일 때마다 굉장히 아팠다.

이상야릇한 기간이었다. 아담과 이브가 그러했듯 우리는 세상과 격리되어 있었다—하지만 상황 자체야 한없이 다르지! 늙은 바타니 여인만이 어슬렁거리고 돌아다녔는데, 마치 주위에 개가 한 마리 있는 것과 다를 바 없었다. 요리는 내가 하겠다고 고집을 부렸는데, 그러기 위해서는 대개의 일을 한 손으로도 잘 처리해 내야만 했다. 해리는 대부분의 시간을 밖에서 보냈지만, 우리는 종려나무 그늘에 드러누워 이야기도 하고 다투기도 하면서 많은 시간을 함께 보냈다. 하늘 아래에서 일어나는 일들을 몽땅 토론하면서 열띤 논쟁을 벌이기도 하고, 다시 화해하기도 했다. 우리는 수도 없이 언쟁을 벌였지만, 어느덧 우리 사이엔 도저히 있을 것 같지 않던 진실하고도 지속적인 우정이 싹트게 되었다. 그것은, 정말 희한한 일이었다.

시간이 가까워 올수록, 내 몸이 충분히 회복되어 떠나도 될 때가 언제인지를 알게 되니까 마음이 무거웠다. 그는 나를 보낼 셈인가? 한 마디도 없이? 기약도 없이? 그는 발작적으로 침묵에 빠지곤 했고, 시무룩한 순간이 한없이 지속되면 그가 먼저 벌떡 일어나 스스로 길을 떠날 것만 같았다.

어느 날 저녁, 드디어 위기가 닥쳤다. 우리는 간단한 저녁식사를 마치고 오두막 문가에 앉아 있었다. 해가 뉘엿뉘엿 지고 있었다. 나는 턱을 괴고 앉아 명상에 잠겼다. 그렇긴 해도 해리의 눈길은 느끼고 있었지만.

"마녀처럼 보여, 앤."

그가 마침내 입을 열었는데, 이전에는 느낄 수 없었던 뭔가가 그의 목소리에 깃들어 있었다. 그는 손을 내밀어 내 머리카락을 만졌다. 떨렸다. 갑자기 그가 결심한 듯 벌떡 일어났다.

"내일 여기서 떠나, 내 말 듣고 있소?" 그가 소리쳤다.

"나는, 나는 더 이상 참을 수 없어. 나도 결국은 남자에 불과해. 가란 말이야, 앤. 가. 당신은 바보가 아니잖아. 이런 식으로 지속될 수 없다는 것을 당신도 알잖아."

"저도 그렇게 생각하고 있었어요." 내가 천천히 말했다.

"그렇지만, 행복했는데, 그렇잖아요?"

"행복했다고? 내게는 지옥이었어!"

"아니, 그렇게 나빴어요?"

"나를 고문해서 어쩌자는 거야? 왜 나를 조롱하는 거야? 어째서 그렇게 말하는 거야?"

"전 비웃지 않았어요. 그리고 조롱하는 게 아니에요. 제가 여길 떠나길 바라신다면 전 떠나겠어요. 그렇지만 제가 있기를 원하신다면, 전 있겠어요."

"그건 안 돼!" 그가 격하게 외쳤다.

"그렇게는 할 수 없어. 날 유혹하지 마, 앤. 당신은 내가 어떤 사람인지 알기나 해? 두 번이나 범죄를 저질렀어. 쫓기는 몸이란 말이야. 여기서는 해리 파커로 통해. 사람들은 내가 여행 삼아 이곳에 나와 있는 줄로 알고 있지만, 언제고 사실이 밝혀지면 크게 곤욕을 치를 거야. 당신은 젊어, 앤. 또 그렇게 아름다울 수가 없어―남자를 미치게 만드는 아름다움이 있어. 당신 앞에는 멋진 세상이 펼쳐져 있어. 사랑과 인생, 그 모든 것이 다 당신 거야. 내 인생은 음지에서 시들고, 황폐해지고, 쓰디쓴 잿빛의 기미밖에는 없어."

"당신이 원하지 않는다면……."

"내가 원하는 것을 당신은 알잖아. 내 영혼이 당신을 품에 안고 세상에서 뚝 떨어져 언제까지나 여기서 지내고 싶어 한다는 것을 알잖아. 앤, 당신은 나를 유혹하고 있어. 마녀의 머리칼을 가진 당신, 입에서는 아무리 심각한 말이 나올지라도 눈만큼은 황금색으로, 갈색으로, 푸른색으로 끊임없이 변하면서 언제나 웃고 있어. 하지만 난 당신에게서나 나 자신에게서나 당신을 구해 내야만 해. 오늘 밤 떠나. 베이라로 가서……."

"전 베이라로 가지 않겠어요." 내가 말을 막았다.

"가야만 해. 내가 당신을 베이라로 데리고 가서 배에 던져서라도 태울 거야. 내가 뭐로 만들어졌다고 생각해? 당신은 내가 밤이면 밤마다 깨어나 사람들이 당신을 잡으러 올까 봐 걱정할 거라고 생각해? 기적이 일어나기를 무한정 바라서는 안 되는 거야. 영국으로 돌아가야 해, 앤. 그리고 결혼해서 행복하게 살고."

"제게 안락한 생활을 제공해 줄 건실한 남성과 말이죠!"

"뻔히 당할 재난보다야 낫잖아."

"당신은 어떻게 하실 거죠?"

그의 얼굴이 흐려진 채로 굳어졌다.

"당장 해야 할 일이 있어. 뭔지는 묻지 마. 무엇인지는 짐작하리라 생각해. 그렇지만 이것만큼은 말해 두겠어. 나는 오명을 씻을 생각이야. 그러다가 죽을지도 모르지만. 그 전날 밤에 당신을 죽이려고 일을 꾸몄던 그 악당도 목 졸라 죽이든지 하겠어."

"공정을 기해야죠. 그가 나를 진짜로 밀어 떨어뜨린 건 아니잖아요."

"그에겐 하등 그럴 필요가 없어. 그는 생각보다 훨씬 교활한 놈이야. 나중에 내가 그 길을 다시 가보았어. 처음엔 모든 것이 그대로인 것처럼 보였는데, 알고 보니 땅에는 본래 길의 표시였던 돌들이 옮겨져 제자리에서 약간 벗어난 곳에 다시 놓인 흔적이 있었어. 낭떠러지 바로 앞에는 커다란 관목들이 자라고 있었지. 그가 낭떠러지 쪽으로 돌을 교묘하게 위장시켜 놔서, 당신이 길을 제대로 접어들었다고 생각했을 때 실상은 허공을 밟게 해놓은 거야. 내 주먹이 그놈에게 가 닿기만 하면 하나님이 뜯어 말려야 할 거야!"

그는 잠시 말을 끊고 나서 어조를 완전히 바꿔 말을 이었다.

"우리는 이런 식의 얘기를 한 번도 나눈 적이 없어. 그렇지만 이제 때가 왔어. 나는 당신이 내 모든 얘기를 들어줬으면 해, 처음부터 말이야."

"과거를 회상하는 것이 괴로우시다면 제게 말하지 말아요."

내가 나지막한 목소리로 말했다.

"하지만, 난 당신이 알았으면 해. 내 인생에 있어서 그 부분을 남에게 얘기하게 되리라고는 상상도 못 했어. 재미있잖아, 운명의 장난이?"

그는 한동안 아무런 말이 없었다. 해는 완전히 졌고, 벨벳처럼 부드러운 아프리카 밤의 어두움은 마치 우리를 외투로 감싼 것 같았다.

"제가 아는 부분도 있어요." 내가 부드럽게 말했다.

"뭘 안단 말이지?"

"당신의 진짜 이름이 해리 루카스라는 것 말이에요."

여전히 그는 머뭇거렸다. 나는 쳐다보지도 않고 자기 앞으로만 시선을 고정시켰다. 나는 그가 속으로 무슨 생각을 하고 있는지 짐작조차 할 수가 없었는데, 그는 뭔가 결단을 내려 말 못 할 사연을 털어놔야겠다는 데에 묵종하는 듯, 고개를 앞으로 푹 떨어뜨리더니 이야기를 하기 시작했다.

"맞았어. 내 진짜 이름은 해리 루카스지. 우리 아버지는 로디지아에 농장을 경영하러 온 퇴역군인이었어. 아버지는 내가 케임브리지 대학 2학년 때 돌아가셨어."

"아버지를 좋아했나요?" 내가 난데없이 물었다.

"모—르겠어."

그는 얼굴을 붉히더니 갑자기 열정적으로 말을 이어갔다.

"내가 왜 그렇게 말했지? 난 아버지를 무척 좋아했는데. 내가 아버지를 마지막으로 만났을 때 우리는 고통스러운 대화를 나누었는데, 내 난폭한 행동이며 내가 빚진 것 등등에 대해 격렬한 언쟁이 오갔지만 난 조금도 아버지 생각은 하지 않았던 거야. 이제는 정말 한스럽지만, 때는 이미 늦었지."

그가 훨씬 차분하게 말을 계속했다.

"내가 그 친구를 만난 것은 케임브리지 재학 때였어."

"젊은 어슬리 말인가요?"

"그래, 젊은 어슬리. 그의 아버지는, 당신도 알다시피 남아프리카에서 아주 저명한 사람이었어. 우리, 그 친구와 나는 보자마자 죽이 맞아 함께 싸질러 다녔지. 우리는 남아프리카를 사랑한다는 공통분모가 있었고, 둘 다 미지의 세계에 대한 관심이 지대했거든. 어슬리가 케임브리지 대학을 떠났을 때 그는 아버지와 마지막으로 대판 붙었어. 그 친구 아버지가 두 번이나 그의 빚을 갚아주었어. 하지만, 다시는 못 해주겠다고 한 거야. 그들 부자간에 비통한 장면이 벌어졌겠지. 로렌스 경은 인내의 한계에 도달했다고 하고서, 자식을 위해 더 이상은 못 하겠다고 한 거야. 그는 한동안은 혼자서 자립하지 않으면 안 되었어. 당신도 들어서 알듯이 그 결과 두 젊은이는 다이아몬드를 찾아 함께 남아메리카로 떠났지. 지금 같으면 그러지도 않았겠지만, 하여튼 우리는 거기서 멋진 시간을 보냈어.

어려운 점이 한두 가지가 아니었음은 말할 필요도 없겠지만, 아무튼 한번 추구해 볼 만한 삶이었어. 연명하기 위해서 하루 벌어 하루 입에 풀칠하는 지극히 상궤를 벗어난 생활이었지만. 젠장! 그곳이 바로 친구가 과연 무엇인지를 깨닫게 해준 곳이더라 그 말이야. 우리 둘은 단단히 결속되어 오직 죽음만이 우리를 갈라놓을 수 있었지. 왜 그 레이스 대령이 당신에게 들려주었듯이, 우리는 흘린 피 땀을 성공으로 보상받았어. 영국령 기아나 정글 중심부에서 제2의 킴벌리를 우리가 발견한 거야. 그때의 의기양양했던 기분은 굳이 설명하지 않겠어. 그 발견을 돈으로 따질 수는 없었지만, 당신도 알다시피 어슬리는 돈 쓰는데 익숙했고 자기 아버지가 돌아가시게 되면 억만장자가 되리라는 것이 기정사실이었지만, 루카스는 언제나 가난했으며 또 거기에 길이 들어 있었어. 아니지, 그건 발견에 대한 순수한 기쁨이었지."

그는 잠시 말을 끊고서 거의 변명조로 말을 이었다.

"내가 이런 식으로 말해도 되겠나? 마치 내가 아닌 남의 이야기를 하듯 해서 말이야. 지금 과거를 회상하니 마치 두 청년을 보고 있는 것처럼 느껴지는데. 그들 중 한 사람이 해리 레이번이라는 사실마저 잊겠어."

"편하신 대로 얘기하세요."

내가 말하자 그가 계속했다.

"우리는 킴벌리로 갔어. 우리의 발견에 우쭐해 하면서 말이야. 전문가에게 감정을 받기 위해 어마어마한 물량의 다이아몬드를 가지고서 말이지. 그런데 킴벌리에 있는 호텔에서, 우리는 그녀를 만나게 된 거야."

나는 약간 긴장해서 나도 모르는 새 문설주에 대고 있던 손에 저절로 힘이 들어갔다.

"아니타 그륀베르크, 그것이 그녀의 이름이었어. 그녀는 배우였어. 아주 젊은 데다 무척 아름다웠지. 그녀는 남아프리카에서 태어났지만 그녀의 어머니는 헝가리인이었던 것 같아. 그녀에겐 뭔지 모를 신비스러운 분위기가 감돌았는데, 그것이 그녀의 매력을 더욱 돋워 두 청년이 야성의 생활에서 집으로 돌아오게 하기에 족한 것이었어. 그녀는 틀림없이 손쉬운 일을 지령받고 있었을 거야. 우리는 똑같이 그녀에게 매료되었는데, 그 상황은 우리 둘에겐 받아들이기가 무척 힘든 것이었어. 그것이 최초로 우리에게 드리워진 그림자일 거야. 하지만 그때까지도 그 일 때문에 우리의 우정이 약화되지는 않았어. 우리는 상대방을 위해 각각 한 걸음 비켜서서 진심으로 친구가 그녀를 차지하기를 바랐던 거야. 그렇지만 그녀가 바라는 건 그게 아니었어. 나중에, 로렌스 어슬리 경에게 단 하나밖에 없는 자식이 어째서 그녀에게 어울리는 결혼상대가 되지 못했는지를 가끔 궁금히 여겼어. 실상을 알고 보니, 그녀는 드비어 광산의 다이아몬드 선별가(選別家)와 결혼한 사이였어. 하지만 그 사실을 아는 사람이 아무도 없었던 거야. 그녀가 우리의 발견에 지대한 관심을 나타내는 체하는 바람에, 우리는 발견 경위를 몽땅 들려주었을 뿐만 아니라 그녀에게 갖고 온 다이아몬드를 보여 주기까지 했어. 딜라일라(삼손의 머리카락을 자른 여인=델릴라), 그것이 그녀에게 붙여졌어야 마땅할 이름이야. 그녀는 자기 역할을 감쪽같이 해냈지!

드비어 광산에서 다이아몬드가 도난당했다는 것이 알려지자, 경찰은 번개같이 우리를 덮쳤어. 그들은 다이아몬드를 압류했지. 처음엔 우리도 웃었어. 하도 사리에 어긋나서 말이야. 그런데 막상 그 다이아몬드가 법정에 제출되자, 어이없게도 드디어 다이아몬드임이 드러난 거야. 아니타 그륀베르크는 온데간데없었고, 그녀가 어떻게나 감쪽같이 바꿔치기를 해놨던지, 이 다이아몬드는 우리 것이 아니라고 아무리 우겨도 비웃음만 살 뿐이었어. 로렌스 어슬리 경이 크게 손을 썼어. 그는 그 사건을 간신히 기각시키긴 했지만, 그래도 두 청년은 파멸되고 도둑이라는 오명 때문에 세상에서 그들의 명예는 여지없이 실추해 버린 거야. 그것은 늙은 노인네의 가슴을 찢기에 충분했지.

그는 아들과 비탄에 싸여서 만났는데, 그때 상상하지도 못할 질책이 노인의 입에서 쏟아져 나온 거야. 어슬리는 가문의 이름을 당당하게 쓸 수 있는 일을 했건만, 그날부터 더 이상 그의 아들이 아니게 된 거야. 그는 가슴이 찢어지는 가운데 자식과의 인연을 끊었어. 멀쩡히 바보가 된 그 청년은 침묵으로 일관하면서 아버지의 불신임을 조소했지. 그는 아버지와 얘기 중에 불같이 뛰쳐나왔어. 친구가 밖에서 그를 기다리고 있었지. 1주일 뒤에 전쟁이 터졌어. 두 친구는 다 입대를 해버렸어. 그다음 얘기는 당신도 잘 알 거야. 두 번 다시 있을 것 같지 않던 친구가 분을 못 이기고 그럴 필요도 없는 위험에 무모하게 몸을 던져 전사한 거야. 그는 오명을 씻지도 못하고 죽은 거지.

앤, 아마도 그는 애증에 가슴 찢어지게 괴로워하는 사람은 바로 나라고 생각했던 것 같아. 나보다는 사실 그의 애증이 더 깊어만 갔어. 그 순간에도 나는 그녀를 미치게 사랑했는데, 때때로 내가 그녀에게 겁을 준 것은 아닐까 하는 생각까지도 해봤다니까. 그렇지만 그의 감정은 꽤 조용하고도 차분히 가라앉아 있었어. 그녀는 그에게 있어 온 우주의 중심이었거든. 따라서 그녀의 배신은 그를 뿌리째 흔들고도 남음이 있었던 거야. 그 충격에 그는 그만 멍한 사람이 되어 버렸지."

해리가 잠시 말을 끊었다. 1~2분 정도 흐른 뒤에 그는 얘기를 계속했다.

"당신도 알듯이 나는 '행방불명, 죽은 것으로 추정됨'이라고 보도되었어. 나는 그것을 결코 바로잡으려 애쓰지 않았어. 나는 파커라는 가명으로 오래전부터 알던 이 섬에 와서 주저앉은 거야. 전쟁 초에는 결백을 증명해야겠다는 의

욕에 불탔으나, 이젠 그 기상이 모두 사라져 버린 모양이야. 난 늘 이렇게 느꼈어. 그래서 뭐하나? 친구도 죽었는데. 그도 나도 살아 있는 사람으로서 서로를 염려해 줄 아무런 유대관계도 없게 되었으니, 나 또한 죽은 것으로 간주된 터에 행복인지도 불행인지도 모르고 그저 여기서 평화스런 삶을 꾸려 나갔어 —감각이 모두 마비된 채로 말이야.

그런데 어느 날 바짝 정신이 들 일이 일어난 거야. 손님들을 잔뜩 모아 배에 태워 강의 상류를 돌려고, 부잔교(浮棧橋)에 서서 사람들이 배를 탈 때 넘어지지 않도록 일일이 도와주고 있었는데, 그때 웬 사람이 깜짝 놀라 외마디 소리를 지르는 거야. 그 바람에 내 시선이 그에게로 쏠렸지. 그는 자그마하고 턱수염을 기른 깡마른 남자였는데, 날 보더니 유령이 아닌가 의심하는 거야. 그의 감정이 하도 격렬해 나서 나의 호기심을 자극했지. 나는 호텔에서 그에 대해 몇 가지 질문을 해서 그의 이름이 카턴이며, 킴벌리에서 왔고, 드비어 광산에서 일하는 다이아몬드 선별가라는 사실을 알아냈어. 억울했던 케케묵은 옛 감정이 다시금 전신을 역류하더군. 나는 섬에서 나와 킴벌리로 갔어.

그에 관해 더 많은 사실을 알아내기로 했거든. 결국엔 그와 담판을 지어야겠다고 결심했지. 리볼버 권총을 갖고 갔어. 한눈에 그가 소심하기 짝이 없는 인간이라는 걸 알아차렸지. 우리가 얼굴을 마주 대하자마자 그는 날 무서워하더구먼. 나는 그를 다그쳐서 알고 있는 것을 금방 몽땅 털어놓게 만들었어. 그가 뒤에서 일부를 조종해서 도난 사건이 이루어졌고, 아니타 그륀베르크는 자기 마누라는 거였어. 우리가 호텔에서 그녀와 식사할 때 우리를 본 적이 있어서 얼굴을 기억하고 있고, 또 내가 죽었다는 기사를 신문에서 읽었는데 빅토리아 폭포에서 나를 봤으니 얼마나 기겁을 했겠어.

그와 아니타는 굉장히 어린 나이에 결혼했는데, 그녀는 곧 그에게서 멀어져 갔다는 거야. 그녀는 나쁜 패거리들과 휩쓸렸다고 그가 내게 말해 주어서, 그때 처음으로 '대령'이라는 인물에 관해 듣게 된 거야. 카턴은 자신이 오직 그 일에만 연루되었지 다른 일에는 끼어든 적이 없었다며 내게 맹세하기에, 그의 말을 믿자는 쪽으로 생각이 기울었어. 그는 범죄조직을 완벽하게 만들 기질의 인간이 절대로 못 되었거든.

나는 여전히 그가 아직도 뒤에 감추는 뭔가가 있다는 생각을 떨칠 수가 없었어. 시험 삼아 그 자리에서 그를 쏴죽이겠다고 협박해 봤지. 내가 지금 이 지경이 되었는데 뭐가 걸리겠냐고 하면서 말이야. 그는 공포에 질려 더 깊은 얘기들을 털어놓더구먼. 얘기를 들어보니, 아니타 그륀베르크는 대령을 그리 믿지 않았던 것 같아. 그녀는 호텔에서 가지고 온 다이아몬드를 건네주는 체 하면서 몇 개를 뒤로 빼돌린 거야. 카턴은 자기의 전문지식으로 그것을 어디에다 숨겨 두면 좋은지 가르쳐 주었어. 언제고라도 그 보석들을 찾게 되면 그 색상과 질이 즉시 드비어 광산의 전문가들 눈에 감정되어, 그들이 한 번도 본 적이 없는 종류라는 걸 알게 될 거야. 그렇게 되면 내 다이아몬드가 바꿔치기 당한 사실이 입증되어 오명을 씻게 될 것이고, 혐의는 당연히 받아야 할 그 패거리들에게 돌아갈 거야.

나는 대령이 여느 때의 수법과는 달리 직접 그 일에 개입했을 것이라는 데 생각을 모았어. 그러므로 아니타는 그 사실로 그를 위협할 수 있게 되었다고 내심 만족해했겠고, 또 그녀로서는 그럴 필요도 있었어. 카턴은 그때 나에게 아니타 그륀베르크, 아니 현재는 나디나라고 하는 그녀와 협상해 보라고 하더구먼. 그 사람 생각으로는, 돈만 충분히 쥐어 주면 그녀는 기꺼이 다이아몬드를 포기할 것이고, 또한 자기의 전 고용주도 배신할 것이라 했어. 그는 즉시 그녀에게 전보를 쳤어. 하지만, 나는 여전히 카턴이 미심쩍었어. 그는 협박하기가 식은 죽 먹기로 쉬운 남자였지만, 겁먹은 나머지 거짓말을 수도 없이 했을 수도 있거든. 그러니, 그의 말 중에 어느 것이 진실인지를 파악해 내기란 사실 쉬운 일이 아니었어. 나는 호텔로 되돌아가 기다렸지. 그다음 날 밤, 나는 그가 보낸 전보에 대한 답신을 받았을 거라고 판단했어.

그의 집에 찾아갔더니 카턴은 밖에 나갔다가 내일 돌아온다고 하더구먼. 나는 즉각적으로 의심이 솟구쳐 오르더군. 나는 아슬아슬하게 그가 사실은 킬모든 캐슬호를 타고 영국으로 가려 한다는 사실을 알아냈는데, 그 배는 48시간 뒤에 케이프타운을 떠난다는 거였어. 내게는 최대한도로 뛰어야 겨우 그 배를 잡아탈 시간밖에 없었지.

나는 배에 모습을 드러내서 카턴을 놀라게 해줄 생각은 없었어. 나는 케임브리지 대학 시절에 연극을 많이 해보아서, 턱수염을 기른 수수한 중년신사로 변신하는 것쯤은 비교적 손쉬운 일이었지. 배에서는 카턴을 피하려고 조심하면서 가능한 한 아픈 체하고 내 선실을 떠나지 않았어. 런던에 도착했을 때 그를 뒤쫓는 데는 아무런 어려움이 없었어. 그는 바로 호텔에 들더니 그다음 날까지 아무데도 나가지 않더군. 오후 1시 직전에야 밖에 나가더군. 나는 그를 뒤쫓았지. 그는 곧장 나이츠브리지에 있는 부동산 사무실로 가더군. 거기서 그는 강가에 있는 집에 세를 들어야겠다고 늘어놓더구먼.

나 또한 옆 테이블에 가서 집을 보러 왔다고 했어. 그때 갑자기 아니타 그륀베르크, 아니 나디나(당신이 어떻게 부르든지 간에), 바로 그 여자가 걸어들어 오는 거였어. 사치스럽고, 오만하고, 여전히 아름다움이 손상되지 않은 채로 말이야. 빌어먹을! 얼마나 그녀를 증오했는지. 거기에 그녀가, 내 인생을 망친 그녀가 서 있었어. 뿐만 아니라 나보다 더 나은 인생도 파멸의 구렁텅이로 몰아넣은 그 여자가 말이야. 그 순간 내 손을 그녀 목에 대고 조금씩 조금씩 죄어 들어가면서 생명을 앗아낼 수도 있었어!

잠깐 동안 나는 피가 거꾸로 돌았지. 부동산 사무실 직원이 무슨 말을 하는지 하나도 귀에 들어오지 않았어. 다음으로 내 귀에 들린 소리는 과장된 외국인 억양이 가미된, 높고 낭랑한 그녀의 목소리였어. '말로우에 있는 밀 하우스 저택 있죠? 유스터스 페들러 경 댁 말이에요. 그 집이 알맞을 것 같군요. 하여튼 가서 돌아보겠어요.' 그 남자가 소개장을 써주자 그녀는 여전히 오만한 태도를 보이며 다시 걸어나가더군. 그녀가 카턴을 알아보았다는 말도 행동도 없었지만, 나는 거기서의 그들의 만남이 계획된 것이었음을 확신했어. 그때 나는 서둘러 결론을 내렸지.

유스터스 경이 남프랑스의 칸에 가 있는 줄도 모르고, 나는 그 집을 고른 것이 단순히 밀 하우스 저택에서 그를 만나려는 핑계일 거라고 생각했지. 나는 도난사건이 있었을 때 시기적으로 그가 남아프리카에 있었다는 것은 알고 있었으나, 그를 한 번도 본 적이 없었으므로 그가 바로 내가 숱하게 들어 왔던 그 대령이라는 수수께끼의 사나이라고 속단했던 거야.

나는 두 연놈을 따라 나이츠브리지를 떠났지. 나디나는 하이드 파크 호텔로 들어가더군. 나도 얼른 뒤쫓아서 그리로 들어갔어. 그녀는 바로 식당으로 들어 갔는데, 그 순간 나는 그녀가 나를 알아보아 괜히 일만 곤란하게 되서는 안 되겠다고 결론을 내리고서 곧장 카틴의 뒤를 밟기로 마음을 바꿔 먹었지. 나는 그가 아마도 다이아몬드를 건네받을 거라고 잔뜩 생각하고서, 그가 꿈도 꾸지 못하고 있을 때 덮쳐서는 그에게서 사실을 캐볼 심산이었어. 나는 하이드 파크 코너에 있는 지하철역으로 그를 따라 들어갔지.

그는 플랫폼 끝에 혼자 서 있더군. 근처에 어떤 아가씨가 서 있었고, 그밖엔 아무도 없었어. 나는 곧장 그에게 접근해야겠다고 마음먹었어. 그런데 그 뒤에 무슨 일이 벌어졌는지는 당신도 잘 알고 있지. 저 멀리 남아프리카에 있으려니 하고 생각했던 남자가 눈앞에 있는 것을 보고 기겁해서는, 이성을 잃고서 뒷걸음질치다가 그만 철로로 떨어져 버리고 만 거야. 그는 한심한 겁쟁이였지. 나는 얼른 의사인 것처럼 꾸미고 그의 호주머니를 뒤져 보았어. 주머니엔 수표 몇 장과 중요한 편지 한두 통, 그리고 필름한 통이 들어 있었는데, 그건 나중에 내가 어딘가에 흘려버렸지. 그리고 22일 날 킬모든호로 약속이 정해진 종이쪽지가 있었어.

사람들이 나를 붙잡기 전에 서둘러 그 자리를 빠져나가려다가 그만 그 쪽지를 떨어뜨렸는데, 다행히도 나는 그 숫자를 기억하고 있었어. 나는 근처의 화장실에 들어가 급히 화장을 지웠지. 죽은 자의 주머니를 뒤졌다는 죄로 잡히기는 싫었거든. 그러고 나서 하이드 파크 호텔로 발걸음을 되돌렸지. 나디나는 아직도 점심을 먹고 있는 중이더군. 어떤 식으로 말로우까지 그녀를 뒤쫓아갔는지는 세세히 말할 필요가 없을 거야. 그녀가 그 저택으로 들어간 다음, 나도 들어가서 관리인에게 그녀와 함께 온 사람인 체하고 말했지. 그래서 나도 들어갈 수 있게 된 거야."

그가 말을 멈추었다. 그 침묵에 긴장감이 맴돌았다.

"내 말을 믿겠지, 앤, 응? 내가 하는 말이 진실임을 하나님 앞에서 맹세할 수 있어. 난 마음속에 살의를 품고 그녀를 뒤따라 들어갔어. 그런데 그녀가 죽어 있는 거야! 나는 그녀를 1층에서 발견했는데, 세상에! 정말 끔찍했어. 죽다니, 내가 3분 간격으로 그녀를 뒤따라 들어갔는데 말이야. 집에는 사람이 있었던 흔적이 전혀 없었어! 당연히 나는 내가 얼마나 난처한 입장에 놓여 있는지를 그 즉시 깨달았지. 그 흉악한(凶惡漢)은 탁월한 수법으로 흉악범이라는 자신의 탈을 벗어 버림과 동시에, 그 탈을 대신 뒤집어씌울 수 있는 속죄양까지 내세울 수 있게 사건을 조작해 놓은 거야. 대령의 수법은 간단했어. 두 번째로 나는 그의 희생물이 된 거지. 바보스럽기 짝이 없게도 그가 파놓은 함정에 간단히 걸려든 거야. 무엇부터 시작해야 할지 난감하더군. 나는 평소처럼 아무렇지도 않은 표정으로 그 집을 빠져나올 수는 있었지만, 머지않아 범죄가 발각되어 내 몽타주가 방방곡곡에 전해지리라는 것을 알았어.

나는 며칠간 웅크리고 들어앉아 감히 움직일 엄두도 못 냈지. 그러다가 기회가 생겼어. 거리에서 두 중년남자가 나누는 대화를 얼핏 들었는데, 그중 한 사람이 유스터스 페들러 경인 걸 알게 된 거야. 나는 즉시 그의 비서로 달라붙어야겠다는 생각을 품었지. 내가 엿들은 한 마디 대화가 한 가지 방법을 마련해 준 거야. 이제는 유스터스 페들러 경이 대령이라고는 사실 더 이상 확신할 수는 없었어. 그의 집은 우연히, 아니면 내가 알아낼 수 없는 은밀한 동기로 만나는 장소로서 사용되었던 거야."

"당신은 아세요?" 내가 말 중간에 끼어들었다.

"거이 파제트가 살인이 일어난 날 말로우에 있었다는 사실을요?"

"그렇다면 이야기가 풀리는데. 나는 그가 유스터스 경과 칸에 가 있었다고 생각했는데."

"그는 플로렌스에 간 것으로 되어 있었지만, 거기에 가지 않은 것이 확실해요. 나는 그가 말로우에 있었을 거라고 확신하지만, 증명할 수는 없어요."

"생각해 보니, 나는 파제트가 당신을 배 밖으로 던지려 한 날 밤까지는 한 순간도 그를 의심해 본 적이 없었어. 그 남자는 멋진 연기자인걸."

"그래요, 정말이에요!"

"그것이 어째서 밀 하우스 저택이 선택되었는지를 설명해 주는군. 파제트는 필시 남의 눈에 띄지 않고 그 집을 드나들 수 있었을 테니까. 당연히 그는 내가 유스터스 경을 따라 배에 타는 걸 반대하지 않았지. 그는 내가 즉시 잡히는 것을 원치 않은 거야. 당신도 알다시피, 그들이 그녀의 행동을 조사해 보니 나다나는 만나는 장소로 보석을 갖고 나오지 않았던 거야. 나는 사실은 카턴이 그것을 가지고 있었는데 킬모든 캐슬호 어딘가에 숨겨놨을 거라고 생각했자—그는 바로 그 점을 염두에 둔 거야. 즉, 그들은 내가 그 보석을 어디다 숨겨놨는지에 대한 단서를 쥐고 있기를 바란 거란 말이지. 대령이 다이아몬드를 찾아내지 못하는 한 그에겐 계속 위험이 따라다니게 되니까, 그러므로, 무슨 대가를 치르고서라도 그것을 찾아내려 한 거지. 대관절 어디에다 카턴이 그것을 숨겼을까—그가 정말 숨겼다면 말이야. 그건 나도 모르지만."

"거기엔 또 다른 얘기가 있어요." 내가 덧붙였다.

"바로 내 이야기죠. 지금부터 이야기를 당신에게 해 드릴게요."

제20장

해리는 이 장(障)에서 내가 겪은 모든 이야기를 하는 동안 주의 깊게 들었다. 그를 가장 당황케 하고 놀라게 만든 것은 다이아몬드가 여태까지 내 수중에 있었다는 사실이다—더 정확하게 말하자면 쉬잔의 수중이지만. 그는 그 사실을 꿈에도 몰랐다. 당연히, 그의 이야기를 다 듣고 나서야 나는 카턴이 어느정도 그 일에 관계되어 있는지 알게 되었다. 나디나가 죄다 꾸미긴 했지만, 나는 여태껏 그 모든 계획이 그녀의 머리에서만 나온 줄로 알고 있었다. 그녀와 그녀의 남편이 다이아몬드를 빼돌리는 걸 막을 수 있는 방법이 도무지 없었을 것이다. 그 비밀은 오지리 그녀의 머릿속에만 들어 있었으니까; 감히 배의 승무원에게 그 일을 맡기리라고는 대령도 생각지 못했을 것이다!

해리가 과거에 받았던 절도죄 판결은 이제 해명되었다. 우리의 활동을 방해하는 것은 또 다른 더 심각한 일이었다. 왜냐하면, 일 자체가 그가 자신을 드러내놓고 해명할 수가 없게끔 되어 있었기 때문이다.

우리는 단 한 가지, 대령이 누군지를 파악하는 일로 다시 되돌아왔다. 거이 파제트—그 사람일까, 아닐까?

"그는 그렇게까지 거창한 사람은 아닐 거야." 해리가 말했다.

"말로우에서 아니타 그륀베르크를 살해한 자가 파제트일 가능성은 아주 높지. 그리고 그 가능성이 그가 진짜 대령일 거라는 암시마저 내포하고 있어. 왜냐하면 아니타 일은 부하와 의논할 성질의 것이 아니니까 말이야. 하지만 그는 아니야. 그 생각을 뒷받침해 주는 것이 한 가지 있는데, 그건 바로 당신이 여기 도착한 날 밤에 당신을 죽이려 한 그 사건이야. 당신은 케이프타운에 파제트가 남아 있는 것을 봤다고 했지? 그는 어떤 방법을 써도 그다음 수요일 이전엔 여기 도착하지 못해. 그가 이 지역에 부하들을 풀어 놓았을 것 같지도 않을뿐더러, 그의 모든 계획은 케이프타운에서 당신을 막도록 꾸며져 있었을 거야. 물론 그가 요하네스버그에서, 매페킹에서 로디지아행 기차에 탈 수 있는 부하에게 지시사항을 전보로 칠 수도 있긴 하겠으나, 그렇다면 그의 지시사항이 그 가짜 편지를 쓰라는 것이어야만 한다는 얘긴데 말이야……."

우리는 잠시 동안 말없이 앉아 있었다. 그러자 해리가 천천히 계속 말을 이어나갔다.

"당신은 호텔을 나올 때 블레어 여사가 잠든 기척을 들었다고 했고, 유스터스 경이 페티그류 양에게 받아쓰게 하는 소리를 들었다고 했지? 레이스 대령은 어디 있었어?"

"그는 어디에서도 보이지 않았어요."

"당신과 내가 친근히 지낼지도 모른다는 것을 그가 알 수 있는 무슨 이유라도 있을까?"

"그럴 수도 있어요."

내가 마토포 구릉에서 돌아올 때 우리의 대화를 상기하며 신중하게 말했다.

"그는 굉장히 남을 압도하는 성품이긴 하나, 제 생각으로는 그가 대령일 가능성은 조금도 없다고 봐요. 그러한 생각 자체가 터무니없는 것 같아요. 그는 첩보부 소속이거든요."

"그가 그렇다는 것을 어떻게 알았어? 이 세상에 그런 식으로 슬쩍 소문을 띄워놓는 것처럼 쉬운 일도 없어. 그것을 의심할 사람이 아무도 없을뿐더러, 사람들이 복음을 받아들이듯이 그 소문은 퍼져 나가지. 그건 또한 모든 의심스런 행동을 감싸 주는 데 좋은 구실도 되는 거야. 앤, 당신은 레이스 대령을 좋아하나?"

"그렇기도 하고, 아니기도 해요. 그에게 거부반응을 일으키는 동시에 매력적이라고 느껴지기도 해요. 하지만 한 가지는 분명해요. 전 언제나 그가 약간은 두렵답니다."

"당신도 알겠지만 그는 킴벌리에서 도난사건이 났을 때 남아프리카에 있었어." 해리가 천천히 말했다.

"그렇지만 쉬잔에게 그 미지의 대령에 관해 얘기해 준 사람이 바로 그였으며, 파리에 있었을 때 대령을 붙잡으려고 무진 애를 썼다는 얘기도 한걸요."

"위장이야, 그것도 아주 교묘하게 말이야."

"그렇다면 파제트는 어디서부터 관계된 거죠? 레이스 대령이 고용한 사람인가요?"

"어쩌면……." 해리가 천천히 말했다.

"그는 전혀 관계되지 않았을지도 몰라."

"뭐라고요?"

"잘 생각해 봐, 앤. 당신은 킬모든호에서 그날 밤에 일어났던 일에 관한 파제트 자신의 말을 들어 본 적이 있어?"

"그래요, 유스터스 경으로부터요."

내가 그 이야기를 다시 들려주었다. 해리가 주의 깊게 들었다.

"그가 '유스터스 경 선실 쪽에서 웬 남자가 나오는 것을 보고 그를 뒤쫓아 갑판으로 갔다' 이렇게 말했단 말이지? 유스터스 경 선실 맞은편에는 누가 들었지? 레이스 대령이야. 레이스 대령이 갑판으로 살금살금 올라와서 당신에게 덤비다 실패하고는 갑판을 뛰어서 돌아내려가다, 막 살롱 문으로 들어오는 파제트를 봤다고 쳐. 그러고는 그를 때려눕히고 안으로 끌고 와서 문을 닫았다. 그때 우리가 달려 내려가 거기에 엎어져 있는 파제트를 봤다. 어때?"

"그가 자기를 때려눕힌 사람이 당신이라고 말한 걸 잊으셨나 보군요."

"아니, 그가 의식을 회복하여 멀리 사라져 가는 내 뒷모습을 봤다고 할 수도 있잖아? 그렇다면 나를 자기를 때린 사람으로 생각하는 게 당연하지 않을까? 특히 그가 줄곧 뒤쫓는 인물이 나라는 것을 생각해 보면 더욱더 말이야."

"그럴듯하군요." 내가 천천히 말했다.

"그렇지만, 그건 우리의 생각을 몽땅 뒤집어 놓는군요. 하지만, 또 다른 점도 있어요."

"모든 것이 설명하기 나름이지. 케이프타운에서 당신을 뒤쫓던 인물이 파제트에게 말을 붙이니까 파제트가 시계를 봤다고 했지? 그 남자가 단순히 그에게 시간을 물었을 수도 있잖아?"

"그러니까 우연의 일치라는 말씀이세요?"

"꼭 그렇다는 것은 아니야. 파제트가 이 일에 연관되어 있을 가능성은 많아. 살인 장소로 왜 밀 하우스 저택이 이용되었을까? 다이아몬드가 도난당했을 때 파제트가 킴벌리에 있었기 때문인가? 내가 기막히게도 운 좋게 그 상황에서 나타나지 않는다면 그를 대신 속죄양으로 만들려고?"

"그렇다면 당신은 그가 전적으로 결백하다고 생각하시나요?"

"그런 것 같아. 그렇지만, 설사 그렇다 하더라도 그가 말로우에서 과연 무엇을 했는지 우리는 알아내야만 해. 그가 그 점에 대해 타당한 이유를 댈 수 있다면 우리는 제대로 방향을 잡은 게 되는 거야."

그가 일어났다.

"자정이 지났어. 앤, 들어가서 눈 좀 붙이지 그래. 동이 트기 직전에 내가 배에 태워 줄게. 리빙스턴(빅토리아 폭포 바로 위의 잠비아 도시)에 가서 기차를 타야 해. 기차가 출발하기 전까지 당신을 숨겨 줄 친구가 거기에 있어. 불라와요로 가서 거기서 베이라로 가는 기차를 타. 나는 리빙스턴에 있는 친구한테서 호텔의 근황과 당신 친구들이 지금 어디에 있는지 알아볼 테니까."

"베이라." 내가 생각에 잠기며 말했다.

"그래, 앤, 당신은 베이라로 가야 해. 이건 남자가 할 일이야. 내게 맡겨."

우리는 잠시 휴식을 취해 가면서 모든 상황에 대해 지치도록 장황하게 이야기를 나누었지만, 이제 이야기는 또다시 우리들에 관한 것으로 되돌아왔다. 우리는 서로를 쳐다볼 엄두도 못 냈다.

"좋아요." 내가 오두막으로 들어가며 말했다.

나는 가죽 깔개가 씌워진 침대에 몸을 눕혔으나 잠은 오지 않았으며, 밖에서는 해리 레이번이 이리저리 왔다 갔다 하는 발걸음 소리가 밤새도록 들려왔다. 마침내 그가 나를 불렀다.

"나와, 앤. 가야 할 시간이야."

나는 일어서서 순순히 나갔다. 여전히 깜깜했지만 금방 동이 트리라는 것을 알았다.

"모터보트가 아니라 카누를 타고 갈 거야."

해리가 말하다가 갑자기 멈추더니 손을 치켜들었다.

"쉿! 무슨 소리지?"

나는 귀를 기울였으나 아무 소리도 들리지 않았다. 그의 귀는 내 귀보다 훨씬 예민했는데, 자연 속에서 오랫동안 살아온 남자의 귀이니 두말할 필요도 없었다. 이내 내 귀에도 들렸다. 강가 오른쪽 둑에서 물을 튀기며 노를 저어오는 희미한 소리가 우리가 있는 조그만 부잔교 쪽에서 들려왔다.

어둠 속에서 눈을 바짝 긴장시키자 물 표면이 흐릿하게 눈에 들어왔다. 배였다. 배에 탄 인물들이 온갖 힘을 짜내어 저어오는 것이었다. 누군가가 성냥불을 켰다. 그 빛으로 한 형체를 알아보았는데, 그는 무이첸베르크의 빌라에서 본 붉은 턱수염의 네덜란드 남자였다. 다른 사람들은 원주민이었다.

"빨리, 오두막으로 돌아가."

해리가 나를 끌고 들어갔다. 그는 벽에서 라이플 소총 두 정과 리볼버 권총을 꺼내어 들었다.

"소총에 총알을 잴 수 있어?"

"한 번도 해본 적이 없어요. 어떻게 하는지 보여 주세요."

나는 그가 가르치는 대로 아주 잘 따라했다. 문을 닫고서 해리는 부잔교가 보이는 창가에 가서 섰다. 배가 막 부잔교로 들어오고 있었다.

"거기 누구요?"

해리가 힘차고 분명한 목소리로 외쳤다.

방문객의 의도가 금방 드러나 의심을 가져 볼 여유도 없었다. 총탄 세례가 우리 주위에 퍼부어졌다. 다행히 아무도 맞지 않았다. 해리가 소총을 집어들었다. 총탄이 살의(殺意)를 품고 계속해서 날아갔다. 나는 두 명이 신음소리를 내고 한 명이 물속으로 첨벙 하며 빠지는 소리를 들었다.

"저 정도면 생각나는 게 있겠지."

그가 두 번째 소총을 집으러 가면서 씩 웃으며 중얼거렸다.

"뒤로 물러서, 앤, 제발. 빨리빨리 총알을 재고."

더 많은 총알이 날아갔다. 총알 하나가 해리의 뺨을 가볍게 스쳐 지나갔다. 그의 반격은 적들보다 훨씬 강력했다. 그가 총을 받으려고 돌아섰을 때 나는 총알을 재는 중이었다. 그가 다시 창가로 돌아서기 전에 왼손으로 나를 껴안더니 처음으로 내게 열렬히 키스를 했다. 갑자기 그가 외쳤다.

"저 친구들이 돌아가고 있군. 그 정도면 충분했나 본데. 저 친구들은 물 위에서 좋은 표적감이 됐지. 반면에 우리가 몇 명인지 저들은 알 수 없을 거야. 잠시 물러났다가 다시 돌아올 거야. 우리는 맞이할 준비를 갖추어야 해."

그가 소총을 바닥에 던지더니 내게로 돌아섰다.

"앤! 아름다운 당신! 신비로운 당신! 사랑스런 여왕이여! 사자처럼 용감하군. 검은 머리의 마녀!"

그가 나를 팔로 감싸 안았다. 그가 내 머리에, 내 눈에, 내 입에 키스를 퍼부었다.

"자, 이제 일에 착수해야지." 그가 갑자기 나를 풀어 주며 말했다.

"저기서 양초통을 꺼내와."

나는 그가 시키는 대로 했다. 그는 오두막 속에서 바삐 움직였다. 곧 나는 그가 오두막 지붕에 올라가 손에 뭔가를 안아들고 기어다니는 것을 보았다. 1~2분쯤 지나자 그가 다시 내게로 왔다.

"배 있는 데로 가. 우리는 반대편으로 섬을 건너가는 거야."

그는 내가 안 보일 때까지 양초통을 쌓아올렸다.

"저 사람들이 돌아오고 있어요." 내가 부드럽게 알려주었다.

반대편 기슭에서 물체가 희미하게 움직이는 것이 보였다.

그가 내게로 달려왔다.

"제때에 다 됐군. 어, 이런, 젠장, 보트가 어디로 갔지?"

둘 다 닻이 끊어져 나갔다. 해리가 부드럽게 속삭였다.

"우리는 궁지에 빠졌어, 내 사랑. 두렵나?"

"아뇨, 당신과 함께라면."

"아, 그렇지만 함께 죽는 건 그리 즐거운 일이 못 되지. 아까보다 더 잘 해낼 수 있을 거야. 저것 봐, 저들이 이번엔 배 두 척을 타고 오는군. 두 곳에서 상륙하려나 본데. 자, 이젠 내가 지리적인 이점을 좀 살려 봐야겠군."

그가 이야기를 마칠 무렵 오두막에서 긴 불꽃이 위로 치솟아 올랐다. 그 불빛에 두 웅크린 물체가 지붕 위에서 함께 붙어 있는 모습이 보였다.

"내 낡은 옷가지들이야. 속을 넝마로 채워 넣었어. 그렇지만 저치들이 당분간은 그게 무엇인지 알아차리지 못할 거야. 이리 와, 앤, 우리는 비장의 수단을 쓰는 거야."

손을 맞잡고 우리는 섬을 가로질러 뛰어갔다. 그쪽에서는 좁은 수로 건너편에 육지가 보였다.

"헤엄쳐서 건너가야 해. 대관절 수영이나 할 줄 아나 모르겠는데, 앤? 하지만, 걱정 없어. 내가 당신 정도는 건네 줄 수 있으니까. 바위가 하도 많아 수영은 할 수 있어도 배로는 불가능해. 게다가, 바로 리빙스턴 쪽이거든."

"저, 수영 좀 해요. 저 폭보다는 더 멀리 나갈 수 있어요. 뭐 달리 위험한 건 없죠, 해리?"

나는 그의 표정이 굳어 있는 것을 보고 물었다.

"상어 떼라도 있나요?"

"아니, 바보 같으니. 상어는 바다에 살지. 바로 당신이 상어야, 앤. 악어, 그게 문제지."

"악어라고요?"

"그래. 하지만 걱정하지 말아요. 아니면, 기도나 드리든가. 아무튼 기분대로 해."

우리는 물속으로 뛰어들었다. 기도가 효험이 있었는지 우리는 별 탈 없이 건너편 기슭에 닿아 젖은 몸에서 물을 뚝뚝 떨어뜨리며 뭍으로 나왔다.

"자, 지금부터 리빙스턴으로 가는 거야. 길이 험해서 젖은 옷으로는 힘들 것 같아. 하지만 해내야 해."

그 행진은 악몽이었다. 젖은 치마가 다리에 휘감겨 달라붙었으며, 스타킹은 금방 가시에 찢겨 나갔다. 마침내 나는 걸음을 멈추고 탄식을 내질렀다.

"나를 붙들어요, 내 사랑. 내가 좀 부축해 주지."

나는 석탄자루처럼 그의 어깨에 걸쳐져 리빙스턴으로 들어갔다. 그가 어떻게 그 길을 다 걸어갔는지는 나는 모르겠다.

여명이 희미하게 밝아오고 있었다. 해리의 친구는 토산품 골동품 가게를 하는 20세가량 되어 보이는 남자였다. 그의 이름은 네드였으나, 아마 또 다른 이름이 있나 본데, 나는 들어보지 못했다. 그는 해리가 물을 뚝뚝 떨어뜨리며 똑같이 물을 뚝뚝 흘리는 여자를 손으로 부축하면서 들어가도 전혀 놀라는 기색이 없었다. 남자들이란 하여간 멋지단 말이야.

그는 우리에게 먹을 것을 주고 뜨거운 커피를 따라 주었으며, 우리가 야한 빛깔의 맨체스터 담요로 몸을 감싸는 동안 젖은 옷을 말려 주었다. 코딱지만 한 오두막 뒷방에서 우리는 남의 눈에 드러날 염려가 없었기에, 해리는 마음 놓고 유스터스 경 일행이 어떻게 되었는지, 그리고 그들 중에 아직도 호텔에 남아 있는 사람이 있는지에 관해 알아보기로 했다.

내가 해리에게 아무도 나를 베이라로 가게 할 수는 없노라고 말한 것이 바로 그때였다. 애당초 의도는 아니었지만, 아무튼 지금 와선 일을 그런 식으로 진행시켜야 할 하등의 이유가 없는 것이었다. 그 계획의 목적은 적들이 내가 죽은 줄로 여기게끔 하는 것이었다. 이젠 저들이 내가 죽지 않았다는 것을 알았으니 베이라로 가봤자 소용이 없었다. 그들은 나를 쉽사리 뒤쫓아, 거기서 쥐도 새도 모르게 날 죽여 없앨 것이다. 날 지켜줄 이는 아무도 없다.

하다가 안 되면 쉬잔이 어디 있건 간에 그녀한테라도 가서, 내 자신을 스스로 방어하는 데 전력을 다해야만 할 것이다. 분명한 것은, 그 미지의 대령의 일을 저지하도록 모험을 강행하든지 딴 노력을 해보든지 해야 하는 것이다. 나는 그녀 곁에 조용히 남아 있으면서 해리로부터 지시나 기다리는 수밖에 없었다. 다이아몬드는 파커의 이름으로 킴벌리에 있는 은행에 넣어 놓기로 했다.

"한 가지 괘념할 일이 있어요." 내가 신중히 말했다.

"우리는 어떤 식으로든 암호를 써야 해요. 서로에게 편지가 오갈 때 속임수에 다시는 넘어가서는 안 돼요."

"그거야 쉬운 일이지. 진짜로 내가 보내는 편지엔 반드시 '그리고'라는 말 위에 X표시를 해놓을게."

"그런 표시가 없으면 모두 진짜가 아니군요. 전보는 어떻게 하죠?"

"내가 보내는 전보엔 모두 '앤디'라고 서명할게."

"곧 기차가 올 겁니다, 해리."

네드가 머리를 디밀었다가 금방 빼내며 말했다.

내가 일어섰다.

"저, 착하고 건실한 남자를 만나면 결혼해도 돼요?"

내가 새치름하게 물었다.

해리가 내게로 가까이 다가왔다.

"젠장! 앤, 나 아닌 어느 누구와 결혼이라도 하는 날엔 당장에 그의 목을 비틀어 버릴 거야. 그리고 당신은……."

"알았어요!" 내가 기쁨에 들떠 말했다.

"당신은 멀리 데리고 가서 시퍼렇게 멍이 들도록 두드려 패줄 거야!"

"얼마나 근사한 신랑을 골랐는지 모르겠어요." 내가 빈정거리며 말했다.

"부디 그가 밤새 딴 맘이나 먹지 말기를!"

제21장

(유스터스 페들러 경의 일기에서 발췌)

전에도 언급했듯이 나는 기본적으로 조용한 성격의 사람이다. 나는 조용한 삶을 동경한다. 그런데 그게 바로 내가 누릴 수 없는 단 한 가지인 양 느껴진다. 나는 언제나 폭풍과 경종 한복판에 서 있다. 파제트가 갖가지 음모를 만들어내어 끊일 새 없이 시끄럽게 구는 것에서 벗어난 안도감이 이토록 큰 것을 감안하면, 페티그류 양은 그런 대로 쓸 만한 셈이었다. 비록 그녀에게 요염한 분위기는 전혀 없지만, 한두 가지 업적은 퍽 기릴 만했다.

불라와요에서 간에 약간 이상이 생겨 그 결과 곰같이 행동했지만 나는 기차에서 정말로 괴로운 밤을 지새웠다. 새벽 3시에 서부활극에 나오는 뮤지컬 희극 주인공처럼 보이는 젊은 남자가 기묘하게 차려입고 내가 든 칸에 들어와 어디로 가느냐고 물었다. 내가 처음으로 중얼거린, "차(茶)에, 제발 부탁이니 설탕 좀 넣지 마쇼"라는 말엔 개의치 않고 그는 자기는 웨이터가 아니고 출입국 관리라는 것을 강조하며 질문을 반복했다. 나는 전염병으로 앓고 있는 게 아니라고 대답해서 일단 그를 안심시키는 데 성공했다. 그리고 내가 로디지아를 방문하는 것은 지극히 순수한 동기에서 비롯된 것이라고 하고서, 내 세례명까지 대고는 고향이 어디라고 하자 더욱 그는 만족해하는 것 같았다.

그런 일이 있은 뒤 억지로라도 좀 자보려고 애썼으나, 어떤 공무(公務)를 보는 녀석이 새벽 5시 30분에 차(茶)랍시고 설탕물 한 컵을 들고 들어와 나를 깨웠다. 그에게 그것을 집어던지지는 않았지만, 사실은 그렇게 하고 싶은 마음이 굴뚝같았다. 설탕을 안 탄, 그것도 싸늘하게 식은 차를 갖다 준 이후 완전히 녹초가 되어 곯아떨어졌는데, 새벽 6시에 그가 불라와요에 다 왔다고 깨워서 다리와 목밖에 보이지 않는 흉물스런 목각 기린을 들고 내렸다!

이와 같은 사소한 일만 없었던들 모든 것이 평탄하게 돌아갔을 것이다. 그런데 새로운 재난이 또 닥쳤다.

우리가 빅토리아 폭포에 도착한 바로 그날 밤이었다. 나는 거실에서 페티그류 양에게 받아쓰기를 시키는 중이었는데, 갑자기 블레어 여사가 한 마디 실례한다는 말도 없이 가장 의심받기 좋은 옷차림으로 뛰어들어왔다.

"앤은 어디 있어요?" 그녀가 외쳤다.

질문치고는 아주 가관이었다. 마치 내가 그 아가씨에게 책임이라도 있는 양 말이다. 페티그류 양이 어떻게 생각하기를 바라고 그러는 것일까? 내가 자정이나 그즈음에 주머니에서 앤 페딩펠드를 꺼내는 습관이라도 있단 말인가? 내 지위 정도에 있는 사람에게는 아주 체면이 손상될 일이다.

"내 생각으로는 그녀는 잠자리에 든 것 같은데요." 내가 싸늘하게 말했다.

나는 목소리를 가다듬고서 받아쓰게 할 준비가 되었다는 것을 은연중에 알리며 페티그류 양을 흘끗 쳐다보았다. 나는 블레어 여사가 그 힌트를 눈치 채기를 바랐다. 하지만 그녀는 그런 일에는 영 깡통이었다. 대신에 그녀는 의자에 털썩 주저앉아 안절부절 못해하는 태도로 발에 펜 슬리퍼를 까닥거렸다.

"그녀는 자기 방에 없어요. 제가 가봤어요. 꿈을 꿨어요, 흉측한 꿈을요. 그녀가 어떤 무시무시한 위험에 빠진 거였어요. 그래서 일어나 그녀 방으로 가봤죠, 그저 확인이나 해보려고요. 하지만 그녀는 방에 없었고 침대는 말짱했어요."

그녀는 호소하는 눈길로 나를 쳐다보았다.

"어쩌면 좋아요, 유스터스 경?"

아무 걱정 마시고 가서 주무시구려. 앤 베딩펠드처럼 능란한 아가씨는 스스로 알아서 자신을 잘 돌볼 거요, 하고 쏟아 붓고 싶은 것을 억누르며 나는 얼굴 표정을 바꾸고 물었다.

"레이스 대령은 거기에 대해 뭐라고 했소?"

어째서 레이스는 모든 일을 자기 좋을 대로만 주무르는가? 그는 여성들에게서 이점(利點)만 취할 것이 아니라, 불리한 점도 어느 정도는 취해야 한다.

"아무데서도 못 봤어요."

그녀는 그 일로 온 밤을 보낸 것이 분명했다.

나는 한숨을 쉬고는 의자에 앉았다.

"당신이 안달하는 이유를 난 잘 모르겠소." 내가 참을성 있게 말했다.

"제 꿈이……."

"저녁에 먹은 카레 탓이군!"

"오, 유스터스 경!"

여사는 무척 분개했다. 악몽은 바로 그 분별없는 식사 탓이라는 것은 만천하가 다 아는 사실인데도 말이다.

내가 설득력 있는 어조로 계속했다.

"요는, 앤 베딩펠드와 레이스가 온 호텔을 발칵 뒤집어 놓지 않고 산책을 좀 나가면 안 된다는 법이라도 있소?"

"당신은 그들이 함께 산책하러 나갔다고 생각하시는 거예요? 그것도 자정이 지나서 말이에요!"

"젊었을 땐 누구나 그와 같이 우매한 행동을 할 수 있는 법이라오. 그래도 레이스는 분별할 나이가 되었는데." 내가 중얼거렸다.

"정말 그렇게 생각하세요?"

"나는 그들이 비밀 결혼을 하러 야반도주했다고도 감히 말할 수 있겠소."

바보 같은 소리를 작작도 해댄다는 것을 내 스스로 충분히 알고는 있었지만, 그래도 그녀를 진정시킨다는 생각으로 계속해 나갔다. 아무리 그래봤자 여기서 도망칠 곳이 어디 있겠는가?

앞으로 얼마나 더 말도 안 되는 소리를 늘어놓아야 할지 가물가물하던 차에, 레이스, 그가 곧장 우리 쪽으로 걸어 들어왔다. 어쨌든 한 가지는 맞췄다.

그는 비록 앤을 동반하지는 않았지만 산책을 나가긴 나갔던 것이다. 그렇지만 나는 전혀 그 상황에 적절히 대처한 것이 아니었다. 그것은 곧 밝혀졌다. 레이스 대령은 3분 동안 온 호텔을 이 잡듯이 뒤지고 다녔던 것이다. 나는 여태 그렇게 당황한 사람을 본 적이 없었다.

사건은 무척 아리송했다. 그 아가씨는 어디로 간 것일까? 옷을 갖춰 입고

11시 10분경에 그녀가 호텔을 걸어나간 이후로는 감감무소식이다. 자살이라고 생각해 봐도 불가능이었다. 그녀는 생을 사랑하는 활기찬 젊은 아가씨였으니, 삶을 포기할 아무런 이유가 없었다. 내일 정오까지는 떠나는 기차가 없으므로, 그녀가 이곳을 떠났을 리도 만무하다. 그렇다면 대관절 그녀는 어디 있다는 말인가?

레이스 대령은 넋이 빠진 사람 같았다. 딱한 친구 같으니. 그는 모든 방법을 다 시도해 보았다. 모든 DC들이, 본인들은 스스로를 뭐라 칭하든 간에, 수백 마일 부근은 다 뒤지고 다녔다. 원주민 추적자들이 그들과 합세해서 그들을 여기저기 데리고 다녔다. 손을 써보는 데까지는 다 써본 셈이다. 그런데도 앤 베딩펠드는 어디에도 없었다. 마지막으로 내린 결론은 그녀가 잠결에 걸어나갔다는 것이다. 다리 부근 소로(小路)에서 그녀가 벼랑 끝으로 유유히 걸어나간 흔적이 있었다. 만일 그렇다면 그녀는 틀림없이 삐죽삐죽 솟아 있는 바위에 떨어져 산산조각이 났을 것이다. 애석하게도 대부분의 발자국들이 월요일 아침에 그 길로 걸어간 관광객들 때문에 흔적을 찾아볼 수가 없었다.

그 생각에 아주 만족할 만한 근거가 있는지는 나도 모르겠다. 몽유병자들이라도 자기 자신을 해치는 법은 없다고 옛날에 들은 적이 있다. 그들의 육감이 자신을 돌보도록 작용한다는 것이다. 그 이야기를 블레어 여사가 이해했으리라고는 생각지 않는다.

나는 그녀를 이해할 수가 없다. 레이스 대령에 대한 그녀의 태도가 싹 바뀌었다. 그녀는 고양이가 쥐 보듯 그를 감시하며, 그에게 정중히 대하려고 애쓰는 태도가 역력했다. 그토록 친했음에도 말이다. 그녀는 전혀 그녀답지 않았으며, 신경이 곤두서고 히스테리컬하며 조그만 소리에도 깜짝 놀라 경기를 일으키는 것이었다. 지금이야말로 내가 요하네스버그로 가야 할 때가 아닌가 하는 생각이 슬슬 들기 시작했다.

어제 강 상류에 있는 이상한 섬에 한 남자와 한 여자가 살고 있다는 풍문이 들려왔다. 레이스 대령은 무척 흥분했다. 아무리 그래도 뜬소문으로 판명이 날 것이다. 그 남자는 여러 해 동안 거기서 지냈다는데, 호텔 지배인이 그 사실을 잘 알고 있었다. 그는 관광철이 되면 여행객을 모아 강을 오르내리며 악어나 길 잃은 하마 따위를 관광객들에게 보여 주는 일을 한다. 이따금씩 그가, 보트를 물어뜯어 산산조각내도록 훈련시킨 놈을 한 마리쯤은 길들여 놓았으리라는 생각을 했다. 그가 갈고리 장대로 그놈을 물리치면 배에 탄 사람들은 새하얗게 질려서 세상의 끝에 갔다 온 줄로 여기겠지. 그 아가씨가 거기 있은 지가 얼마나 되는가는 정확하게 알려지지 않았지만, 그녀가 앤일 리가 없다는 점만큼은 명백한 듯하며, 사람들이 괜히 남의 일에 나서는 듯한 인상만 짙었다. 내가 만일 여기 모인 젊은 사람들 같았으면, 만일 레이스가 애정문제로 내게 조언을 구하러 온다면, 나는 분명히 레이스를 발길로 걷어차 그 섬으로 날려 보냈을 것이다.

그 뒤

내일 요하네스버그로 떠나는 일이 확정되었다. 레이스가 그렇게 하도록 부추겼다. 들리는 바에 의하면 모든 일이 불쾌하게 돌아가고 있다는데, 더 악화되기 전에 내가 가보는 것이 나을 성싶었다. 까딱하다간 폭도들 총에 맞을 지도 모를 일이다. 블레어 여사가 나와 함께 가도록 예정되어 있었는데, 그녀는 마지막 순간에 가서 마음을 바꾸고 빅토리아 폭포에 남겠다고 했다. 아마 레이스로부터 감시의 눈길을 떼어내기가 못내 아쉬워 그런 것 같다.

오늘 밤 그녀는 내게로 와 약간 주저하더니 부탁할 게 있다고 말했다. 그녀가 산 기념품을 내가 맡아달라는 말인가?

"동물들 말이오?" 내가 뜨끔해서 물었다. 조만간 그 망할 놈의 동물들과 또 밀착될 것 같은 느낌을 언제나 떨칠 수가 없었다.

우리는 최종적인 타협을 보았다. 깨질 우려가 있는 물건이 든 조그만 나무상자 두 개를 내가 맡았다. 목각 동물들은 현지 가게에서 커다란 나무상자에 포장하여 케이프타운으로 소포로 보내면 파제트가 받아들고 보관할 수 있을 것이라 했다.

그것을 꾸리는 사람들이 참 희한하게도 생겼다고 말하면서(!), 특별 상자를 만들어야겠다고 했다. 나는 블레어 여사에게 그것들을 집으로 가져갈 때까지 한 마리당 1파운드는 족히 들 거라는 점을 깨우쳐 주었다!

파제트는 나와 요하네스버그에서 만나는 것으로부터 벗어나려고 안간힘을 다 썼다. 나는 그가 케이프타운에서 블레어 여사의 상자를 좀 보관해 주었으면 좋겠다고 일차 양해를 구했다. 나는 그에게 상자가 도착하게 되면, 그것들은 희귀종으로 굉장한 가치가 나가는 것이니 일단 포장이 잘 되어 있는지부터 확인하라고 편지를 썼다.

그래서 모든 것이 마무리되어, 나와 페티그류 양은 함께 울적한 마음으로 떠났다. 누군가가 페티그류 양을 본 사람이 있다면 그녀는 정말 존경할 만한 인물이라는 점을 인정할 것이다.

요하네스버그, 3월 6일

이곳에서 돌아가는 일의 상태는 건전한 것과는 전혀 거리가 멀었다. 내가 귀에 딱지가 앉도록 읽어온 문구대로 하자면, 우리는 모두 분화구 위에서 살고 있는 것이다. 폭도의 무리들이, 아니 폭도라는 자들이 거리를 휩쓸고 다니면서 사람들이라도 죽일 듯한 기세로 하나같이 인상을 북북 긋고 다녔다. 그들이 오만해진 자본가들을 색출해 내는 것을 보니 대량학살이라도 시작되려나 보다고 생각되었다. 사람들은 택시를 탈 수 없다. 만일 그랬다 하면 폭도들이 그를 도로 끄집어내릴 것이다. 호텔에선 음식이 동이 나면 신나게 손님들을 불러 길길이 날뛰면서 은근히 내쫓았다.

나는 어젯밤 킬모든호에서 함께 고생했던 노동당 친구 리브스를 만났다. 그는 내가 여태까지 본 사람들 중에서 가장 겁을 집어먹고 있었다. 그는 몹시 정치색을 띤 자극적인 말을 장황하게 늘어놓고는, 그들이 제발 그러지 말았으면 좋겠다고 하는, 그 나머지 사람들과 똑같은 부류였다. 그는 이젠 돌아다니면서 자기는 진짜로 그러지 않았다고 말하는 것이다. 내가 그를 만났을 때 그는 막 케이프타운으로 떠나려는 참이었는데, 거기서 그는 3일간 네덜란드어로 연설을 해볼까 생각 중이라면서, 자기의 입장을 정당화시키며 자기가 한 말은 진짜로 의미가 완전히 틀린다는 것을 강조했다.

내가 남아프리카의 입법회의에 자리를 차지하고 앉지 않았다는 점에 무한한 감사를 드린다. 하원도 나쁘기는 매한가지였지만, 적어도 언어는 한가지로 통일되어 있었으며, 단지 연설 시간에 대한 가벼운 제한이 좀 있을 따름이었다. 내가 케이프타운을 떠나기 전에 입법회의에 참석했을 때 나는 축 늘어진 턱수염을 기른, 《이상한 나라의 앨리스》에 나오는 모크 거북이랑 똑같이 생긴 회색머리 신사의 연설을 들었다.

그는 우수에 찬 독특한 어조로 한 마디 한 마디를 입에서 내뱉듯이 말했다. 이따금씩 그는 '플래트 스키트'처럼 들리는 말을 아주 강하게 입 밖에 냄으로써 자신을 추켜올렸는데, 그 말은 그의 나머지 연설과는 판이하게 달랐다. 그가 이렇게 할 때마다 청중의 반가량이, "후프, 후프!"라고 소리쳤는데 그것은 네덜란드어로 '들으라, 들으라'라는 소리로서, 단잠에 빠졌던 나머지 반수의 사람들이 깜짝 놀라 잠을 깨는 것이었다. 나는 그 신사 양반이 적어도 사흘간은 그러한 연설을 하고 있었다는 점을 미리 알았어야 했다. 확실히 남아프리카에는 인내심이 강한 청중들이 많다.

나는 파제트를 케이프타운에 묶어 두려고 일을 끊임없이 개발해 냈으나, 무궁무진하던 내 상상력도 드디어 바닥이 나서, 그는 내일 주인 곁에서 뼈를 묻으려는 충직한 개의 기상으로 나와 합류하기로 되어 있었다. 내 회고록은 아주 잘 추진되고 있었다. 나는 노조 지도자가 내게 해준 몇 가지 말들을 특히 재기 넘치게 인용해서 노조 지도자들에게 들려주었다.

오늘 아침에는 정부 관리와 만났었다. 그는 세련되고 언변이 좋았지만, 역시 수수께끼의 인물이었다. 먼저 그는 넌지시 나의 높은 지위와 중요도에 대해 언급하면서, 내가 프리토리아(현재 남아프리카의 행정 수도)로 몸소 납시든가, 아니면 자기가 그리로 모시든가 둘 중 하나를 하겠다고 했다.

"골칫거리가 생길까 봐 그러시오?" 내가 물었다.

그의 대답이 하도 구구한 바람에 무슨 말인지 전혀 감을 잡지 못하여, 내 나름대로 뭔가 심각한 문제가 있는 모양이라고 판단을 내렸다. 나는 그에게 당신네 정부가 오히려 사태가 더 커지도록 방조했다고 말했다.

"스스로 자멸하도록 멋대로 내버려두는 수도 있는 법이지요, 유스터스 경."

"아, 물론 그래요, 그렇고말고요."

"문제를 일으키는 것은 폭도들이 아니오. 그들을 뒤에서 조종하는 어떤 배후 세력이 있어요. 무기와 폭약이 마구 투입되고 있는데, 그것들을 들여오는 데 사용된 방법을 밝힌 어떤 선적 서류를 입수했소. 거기엔 일정한 암호가 있었소. 감자란 기폭제를 뜻하고, 꽃양배추는 총이고, 다른 야채류들은 여러 가지 폭약을 뜻하는 겁니다.”

“그것참 재미있군요.” 내가 의견을 말했다.

“그 이상이오, 유스터스 경. 우리는 그 모든 쇼를 주관하는, 음모를 꾸미는 데 천재적인 남자가 지금 이 시각에 요하네스버그에 있다는 증거를 조목조목 댈 수 있소.”

그가 나를 하도 강렬히 꼬나보는 바람에, 혹시 내가 바로 그 장본인이라고 의심받는 것은 아닐까 하는 생각이 들 정도였다. 그 생각을 하니 식은땀이 솟았다가, 진작 소규모 혁명이라도 면밀히 구상해 보려는 발상을 하지 못한 데 대해 후회하기 시작했다.

그가 말을 이었다.

“요하네스버그에서 프리토리아로 가는 기차는 없습니다. 그렇지만 내가 당신이 그리로 갈 수 있도록 승용차를 마련해 놓겠습니다. 중간에서 불심검문을 당할 때를 대비해서 내가 당신에게 각각 다른 두 장의 통행증을 발급해 드리려고 하는데, 하나는 우리 정부가 발행하는 것이고, 또 하나는 이 정부와는 전혀 관련이 없는 영국에서 온 방문객이라고 씌어 있는 겁니다.”

“하나는 당신네 관리들용이고, 또 하나는 폭도들용이로구면요, 예?”

“바로 그렇습니다.”

그 발상은 내 맘에 들지 않았다. 나는 그럴 때 어떤 일이 벌어지는지 알고 있다. 그런 상황에서 사람들은 당황하여 일들을 뒤죽박죽으로 엉켜 놓는다. 엉뚱한 사람에게 엉뚱한 통행증을 제시했다가는 살기등등한 폭도들, 아니면 중절모자를 쓰고 파이프 담배를 피우면서 팔에 아무렇게나 라이플 소총을 메고서, 내 눈에는 꼭 통행을 관리한 법무성 관리로 보이는 사람들에게 한방에 저승으로 갈 것이다. 그 외에도 프리토리아에 내가 가서 뭘 어쩌겠다는 건가? 정부 청사의 건축미에 탄복하면서 요하네스버그 근처에서 들려오는 총소리의 여운이라도 들으라는 말인가? 나는 거기서 꼼짝없이 갇힐 텐데, 기간이 얼마나 될지는 미지수다. 기차선로가 파괴된 지는 이미 오래됐다고 들었다. 그것은 거기서는 한잔할 수가 없다는 거나 마찬가지가 된다. 이틀 전에 그 지역에 계엄령이 선포되었다.

내가 말했다.

"보시오. 당신은 내가 랜드 광산에 대해 목하 연구 중에 있다는 사실을 미처 깨닫지 못한 것 같소. 프리토리아에서 어떻게 그놈의 것을 연구하겠소? 신변안전에 대해 당신이 신경을 써주어 고맙기는 하지만, 내 걱정은 말아 주시오. 괜찮을 테니까."

"경고하건대, 유스터스 경, 식량난이 이미 심각한 지경에 이르렀습니다."

"약간 감량이 되면 외모가 개선이 되겠지." 내가 한숨을 쉬며 말했다.

내게 전보가 와서 우리의 말이 중단되었다. 나는 그것을 읽고 깜짝 놀랐다. '앤은 안전해요. 여기 킴벌리에 나와 함께 있어요. 쉬잔 블레어.'

웬걸 난 앤의 소멸을 한 번이라도 진짜로 믿은 적이 없었다. 그 젊은 아가씨에게는 깰 수 없는 특이한 뭔가가 있다. 그녀는 마치 사람들이 테리어종 개에게 던져 주는 특허공 같았다. 그녀는 웃으면서 '짠!' 하고 나타나는 비결을 갖고 있다. 나는 아직도 그녀가 왜 킴벌리에 가려고 오밤중에 호텔을 걸어나갈 필요가 있었는지 그걸 모르겠다. 기차도 없는 판국에 말이다. 그녀는 천사의 날개를 달고서 그리로 날아갔나 보다.

그녀가 그 점을 설명해 주리라고는 기대하기 어렵다. 내게는, 아무도 그러질 않는다. 난 언제나 짐작으로 모든 걸 끝냈다. 당분간 따분하게 되었다. 아마 신문에 대서특필되겠지. '우리의 특파원, 위험을 무릅쓰다.'

나는 전보를 구겨 버리고는 정부 관리를 돌려보냈다. 나는 배곯는 것을 좋아하지 않지만, 내 개인의 신변안전 때문에 겁먹지는 않았다. 스머츠 수상은 혁명을 조종하는 능력을 완벽히 구비하고 있다. 그렇지만 난 그 덕분에 한잔 걸치는 데 엄청난 돈을 퍼부어야 했다! 과연 파제트가 내일 이리로 오면서 위스키를 한 병쯤 들고 올 정도로 센스가 있을까?

나는 몇 가지 선물을 살 요량으로 모자를 쓰고 밖으로 나갔다. 요하네스버그에 있는 골동품 가게는 꽤 재미있었다. 나는 한 남자가 가게를 나오면서 나와 부딪칠 때까지 쇼윈도에 가득히 걸린 카로스(남아프리카 원주민의 소매 없는 모피 외투)를 하나하나 구경했다. 놀랍게도 그 남자는 레이스 대령이었다.

자만하는 게 아니라, 그는 나를 보고 기뻐하는 것 같았다. 사실은 그가 귀찮게 여기는 것이 역력했지만, 나는 그에게 나와 함께 호텔로 가야 한다고 고집을 부렸다. 얘기 붙일 사람이 패티그류 양뿐이라는 데 진력이 난 것이다.

"당신이 요하네스버그에 있으리라고는 짐작도 못 했소."

내가 호들갑스럽게 말했다.

"언제 도착했소?"

"어젯밤에요."

"어디에 투숙하고 계시오?"

"친구와 함께 있어요."

그는 특히나 말수가 적어진 것 같았으며, 내 질문에 당황해 하는 듯했다.

"호텔에서 가금(家禽)이나 키웠으면 좋겠는데, 내가 듣기론 새로 난 알과 가끔 늙은 수탉을 죽이는 것 정도는 눈감아 줄 수 있다고 하던데."

우리가 호텔에 도착했을 때 내가 얘기를 꺼냈다.

"그런데 당신은 베딩펠드 양이 팔팔하게 살아 있다는 소식을 들었소?"

그가 고개를 끄덕였다.

"그녀는 우리를 아주 놀래키는구면." 내가 쾌활하게 말했다.

"대관절 그녀가 그날 밤 뭣 하러 나갔는지 난 알고 싶소."

"그녀는 죽 섬에 있었대요."

내가 물었다.

"어떤 섬 말이오? 젊은 남자가 살고 있다는 그 섬은 아니겠지?"

"거깁니다."

"아니, 그럴 수가! 파제트가 굉장히 쇼크를 먹었겠구먼. 그는 언제나 앤 베딩펠드에게 당황해 한단 말이야. 그러니까 그 젊은이가 그녀와 더반에서 만나기로 했던 바로 그 남자인가?"

"그런 것 같진 않습니다."

"싫으면 얘기 안 해도 돼요." 내가 그를 부추길 작정으로 말했다.

"그 젊은이가 바로 우리 모두가 그토록 붙잡히길 바라던 그 남자인 줄로 압니다."

"혹시……?" 내가 흥분으로 언성을 높이며 외쳤다.

그가 머리를 끄덕였다.

"해리 레이번, 일명 해리 루카스 아시겠지만, 그것이 그의 진짜 이름입니다. 그가 우리를 또 한 번 완전히 따돌렸지만, 곧 우리가 그를 붙잡게 될 날이 올 겁니다."

"저런, 저런." 내가 중얼거렸다.

"우리는 그 아가씨를 어떤 경우에도 공범으로 몰아서는 안 될 겁니다. 그녀 쪽에서 보면 그것은, 단지 연애 사건에 불과한 것이니까요."

난 항상 레이스가 그녀에게 홀딱 빠져 있다고 생각했었다. 그의 마지막 말투에서 나는 그것을 확신했다.

"그녀는 베이라로 떠났습니다."

그가 다소 경솔하게 여겨질 정도로 말을 이어나갔다.

"그렇소?" 내가 깜짝 놀라며 말했다.

"어떻게 알았소?"

"그녀가 불라와요에서 제게 편지를 띄웠는데, 그 길로 본국으로 돌아가겠다는 내용이었거든요. 그녀가 할 수 있는 최선의 방책이었겠죠, 가엾으니."

"그런데, 왠지 그녀가 베이라에 있을 것 같지가 않군."

내가 생각에 잠긴 채 말했다.

"그녀는 편지에서 막 출발한다고 하던데요."

나는 어리둥절했다. 누군가가 거짓말을 하고 있음이 분명했다. 앤이 일부러 속여서 쓸 만한 이유가 있음이 틀림없다는 생각을 염두에 두면서, 나는 레이스의 기를 꺾어 즐거움을 만끽해야겠다는 생각에 몰두했다. 그는 언제나 자신만만하다. 나는 주머니에서 전보를 꺼내어 그에게 건넸다.

"그렇다면 이것은 어떻게 설명하시려오?" 내가 냉담하게 물었다.

그는 말문이 막힌 것 같았다.

"그녀는 금방 베이라로 떠난다고 했습니다."

그가 어리둥절한 목소리로 말했다.

나는 레이스가 명민하다고 평판이 나 있는 것을 안다. 하지만 내 견해로는, 그는 오히려 멍청한 편이다. 여자애들이란 언제나 거짓말을 한다는 사실을 그는 결코 경험해 보지 못했던 모양이다.

"킴벌리도 그렇습니다. 거기에서 그들이 뭘 합니까?"

그가 낮고 불분명한 소리로 중얼거렸다.

"그렇소, 그 점에 나도 놀랐소 나는 베딩펠드 양이 여기서 자리를 잡고 데일리 버젯 신문을 족족 입수하고 있다고 생각하오"

"킴벌리라." 그가 다시 되뇌었다. 그 장소가 그를 당황케 하는 것 같았다.

"거긴 볼 것도 없는데―광산도 일을 못할 텐데."

"당신은 여자들이 어떻다는 걸 잘 아시는군." 내가 슬며시 말했다.

그는 고개를 젓더니 가버렸다. 내가 그로 하여금 생각할 거리를 확실히 제공했나 보다.

그가 떠나자마자 내 정부 관리 친구가 다시 나타났다.

"자꾸 괴롭혀서 정말 죄송합니다, 유스터스 경." 그가 사과했다.

"하지만 질문거리가 한두 가지 있어서요"

"하시지요, 친구." 내가 쾌활하게 말했다.

"허심탄회하게 물으시오"

"비서에 관한 일인데……."

"그에 대해선 아무것도 아는 바가 없소" 내가 서둘러 말했다.

"그가 런던에서 내게서 귀중한 서류를 훔쳐내어 내게 들러붙었소―그 바람에 내가 석탄차를 끌지도 모르게 생겼지만. 그러고는 케이프타운에서 홀연히 사라진 거요. 그가 빅토리아 폭포에 있었을 때 나도 거기 있었던 건 사실이나, 난 호텔에 있었고 그는 섬에 있었소 내가 거기 있었을 때 온종일 그 친구만 감시하고 있었던 게 아니라는 걸 당신에게 맹세할 수 있소"

내가 한숨을 내쉬었다.

"날 오해하시나 보군요 내가 말하는 것은 또 다른 비서입니다."

"뭐라고요? 파제트 말인가요?" 내가 엉겁결에 소리쳤다.

"그는 나와 8년간이나 일해 왔소. 아주 믿을 만한 친구죠."

내 질문자는 빙그레 웃었다.

"우린 계속 생각이 엇갈리고 있군요. 난 여자를 말하는 겁니다."

"페티그류 양 말이오?" 내가 외쳤다.

"그렇습니다. 그녀가 아그라사토 골동품 가게에서 나오는 것을 보았다고 합니다."

"하나님 맙소사!" 내가 말을 잘랐다.

"오늘 오후에 나도 거길 갔더랬소. 내가 나오는 것도 볼 수 있잖소!"

요하네스버그에서는 뭔가 의심을 사지 않고는 일을 할 수 없는 듯이 보였다.

"아! 그렇지만 그녀는 한 번이 아니었어요—그것도 아주 의심스런 상황에서요. 당신에게 말씀드리는 편이 낫겠군요. 공교롭게도, 유스터스 경, 거긴 이번 폭동을 배후조종하는 비밀 집단들이 만나는 장소로 알려진 곳입니다. 그래서 당신이 내게 그 여자에 대해 말해 주시면 좋겠다는 뜻입니다. 어디서 어떻게 그녀를 고용하게 되었습니까?"

"내가 그녀를 고용하게 된 거요." 내가 차갑게 말했다.

"그것도 당신네 정부가 추천해서 말이오."

그는 완전히 묵사발이 되었다.

제22장

(앤의 이야기가 다시 시작됨)

킴벌리에 도착하자마자 나는 쉬잔에게 전보를 쳤다. 그녀는 오는 도중에 자기의 도착을 알리는 전보를 보냄과 동시에 가장 신속하게 내게로 달려왔다.

나는 그녀가 진심으로 나를 좋아한다는 사실을 깨닫고는 까무러치도록 놀랐다. 나는 그저 새로운 기분이었는데, 우리가 만났을 때 그녀는 다짜고짜 내 목을 끌어안고 눈물부터 좌르르 쏟아 붓는 것이었다.

우리가 어느 정도 이성을 되찾았을 때, 나는 침대에 걸터앉아 하나부터 열까지 그녀에게 몽땅 들려주었다.

"당신은 레이스 대령을 아주 단정적으로 의심하는군."

내가 말을 끝내자 그녀가 심각하게 말했다.

"나는 당신이 없어지기 전까지는 그러지 않았어. 나는 그를 죽 좋아하고 있었기 때문에, 그가 당신에게 좋은 남편감이 될 거라고 생각했지. 오, 앤, 제발 오해는 하지 마. 그렇지만, 당신 애인이 진실을 말한다는 걸 어떻게 알지? 당신은 그가 하는 말을 액면 그대로 믿고 있잖아."

"물론이죠." 내가 열을 올리며 말했다.

"그렇지만, 그의 어떤 점이 당신을 그토록 사로잡았을까? 내가 보기엔 미남이긴 하지만, 오히려 방종한 듯한 외모와 그의 현대판 석기시대 족장식 구애(求愛) 방식만 빼놓고는 볼 게 없는데."

나는 몇 분간 쉬잔 앞에서 분노를 쏟아냈다.

"부인이 편안하게 결혼하여 몸이 불어서 로맨스가 있을 겨를이 없었던 탓이에요." 내가 말을 끝맺었다.

"어머, 난 몸이 붇지 않았어, 앤. 최근에 나는 당신 걱정 하느라 속이 푹푹 썩을 지경이었다고."

"부인은 특별히 영양을 잘 섭취한 사람처럼 보여요. 아마 7파운드는 족히 늘었을 걸요." 내가 냉정히 말했다.

"그렇지만 난 정말 편안하게 결혼한 건지나 잘 모르겠어."

쉬잔이 침울한 어조로 말을 이었다.

"남편에게서 당장 집에 오라는 청천벽력 같은 전보를 받았어. 하지만 남편에게 답신을 보내진 않았는데, 2주가 지나도록 아무런 소식도 없는 거야."

나는 쉬잔이 부부간의 문제로 심각해질까 봐 걱정이 되었다. 그녀는 때가 되면 남편과 원만해질 수 있을 것이다. 나는 화제의 초점을 다이아몬드로 돌렸다.

쉬잔은 입을 떡 벌린 채 날 쳐다보았다.

"내가 설명을 해야겠군, 앤. 당신도 알다시피 내가 레이스 대령을 의심하기 시작한 순간부터 다이아몬드가 여간 신경 쓰이질 않았어. 나는 그가 인근에 당신을 붙잡아다 놓은 것에 대비해서 빅토리아 폭포에 그냥 머무르고 싶었으나, 다이아몬드를 어떻게 해야 할지 난감했어. 나는 수중에 그것을 보관하고 있기가 두려워서……."

쉬잔은 마치 벽에도 귀가 있다는 듯 긴장하며 주위를 둘러보더니, 그제야 내 귀에다 열성적으로 속삭였다.

"아주 좋은 생각이에요." 나는 시인했다.

"현재로서는요. 이제는 좀 조심을 해야 해요. 유스터스 경은 그 상자들을 어떻게 했어요?"

"큰 것들은 케이프타운으로 보냈어. 내가 빅토리아 폭포를 떠나기 전에 파제트에게서 들었는데, 그 상자의 보관용 영수증도 동봉했다는군. 그는 오늘 케이프타운을 떠났어. 요하네스버그에서 유스터스 경과 만나기로 했다나 봐."

"그래요." 내가 사려 깊게 말했다.

"그럼 작은 상자들은 어디 있나요?"

"유스터스 경이 갖고 있는 것 같아."

나는 그 문제를 마음속에 새겨 놓았다.

"아무튼—." 내가 마침내 운을 뗐다.

"신경 쓰이는군요. 그렇지만 그 정도면 안전해요. 지금 당장은 손쓸 일이 없을 것 같군요."

쉬잔이 살며시 미소를 띠며 날 바라보았다.

"아무것도 안 하는 거 싫어하잖아, 그렇잖아, 앤?"

"그렇지도 않아요." 내가 솔직하게 대답했다.

내가 할 수 있는 한 가지 일은 열차 시간표를 구해서 거의 파제트가 탄 기차가 언제 킴벌리를 통과하는지 알아보는 일이었다. 기차는 다음 날 오후 5시 40분에 도착해서 6시에 떠난다는 것을 알아냈다. 나는 가능한 한 빨리 파제트를 만났으면 싶었으며, 나에게는 좋은 기회로 생각되었다. 랜드 광산의 상황은 아주 심각해졌으므로, 내가 또 다른 기회를 포착하게 되려면 그때까지 너무 시간이 지연될 것 같았다.

그날에 꼭 한 가지 특기할 만한 사항은 요하네스버그에서 전보가 왔다는 사실이다. 아주 솔직담백한 전문이었다.

'안전하게 도착했음. 모든 것이 잘 진행됨. 에릭 여기 있음. 유스터스
도 있음. 거의는 없음. 당분간 거기 있기 바람. 앤디.'

에릭이란 레이스를 지칭한, 우리가 만든 가명이었다. 내가 그 이름을 선택한 것은 내가 가장 싫어하는 이름이었기 때문이다. 파제트를 만나보기 전에는 따로 할 일이 없었다.

쉬잔은 멀리 떨어져 있는 남편을 달래려고 장문의 전보를 보내느라 여념이 없었다. 그녀는 그에 대해 아주 감상적이 되었다. 그녀다운 방법으로(나와 해리와는 본질적으로 다른 방법) 그녀는 남편을 진짜로 좋아하는 것이다.

"남편이 정말로 여기 있었으면 좋겠어, 앤." 그녀는 목이 메었다.

"남편을 본 지도 꽤 오래됐어."

"미안용 크림을 좀 바르세요." 내가 달래며 말했다.

그녀는 매력적인 코에 크림을 약간 찍어 바른 뒤 골고루 문질렀다.

"금방 미안용 크림이 떨어질 텐데." 그녀가 한 마디 했다.

"이런 물건은 파리에서나 구할 수 있는데." 그녀가 한숨을 쉬었다.

"파리!"

"쉬잔, 곧 남아프리카의 정취와 모험을 만끽하게 될 거예요"

"좋은 모자를 썼으면 좋겠어." 쉬잔이 자신의 탐욕을 드러냈다.

"내일 거이 파제트를 만나러 가는 데 같이 갈까?"

"혼자 가는 게 낫겠어요. 우리 둘 앞에서는 말하는 걸 더 부끄러워할 거예요."

다음 날 아침 쉬잔이 책과 과일 바구니를 갖다놓고 침대에서 느긋하게 지내는 동안, 나는 호텔 입구에 서서 잘 커지지 않는 우산을 들고 씨름을 해야 했다.

호텔 포터에 의하면 기차가 거의 제시간에 도착할 거긴 하지만, 오늘 요하네스버그를 통과할지는 몹시 의심스럽다는 것이다. 선로가 파괴됐을지도 모른다고 그가 내게 정색을 하고 말하는 것이었다. 그 말이 내게는 즐겁게 들렸다!

기차는 딱 10분 연착하고서 도착했다. 사람들이 플랫폼을 내려 이리저리 종종걸음으로 빠져나갔다. 멀리서 파제트를 알아보는 데는 전혀 힘들지 않았다.

나는 넉살좋게 그에게 바로 접근했다. 그는 나를 보더니 예의 그 신경질적인 동요를 나타내 보였는데, 이번에는 다소 율동적이었다.

"아이고, 베딩펠드 양, 당신이 사라진 줄로만 알았습니다."

"다시 나타났어요." 내가 딱딱하게 말했다.

"그래, 어떻게 지내셨어요, 파제트 씨?"

"아주 잘 지냈어요, 감사합니다. 유스터스 경과 다시 일을 시작하려는데 자못 기대가 큽니다."

"파제트 씨, 물어볼 게 있어요. 화내지는 마셨음 해요. 당신이 추측할 수 있는 이상으로 중대한 문제가 결부되어 있으니까요. 지난 1월 8일 당신이 말로우에서 뭘 했는지 알고 싶어요."

그는 대경실색했다.

"정말이지, 베딩펠드 양, 나는, 정말로……."

"당신은 그곳에 갔었잖아요, 그렇죠?"

"저, 내 개인적인 이유로 해서 그 근처에 갔었습니다, 그렇습니다."

"그 이유란 것이 무엇인지 제게 말해 줄 수는 없나요?"

"유스터스 경이 당신에게 이미 말해 주지 않았습니까?"

"유스터스 경이요? 그분이 알고 있나요?"

"나는 그분이 거의 알고 있으리라고 확신합니다. 사실은 그분이 몰랐으면 합니다만, 그분이 은근히 비추는 언질로 미루어 거의 확실한 것이 틀림없다는 걸 깨달았습니다. 하여튼 그 문제를 깨끗이 털어놓고 사직서를 제출할 참입니다. 그분은 특이한 사람입니다, 베딩펠드 양. 황당한 유머 감각을 갖고 있죠. 나를 불안하게 만드는 것이 그분은 즐거운 모양입니다. 그분은 여태껏 모든 사실을 충분히 알고 있었던 것이 아마 맞을 겁니다. 그분이 여러 해 동안 그 사실을 알고 있었다는 것은 충분히 가능한 일입니다."

나는 파제트가 하는 말의 요지를 얼른 파악할 수 있었으면 하고 바랐다.

그는 술술 말을 쏟아놓았다.

"유스터스 경 같은 분이 내 입장에 서 보기란 어렵겠죠. 내가 잘못하고 있다는 것은 알지만, 악의 없는 위장이라고 생각했습니다. 내가 그분 입장이라면 나에게 직접 얘기하는 것이 더 나을 텐데 라는 생각을 해봤죠. 내 면전에 대놓고 은근히 농담을 빙자하면서 즐기는 대신에 말입니다."

호각이 울리자 사람들이 기차로 몰려 우르르 올라타기 시작했다.

"맞아요, 파제트 씨." 내가 별안간에 말참견을 했다.

"유스터스 경에 대한 당신의 평에 전적으로 동의합니다. 하지만 말로우에는 왜 가셨죠?"

"그래서는 안 되는 거지만, 그 상황에선 어쩔 수 없는 일이었습니다. 그래요, 지금 생각해도 그 상황에서는 어쩔 도리가 없었죠."

"어떤 상황이었는데요?" 내가 결사적으로 외쳤다.

그제야 파제트는 내가 그에게 질문을 했다는 사실을 인식한 것 같았다. 그의 마음은 유스터스 경의 기묘한 습성과 자기 자신의 정당성에서 벗어나 내게로 쏠렸다.

"죄송하게 됐습니다, 베딩펠드 양." 그가 딱딱하게 말했다.

"그렇지만 당신이 그 일에 어떤 연관이 있는지 이해가 안 가는군요."

그는 이제는 기차에 들어가 앉아 있어서 나와 대화하려고 몸을 창밖으로 내밀었다. 나는 절망에 빠졌다. 저런 남자와 더 뭘 어떻게 할 것인가?

"물론, 그것이 가공할 만한 사건이라면 제게 얘기하기가 부끄러울 테죠."

내가 심술궂게 서두를 꺼냈다.

마침내 나는 정곡을 찔렀다. 파제트의 몸이 잔뜩 굳어지더니 홍당무가 되었다.

"가공할 만하다고요? 부끄럽다고요? 이해를 못 하겠는데요."

"그렇다면 말해 보세요."

그는 세 문장으로 짤막하게 요약해서 말해 주었다. 마침내 나는 파제트의 비밀을 알았다! 내가 기대했던 것과는 전혀 딴판이었지만.

나는 천천히 호텔로 되돌아왔다. 돌아와 보니 전보가 와 있었다. 나는 그것을 뜯어보았다. 거기에는 요하네스버그에서, 아니 더 엄밀히 말해서 요하네스버그 역에서 내가 어떤 차(車)와 접선할 때까지 내가 당장에 해야 할 지시사항들이 줄줄이 나열되어 있었다. 거기엔 앤디가 아니라 해리라는 사인이 적혀 있었다.

나는 중대한 생각에 아주 깊이 골몰하려고 의자에 앉았다.

(유스터스 페들러 경의 일기에서 발췌)

요하네스버그, 3월 7일

파제트가 도착했다. 그는 늘 그러하듯 지레 겁을 먹고 있었다. 그는 도착하자마자 우리가 프리토리아로 가야 한다고 말했다. 그 말을 듣고 나는 말투만큼은 사근사근하게, 우리는 여기 머물 예정이라고 딱 잘라 말했더니 이번엔아예 한술 더 떠서 자기는 여기서 라이플 소총이나 하나 구해다가 자기가 전쟁 동안에 보초를 섰었던 어떤 다리에나 죽기 살기로 돌진해 봤으면 좋겠다고했다. 다리라고 해봤자 리틀파데콤베 교차점에 있는 철교나 대충 그런 따위들일 게다. 나는 그에게 커다란 타자기 짐이나 풀어 놓으라고 말함으로써 금방화제를 돌렸다. 그렇게 되면 당분간은 그가 그 일에 매이겠지 하는 것이 내속셈이었다. 왜냐하면, 타자기는 필연적으로 고장 나게 되어 있어서(언제나 그랬으니까) 그가 어딘가에서 그것을 손봐 와야만 했기 때문이다. 그렇지만 난매사에 빈틈없는 파제트의 위력을 까맣게 잊고 있었다.

"상자들은 다 풀어 놨습니다, 유스터스 경. 타자기도 아무 이상이 없습니다."

"상자들은 다라니, 또 뭐 말인가?"

"조그만 상자 두 개도 말입니다."

"너무 그렇게 주제넘게 나서지 말아 줬으면 좋겠는데, 파제트 그 조그만 상자들은 자네와는 아무 상관이 없잖나. 그것들은 블레어 여사 것일세."

파제트는 기가 죽은 듯이 보였다. 그는 실수를 용납하지 않는다.

"그러니 그것들을 다시 깔끔하게 꾸려놓게." 나는 계속 해나갔다.

"그 일이 끝나면 대충 바깥구경이나 하게. 내일이면 요하네스버그가 잿더미로 변할지도 모르니까, 어쩌면 이것이 마지막 기회일지도 모르네."

나는 그 일 정도면 그를 아침나절 동안을 성공리에 따돌릴 수 있을 거라고 생각했다.

"혹, 시간이 있으시다면 드릴 말씀이 좀 있습니다, 유스터스 경."

"지금은 안 되겠네." 내가 황급히 말했다.

"지금 이 순간에는 무슨 일이 있어도 조금도 짬을 낼 수가 없어."

파제트가 물러났다.

"그런데, 블레어 여사의 상자엔 무엇이 들어 있던가?"

내가 물러가는 그의 등에 대고 소리쳤다.

"털깔개 같은 게 두 개 들어 있었는데, 아마 털모자일 겁니다."

"그게 맞을 거야." 내가 맞장구를 쳤다.

"기차에서 그런 걸 사모으더라고, 모자였어─그런 종류일 거야. 자네가 그것을 못 알아봤다손 치더라도 조금도 놀랍지 않네. 애스커트 경마에 그것을 쓰고 가려고 샀을 걸세. 내 말이 맞을걸. 그 밖에 또 무엇이 있던가?"

"필름 몇 통하고 바구니들이었습니다. 바구니가 상당히 많았어요."

"아마 그럴 거야." 내가 한 술 더 떴다.

"블레어 여사란 사람은 물건을 샀다 하면 적어도 열두 개 이상은 사들이는 부류니까."

"그게 전부인 것 같습니다, 유스터스 경. 그 밖에는 자질구레한 잡동사니로, 베일이라든가 요상한 장갑, 뭐 그런 것들이었습니다."

"자네가 날 때부터 바보가 아니었다면, 파제트, 처음 봤을 때 벌써 그 상자가 내 것일 리가 없다는 점을 눈치 챘어야지."

"저는 일부는 패티그류 양의 것인 줄로만 알았습니다."

"가만있자, 그러니까 생각나는 게 있는데, 자네는 무슨 의도로 그런 의심스러운 인물을 내 비서로 골라왔는가?"

그 말끝에 나는 내가 당했던 엄중한 조사에 대한 이야기를 그에게 들려주었다. 아뿔싸! 내가 익히 보아 왔던 불꽃이 그의 눈에서 튀는 것이 보였다. 나는 허겁지겁 화제를 돌렸다. 그렇지만 이미 때는 늦었다.

파제트는 불같이 노했다. 다음 순간 그는 킬모든 호에서의 일들에 관해 종잡을 수 없는 말들을 밑도 끝도 없이 늘어놓아 나를 한없이 지치게 했다. 얘기인즉슨, 필름 한 통과 어떤 약속에 대한 것이었다. 그 일을 잘 알고 있는 한 승무원이 그 필름을 오밤중에 환기창으로 던져 넣었다는 것이다.

나는 중구난방을 싫어한다. 내가 파제트에게 그 말을 했더니, 그는 모든 이야기를 다시 들려주는 것이었다. 정말 환장할 노릇이었다. 내가 그 이야기를 제대로 이해하자면 시간이 한참 걸려야 할 것 같았다.

아무튼 점심시간 전까지는 그를 보지 않고 넘어갔다. 그런데 그 이후에 그가 냄새 맡은 경찰견 모습을 하고서 흥분에 들떠 나타났다. 정말이지 경찰견을 다루는 데까지는 나는 신경을 미처 쓰지 못했다. 하여간 결론은 그가 레이번을 보았다는 것이다.

"뭐라고?" 내가 깜짝 놀라 소리쳤다.

그러니까 틀림없이 레이번처럼 생긴 남자가 길을 건너는 것을 그가 봤다는 것이다. 파제트가 뒤를 밟아 봤다고 했다.

"저, 그가 멈춰 서서 말 붙이는 자를 제가 봤는데, 그게 누구일 것 같습니까? 페티그류 양입니다."

"뭐라고?"

"그렇습니다, 유스터스 경. 그것만이 아닙니다. 제가 그녀에 대해서 머리를 갸우뚱하고 있는데……."

"잠깐만 기다리게. 레이번이 어떻게 됐다고?"

"그와 페티그류 양이 길모퉁이에 있는 골동품 가게에 들어가서……."

나도 모르는 사이에 신음소리가 새어나왔다. 파제트가 왜 그러냐는 듯 빤히 쳐다보았다.

"아무것도 아닐세. 계속하게나."

"저는 밖에서 한참 동안이나 기다렸죠. 헌데 그들은 나오지 않았습니다. 참다못해 제가 들어갔죠. 유스터스 경, 가게엔 아무도 없었습니다! 틀림없이 그 안에 다른 통로가 있는 겁니다."

나는 그를 노려보았다.

"말씀드렸다시피 저는 호텔로 돌아와 페티그류 양에 대해 좀 알아봤습니다."

파제트는 은밀해지고 싶을 때 언제나 그러듯 숨을 씩씩거리면서 목소리를 팍 낮췄다.

"유스터스 경, 어젯밤에 웬 남자가 그녀 방에서 나오는 걸 봤습니다."

내가 눈썹을 치켜세웠다.

"난 항상 그녀가 최고로 정숙한 여자라고 생각했는데." 내가 중얼거렸다.

파제트는 무시하고 계속해 나갔다.

"전 곧바로 올라가 그녀의 방을 살펴봤습니다. 제가 뭘 발견했을 것 같습니까?"

내가 고개를 저었다.

"이겁니다!"

파제트는 안전면도기와 면도용 비누 한 장을 꺼냈다.

"여자들이 이것을 어디다 쓸까요?"

나는 파제트가 상류사회 여자들이 보는 신문의 광고란을 읽어 보았으리라고는 생각지 않는다. 나는 읽었다. 이 문제를 놓고 그와 왈가왈부하고 싶지 않았으므로, 나는 면도기의 출현이 페티그류 양의 성별에 결정적인 물적 증거가 되었다고 생각하길 거부했다. 파제트가 시대에 뒤떨어진 건 어쩔 도리가 없었다. 그가 자기의 증거를 뒷받침하려고 담뱃갑을 꺼내 놓는다 하더라도 난 눈 하나 깜짝할 필요조차 없는 것이다. 어쨌거나, 제아무리 파제트라 한들 한계는 있는 것이다.

"믿지 않으시는군요, 유스터스 경. 그러면 '이것'에 대해서는 뭐라 말씀하실 참이죠?"

나는 그가 의기양양하게 높이 치켜들고 뱅글뱅글 돌리고 있는 것을 눈여겨보았다.

"머리카락 같은데." 내가 밥맛없다는 듯 한마디 했다.

"머리죠. 소위 사람들이 가발이라고 하는 것인 줄로 알고 있습니다."

"정말 그렇군." 내가 짤막하게 대답했다.

"이젠 페티그류가 여장한 남자라는 걸 아시겠습니까?"

"정말이지, 파제트, 그런 것 같네. 그녀 발을 보고서 눈치를 챘어야 하는 건데."

"그건 그렇다 치고요. 그럼 지금부터, 유스터스 경, 제 신상에 관해 말씀드리고자 합니다. 저는 주인님이 은근히 제가 플로렌스에 간 것을 한 번씩 들춰내시면서 넌지시 비추시는 걸로 미루어 눈치 채셨구나 하는 생각을 떨칠 수가 없었습니다."

바야흐로 파제트가 플로렌스에서 무슨 짓을 했는지 밝혀지려는 순간이다!

"깨끗이 털어놔 보게나, 자, 자." 내가 부드럽게 말했다.

"그게 최선의 방책일세."

"감사합니다, 유스터스 경."

"그녀 남편이었나? 남편들이란 성가신 존재지. 언제나 전혀 뜻밖의 순간에 불쑥 나타난다니까."

"무슨 말씀이신지 도무지 이해가 안 되는군요, 유스터스 경. 누구 남편 말씀입니까?"

"그 여자 남편 말일세."

"그 여자라뇨?"

"이런 젠장. 파제트, 자네가 플로렌스에서 만난 그 여자말일세. 틀림없이 여자가 끼어 있을 테지. 자네가 단지 교회에서 뭘 훔쳤다거나, 아니면 외모가 마음에 안 든다는 이유로 해서 뒤에서 어떤 이탈리아인을 칼로 찌른 얘기라면 아예 꺼내지도 말게."

"너무 황당해서 무슨 말씀인지 정말 전혀 이해할 수가 없습니다, 유스터스 경. 농담하시는 건가 보군요."

"때때로 내가 분위기를 잡으려 할 때는 난 유쾌한 사람일세. 그렇지만 이번만큼은 농담하려는 게 아니야."

"전 주인님이 절 못 알아보시도록 뚝 떨어져 있었으면 하고 바랐습니다."

"알아보다니, 어디서 말인가?"

"말로우에서요, 유스터스 경."

"말로우라고? 대관절 말로우에서 뭘 했나?"

"저는 주인님이 이해해 주시리라고 생각했……."

"점점 더 아리송해지는군. 다시 이야기의 원점으로 돌아가서 한 번 더 들려주게. 자네가 플로렌스에 갔었는데……."

"그럼 전혀 모르고 계셨군요!"

"내가 판단하건대, 자네는 괜히 그럴 필요도 없는데 비밀을 털어놓으려는 것 같군―제 발이 저려서 말이야. 그렇지만 내가 이야기를 다 듣고 나면 과연 그런 건지 더 잘 판단할 수 있을 걸세. 자, 그럼, 크게 숨을 쉬고 다시 시작해 보게나. 자네가 플로렌스에 갔었단 말이지."

"하지만 전 플로렌스엔 가지 않았습니다. 그게 바로 제가 말씀드리고자 하는 겁니다."

"그래, 그렇다면 어딜 갔는가?"

"집에 갔었습니다. 말로우에 있는 집엘요."

"대관절 말로우에는 뭣 하러 갔는가?"

"아내가 보고 싶었습니다. 그녀는 건강상태가 좋지 않은데다 곧 출산할……."

"아내라고? 난 자네가 결혼한 줄 몰랐는데."

"아닙니다, 유스터스 경. 제가 주인님께 그렇게 말씀드렸다 뿐이죠. 전 그 문제에서만큼은 주인님을 속였습니다."

"결혼한 지는 얼마나 됐는가?"

"한 8년 좀 넘었죠. 제가 주인님의 비서로 고용되었을 때가 결혼한 지 6개월이 막 지난 때였습니다. 전 직업을 잃고 싶지 않았습니다. 수행비서에게 아내가 있어서는 곤란하므로, 그 때문에 그 사실을 비밀에 붙인 겁니다."

"기절초풍할 노릇이군." 내가 한 마디 했다.

"아내는 여태껏 어디 있었는가?"

"우리는 말로우에 있는 강가에 조그만 방갈로를 갖고 있었습니다. 밀 하우스 저택과는 아주 가깝죠. 5년이 넘었습니다."

"하나님 맙소사." 내가 신음소리를 냈다.

"자식들은 있는가?"

"네 명입니다, 유스터스 경."

나는 멍하니 그를 바라보았다. 파제트 같은 인물이 뒤가 켕기는 비밀이 있을 수가 없다는 사실을 진작에 깨달았어야 했다. 파제트의 존경미 넘치는 태도 덕분에 난 번번이 헛다리만 짚는 것이다. 마누라와 자식이 넷이라는 것은, 그로서나 간직할 수 있는 비밀이었다.

"다른 사람에게 이 이야기를 한 적이 있는가?"

내가 신기해서 그를 한참이나 쳐다보다가 결국 묻고 말았다.

"베딩펠드 양에게만 했습니다. 그녀가 킴벌리에서 역으로 나왔더랬습니다."

나는 그를 계속 뚫어져라 바라보았다. 그는 내 시선에 안절부절못했다.

"제발이지, 유스터스 경, 크게 노하시진 마십시오."

"이 사람아, 난 이 시점에서 자네가 그 진실을 감쪽같이 숨겨 계획에 차질이 왔다 하더라도 아무렇지 않네."

나는 마음이 극도로 산란해져서 밖으로 나갔다. 길모퉁이의 그 골동품 가게를 지나치다가 나는 순간적인 호기심을 억누를 수 없어 가게 안으로 들어갔다. 주인이 아첨하듯 두 손을 비비며 앞으로 나왔다.

"뭘 보여 드릴까요? 털옷입니까, 골동품입니까?"

"아주 독특한 걸로 봤으면 싶은데. 특별한 때에 쓸 수 있는 걸로 좀 보여 주시겠소?"

"뒷방으로 따라오시겠습니까? 특이한 것들이 꽤 있습니다."

나는 바로 거기서 실수했다. 앞으로는 더 바짝 정신을 차려야겠다는 생각을 했다. 나는 칸막이 커튼을 젖히고 그를 따라 들어갔다.

제24장

(앤의 이야기가 다시 시작되다)

쉬잔과 큰 마찰이 생겼다. 그녀는 붙잡고 늘어지고 애원까지 했으며, 이 일을 진행하도록 허락을 하기 전에는 심지어 울기까지 했다. 그렇지만 끝내는 내 뜻대로 되었다. 그녀는 내가 편지에 씌어 있는 지시대로 하는 것을 마지못해 허락했으며, 역까지 따라나와 눈물 어린 작별을 고했다.

나는 다음 날 아침 일찍 목적지에 도착했다. 전에는 본 적이 없는, 키가 작고 검은 턱수염을 기른 네덜란드 남자가 나를 맞아주었다. 그가 차를 대기시켜 놓고 기다리고 있었으므로 우리는 곧 출발했다. 멀리서 이상한 폭음이 들려와서 그에게 무슨 소리인지 물었다. "총소리요." 그가 무뚝뚝하게 말했다. 그러니까 요하네스버그에선 아직도 싸움이 계속되고 있는 것이다!

나는 우리의 목적지가 도시 근교일 거라는 데 생각을 모았다. 우리는 꼬불꼬불한 길을 이리저리 꺾어 여러 번 우회한 끝에야 그곳에 다다랐는데, 총소리는 시시각각 더 가까이 들려오고 있었다. 흥분된 순간이었다. 카피르인 소년이 문을 열어 주었다. 나를 데리고 온 사람이 들어가라는 시늉을 했다. 나는 머뭇거리며 네모 반듯한 음침한 홀에 들어섰다. 그 남자는 나를 지나쳐 가더니 문을 열었다.

"아리따운 아가씨가 해리 레이번 씨를 만나고자 합니다."

그가 말하면서 웃었다.

그 말이 끝나자 나는 안으로 들어갔다. 실내 가구는 빈약했고 싸구려 담배 냄새가 났다. 웬 남자가 책상에 앉아 뭔가를 쓰고 있었다. 그는 나를 쳐다보더니 눈썹을 치켜떴다.

"아이구, 이거 베딩펠드 양 아닙니까!" 그가 말했다.

"두 사람을 분간하지 못하겠군요." 내가 겸연쩍어했다.

"치케스터 씨예요, 아니면 페티그류 양인가요? 두 분이 하도 닮아놔서 말이에요."

"지금 당장은 두 사람 다 아니오. 속치마는 내다 버렸소—그 밖의 옷가지들도 좀 앉으시겠소?"

나는 침착하게 자리에 앉았다.

"암만 봐도, 주소를 잘못 찾아 들어온 것 같군요."

"당신 말대로 그런 것도 같습니다. 사실이오, 베딩펠드 양. 당신은 두 번째로 덫에 걸려들었습니다!"

"또 멍청한 짓을 저질렀군요."

내가 순순히 인정했다. 내 태도가 그를 어리둥절하게 만든 모양이었다.

"당신은 조금도 당황해 하는 것 같지 않군요." 그가 냉담하게 덧붙였다.

"제가 대담하게 나가면 당신에게 해될 일이라도 있나요?" 내가 물었다.

"그럴 리가 있겠습니까."

"제 대고모 되시는 제인 고모께서는 진짜 숙녀는 언제 어떠한 일이 닥치더라도 충격을 받거나 놀라거나 하지 않는 거라고 말씀하시곤 했어요."

내가 꿈꾸듯 중얼거렸다.

"저는 고모님의 가르침에 따라 생활하려고 노력하고 있죠."

나는 치케스터—페티그류의 얼굴에 나타난 표정만으로도 그가 무슨 생각을 하고 있는지 환히 읽을 수 있어서 서둘러 한 번 더 말을 늘어놓았다.

"당신은 변장술엔 가히 천재적이시더군요." 내가 정색을 하며 말했다.

"당신이 페티그류 양으로 변신해 있을 동안 저는 눈곱만큼도 눈치 채지 못했으니까. 케이프타운에서 제가 기차에 올라탄 사실에 기겁을 하고 그 쇼크로 연필을 부러뜨렸을 때조차도요."

그는 그 순간 들고 있던 연필로 책상을 톡톡 두드렸다.

"아무려면 어떻겠습니까만 본론으로 들어가야겠군요, 베딩펠드 양. 우리가 왜 당신을 이리로 오게 했는지 어쩌면 추측할 수 있을 것도 같은데?"

"죄송합니다만, 저는 우두머리 이외에는 그 누구와도 이야기를 나누고 싶지 않군요."

나는 그와 같은 문구를 사채업자의 광고문에서 읽었었는데, 지금 그것이 떠올라 주어서 너무너무 기뻤다. 그 말은 치케스터—페티그류를 꺾고도 남음이 있었다. 그는 입을 딱 벌리더니 다시 다물었다.

나는 그에게 빙긋이 웃어 주었다.

"제 대고모부 되시는 조지 고모부의 행동원리는……."

내가 다시 생각해 보고 나서 덧붙였다.

"제인 대고모의 남편 되시는 분인데, 당신도 아실 거예요. 청동침대 손잡이는 그분이 만드신 거예요."

나는 치케스터—페티그류가 이전에도 놀림을 당한 적이 있는지 적이 의심스러웠다. 그는 그런 것을 조금도 좋아하지 않았다.

"말투를 바꾸는 게 신상에 좋을 텐데, 젊은 아가씨?"

나는 대답 대신 하품을 했다. 은근히 지겨워서 못 견디겠다는 것을 나타내는 사소한 몸짓을 해보였다.

"빌어먹을—." 그가 강압적으로 나왔다.

내가 그를 제지했다.

"제게 소리쳐 봤자 조금도 이로울 게 없을 텐데요. 우리는 그저 여기서 시간낭비나 하고 있잖아요. 저는 부하급들하고 이야기를 나누고픈 생각이 털끝만큼도 없어요. 시간도 절약할 겸 열도 안 받으시려면 저를 직접 유스터스 페들러 경에게로 데리고 가시죠."

"누구에게라고……?"

그는 기가 막혀 말이 안 나오는 것 같았다.

"그래요, 유스터스 페들러 경 말이에요."

"아니, 그게 무슨 말인지……."

그는 토끼처럼 잽싸게 방에서 튀어나갔다.

나는 가방을 열어 분을 꺼내어 내 콧잔등에 골고루 문지를 만큼의 일시적인 여유를 가질 수 있었다. 한편, 나는 더욱 어울리는 각도로 모자도 삐딱하게 고쳐 썼다. 그리고 나서는 냉정을 되찾아 적이 돌아올 때까지 참을성 있게 기다렸다.

그는 심기일전하여 다시 나타났다.

"이리로 오실까요, 베딩펠드 양?"

나는 그를 따라 계단을 밟고 올라갔다. 그가 노크를 하자 안에서, "들어와!" 하는 힘찬 목소리가 들려왔다. 그는 문을 열고 날 보고 들어가라는 시늉을 했다. 유스터스 경이 벌떡 일어나 상냥한 미소를 띠고 나를 맞이했다.

"자, 자, 앤 양." 그가 다정하게 내 손을 잡고 흔들었다.

"만나서 기쁘오. 자, 이리 와서 앉아요. 오는 데 그리 피곤하지는 않았나 보군? 거 잘 됐구먼."

그는 여전히 미소를 띤 채 나를 마주 보고 앉았다. 그 모습이 나를 도리어 당황하게 만들었다. 그의 태도는 지극히 자연스러웠다.

"바로 나를 만나겠다고 한 것은 아주 잘한 일이오." 그가 계속했다.

"밍크스는 멍청한 놈이오. 연기자로서는 뛰어나지만 멍청하오. 당신이 아래층에서 본 자가 밍크스요."

"아, 그래요." 내가 조그맣게 말했다.

"자, 그럼, 본론으로 들어갑시다." 유스터스 경이 유쾌하게 말했다.

"내가 대령이라는 사실을 안 지가 얼마나 됐소?"

"모두들 당신이 칸에 간 줄로만 알고 있을 때 말로우에서 당신을 봤다고 파제트 씨가 제게 말해 준 그때부터예요."

유스터스 경이 침울하게 머리를 끄덕였다.

"그래요, 내가 그 머저리 같은 놈에게 잘도 속여 넘겼다고 말해 줬지. 물론 그는 영문을 몰랐겠지만 말이오. 그는 내가 눈치 챌까 봐 온통 신경이 거기에만 쏠려 있었소. 내가 거기서 무엇을 했는지에 대해서는 의문을 가져 보려야 가져 볼 턱이 없었지. 그게 불운의 시작이었소. 모든 것을 빈틈없이 조작해 놓았는데. 물론 그에겐 난 니스(남프랑스의 도시)에서 하루 내지 이틀 밤쯤 머물 거라고 말하고 그를 플로렌스로 보냈소. 그러고 나서 살인이 발견될 때까지는 난 다시 칸에 가 있어서, 아무도 내가 리비에라를 떠났으리라곤 감히 생각지도 못했을 게요."

그는 여전히 아주 자연스럽고도 꾸밈없이 말하는 것이었다. 나는 이것이 몽땅 현실임을, 내 앞에 있는 남자가 진짜로 그 천하의 악당인 대령이라는 점을 자각하도록 내 자신을 일깨워야만 했다. 나는 속으로 내 임무를 완수해야 한다고 다짐하면서 생각을 가다듬었다.

"그러면 킬모든호에서 저를 배 밖으로 던지려 한 사람은 당신이었군요."

내가 천천히 말했다.

"파제트가 그날 밤 뒤를 밟은 사람도 바로 당신이었군요?"

그가 어깨를 으쓱했다.

"사과하겠소, 아가씨. 실은 내가 그랬다오. 난 언제나 당신이 좋았소. 그렇지만 당신은 너무나 깊이 관여한 거요. 일개 처녀 때문에 내 모든 계획이 망쳐지게 할 수는 없는 노릇이었으니까."

"빅토리아 폭포에서 당신이 꾸민 흉계는 정말 천재적이었어요."

나는 객관적인 입장에서 사건을 관찰하고자 애쓰며 말했다.

"제가 호텔을 나갔을 때 당신이 호텔에 있는 줄로만 알았다고 전 어디 가나 맹세할 준비가 되어 있었죠. '보는 것은 나중에 다시 봐야 믿는 것이다'로군요."

"그렇소, 밍크스는 페티그류 양의 역할을 유감없이 발휘했소. 그는 내 목소리를 아주 칭찬할 만하게 흉내 낼 수 있다오."

"제가 알고 싶은 게 딱 한 가지 있어요."

"뭔데?"

"파제트에게 어떻게 그녀를 추천하게끔 만들었죠?"

"아, 그거야 간단하지. 그녀는 무역판무관 사무실인가 광산회관인가, 아무튼 파제트가 찾아간 곳 문가에서 그를 기다리고 있다가, 그에게 자기는 유스터스 경이 전화로 급히 부탁하여 정부 부서에서 발탁한 바로 그 당사자라고 말하니까, 파제트는 순한 양처럼 그것을 고스란히 믿은 거요."

"아주 솔직하시군요." 내가 그를 살피며 말했다.

"나라고 그러지 말라는 법 있소?"

나는 그런 식의 말투를 무척 싫어한다. 나는 서둘러 거기에 대해 내 나름대로의 해석을 붙였다.

　"당신은 이 혁명이 성공하리라 믿으세요? 아주 배수진을 치셨더군요."

　"똑똑한 젊은 여성의 발언치고는 이례적으로 우둔한 말씀이로군. 아니오, 아가씨. 난 이 혁명에 기대를 걸고 있지 않소. 내가 이틀이나 더 연장시켰음에도 불구하고 창피스럽게 용두사미가 될 것 같소."

　"단 한 번의 실패로군요." 내가 아픈 데를 찔렀다.

　"다른 모든 여자들과 마찬가지로 당신도 사업적인 머리는 아둔하시군. 내가 맡은 일은 폭약과 무기를 대주는 일이었소. 일반의 분위기를 고조시켜 어떤 사람에게 전적으로 죄를 뒤집어씌우는 거라 대가가 아주 컸소. 나는 성공리에 내 계약을 이행했기에 조심스레 선불을 건네받았지. 내가 이런 일에서 손을 떼기 전에 벌일 마지막 사업이라 생각하며, 그 일에 각별히 신경을 썼소. 당신이 배수진을 쳤다고 말했지만, 난 당신이 무슨 뜻으로 그 말을 했는지 모르겠소. 난 반란군 지도자 같은 부류가 아니오. 나는 명백히 영국에서 온 방문자로, 운이 나쁘게도 어떤 골동품 가게와 연루되어 잡음이 일긴 했지만, 실제 이상으로 그가 거물급으로 보이는 바람에 그 불쌍한 친구는 납치된 거요. 내일이나 모레라도 상황이 허락만 된다면 난 공포와 기아의 처참한 상황 속에서 어딘가에서 꽁꽁 묶인 채로 발견될 거요."

　"어머!" 내가 천천히 말했다.

　"그렇다면 전 어떻게 되는 거죠?"

　"그게 바로 그런 거요." 유스터스 경이 부드럽게 말했다.

　"어떻게 될 거냐고? 내가 당신을 이리로 모신 것은, 난 어떤 경우에도 잔소리를 늘어놓기는 싫소. 아무튼 난 당신을 아주 신사적으로 이리로 모셨소. 질문의 요지가 내가 당신을 어떻게 할 참이냐는 거지? 당신을 처리하는 가장 간단한 방법은, 덧붙여 말하자면, 내 자신에게는 가장 바람직한 것이 되겠소만, 결혼하는 방법이 있소. 마누라들이 남편을 고소하는 법은 없으니까. 게다가 당신도 알다시피 아리따운 젊은 아내가 내 팔짱을 끼고 촉촉이 젖은 눈빛으로 날 쳐다봐 줬으면 싶소. 그런 눈으로 날 쏘아보지 말아요! 날 아주 놀라게 하시는군. 그 계획이 마음에 들지 않나 본데?"

"그래요."

유스터스 경이 깊이 한숨을 내쉬었다.

"안됐군! 하지만 난 마누라를 여럿 거느리는 악당은 아니니까. 흔히 있을 수 있는 문제점이라 생각하오. 책에서라면 보통 이런 때 당신은 다른 사람을 사랑하고 있지."

"저는 사랑하는 사람이 있어요."

"나도 그렇게 생각해. 처음엔 그 사람이 다리 긴 허풍장이 레이스라고 생각 했는데, 실상은 그날 밤 빅토리아 폭포에서 당신을 구해 준 젊은 영웅이었던 것 같아. 여자들이란 지조가 없으니까. 그 두 사람은 내 머리의 반도 못 쫓아 와. 난 자칫 남들이 과소평가하기 쉬운 사람이지."

그 점에 있어선 나도 동감이었다. 나는 그가 틀림없이 어떠어떠한 사람이리 라는 것을 아주 잘 알면서도 그것이 실감나지 않았다. 그는 수시로 날 죽이려 했고, 실제로도 딴 여자를 죽인 적이 있었으며, 내가 알지도 못하는 숱한 일들 을 저지른 장본인인데도, 벌을 받아 마땅할 그의 행위를 충분히 인식하도록 마음을 다져먹는 것이 불가능했다. 나는 그가 그저 유쾌하고 다정한 여행 친 구로밖에 생각되지 않았다. 나는 그에게서는 겁을 집어먹지도 않았다―그가 필요하다고 생각하면 얼마든지 냉혹하게 날 죽일 수도 있으리라는 것을 뻔히 알면서도 말이다. 이 사건에 필적하리라고 생각되는 게 딱 한 가지 있는데, 스 티븐슨의 《보물섬》에 나오는 외다리 실버였다. 유스터스 경은 틀림없이 그 런 부류의 남자일 게다.

"자, 자―."

이 특이하기 짝이 없는 남자가 의자에 몸을 파묻으며 말했다.

"페들러 경의 부인 자리가 당신 마음에 안 든다니 유감천만이오. 나머지 선 택은 훨씬 가혹하오."

골치깨나 썩겠구나 하는 생각이 등줄기를 타고 내려갔다. 큰 모험을 감행하 고 있다는 것은 애초부터 아는 바였고, 또 그만한 대가도 치러야만 했다. 과연 일들이 내 계산대로 되어줄 것인가, 아닐 것인가?

유스터스 경이 말을 이었다.

"사실 대로 얘기하자면, 난 당신에게는 약하오. 나는 진심으로 사건이 극단으로 치닫는 걸 원치 않소. 당신이 모든 얘기를 처음부터 다 들려줄 경우 함께 타협안을 찾아볼 수도 있을 거요. 명심하시오, 난 로맨스 얘기를 듣자는 게 아니라, 진실을 듣고자 하는 것이오."

말에 어떤 실수도 있어서는 안 되었다. 나는 유스터스 경의 기민성에 탄복했다. 그 시점에서는 오로지 진실 그 자체만이 통할 것이었다. 나는 그에게 해리가 구해 준 그 순간까지 하나도 빠뜨리지 않고 남김없이 죄다 이야기했다.

내가 이야기를 끝내자 그가 만족한 듯 머리를 끄덕였다.

"현명한 아가씨요. 남김없이 털어놓으셨구려. 싫더라도 지금부터 내가 당신 얘기에서 느낀 점을 이야기하게 해주시오. 많은 사람들이 당신 이야기를 믿지 않겠소만, 특히 그 시작 부분을 말이오. 어쨌거나 나는 믿소. 당신은 충분히 시작을 그런 식으로 벌이고도 남을 아가씨요—동기도 아주 약하고 순간적인 느낌만 가지고 말이오. 당신은 보통 행운아가 아니었긴 해도 아마추어가 기를 쓰고 프로와 부딪쳐 봤자 결과는 뻔 한 거요. 난 전문가요. 새파랗게 젊었을 적에 이미 난 이 사업에 손을 댔지. 모든 걸 다 따져 봐도 단시일에 거부(巨富)가 되기엔 이 길처럼 바람직한 게 없었소.

난 언제나 일을 구상해 낸 다음 교묘하게 계획을 세워 일을 진행하는 데에는 결코 실수를 하는 법이라고는 없었소. 언제나 전문가들을 썼소. 그게 지금까지의 내 좌우명이오. 그렇지 않은 적이 딱 한 번 있었는데 결국 사고를 당했지. 그렇지만 그 일만큼은 아무도 내 자신만큼 믿을 수가 없었소. 나디나는 너무 많이 알고 있었소. 나는 좋게, 좋게 하자는 주의고, 나를 거스르지 않는 한 마음씨도 좋고 성격도 부드럽소. 나디나는 거슬리게 굴 뿐만 아니라 협박까지 했소. 그것도 내가 성공의 절정에 다다랐을 때 말이오. 그녀가 죽고 다이아몬드를 손에 쥐기만 하면 난 안전했소.

이제 와서 생각해 보니 내가 그 일을 망쳐 놓았구먼. 그 멍청하기 짝이 없는 파제트가 자식과 마누라가 있었다니! 내 실책이오. 16세기 이탈리아 문학 작품에나 나올듯한 고약한 인상과 빅토리아 중기 사람 같은 그의 심성이 내 유머 감각을 자극시켰소. 당신에게 한 마디 조언을 하겠소. 당신의 유머 감각을 발동하는 그대로 방치해 두지 마시오. 몇 해 동안 본능적으로 파제트를 쫓아내는 게 현명하겠다는 생각이 들긴 했는데, 그 친구가 워낙 일을 열심히 하는데다가 양심적이 되어 놔서 사실은 그를 내쫓을 만한 구실을 도무지 찾을 수가 없었소. 그래서 되는 대로 내버려둔 거요. 이거 이야기가 샛길로 빠졌구먼. 요는 당신을 어떻게 해야 하나가 문제요. 당신이 한 말은 아주 진솔했소만, 아직도 모호한 것이 딱 한 가지 있어. 다이아몬드는 지금 어디 있소?"

"해리 레이번이 갖고 있어요."

내가 그의 눈치를 살피며 말했다.

그는 표정 하나 바뀌지 않았다. 예의 짓궂은 장난기 어린 그 표정이었다.

"으음, 난 그 다이아몬드가 필요한데."

"당신이 그것을 손에 넣기가 쉬울 것 같지가 않군요." 내가 대답했다.

"그렇게 생각하오? 이젠 손에 넣어야 하오. 내 기분을 망치고 싶은 생각은 없지만, 이 구역에서 변사체로 발견되는 여자 시체쯤 여기서는 아무것도 아니라는 사실을 당신이 유념해 주었으면 좋겠소. 아래층에는 그러한 일을 눈 하나 깜짝 않고 해치울 남자가 있소. 자, 당신은 지각 있는 여성이오. 내가 제시하는 것은 이렇소. 여기 앉아 해리 레이번에게 편지를 쓰시오, 이리로 다이아몬드를 가져오라고."

"그런 일은 할 수 없어요."

"어른이 말하면 듣는 거요. 난 당신에게 타협안을 낸 거요. 다이아몬드는 당신 목숨 값이오. 실수 없이 하기만 한다면 당신 목숨은 내 재량에 달려 있소."

"해리는 어떻게 되죠?"

"난 마음이 너무 여려서 사랑하는 두 사람을 떼어놓지는 못하오. 그도 살아서 돌아갈 것이오. 물론, 다시는 나를 방해하지 않는다는 조건부로 말이오."

"당신이 약속을 이행하리라는 것을 어떻게 보증하죠?"

"어찌되든지 간에, 이봐요 아가씨, 나를 믿고 만사가 순조롭게 되거나 비시오. 당신이 영웅 심리에 젖어 지구에서 떠나기를 바란다면 문제는 달라지지만."

이것이야말로 내가 노리던 바였다. 나는 짐짓 그가 시키는 대로 하자고 자포자기한 것처럼 굴었다. 나는 유스터스 경이 부르는 대로 받아썼다.

그리운 해리.
이제야 당신의 결백을 증명할 순간이 온 것 같군요. 제가 상세히 일러줄 테니 그대로 따라하세요. 아그라사토의 골동품 가게로 가세요. 그러고는 '아주 독특한 걸로', '특별한 때에 쓸 수 있는 걸로' 뭔가 볼 만한 게 있는지 물어봐요. 그러면 주인이 당신에게 '뒷방으로 따라오십시오.'라고 말할 거예요. 그를 따라가세요. 그러면 제가 있는 곳으로 데려다 줄 남자가 기다리고 있을 거예요. 반드시 그가 시키는 대로 하세요. 오실 때 다이아몬드도 잊지 말고 갖고 오세요. 아무에게도 얘기하시면 안 돼요.

유스터스 경이 말을 멈추었다.
"당신만이 가진 독특한 상상력을 멋있게 살리지 못했구려." 그가 한 마디 했다.
"그렇지만 실수 없도록 유의해요."
"'당신의 영원한 앤'이면 충분해요." 내가 응수했다.
나는 다 받아 적었다.
유스터스 경이 손을 뻗쳐 편지를 집더니 죽 훑어 읽어 내려갔다.
"이만하면 된 것 같군. 이젠 주소를 쓰시오."
내가 그에게 편지를 건넸다. 신중히 고려하여 베이라에 있는 그 작은 가게 주소를 썼다.
그가 손으로 테이블 위의 부저를 울렸다. 치케스터—페티그류, 일명 밍크스가 즉각 대령했다.
"이 편지 즉시 부쳐야 해, 보통편으로 말이야."
"알겠습니다, 대령님."
그가 봉투에 씌어 있는 이름을 쳐다보았다.
유스터스 경이 그를 날카롭게 바라보았다.

"자네 친구지, 아마?"

"제 친구라고요?"

그 남자는 깜짝 놀란 것 같았다.

"자네가 어제 요하네스버그에서 그와 길게 이야기를 나눴지 않나."

"웬 남자가 제게로 다가와서 대령님과 레이스 대령의 근황을 묻더군요. 그 래서 제가 그에게 헛정보를 흘렸죠."

"잘했어, 이 친구야, 잘했다고." 유스터스 경이 다정하게 말했다.

"내가 실수했네 그려."

나는 치케스터─페티그루가 방을 나갈 때 그를 살펴볼 수 있었다. 그는 입술이 새하얗게 질려 있는데, 극심한 공포가 그를 감싸고 있는 것 같았다.

그가 나가자마자 유스터스 경은 팔꿈치에 괴고 있던 전성관(傳聲管)을 집어 들더니 말을 흘려보냈다.

"자네 슈바르트인가? 밍크스를 감시하게. 내 지시가 있기 전에는 이 집에서 그를 한 걸음도 내보내서는 안 되네."

그는 전성관을 제자리에 도로 갔다 놓더니 인상을 찌푸리며 손가락으로 책상을 가볍게 두들겼다.

"제가 몇 가지 질문을 해도 괜찮겠어요?"

몇 분간의 침묵이 감돈 뒤 내가 물었다.

"되고말고. 당신은 정말 담대한 아가씨로군, 앤. 사건이 발생하면 대부분의 아가씨들은 훌짝훌짝 짜든가, 아니면 손을 꼬고 있을 텐데, 당신은 사물에 지적인 호기심을 나타내는 능력을 갖추고 있군."

"어째서 해리를 경찰에 넘기지 않고 당신의 비서로 고용하신 거죠?"

"난 그 빌어먹을 다이아몬드가 필요했어. 나디나, 그 작은 악마가 해리를 내게 붙여 어부지리를 얻으려 한 거야. 내가 그녀가 부른 값대로 쳐주지 않으면 그걸 그에게 갖다 팔겠다고 나를 윽박질렀어. 내가 또 실수한 것이 있는데, 나는 그녀가 그날 그것을 갖고 왔으리라고 생각했지. 하지만 그녀는 그 점에 극히 영악했어. 그녀의 남편 카턴도 죽었어. 그러니, 다이아몬드를 어디에다 숨겨 놨는지 전혀 단서를 잡을 수가 없었지. 그러던 차에 킬모든호에 탄 어떤 사람이 나디나에게 전보로 연락을 보낸 것을 가까스로 입수했어. 카틴, 아니면 레이번일 거야. 누구인지는 몰랐지. 당신이 주운 쪽지는 복사지였어. 17 1 22 —쪽지는 그런 식으로 나아갔어. 나는 그것이 레이번과 한 약속일 거라고 생각했는데, 그가 필사적으로 킬모든호를 타려고 했던 것으로 미루어 내 생각이 옳았다는 걸 확신했지. 그래서 짐짓 레이번의 말을 그대로 받아들이는 체하면서 그를 내 수하에 들어오도록 한 거야.

나는 그에게 아주 신중한 경계를 펴면서 뭔가를 더 얻어내려고 했지. 그때 나는 밍크스가 은근히 단독 행동을 하면서 나를 방해하려든다는 것을 눈치 챘어. 나는 곧 저지시켰지. 아무튼 그는 충실히 따라줬어. 17호 선실을 차지할 수 없는 것에 애도 탔거니와, 당신의 정체를 파악할 수 없어서 걱정이었어. 당신은 보이는 그대로 아무것도 모르는 젊은 아가씨였나, 아니면 뭔가를 알고 있었나? 그날 밤 레이번이 약속을 지키려고 행동을 개시했을 때 밍크스를 보내 그를 막으려 들었지. 본 그대로 밍크스는 일을 망쳐 놓았어."

"그런데 왜 전보에는 '71' 대신 '17'이라고 썼나요?"

"그 점을 따져 보았어. 카틴이 무선 교환수에게 자기가 쓴 쪽지를 넘겨주고 나서, 그 사본을 받아들고는 한 번도 검토를 안 한 거야. 교환수도 똑같이 우리가 저지른 실수를 반복하여 그것을 '1. 71. 22'로 안 읽고 '17. 1. 22'로 읽었어. 내가 영문을 알 수 없는 것은, 어떻게 밍크스가 17호 선실 쟁탈전에 끼었나 하는 점이야. 틀림없이 순전히 본능이었을 거야."

"스머츠 장군에게 급히 공문서를 띄우신 건가요? 누가 그렇게 무분별한 짓을 했죠?"

"아이고, 앤, 당신은 내가 내 계획의 많은 부분을 잘 살려 보려고 노력하지 않는다는 것을 모르는군? 도망친 살인자를 비서로 데리고 있으니, 그 자리를 텅 비워두는 게 백번 낫지. 주변머리 없는 오랜 심복 페들러를 의심할 자는 아무도 없을 게고."

"레이스 대령은 어떻게 되었죠?"

"흥, 그게 또 아주 거슬렸다고 파제트가 그가 비밀첩보원이라 할 때 불쾌한 감정이 등줄기를 타고 내려가더군. 그가 나를 추적하러 나와 있는 자가 아닐까 하는 의심이 무섭게 피어올랐어! 난 여태까지도 그가 내게 밀접하게 연관되어 있는 게 싫어. 그는 항상 비장의 무기가 준비되어 있는 강인하고 과묵한 사람 중 하나지."

호각이 울렸다. 유스터스 경이 전송관을 집더니 몇 분간 가만히 들고 있다가 대답했다.

"잘했어, 지금 그를 보러 가겠네."

"일은 일이니까." 그가 한 마디 했다.

"앤 양, 방으로 내가 안내해 드리지."

그는 나를 조그맣고 초라한 아파트처럼 생긴 방으로 안내했으며, 카피르인 소년이 내 작은 여행용 가방을 위층까지 들고 올라왔다. 유스터스 경은 예의 바른 주인의 행색을 흉내 내며 뭐 필요한 게 없느냐고 물었다. 세면대에는 뜨거운 물 한 통이 놓여 있었다. 나는 몇 가지 짐을 풀기 시작했다.

스펀지 가방에서 뭔가 딱딱하고 이상한 것이 느껴져 나를 무척 어리둥절하게 만들었다. 끈을 풀고 속을 들여다보았다. 탄성소리가 저절로 나오면서 나는 손잡이에 진주가 박힌 조그만 리볼버 권총을 꺼냈다.

내가 킴벌리를 출발할 때는 가방 속에 들어 있지 않았다. 나는 그 물건을 찬찬히 살펴보았다. 총알이 재어져 있는 것 같았다.

그것은 손 안에서 가볍게 착 달라붙었다. 이런 집에서 지니고 있기엔 안성맞춤이었다. 그러나 요즘 의상으로는 총을 지니기가 아주 곤란했다. 결국 나는 그것을 스타킹 맨 위에 조심스레 끼워넣었다. 흉하게 불쑥 튀어나와, 나는 그것이 오발되어 내 다리를 관통하지나 않을까 시도때도없이 걱정되었으나, 그보다 더 적당한 곳은 없는 것 같았다.

제25장

오후 늦게 가서야 유스터스 경 앞으로 불려가게 되었다. 그보다 앞서 오전 11시에 마시는 차와 먹고 죽지 않을 만큼 간단한 점심이 내가 있는 아파트 방으로 배달되었다. 나는 앞으로의 결투에 대비해서 마음을 단단히 잡아먹었다.

유스터스 경 혼자였다. 그는 방 안을 이리저리 거닐고 있었는데, 눈에 생기가 감도는 것이 들뜬 게 역력했다. 그는 뭔가 기뻐 날뛰고 있는 것이다. 나를 대하는 태도에 미묘한 변화가 일었다.

"전할 뉴스가 있소. 당신 애인이 출발했다 하오. 몇 분만 지나면 이리로 당도할 것이오. 당신의 기를 좀 죽이자는 뜻에서, 아직 할 얘기가 좀 남아 있소. 당신은 오늘 아침 날 속이려 들었소. 난 당신에게 추호의 거짓도 없어야 한다고 경고했고, 또 어느 정도까지는 당신도 내 말에 따라줬소. 그런데 그게 아니었소. 당신은 다이아몬드가 마치 해리 레이번의 수중에 있는 것처럼 날 속이려 들었소. 그땐 난 내일을 수월하게 하려고 당신이 한 말을 그대로 받아들였소. 당신으로 하여금 해리 레이번을 꾀어 그를 이리로 유인하는 일 말이오. 그런데, 앤 양, 다이아몬드는 내가 빅토리아 폭포를 떠난 그 순간부터 이미 내수중에 있었소. 이제야 그 사실을 깨닫긴 했지만 말이오."

"알고 있었군요!" 난 숨이 멎을 만큼 놀랐다.

"더군다나 그 일을 폭로한 자가 파제트라는 얘기를 들으면 더욱 흥미로울걸. 그는 틈만 나면 필름통과 돈이 걸린 이야기를 밑도 끝도 없이 해대서 나를 한없이 지루하게 했소. 두 이야기를 이리저리 맞춰서 결론을 이끌어내는데는 별로 시간이 걸리지 않았소. 블레어 여사는 레이스 대령도 미심쩍었거니와 이것저것 불안하기도 해서 내게 사정사정해서는 그녀의 기념품 보따리를 떠맡겼소. 그런데 기특한 파제트가 충성을 한답시고 그 짐들을 몽땅 풀어놨지 뭐요. 호텔을 떠나기 전에 난 무심코 그 필름통을 내 호주머니 속으로 옮겨 놓았더랬소. 그것들은 저 구석에 있소. 그것을 면밀히 조사할 시간이 없었다는 것은 인정하는 바이나, 한 개가 다른 것보다 유독 무겁다는 걸 느꼈고, 이상하 게 덜그럭거렸을 뿐만 아니라 필름통을 열라고 부착된 세코틴(대용 아교)이 다 시 붙여진 흔적이 확연했소. 그래도 겉보기엔 멀쩡하더구먼, 그렇지 않소? 자, 이젠 난 두 사람을 보기 좋게 덫에 옭아넣었소. 당신이 페들러 부인 자리를 마다한 건 유감이오."

나는 대답하지 않았다. 나는 그를 노려보고 서 있었다. 그때 계단을 밟는 발걸음 소리가 들렸다. 문이 벌컥 열리더니 두 남자가 양쪽에서 해리 레이번 을 끼고 들어왔다. 유스터스 경이 득의에 찬 시선을 던졌다.

"계획을 보아하니, 두 아마추어들이 프로에게 도전하려 들었구먼."

그가 부드럽게 말했다.

"이게 어찌된 일이오?" 해리가 거칠게 소리쳤다.

"그러니까 자네가 내 응접실로 걸어 들어온 것은, 파리가 거미줄에 걸려들 었다는 말이지."

유스터스 경이 경박한 한 마디를 잊지 않았다.

"여보게, 레이번, 자네는 굉장히 운이 없네그려."

"내가 안전하게 올 수 있을 거라고 했잖아, 앤."

"그녀를 탓하지 말게, 이 친구야. 그 편지는 내가 시켜서 쓴 것이니까. 그녀 로서는 어쩔 수가 없었어. 그녀는 그것을 써서는 안 된다는 걸 알 만큼 똑똑 하긴 했지만 내가 그것을 허락하지 않았네. 자넨 그녀가 지시한 대로 골동품 가게로 들어가 뒷방에 있는 비밀통로로 안내되었겠지. 정신을 차리고 보니 적 의 손 안에 들어 있었겠지만 말일세!"

해리가 나를 쳐다보았다. 나는 그의 눈짓을 읽고 더 바짝 유스터스 경에게 로 다가섰다.

"그래." 유스터스 경이 중얼거렸다.

"확실히 자네는 재수가 없었네! 이것이, 가만있자, 세 번째로 만난 것이구 먼."

"그렇소." 해리가 말했다.

"이것이 세 번째요. 두 번은 당신이 날 이겼소. 그렇지만 세 번째가 바로 행운의 기회라는 말을 못 들어 봤소? 이번엔 내 차례요. 겨눠, 앤."

나는 만반의 준비가 되어 있었다. 번개처럼 스타킹에서 권총을 꺼내어 그의 머리에 겨눴다. 해리를 감시하던 두 남자가 앞으로 튀어나왔으나, 그들을 말리는 목소리가 들렸다.

"한 걸음이라도 움직이면, 그는 끝장이오! 저들이 앞으로 나올 기미만 보여도, 앤, 방아쇠를 당겨. 주저 없이."

"그렇게는 안 되겠는데요." 내가 명랑하게 대답했다.

"그래도 방아쇠를 당긴다는 건 겁이 나요."

유스터스 경도 나와 똑같이 두려웠으리라고 생각됐다. 그는 확실히 부들부들 떨고 있었다.

"꼼짝 말고 서 있어."

그가 명령하자 그 두 남자는 얌전히 시키는 대로 했다.

"저들에게 나가라고 하시오." 해리가 말했다.

유스터스 경이 명령을 내렸다.

두 남자가 잽싸게 방을 나가자 해리는 문을 잠갔다.

"자, 이제 이야기를 할 수 있게 됐군."

그가 잠시도 시선을 떼지 않고 방을 가로질러 오더니 내 손에서 권총을 가져갔다.

유스터스 경이 안도의 한숨을 몰아쉬더니 손수건으로 이마를 문질렀다.

"몸이 아주 좋질 않구먼." 그가 말했다.

"심장이 약한 게 틀림없는 것 같아. 권총이 적임자 손에 들어가 있어서 안심이 되네. 앤 양이 그것을 잘 다룰 것 같지 않았거든. 자, 젊은 친구, 자네가 말한 대로 이제 우리 이야기를 하세. 난 자네가 날 놀라게 한 것을 기꺼이 인정하네. 그놈의 권총이 어디서 생겼는지는 잘 모르겠지만 말이야. 그녀가 도착했을 때 짐을 조사시켰는데. 그것을 방금 어디서 꺼냈나? 1분 전만 해도 없었잖아."

"아뇨, 갖고 있었어요." 내가 대답했다.

"제 스타킹에 끼워 놓았어요."

"여자들은 잘 모르겠단 말이야. 좀더 공부를 해야 할 것 같아."

유스터스 경이 우울하게 말했다.

"파제트라면 알 수 있었을까?"

해리가 테이블을 꽝 내리쳤다.

"시시한 짓은 관두시지. 당신이 나이만 젊었어도 창밖으로 던져 버렸을 텐데. 이 천하의 악당 같으니라고! 늙은이든지 젊은이든지 간에 난……."

그가 한두 걸음 앞으로 다가서자 유스터스 경은 재빨리 테이블 뒤로 몸을 피했다.

"젊은 사람들이란 항상 과격하다니까." 그가 책망조로 말했다.

"머리를 쓸 생각은 안 하고 오로지 힘으로만 밀어 붙이려 들거든. 우리 분별 있게 말로 하세. 지금 당장은 자네 처지가 훨씬 낫네. 그렇지만, 이런 상태가 계속될 수는 없을 거야. 이 집은 내 부하들로 가득 차 있단 말이야. 순간적으로나마 자네가 우위에 서게 된 것은 순전히 우연이야."

"그래요?"

해리의 어조가 좀 부드러워진 것에 유스터스 경의 구미가 당기는 모양이었다. 그는 해리를 가만히 응시했다.

"그래요?" 해리가 또 한 번 말했다.

"앉으시오, 유스터스 경. 앉아서 내가 하는 얘기를 똑똑히 들으시오."

여전히 권총을 그를 향해 겨눈 채 그는 계속 말을 이어나갔다.

"이번에는 패를 잘못 잡았소. 먼저 '저 소리'부터 들으시오!"

아래층 문에서 둔탁한 소리가 났다. 고함소리, 아우성치는 소리가 들리더니 이어 총성이 울려 퍼졌다.

유스터스 경이 하얗게 질렸다.

"저게 무슨 소리지?"

"레이스 대령과 그의 부하들이오. 당신은 꿈에도 몰랐을 거요, 그랬을 거요, 유스터스 경. 앤과 내가 서로 연락을 취할 때 서로 간에 당사자임을 확인할 수 있는 기호를 정했다는 게 기발한 것 같지 않소? 전보에는 반드시 '앤디'라고 사인하기로 했고, 편지에는 '그리고'라는 말 위에 X표를 하기로 했소. 앤은 당신이 보낸 전보가 가짜임을 알고 있었소. 그녀는 여기를 자유 의지로 스스로 자청해서 온 것이고, 당신이 쳐놓은 덫에 걸려들기를 간절히 바라면서 고의로 뛰어든 거요. 킴벌리를 떠나기 전에 그녀는 나와 레이스 대령에게 전보를 쳤소. 블레어 여사와는 여태껏 연락을 취하고 있소. 난 당신이 시켜서 쓴, 내가 기대해 마지않던 편지를 받았소. 나는 레이스와 골동품 가게에 비밀통로가 있을 가능성에 대해 벌써 얘기를 나누었으며, 그는 출구가 어디 있는지 찾아냈소."

찢어지는 듯한 비명소리가 들리더니 둔중한 폭음이 방 안을 진동시켰다.

"저 사람들이 이 지역을 폭파시키고 있으니 당신을 대피시켜야겠군, 앤."

불빛이 환하게 피어올랐다. 맞은편 집이 화염에 휩싸였다. 유스터스 경이 일어나더니 방을 가로질러 아래층으로 내려가려 했다.

해리가 권총을 겨누며 그를 막았다.

"상황이 상황이니만큼, 유스터스 경, 게임은 끝났소. 그러니 우리에게 여기가 어디쯤인지 친절하게 가르쳐 줄 수 있는 것은 오로지 당신 재량에 달렸소. 레이스의 부하들이 비밀통로 입구를 지키고 있을 거요. 당신이 그렇게 조심을 했지만 저들은 성공리에 내 뒤를 밟아 이리로 온 것이오."

유스터스 경이 갑자기 돌변했다.

"아주 현명해, 아주 훌륭해. 하지만 아직도 해야 할 얘기가 남았어. 내가 실수를 저질렀다면 자네도 마찬가지야. 자네는 나디나의 살인자라는 혐의를 벗기 어려울 거야. 내가 그날 말로우에 있었다는 것만이 자네가 유일하게 갖고 있는 증거지. 아무도 내가 그녀와 안면이 있다는 것조차 증명할 수 없을 거야. 그렇지만 자네는 그녀를 알고 있었으니 그녀를 살해할 동기를 가진 셈이지. 그리고 자네의 전과가 자네를 불리하게 만들 걸세. 자네는 절도범이야, 알겠나? 절도범이란 말이야. 자네가 모르는 게 아마 딱 한 가지 있을 거야. 다이아몬드는 내가 갖고 있어. 일이 이렇게 되어 돌아가면……."

그지없이 날쌘 동작으로 그는 몸을 굽히더니 팔을 내뻗어 뭔가를 던졌다.

그것이 창문을 뚫고 나가 불길이 솟구치는 반대편 아수라장으로 사라지자, 흩어진 유리 조각들이 반짝였다.

"킴벌리 사건에 대해 자네의 결백을 증명하는 것이 자네의 최고 희망일 걸세. 자, 이제 협상을 하세. 내가 타협안을 제시하겠네. 자네는 날 궁지에 몰아넣었어. 레이스는 그가 얻고자 하는 걸 이 집에서 몽땅 발견해 낼 것이고 내가 빠져나갈 수만 있다면 기회는 또 있네. 내가 여기 이러고 있으면 난 끝장이야. 그렇지만 자네는 앞날이 구만리야! 옆방에 천창(天窓)이 나 있네. 2분간만 여유를 주면 충분해. 한두 가지 작업은 이미 해놓았어. 그 길로 날 내보내준다면, 내가 선수를 칠 수 있게만 해준다면, 내가 나디나를 죽였다는 자백서를 자네에게 넘겨주겠네."

"그렇게 해요, 해리." 내가 외쳤다.

"그렇게 해요, 그렇게 하세요!"

그는 나에게 준엄한 얼굴을 돌렸다.

"그럴 순 없어, 천만번 죽었다가 깨어나도 그건 안 돼. 당신은 제정신이 아니로군."

"저는 말짱해요. 그것만 있으면 모든 게 해결돼요."

"그렇게 되면 난 다시는 레이스의 얼굴을 마주 대할 수 없을 거야. 난 무죄를 증명할 기회를 얻을 수 있을지는 모르지만, 이 교활한 늙은 여우를 도망가게 해주면 천벌을 받을 거야. 그건 좋은 방법이 못 돼, 앤. 난 그렇게 하지 않겠어."

유스터스 경이 낄낄거렸다. 그는 깨끗이 패배를 인정했다.

"자, 자―." 그가 말했다.

"스승을 제대로 만난 것 같군, 앤. 그렇지만 두 분에게 단언하건대 도덕적 가치판단이 언제나 옳은 것은 아니야."

나무가 우지끈 하는 소리가 나더니 2층으로 올라오는 발걸음 소리가 들렸다. 해리가 빗장을 열었다. 레이스 대령이 맨 먼저 들어왔다. 우리를 보더니 그의 얼굴이 환해졌다.

"무사하군요, 앤. 걱정이 되었는데."

그는 유스터스 경에게로 시선을 돌렸다.

"오랫동안 당신을 추적해 왔소, 페들러. 드디어 당신을 붙잡게 됐군요"

"전부 다 완전히 미쳐 버린 것 같군."

유스터스 경이 쾌활하게 말했다.

"여기 젊은이들이 내게 권총으로 위협을 가하질 않나, 가장 치가 떨리는 일로 날 옭아매려 하고 있질 않나. 어찌된 영문인지 도무지 모르겠구먼"

"모르겠다고? 내가 대령을 붙잡았다는 말입니다. 그것은 곧 1월 8일 당신은 칸에 가 있었던 게 아니라 말로우에 있었다는 얘기와 상통하죠. 또한, 당신의 도구였던 마담 나디나가 당신을 배신하자, 당신이 그녀를 없앨 궁리를 했다는 것을 뜻하고요. 마침내 우리는 당신에게 유죄를 선고할 수 있게 되었다 이겁니다."

"정말이오? 당신은 누구로부터 그 재미있는 정보를 입수했소? 아직까지도 경찰에게 쫓기는 그 남자로부터 말이오? 그의 증거는 아주 확실한 것이오?"

"우리는 다른 증거를 갖고 있습니다. 나디나가 밀 하우스 저택으로 당신을 만나러 간 사실을 아는 사람이 또 있습니다."

유스터스 경이 움찔했다. 레이스 대령이 손짓을 했다.

아더 밍크스, 별칭 선교사 에드워드 치케스터, 별칭 페티그류 양이 앞으로 걸어나왔다. 그는 창백하고 초조한 듯했으나, 충분히 이해할 수 있도록 차분히 이야기했다.

"전 나디나가 영국으로 건너가기 전날 밤에 그녀를 파리에서 보았습니다. 당시 저는 백작 행세를 하고 있었죠. 그녀는 저에게 자기 계획을 말해 주었습니다. 제가 그녀에게 상대해야 할 인물이 어떤 사람인지 잘 알지 않느냐고 경고했는데, 그녀는 제 충고를 받아들이지 않았습니다. 레이블에 전보가 놓여 있더군요. 전 그것을 읽었습니다. 나중에 저는 그 다이아몬드를 제가 차지해 봐야겠다는 생각을 품었습니다. 요하네스버그에서 레이번 씨가 제게 접근했습니다. 그가 제게 자기편이 되어 달라고 설득했죠"

유스터스 경이 그를 쳐다보았다. 그는 아무 말도 하지 않았으나, 밍크스는 눈에 띄게 풀이 죽어 있었다.

"쥐들은 항상 침몰하는 배를 떠나지."

유스터스 경이 생각한 바를 말했다.

"쥐들이 어찌되든 난 상관 않네. 조만간 해충을 박멸해 버리겠어."

"한 가지 하고 싶은 얘기가 있어요, 유스터스 경." 내가 말했다.

"당신이 밖으로 던진 필름통에는 다이아몬드가 들어 있지 않았어요. 그냥 자갈이 들어 있었어요. 사실은 다이아몬드는 그 큰 기린 뱃속에 들어 있어요. 쉬잔이 속을 파서 다이아몬드를 솜에 싸서는 그 속에 집어넣어 덜그럭거리지 않게 처리한 뒤 다시 막았어요."

유스터스 경이 잠시 동안 날 쳐다보았다. 그의 대답은 퍽 인상적이었다.

"그 빌어먹을 기린이 언제나 싫었다고." 그가 말했다.

"본능적으로 그랬을 거야."

제26장

우리는 그날 밤 요하네스버그로 돌아갈 수가 없었다. 포탄이 마구 떨어지고 있었고, 폭도들이 근교의 새로운 지역을 차지해 들어와 우리는 현재 약간 봉쇄되어 있는 실정이라는 판단이 섰다.

우리가 있는 쓰레기장 비슷한 장소는 요하네스버그에서 약 20마일 가량 떨어져 있는 곳으로, 바로 초원에 있었다. 피곤이 물밀듯이 몰려왔다. 지난 이틀간에 걸쳐 겪었던 흥분과 소동이 나를 구겨진 넝마 꼴로 만들었다.

나는 실감이 안 나서, 마음속으로 우리의 시름은 모두 끝났다는 것을 계속해서 주지시켰다. 해리와 나는 앞으로 함께 지낼 것이고, 다시는 헤어지는 일은 있을 수 없었다. 그런데도 나는 내내 우리 사이에 버티고 있는 장벽을 의식했다. 그에게는 뭔지 모를 서먹한 기운이 감돌았는데, 도무지 추측할 길이 없었다.

유스터스 경은 강력한 감시병에 둘러싸여 반대 방향으로 떠났다. 헤어지면서 그는 우리에게 경쾌하게 손을 흔들었다.

나는 다음 날 아침 일찍 스툽으로 나와 앉아 요하네스버그 쪽으로 난 초원을 바라보았다. 어마어마하게 쌓인 쓰레기더미가 창백한 아침 햇살을 받아 반짝였으며, 총소리가 낮고 불분명하게 울려 퍼지며 들려왔다. 폭동은 아직 끝나지 않았다.

농부의 아낙이 나오더니 아침을 먹으라고 날 불렀다. 그녀는 친절하고 엄마처럼 포근해서 나는 벌써 그녀가 아주 맘에 들었다. 해리는 동틀 녘에 나가서 아직 돌아오지 않았다고 그녀가 일러주었다. 나는 다시금 거북한 느낌이 전신을 타고 흐르는 것을 느꼈다. 내가 이토록 의식하게 되는 우리 사이에 드리워진 이 그림자는 과연 무엇일까?

아침을 먹고 나서 스툽에 나와 앉아 읽지도 않는 책을 손안에 펼쳐들었다. 생각에 지나치게 골몰한 나머지 나는 레이스 대령이 말을 타고 와서 내리는 것도 보지 못했다. 그가, "안녕하시오, 앤?" 하고 말하는 소리를 듣고서 그제야 그를 알아보았다.

"오, 당신이었군요." 내가 얼굴을 붉히며 말했다.

"그렇습니다. 앉아도 되겠습니까?"

그가 의자를 끌어당기더니 내 곁에 앉았다. 마토포 구릉에 갔던 그날 이후로 우리가 단둘이 있어 보기는 지금이 처음이었다. 언제나 그렇듯이 그만 보면 번번이 매혹과 두려움이 공존하는 미묘한 감정의 교차를 느꼈다.

"하실 이야기라도?" 내가 물었다.

"스머츠 장군이 내일 요하네스버그로 옵니다. 나는 이 폭동이 완전히 분쇄되기 전에 사흘간 더 여유를 주려고 합니다. 당분간 싸움은 계속될 겁니다."

"저는 사람들이 옳은 자가 죽게 되어 있다는 것을 확실히 깨달을 수 있었으면 하고 바라요. 제가 말하는 사람들이란, 싸우기를 원하는 사람들을 뜻하는 거예요. 싸움이 진행되고 있을 때 하필 이 지역에서 살고 있었던 그 불쌍한 사람들을 다 같이 지칭하는 게 아니고요."

그가 머리를 끄덕였다.

"당신이 하는 말뜻이 뭔지 알겠습니다, 앤. 그게 전쟁의 부당성이죠. 그건 그렇고, 당신에게 따로 전할 말이 있습니다."

"그래요?"

"내 무능함에 대한 고백입니다. 페들러가 탈출했습니다."

"뭐라고요?"

"사실입니다. 아무도 그 경위를 모릅니다. 그는 어젯밤 철통같은 수비 속에 갇혀 있었습니다. 농장 2층 방에 가두고서 그 주위를 군인들이 지키고 섰는데, 오늘 아침 방은 텅 비어 있고 새는 이미 날아가고 없었습니다."

나는 오히려 내심 기뻤다. 오늘까지도 나는 야비한 유스터스 경을 좋아하는 내 마음을 부인할 수가 없었다. 질책 받아 마땅했지만 사실이 그러했다. 나는 그를 존경한다. 그는 철두철미한 악당임에는 틀림없으나, 한편 그는 유쾌한 사람이었다. 나는 여태까지 그 사람의 반만큼이라도 재미있는 사람을 본 적이 없다. 물론 나는 내 감정을 숨겼다. 당연히 레이스 대령은 나와는 아주 판이한 감정을 갖고 있을 것이다.

그는 유스터스 경을 법정에 세우길 원했다. 곰곰이 생각해 보면 그의 탈출이 그리 놀라운 것만도 아니다. 그는 요하네스버그 전역에 스파이와 하수인들을 수도 없이 풀어놓아 두었을 것이다. 레이스 대령은 어찌 생각할는지 모르지만 나는 그들이 대령을 다시 잡을 수 있을지 극히 의심스러웠다. 그는 사전에 도주로를 치밀하게 준비해 놓았을 것이다. 정말로 그는 우리에게 뭔가를 보여 주었다.

비록 미온적이긴 했지만 내 감정을 적당히 표하고 나니 자연히 대화가 줄어들었다. 그러자 레이스 대령이 불쑥 해리에 대해 물었다. 나는 그가 동틀 녘에 나가서 이 아침이 다 가도록 본 적이 없노라고 말했다.

"당신은 이해하시겠죠, 그렇잖아요, 앤. 법을 떠나서 그가 전적으로 결백하다는 사실을? 물론 전문적인 문제가 끼어 있기는 하나 유스터스 경의 유죄는 확실합니다. 당신들을 떼어놓을 일은 이젠 없을 겁니다."

그는 나를 쳐다보지도 않고서 천천히 띄엄띄엄 이 말을 했다.

"잘 알겠어요."

내가 감사하는 마음으로 말했다.

"그가 지금 당장이라도 자기의 진짜 이름을 쓰지 못할 하등의 이유가 없죠."

"그래요, 물론 그럴 이유가 없어요."

"당신은 그의 진짜 이름을 아나요?"

그 질문이 나를 당황하게 만들었다.

"물론이에요. 해리 루카스잖아요."

그가 대답이 없자, 그 침묵의 의미가 이상하게 날 짓눌렀다.

"앤, 우리가 그날 마토포 구릉에서 호텔로 되돌아오면서 내가 해야 할 일이 무엇인지를 알았다고 말한 것을 당신은 기억하십니까?"

"물론 기억해요."

"나는 그 일을 완수했다고 자부합니다. 당신이 사랑하는 남자는 완전히 혐의를 벗었습니다."

"그것이 당신이 뜻하는 건가요?"

"바로 그렇습니다."

나는 근거 없는 의심으로 찔고 까불었다는 생각에 부끄러워져서 머리를 떨어뜨렸다. 그는 신중한 어조로 다시 말을 이었다.

"내가 새파랗게 젊었을 적에 나를 농락한 여자에게 반했던 적이 있었습니다. 그 사건 이후로 나는 오직 일에만 매달렸죠. 내 야망만이 나의 전부였습니다. 그러고 나서 당신을 만났습니다, 앤―그토록 가치를 두었던 세계가 허무했습니다. 그렇지만 젊은이들은 젊은이들끼리 통하게 마련이죠. 난 여전히 내 일에 매여 삽니다."

나는 침묵했다. 한꺼번에 두 사람을 다 사랑할 수는 없는 노릇이라는 생각이 들었으나, 그런 감정을 느낄 수는 있는 것이다. 이 남자가 끄는 힘이란 굉장한 것이다. 난 갑작스럽게 그를 쳐다보았다.

"전 당신이 무한히 발전할 것으로 생각해요." 내가 꿈꾸듯 말했다.

"당신 앞길이 순탄할 것이라는 느낌이 들어요. 세계적인 명사가 될 거예요."

흡사 내가 예언을 뱉어내고 있는 것 같은 심정이었다.

"그렇지만 난 고독할 겁니다."

"정말 위대한 업적을 이루는 사람들은 다 그렇죠."

"그렇게 생각합니까?"

"물론이고말고요."

그는 내 손을 부여잡더니 낮은 목소리로 말했다.

"차라리 다른 길을 걸을 것을."

그때 해리가 집 주위를 돌아 어슬렁어슬렁 걸어오고 있었다. 레이스 대령이 일어났다.

"잘 있었나, 루카스?" 그가 말했다.

무슨 이유에서인지 해리는 귀뿌리까지 빨갛게 달아올랐다.

"그래요. 이제부터 당신은 진짜 이름으로 불려야 해요." 내가 명랑하게 말했다.

하지만 해리는 여전히 레이스 대령을 응시한 채로 있었다.

"다 알고 있었군요, 대령님." 그가 마침내 입을 열었다.

"그 얼굴을 잊을 수가 있나. 난 자네가 어린 소년이었을 때 한 번 본 적이 있었지."

"이게 어찌된 일이에요?"

내가 어리둥절해져서 그들을 번갈아 쳐다보며 물었다.

그들은 서로 누가 의지가 강한지 겨루고 있는 듯했다. 레이스가 이겼다.

해리가 주춤 물러났다.

"당신이 옳은 것 같습니다, 대령님. 그녀에게 제 진짜 이름을 말해 주시죠."

"앤, 이 사람은 해리 루카스가 아닙니다. 해리 루카스는 전쟁 때 죽었습니다. 이 사람은 바로 존 해럴드 어슬리입니다."

마지막 말과 함께 레이스 대령은 몸을 돌려 황급히 우리 곁을 떠났다. 나는 시선으로 그를 뒤쫓으면서 서 있었다. 해리의 목소리에 퍼뜩 정신이 들었다.

"앤, 용서해 줘. 당신에게 용서를 빌겠어."

그가 내 손을 모아 쥐자 나도 모르게 저절로 손이 빠져나왔다.

"왜 저를 속이셨어요?"

"당신을 어떻게 이해시켜야 할지 난감했어. 난 그런 식의 일들에 대해서는 아주 두렵기까지 하거든. 부(富)가 주는 위력과 매력에 대해서 말이야. 난 당신이 나 자신만을 사랑해 주길 바랐어. 다른 뒷배경이나 장식이 없는 나라는 사람 하나만 가지고 말이야."

"저를 믿지 못한다는 말인가요?"

"그런 식으로 표현할 수도 있겠지만, 사실은 그렇지 않아. 난 적개심을 품은 의심 많은 자가 되어 버렸어. 언제나 혹 뒷면에 가려진 동기가 있는 건 아닐까 하고 의심하는 경향이 짙어졌단 말이야. 당신이 날 사랑하는 그 방식이 그렇게 마음에 들 수가 없었어."

"알겠어요." 내가 천천히 말했다.

나는 그가 내게 한 이야기를 마음속으로 되씹어 보았다. 나는 처음으로 내가 등한시했던 모순에 눈이 떴다. 돈에 대한 태평함과 나디나의 다이아몬드를 사들이려고 한 그 배짱과 두 남자에 대해 얘기할 때 제삼자의 입장에 서서 말하기가 더 수월할 수밖에 없었던 점들을. 그가 '내 친구'라고 한 것은 어슬리가 아니라 루카스였다. 나디나를 죽도록 사랑한 사람은 바로 그 말없는 친구 루카스였다.

"어찌된 거예요?" 내가 물었다.

"우리는 둘 다 무모했어. 죽음의 공포 때문에 초조하기도 했고 어느 날 밤 우리는 군번을 교환했어. 행운을 비는 뜻에서! 루카스는 그 다음 날 죽었지. 산산조각이 나가지고 말이야."

"그런데 왜 이제야 이야기하시는 거예요? 여태까지 당신을 향한 제 마음을 의심하시는 건 아닐 테죠?"

"앤, 난 그것을 전혀 손상시키고 싶지 않았어. 난 당신을 섬으로 데리고 가고 싶어. 돈이 무슨 소용이 있어? 행복은 돈으로 살 수 없는 거야. 섬에 있으면 우리는 행복할거야. 다시 말하지만 난 그 이외의 인생이 두려워. 과거에도 그랬듯이 날 거의 폐인이 되다시피 만들 거야."

"유스터스 경은 당신이 진짜로 누구였는지 알았나요?"

"아, 그랬지."

"그러면 카턴은요?"

"그는 아니었어. 어느 날 밤 킴벌리에서 우리가 나디나와 함께 있는 것을 그가 보긴 했으나 누가 누군지는 몰랐어. 그는 내가 루카스라고 한 말을 곧이 들었고, 나디나는 그가 보낸 전보 내용에 속았던 거야. 그녀는 한 번도 루카스를 두려워해 본 적이 없었으니까. 그는 조용한 친구였어. 속이 무척 깊었지. 그렇지만 난 항상 악마의 기질을 발휘했었어. 만일 그녀가 내가 다시 살아난 줄 알았더라면 기겁을 하고 놀라 자빠졌을 거야."

"해리, 만일 레이스 대령이 제게 이야기하지 않았다면 당신은 어쩌실 셈이었어요?"

"아무 말도 안 했을 거야. 계속 루카스로 행세했을 거야."

"당신 아버님이 물려준 유산은 어떻게 하실 거죠?"

"레이스가 잘 알아서 처리하겠지. 그가 나보다 훨씬 더 그 돈을 유용하게 쓸 테니까. 앤, 그 점에 대해서 어떻게 생각해? 언짢아 보이는데."

"생각 중이에요." 내가 천천히 말했다.

"레이스 대령이, 당신이 이런 얘기를 제게 하지 않았더라면 좋았을 것 같아요"

"아냐, 그가 옳았어. 난 당신에게 진실해야 하니까."

그는 한숨을 내쉬고 나서 갑작스럽게 말을 이었다.

"당신도 알겠지만 난 레이스에게 질투를 느끼고 있어. 그도 당신을 사랑했지. 게다가, 그는 나보다 훨씬 나은 사람이야, 앞으로도 그럴 것이고"

나는 깔깔 웃으면서 그에게로 몸을 돌렸다.

"해리, 왜 그렇게 바보 같아요? 제가 원하는 건 바로 당신이에요. 오직 그것뿐이에요."

우리는 되는 대로 서둘러 케이프타운으로 갔다. 쉬잔이 거기서 기다리고 있다가 날 반겨 주었으며, 우리는 함께 그 큰 기린의 창자를 들어냈다. 폭동이 완전히 진압되자 레이스 대령이 케이프타운으로 내려와서 로렌스 어슬리 경의 소유였던 무이첸베르크의 빌라를 그의 요청으로 개장(改裝)하여, 우리는 모두 거기에 거처를 정했다.

그곳에서 우리는 계획을 세웠다. 나는 쉬잔과 함께 영국으로 돌아가서 런던에 있는 그녀의 집에서 결혼식을 올리기로 했다. 혼숫감은 파리에서 장만할 참이다! 쉬잔은 이 모든 자질구레한 일들을 계획세우는 것을 한없이 즐거워했다. 나도 마찬가지였다. 그렇지만 아직도 이상하리만큼 실감이 나질 않았다. 때때로 이유 없이 숨통이 콱콱 막히기도 했다—마치 숨이 끊어지기나 하는 것처럼.

출발하기 하루 전날 밤이었다. 잠이 오지 않았다. 나는 비참한 기분이 들었는데 그 이유를 알 수 있었다. 아프리카를 떠나기 싫었다. 다시 돌아와도 똑같은 기분일까? 과연 다시 똑같을 수가 있을까?

그때 고압적으로 덧문 두드리는 소리가 나서 나는 깜짝 놀랐다. 나는 발딱 일어섰다. 해리가 스툽에 나와 앉았다.

"옷을 좀 걸치고, 앤, 이리로 나와요. 할 얘기가 있으니까."

나는 서둘러 외투를 걸치고 서늘한 밤공기를 헤치며 밖으로 나왔다. 벨벳처럼 부드러운 정적이 감돌면서 은은한 향기가 맴돌았다.

해리가 소리가 안 들리는 쪽으로 가자고 신호를 보냈다. 그의 얼굴은 창백했으나 꽤 결연해 보였고 눈에서는 빛이 났다.

"앤, 여자는 자기가 좋아하는 사람을 위해서 자기가 싫어하는 일을 기꺼이 한다고 한 말 기억해?"

"그런데요." 내가 무슨 말이 나오려고 이러나 자못 의아해하면서 말했다.

그가 나를 붙들었다.

"앤, 나와 같이 가, 지금 당장—오늘 밤에. 로디지아로 돌아가는 거야. 그 섬으로 말이야. 난 이 얼빠진 것을 참을 수 없어. 더 이상 당신을 그냥 내버려둘 수가 없어."

나는 잠시 맥 풀린 상태로 있었다.

"그럼 내 프랑스제 코트는 어찌되는 거죠?" 내가 장난삼아 통탄했다.

오늘날까지도 해리는 내가 그를 놀릴 때마다 그것이 사실인 줄로만 아는 것이다.

"빌어먹을 놈의 프랑스제 코트! 내가 당신한테 그걸 입게나 할 것 같아? 당신 몸에서 그걸 찢어내는 게 훨씬 더 보기 좋아. 당신이 가게 내버려두지 않겠어, 내 말 들려? 당신은 내 사람이야. 당신이 가게 내버려두면 난 당신을 잃고 말 거야. 당신은 안심할 수 없으니까. 지금 나랑 같이 가는 거야, 오늘 밤에. 다른 사람들이 어찌 되건 말건 나랑 무슨 상관이야."

그는 나를 껴안더니 숨이 멎을 때까지 키스를 퍼부었다.

"당신 없이는 더 이상 안 되겠어, 앤. 사실이야. 이 돈들이 저주스러워. 레이스나 가지라지 뭐. 이리 와. 출발해."

"내 칫솔은?" 내가 불만을 표시했다.

"하나 사면 되잖아. 내가 괴짜인 건 알아. 그렇지만, 제발 그만 가!"

그가 성급하게 발걸음을 떼었다. 나는 빅토리아 폭포에서 보았던 바로치 여인처럼 지극히 유순하게 그의 뒤를 따랐다. 단지 머리에 프라이팬을 이지 않은 것만이 달랐다. 그의 걸음이 하도 빨라 보조를 맞추기가 힘들었다.

"해라―." 마침내 그를 불러 세우고서 유순한 목소리로 물었다.

"로디지아까지 걸어갈 셈이에요?"

그가 몸을 잽싸게 돌리더니 껄껄 웃으면서 날 팔로 감싸 안았다.

"아무래도 내가 미쳤나 봐, 당신을 너무 사랑하기 때문이야."

"우리는 정신 나간 부부예요. 그리고 오, 해리, 당신이 요구한 적도 없지만 난 전혀 희생정신을 발휘하는 게 아니에요! 실은 돌아가기를 얼마나 바랐다고요!"

제27장

바로 거기까지가 2년 전 일이었다. 우리는 여태껏 섬에서 살고 있다. 내 앞에 있는 투박한 테이블에 쉬잔에게서 온 편지가 놓여 있다.

친애하는 통나무집 식구들—사랑에 빠진 정신 나간 사람들에게

난 놀랍지 않아. 전혀. 우리가 파리와 의상에 대해 정신없이 얘기를 나눌 때도 눈곱만큼도 실감이 나질 않았어. 그런데 당신은 전통적인 집시풍으로 결혼식을 올리러 어느 날 외딴 곳으로 사라져 버렸지.

어쨌든 당신들은 정신 나간 부부야. 그 엄청난 재산을 단념할 생각을 하다니 어처구니없는 일이지. 레이스 대령이 그 문제를 놓고 따지려 들려는 것을 내가 시간이 좀 지난 다음 해결하게 내버려 두라고 말렸지. 그는 해리의 재산을 잘 관리할 거야. 그보다 더 적임자는 없을 것 같아.

요는 신혼생활이 언제까지나 지속될 것도 아니고(당신이 여기 없으니까. 앤. 당신이 작은 살쾡이처럼 내게 덤벼들 일은 없을 테니까. 난 마음 놓고 떠들겠어), 대자연 속에서의 사랑은 당분간은 지속이 되겠지. 그렇지만 어느 날 불현듯 당신은 파크레인에 있는 집과 호화로운 모피, 파리제 의상, 최고로 근사한 차와 최근에 나온 유모차, 프랑스인 하녀와 스칸디나비아인 유모가 아쉬워지기 시작할 거야!

그래. 맞아. 정말 그렇게 될 거야! 그래도 부디 신혼을 만끽하기 바라. 넋 나간 부부들이여. 제발 오래오래 지속하도록. 그리고 가끔은 미식(未食)으로 착실히 체중을 늘리고 있는 내 생각도 좀 하고!

당신의 사랑스런 친구, 쉬잔 블레어

  추신─결혼선물로 당신에게 프라이팬 세트를 보내. 그리고 내 생각 좀 하라고 포와그라용 찜 냄비도 넣었어.

내가 가끔 꺼내 읽는 또 다른 편지가 있다.
  저 편지 이후 한참 지나서 부피가 큰 소포와 함께 온 것이 있다. 남아메리카의 볼리비아 어딘가에서 보낸 것 같았다.

  친애하는 앤 베딩펠드

  더 이상 참을 수 없어 펜을 들었소. 편지를 쓴다는 건 내게는 더할 나위 없는 기쁨인데, 모르긴 몰라도 내게서 소식을 듣는다는 것이 당신에게도 커다란 기쁨이 될 거요. 우리 친구 레이스는 스스로가 자부한 만큼 현명치를 못했소. 그렇지 않소?
  당신을 내 유저(遺著) 관리자로 지명해야겠다는 생각이 들었소. 일기를 함께 부치오. 레이스와 그 추종자들의 흥미를 불러일으킬 만한 내용은 한군데도 들어 있지 않지만, 당신을 즐겁게 할 구절들은 더러 있지 싶소.
  일기는 당신 처분에 맡기겠소. 데일리 버젯 신문에 기삿거리를 제공하고자 하오. 《내가 만난 악당》 조건은 내가 주인공이기만 하면 되오.
  지금쯤 당신이 더 이상 앤 베딩펠드를 고수하고 있지 않을 거라는 점에는 추호의 의심도 없거니와, 어슬리 부인쯤이면 파크 레인을 우아하게 주름잡을 수 있을 거요. 하여튼 간에 난 당신에게 아무런 적대감도 없다는 말을 들려주고 싶었소.
  이런 일을 내 삶에서 다시 시작해야 한다면 어렵기 짝이 없을 테지만,

당신에게만 하는 얘기인데, 그와 같이 뜻하지 않은 사건이 일어날 경
우에 대비해서 신중하게 약간의 돈을 적립시켜 놓았소. 돈은 아주 적
절히 들어오고 있는데, 그것을 착착 모아두고 있다오.
그나저나 그 재미난 친구 아서 밍크스를 보거들랑 내가 그를 잊지 않
고 있다고 좀 전해 주시겠소? 그렇게 되면 그 친구 골치 깨나 아파질
테니까. 대체적으로 난 크리스천 같은 심성을 보유하고 있어서 용서
하는 마음도 큰 모양이오. 파제트에게조차 말이오.
우연한 기회에 그의 소식을 접하게 되었는데(아니, 더 엄밀히 말해서
파제트 부인에 관한 소식이었는데), 요 전날 여섯 번째 아이를 낳았다
하오. 머지않아 영국은 파제트의 자손들로 버글버글할 것이오.
난 그 아이에게 은잔을 부치면서 엽서에다가는 기꺼이 대부가 되어
주겠노라고 적어 보냈소. 파제트가 심각한 표정을 짓고 그 은잔과 엽
서를 런던경시청에 들고 가 제출했을 것이 안 봐도 눈에 선하오!
당신에게 신의 가호가 있기를. 촉촉한 눈길이여. 언젠가 나와 결혼하
지 않은 게 실수한 거라는 생각이 들 날이 올 거요.

당신의 영원한 유스터스 페들러

해리는 격노했다. 그것이 해리와 내가 의견의 일치를 못 보는 딱 한 가지 점이었다. 그에게 있어서 유스터스 경은 나를 죽이려 한 자이며, 동시에 자기 친구의 죽음에 책임이 있는 사람이었던 것이다.

유스터스 경이 수차례 내 목숨을 노린 것을 생각할 때마다 아리송한 느낌이다. 그래도 그 점이 중요한 것은 아니다.

왜냐하면 그는 언제나 나에 대해서 순수하고 친밀한 감정을 지녀 왔음을 난 확신하니까. 그러면 왜 두 번씩이나 날 죽이려 들었을까?

해리는, "그는 천하의 몹쓸 악당이니까."라고 이유를 달면서 그 점에 종지부를 찍으려 드는 것 같다. 쉬잔은 좀더 분석적이었다. 그녀와 그 점을 가지고 얘기를 해봤더니 그녀 왈, '두려움 콤플렉스'라는 것이다.

쉬잔은 심리 분석을 좋아한다. 그녀는 내게 유스터스 경의 전 인생은 안전과 안락하고자 하는 욕망으로 가득 차 있다는 점을 지적해 주었다.

그는 자기보호 본능이 남달리 강한 사람이었다. 나디나를 죽인 것은 그와 같은 억눌린 감정의 해소의 한 방법이었다. 그의 행동이 날 향한 그의 감정 상태와 일치하지는 않으나, 그 자신의 안전에 대한 그의 예리한 자각 증세에서 비롯된 것만은 틀림없었다.

난 쉬잔의 말이 맞는다고 생각한다. 나디나로 말할 것 같으면, 그녀는 죽어 마땅한 여자였다. 남자들이 부자가 되기 위해 그와 같이 괴이한 행동을 저질렀다면 또 몰라도, 여자가 제아무리 그럴싸한 동기가 있다 한들 사실이 그게 아니면 일부러 사랑하는 체해서는 안 된다는 것이다.

난 유스터스 경은 쉽사리 용서해 줄 수 있다. 하지만 나디나는 어림도 없다. 결코, 절대로, 어림 반 푼어치도 없다!

요 전날 지나간 데일리 버젯 신문에 싸인 어떤 깡통을 풀어 봤더니 불현듯 내 시선을 끄는 글귀가 있었다. '갈색 옷을 입은 사나이'였다.

얼마나 먼 옛날일 같았던지! 물론 데일리 버젯과 인연을 끊은 지는 오래되었다. 그 신문이 나와의 인연을 끊기도 전에 내가 먼저 나서서 끊었다. 나의 로맨틱한 결혼 얘기는 신선하게 매스컴을 탔다.

내 아들은 햇빛을 받고 누워 발길질을 하고 있다. 말하자면 저 녀석이야말로 '갈색 옷을 입은 사나이'이다. 내 아들은 최대한 벗고 지내는데, 그것이 아프리카에서는 최고의 의상이어서 피부가 딸기처럼 갈색으로 탔다.

그 애는 언제나 땅을 파면서 논다. 외할아버지를 닮은 모양이다. 그 애도 똑같이 플라이토세 지층의 흙에 반쯤 미친 사람이 되려나 보다.

아기가 태어났을 때 쉬잔이 전보를 보내 왔다.

미치광이 섬에 최근 들어 인구가 는 것을 축하해. 그의 머리는 장두개야, 아니면 단두개야?

쉬잔에게 그 전보를 받고 나니 참을 수가 없었다.

난 그녀에게 딱 한 마디로 요점만 간단히 적어 보냈다.

편평두개(扁平頭蓋)!

〈끝〉

■ 작품 해설 ■

《갈색 옷을 입은 사나이(The Man in the Brown Suit, 1924)》는 애거서 크리스티의 네 번째 작품이며, 역시 네 번째 장편소설이다. 참고로, 크리스티 여사의 초기 열 작품을 소개하면 다음과 같다.

1920 스타일즈 저택의 죽음
1922 비밀결사
1923 골프장 살인사건
1924 갈색 옷을 입은 사나이
1924 포와로 수사집(단편집)
1925 침니스의 비밀
1926 애크로이드 살인사건
1927 빅포
1928 푸른 열차의 죽음
1929 세븐 다이얼스 미스터리

《갈색 옷을 입은 사나이》의 주인공 앤 베딩펠드는 말하자면 크리스티 여사 자신의 분신이랄 수 있다. 평소 호기심 많고 모험심 강한 그녀의 성격을 작중 인물을 통해 대변시킨 격이라고나 할까.

이 작품의 무대가 되는 남아프리카는 현재에도 각종 인권 문제로 뉴스의 초점이 되고 있거니와, 1920년대 당시에도 세계에서 꽤나 골치 아픈 지역에 속해 있었다. 이 책에 등장하는 스머츠 장군은 남아프리카에서 상당한 실력과 명성을 얻은 정치가·군인으로서, 보어 전쟁(1899~1902)때 영국군을 크게 괴롭히기도 했다. 이 작품의 무대가 된 1920년대에도 남아프리카의 수상을 지내고 있었으며, 1차 대전 때에는 동아프리카 총사령관, 영국 내각 각료 등을 지낸 바 있다.

독자들의 이해를 돕고자 남아프리카에 대해서 잠시 소개한다. 남아프리카는 특이하게도 세 개의 수도를 가지고 있다. 즉, 프리토리아(행정 수도), 케이프타운(입법 수도), 블룸폰테인(사법 수도)이다.

남아프리카의 원주민은 호텐톳과 부시맨이지만, 1652년부터 이주해 간 네덜란드인들이 스스로를 보어인이라 칭하고 세력을 넓혀 가기 시작했다. 그 뒤, 영국 식민지가 되었다가 보어 전쟁을 거쳐 1902년 남아프리카 연방이 형성되었다. 1차 대전과 2차 대전 때에는 영국 쪽으로 참전하여 승전국이 되었으나, 인종차별 정책에 대한 영국 정부의 내정간섭이 심해지자 1961년 5월 영국연방에서 탈퇴하여 남아프리카 공화국을 선언하기에 이르렀다.